美國神話的終結

THE END OF THE MYTH

From the Frontier to the Border Wall in the Mind of America

從擴張的邊疆到美墨邊境牆，直視美國歷史的黑暗根源

葛雷・格倫丁——著
夏菉泓、陳韋綸——譯

GREG GRANDIN

以此書紀念邁克爾、瑪麗蓮、喬爾、塔尼、瓊、湯姆，
還有艾米莉亞。也獻給埃莉諾和她的朋友們。

「活過神話的終結是件極其危險的事。」

——安妮・卡森（Anne Carson）

各界讚譽

「一部關於美國邊疆重要且全面的歷史，包括它的終結以及它對國家自我感知的意義是什麼。」

——《洛杉磯時報》（*Los Angeles Times*）

「《美國神話的終結》企圖將基於種族的暴力重新放置在邊疆論述的中心位置，並將目前強化圍牆的訴求與過去數百年來的種族敵意聯繫在一起……，對大眾認知提出了重要的修正。」

——《紐約客》（*The New Yorker*）

「在我讀過所有對於二〇一六年之後的美國的分析中，本書最振奮人心。格倫丁的作品以詳細的歷史細節為基礎提出深刻論證，它在道德上如此清晰，以至於在眾人尚未自川普勝選的震驚中復原之際，便將成為最重要的政治文本。」

——《洛杉磯書評》（*Los Angeles Review of Books*）

「格倫丁的《美國神話的終結》橫跨三個世紀，粉碎人們深信不疑的觀念……，為家喻戶曉的事件提供豐富且嶄新的背景，並讓以往被忽略的細節重見天日。」

——《美國學人》雜誌（*American Scholar*）

「充滿細節但可讀性極高……，就像是任何一位好的歷史學家暨詩人，格倫丁創造了一條精神軸線，將讀者無情地拉到美國向西擴張的路徑上，迫使我們為從未聽說但應該知道的血腥事件負責。」

——《維吉尼亞嚮導報》（*The Virginian-Pilot*）

「作為我們時代裡頭最具天賦的作家與思想家，葛雷・格倫丁講述了一個獨一無二的美國歷史。這是一部從不斷變化與擴張的邊界上出發書寫的歷史、一部我們如何尋求逃避歷史的歷史，以及一部歷史如何迎頭趕上我們的歷史。《美國神話的終結》充滿想法、見解與挑戰（而且時常帶有諷刺的幽默），為當前情勢提供重要的觀點。」

——史蒂芬・哈恩（Steven Hahn），《我們腳下的國家》（*A Nation Under Our Feet*）作者

「一本好書。才華洋溢、博學，而且新穎，《美國神話的終結》提供了一個真正全新、令人折服且立基於歷史的框架，幫助我們理解當前瘋狂的政治時刻。」

——克里斯・海斯（Chris Hayes），《一個國家裡頭的殖民地》（*A Colony in a Nation*）作者

「許多歷史學家都曾講述美國擴張主義裡頭那些充滿傳奇的故事。然而，以洞察力、熱情與毫不妥協的清晰道德寫成的《美國神話的終結》，令先前的見解都顯得過時。川普時代需要大膽又顛覆的歷史。葛雷・格倫丁兩者都做到了。」

——安德魯・巴切維奇（Andrew J. Bacevich），《美國世紀的暮光》（*Twilight of the American Century*）作者

「塞西爾・羅茲（Cecil Rhodes）曾說：『要是你想避免內戰，就必須成為帝國主義者。』《美國神話的終結》精準地講述了擴張與增長的美國夢如何成功抑制國內不滿，並且揭露帝國幻想的危險。格倫丁敘述了一個精疲力盡的帝國主義的下場，也闡明了我們危機四伏的當前處境。一本了不起的著作。」

——潘卡伊・米斯拉（Pankaj Mishra），《憤怒時代》（*Age of Anger*）作者

「當擴張不再是國家未來的願景以及解決問題的方法時該怎麼辦？葛雷・格倫丁為當前的政治時刻，提供了一個基於史實、博學、令人振奮且文筆優美的分析。」

——艾明如（Mae Ngai），《不可能的主體：非法外國人與現代美國的形成》（*Impossible Subjects: Illegal Aliens and the Making of Modern America*）作者

「對於美國邊疆歷史做出的令人信服的考察，由該領域最創新且最具想像力的歷史學家所完成。它令人不安卻又鼓舞人心，是一本為廣大讀者撰寫的思想史；其範圍與力度令人驚嘆。格倫丁為我們當前充斥侵略、懷舊心態與種族主義的現狀提供深刻的歷史基礎，造福了那些願意聆聽的人。」

——大衛・布萊特（David W. Blight），《法雷迪・道格拉斯：自由的先知》（*Frederick Douglass: Prophet of Freedom*）作者

「本書深刻審視美國人用來逃避真實處境的神話，以及我們作為民主國家成員應該承擔的責任。它重述美國歷史上關於逃避與傷害的故事，以及反抗潮流的故事——那些我們希望用來建立更好、更深層民主的故事。這是一本豐富、具啟發性、卻也令人心神不寧的作品。」

——傑迪戴亞・波弟（Jedediah Purdy），《自然之後：給人類世的政治學》（*After Nature: A Politics for the Anthropocene*）作者

「美國的主流勢力與觀點，本書深刻呈現。他們乾坤大挪移，混淆視聽，編織邊疆神話，誘導美國人開拓邊疆、亦即對外戰爭取得更多領土，藉此散播迷霧，讓人難以看穿種族、階級、公益與私益的衝突，終究無法藉此舒緩，反將惡化。一八九八年美西戰爭後，邊疆跨洋推進，二戰結束不久，自由民主與專制奴役界線的指控，成為新的邊疆，美國藉此製造或醞釀（代理人）戰爭，從中衍生經貿、就業與移民的問題。俄烏戰爭在二〇二二年二月爆發，天主教宗受訪，表示俄羅斯的愚蠢犯行也

許是美國率北約挑釁多年所造成，《經濟學人》認為，教宗出身拉美而「對美國存在深刻不信任」，因此有這個批評；本書作者是美國人，但他如同馬丁．路德．金恩，譴責美國的『種族主義、物質主義與軍國主義』，應該會同意教宗的看法。」

——馮建三（政治大學新聞學系教授）

目次

推薦序

美國價值背後的擴張元素

盧令北（東吳大學歷史系副教授兼系主任）

美國史學家解析美國歷史，向來不拘泥於傳統框架，因此美國歷史雖短，但相關書籍種類繁多，內容多樣，絲毫不因書籍具批判立場而不見容於學界及社會大眾，或帶「通史」性質而減損其學術地位，二〇二〇年獲普立茲非小說類別獎項殊榮，由格倫丁教授所著的《美國神話的終結》，適可說明美國史學界此種特色。

《美國神話的終結》具有通史的性質，全書內容按照時序，由十七世紀英國計畫向北美洲開發殖民地開始，一路延伸至川普上台為止，美國歷史上具關鍵性的人事物，本書多所論及。惟本書吸引人之處不在羅列排比美國歷史上諸多的轉折點，而是以美國歷史發展為基底，以扎實的學術研究手法，找出美國各階段歷史發展的共通性並加以串聯，具體而微解析美國價值的實質內涵，以及這種美國價值究竟從何而來，對美國歷史發展產生了何種作用。

對多數人而言，提及美國價值不外乎就是自由、平等、民主、人權等理念，但上述這些近似於神話的觀念與原則，其核心元素卻並非如眾人所想像的神聖完美，就本書作者格倫丁教授而論，美國價值的核心元素實則為「擴張」，「擴張」元素在自由、平等、民主、人權概念的包裝下，縱橫於整個美國歷史之中，在美國人汲汲追求疆域擴張的同時，賦予擴張行為正當化、合理化甚至加以美化的美國價值也就應運而生。格倫丁教授並非第一位從「擴張」角度解析美國歷史發展的史學家，早在一八九三年，史學家特納（Frederick Jackson Turner）就提出了「邊疆論」（frontier thesis），用以反駁自十九世紀以來，美國學界普遍認同的「胚種論」（germ theory，或譯為菌原理論），該學說認為歐洲移民將歐洲進步的文明與思想帶入美洲殖民地，因此歐洲文明孕育了美國文化與制度，美國的特質多傳承自歐洲。

特納的「邊疆論」則提出不同的看法，強調歐洲移民在開發美洲殖民地的過程中，由於身處的環境與歐洲截然不同，在赤手空拳的開發擴張過程中，為了求生存，自然而然造就了獨特，屬於美洲在地的文化、思維與傳統，「歐洲移民藉由失去自己，找到了自己」。而美國不若歐洲各國般動亂頻仍，甚至發生社會革命，一方面在於美國社會缺乏歐洲傳統社會的弊病與沉痾，另一方面，就是美國領土向西擴張過程中所創造出龐大的生存空間，能不斷吸納其他開發較早且幾近飽和地區內部所產生的衝突與不穩定，因此西部地區扮演了「安全閥」的角色，讓美國社會內部的潛在衝突得以釋放。

搭配當時社會咸認為向西擴張乃美國人之「天定命運」（Manifest Destiny，或譯為昭昭天命），特納的「邊疆論」一躍成為顯學且風行一時。特納學說提出的年代雖是十九世紀末，但格倫丁教授認為，追求新邊疆且不斷擴張的概念與行動，早在英國決意向北美洲進發時就已展現，其後落實成為殖民者的一貫作為並內化為一種意識形態，對殖民者而言，北美洲的土地為無主之地，他們有權將其據為己有並不斷擴展，如同傑佛遜所說，殖民者在殖民地落地生根，他們為自己的生存而墾殖。至十八世紀後期，這種向西部未知疆域挺進的開發行動，已經被賦予自由的意涵，殖民者認為自由來自於擴張，而土地的進佔則是實踐自由的成果。麥迪遜曾稱美國的疆界就是不斷延伸，的確，一七八三年英美簽訂《巴黎條約》，英國正式承認美國，美國領土疆界擴展至密西西比河，一八〇三年美國自法國購入路易斯安那地區，國土進一步跨越密西西比河，延伸到洛磯山脈北部，一八四八年「美墨戰爭」結束，美國國家疆界更一舉來到太平洋沿岸，美國歷史發展驗證了麥迪遜先前的預測，美國人也更加確信自由與擴張互為因果，缺一不可。

內戰前，南北雙方雖然衝突不斷，但是對於國土疆界不斷向西擴張，態度卻是一致的。曾於一八四五年代表美國與中國清政府簽訂《望廈條約》（即《中美五口貿易章程》）的麻州眾議員顧盛（Caleb Cushing），他支持西部擴張，因為廣大的西部地區就是美國社會的安全閥，西部擴張可保護人民免於因社會階級相互傾軋所帶來的亂象與危害，而密西西比州參議員沃克（Robert Walker）強調南方在北方反奴與廢奴人士的重重壓力與限制下，西部的擴張適可為南方奴隸主與棉花種植開啟另一扇門，讓南方的社會制度與農業經濟得以持續發展。對北方人或南方人而言，南北社會內部問題能否解決，端賴於西部擴張的持續與否，而這也是聯邦政府首要的工作。

美國由殖民時期不斷向西部擴展領土，長此以往，這種擴張行為也逐漸發展成帶有白人至上主義色彩的霸權式自由主義。美國人聲稱追求生存空間以保障自由，但在西部邊疆擴張的過程中，藉由連串掠奪與暴行，迫使美洲原住民以及墨西哥人遷移，成為美國自由主義下的犧牲品。格倫丁教授指出，當今美國西南部地區在昔日墨西哥統治時期，境內的美洲原住民與墨西哥人均為公民，不分彼此，然而在美國取代墨西哥成為統治者後，當地的原住民與墨西哥人非但未受到公平待遇，反而被美國視為異端與進步的絆腳石，必須除之而後快。

特納提出「邊疆論」的同時，美國境內的領土擴張也告終止，美國境內再無新的領土可供擴張之用，美國已經來到最後的邊疆。國內擴張已達極限，代表美國昔日賴以生存的安全閥形同瓦解，不過特納的「邊疆論」的地位並未消失，此學說迅速轉化成一種不拘形式且毫無限制的擴張思想，拓展海外邊疆成為國家發展的行動準則，一八九八年的美西戰爭以及戰後美國在尼加拉瓜、海地、多明尼加以及菲律賓的佔領行動，都是在這種思潮及動機下所產生的霸權行為，如同威爾遜總統所言，「我們在大洋之外為自己開闢了一道新的邊疆」。

一八九八年的「美西戰爭」除了是美國邁向海外擴張的起手式，更是內戰結束後，南北雙方士兵共同投入的一場戰爭，「北方的血和南方的血交融一體」，標示南北雙方的和解以及國家真正的統合，具有十足的歷史意義，不過，這個和解是白人之間的和解，當南北雙方白人的關係日趨密切，正邁向一個新境界時，昔日美國在西部擴張過程中施加於原住民以及墨西哥人民的種族主義，再次重現並加諸於非裔同胞身上，非裔同胞再度成為被犧牲的對象。西部邊疆擴張的過程中，自由主義被賦予新意，白人至上主義與種族主義也伴隨產生，成為美國歷史發展過程中揮之不去的魔咒。

美國在經歷「美西戰爭」後，藉由武力擴張所進佔的海外領土雖然遠不及其他新帝國主義國家，但擴張的行動未曾稍緩。二戰結束後，美國的勢力範圍擴張至令人咋舌的地步，格倫丁教授指出，冷戰時期美國的邊疆範圍，由阿拉斯加延伸至日本、南韓與台灣，然後南下東南亞，抵達澳洲、紐西蘭，連接拉丁美洲、非洲後，再一路往上至波斯灣、土耳其、巴基斯坦，跨越易北河至斯堪地那維亞半島，最後連結到加拿大，如此大且廣的邊疆，美國固然必須付出高昂的成本，藉由與此範圍內的國家簽訂共同防禦條約來維持安穩，但另一方面，疆界範圍內的國家也對美國開放市場與資本，美國不但獲得鉅額的經濟與政治利益，一種由美國主導，以美國邊疆擴張為基礎的全球化也儼然成形，無怪乎老布希總統在與外國領袖討論商貿問題時，還曾自我揶揄他搞不清楚這些是內政還是外交問題。

美國這種多面向、不拘形式擴張主義的另一例證，當屬由雷根總統所倡議、老布希總統推動，然後在柯林頓總統任內通過的《北美自由貿易協議》（*North American Free Trade Agreement, NAFTA*），該協議將美國、加拿大以及墨西哥整合為單一自由貿易區。該協議引發諸多討論，時為柯林頓總統的勞工部長萊許（Robert B. Reich）大力支持此協定，認為如同美國在十九世紀所追求的西部邊疆，現在的美加墨自由貿易區就是美國的新邊疆，新舊邊疆拓展的目標相同，就是為了讓下一代更好。然而，事實證明萊許對於自由貿易區的成效過度樂觀，墨西哥廉價的勞動力迫使美國勞工薪資停滯甚至下降，墨西哥農業抵擋不住美國低價農產品傾銷而垮台，墨西哥原有蓬勃的乳製品產業，但在《北美自由貿易協議》生效後，墨西哥反而成為奶粉的進口國，《北美自由貿易協議》讓墨西哥經濟陷入谷底，失業人口遽增，迫使大量墨西哥人紛紛越過邊境進入美國謀生，無證移民成為美國政府燙手山芋，這些負面效應是當初《北美自由貿易協議》簽訂時所始料未及的。

美加墨自由貿易區是美國邊疆擴張傳統下的產物，但顯然無法複製過往西部擴張所帶來總體利益，在成效不如預期的情況下，反而讓美國在邊疆擴張過程中所形成的白人至上、種族歧視以及仇恨等勢力加速匯集，新右派趁勢而起，成為美國社會中不可小覷的激進力量。右翼團體在移民、槍枝、種族、性別、健保、環保以及伊斯蘭等議題上立場鮮明，他們抨擊美國過於慷慨，強調美國人不會因為別人而改變自己的生活方式，美國只有先顧好自己，才有辦法顧及他人。新右派將川普送進白宮，而川普上任後美國隨即退出「巴黎氣候協定」，開始建構美墨邊界圍牆並大肆拘捕邊境移民，甚至計畫終結出生公民權，提高移民入籍美國的門檻，挑戰憲法第十四條修正條文內容。

面對這一股新右派的狂潮，格倫丁教授是憂慮的，因為新右派缺乏良善的本質，川普所宣稱的美式自由，實則是一連串糟糕行徑的展現，川普狂暴的執政方式，讓美國與世界均蒙受其害。川普限縮聯邦政府權力，無視於公共土地與資源被私有化，利用減稅討好企業，但對企業恣意擴張並拉大國內貧富差距的現象卻置若罔聞，川普意欲在突破框架主導國際事務，但卻造成國際局勢緊繃，國際衝突不斷，導致中南美洲與中東難民的激增。美國以往追求邊疆與今日劃立邊界，格倫丁教授都給予批判，而日後是否會有所謂「中間派」出現？格倫丁教授持悲觀看法。

美國國家發展由早期的追求邊疆，到川普時期的確立邊界，處處都展現了自我性與矛盾性。追求邊疆時期，無論是邊疆土地或政經影響力的擴張，美國都堅信唯有不斷的開闢疆域，自由、平等、民主、人權等美國價值方能鞏固，然而，擴張過程中那些「被擴張者」，卻從未受到類似美國價值的公平對待。及至川普時期，無論是設立邊境圍牆阻絕限制移民，或是退出國際協定與國際組織並限縮政府管制，種種看似劃清界線的作為，實則卻是川普向世人展現美國不再自我設限的決心，川普舞動「讓美國再次偉大」的民族主義大旗，盡情追求屬於新右派的利益，而所謂的美國價值，也只有願意遵循這項準則的本國團體人士方能享用。

美國由追求邊疆轉變為確立邊界，看似天平兩端不同的發展路線，但實際上皆以擴張為中心思想。一九六〇年代美國新左派外交史學大師威廉斯（William Appleman Williams, 1921-1990），就曾大力批判美國慣以自由開放為藉口，行經濟擴張之實，美國外交政策是一場悲劇，因為製造的麻煩遠多過於想要解決的問題。《美國神話的終結》所言的擴張雖與威廉斯的觀點有所差異，但作者格倫丁教授同樣展現歷史學者批判與自省的勇氣，提醒讀者在吹捧美國價值的同時，更要細查這些美國價值背後的擴張元素，以及這個元素帶給美國及世界的負面影響。

推薦序

邊疆神話已然終結？

褚縈瑩（國立臺北大學歷史學系助理教授）

作為一個曾在美國學習拉丁美洲歷史的台灣人，我經常有一種精神分裂的感受。在美國歷史學界，拉丁美洲史研究具有濃厚的左傾色彩，學者主張美國對於拉丁美洲的干預是一種新帝國主義，並經常扮演批判美國對外政策的角色。而在台灣，受地緣政治影響，我們經常必須藉由美國平衡來自中國的壓力。由台灣看出去的美國，和由拉丁美洲視角看出去的美國，竟是如此的不同。

本書作者葛雷．格倫丁是一個典型的左翼歷史學者，他早期研究關注瓜地馬拉族群衝突及冷戰情勢，隨後作品雖仍以拉丁美洲作為舞台，但已漸漸浮現美國的眾多行動者，二〇一七年由左岸出版社所翻譯出版的《橡膠帝國：亨利．福特的亞馬遜夢工廠》即為其中一例。格倫丁近年研究關懷轉向「美國作為一個帝國」的歷史，而本書《美國神話的終結：從擴張的邊疆到美墨邊境牆，直視美國歷史的黑暗根源》，即為代表作之一。

本書環繞著美國史中一個重要命題——邊疆理論（frontier thesis）。該理論由威斯康辛大學麥迪遜分校的歷史學教授弗雷德里克・傑克遜・特納（Frederick Jackson Turner）提出，有趣的是，這個對美國史來說舉足輕重的理論，並非在正式學術場域發表，而是一八九三年芝加哥世界博覽會的一場演講——〈邊疆在美國歷史上的意義〉（The Significance of the Frontier in American History），也正是本書第七章焦點所在。

這場著名的演講，回應了美國普查局（Census Bureau）在一八九〇年宣稱，美國已經不再有所謂的邊疆（no more frontier line）一說；這固然象徵著美國向西拓荒開發的階段性成果，另一方面，卻也讓當時的美國輿論衍生出一種頓失方向的焦慮感。

特納在這場演講中，將原本僅僅指涉地理空間的「邊疆」，轉化成為一種文明與野蠻的相遇過程，他主張拓荒者逐漸向西拓殖的過程中，必須在邊疆的無政府狀態裡，靠自己的力量，實踐出一條生存之道，這就形塑了美國的個人主義，而這種個人先於政府的自由狀態，也正是美國民主的根基。換言之，「邊疆」一方面解釋了美國歷史的進程，另一方面也體現了美國的核心價值，讓她與陳舊的歐洲截然不同。

一八九三年的芝加哥世界博覽會，可以說展現了美國自一八六五年南北戰爭結束後，並於一八七七年結束重建時期（Reconstruction Era）、進入鍍金年代（The Gilded Age）、全力向西部開拓的經濟發展成果與自信心。事實上，這場博覽會又名為芝加哥哥倫布紀念博覽會，旨在慶祝哥倫布「發現」美洲四百週年。並非巧合的是，美國官方首次開始紀念哥倫布日，也是從博覽會的前一年（一八九二）開始的，至今美國仍是世界上少數和西班牙同步慶祝哥倫布日的國家。

今日對於紀念哥倫布採取批判立場的人士，主張一四九二由哥倫布所開啟的美洲殖民歷史，對於美洲原住民而言正是一切苦難的開端；然而，在十九世紀末瀰漫種族優越論的美國，哥倫布卻象徵著文明的到來，而且是種族化的、白人的文明到來。博覽會場對於世界各地不同文明的展示與排序，就彰顯了這樣的價值：由歐洲開始，中間經過中東、西亞與東亞，最後則是非洲與美洲原住民。最為諷刺的是，經歷十九世紀以來一波波迫遷、戰爭、土地流失與同化政策的美國原住民，其文化與生活方式，竟成為博覽會中所蒐集、展示與搶救的對象。

特納本人並不歌頌種族主義及領土擴張，然而，他開啟如此這般將美國「邊疆」視為一種精神層次的存在，並且是美國核心價值依存的思考，卻成為日後美國多次在面對社會內部緊張與衝突時，將內部壓力投射向外的一種立論基礎。這也就是作者格倫丁透過本書，想要梳理的歷史。

《美國神話的終結》是一本架構宏大的美國歷史綜論，格倫丁從七年戰爭（一七五六—一七六三）後，北美殖民者向西擴張的意圖，如何受到殖民母國與原住民之間協定的箝制，進而成為殖民地追求獨立的開端談起。對於大部分台灣讀者來說，這可能是較為陌生的談法，我們熟知課徵印花稅引發殖民者不滿，以及將茶葉丟進波士頓港的故事。我們大致上知道他們在追求民主（國會代表權）與自由（解除貿易壟斷），但我們很少聽說的，是他們同時也想追求向西擴張的自由，與邊疆生活所打造出的殖民地式民主。

本書的第一到第六章，便著墨於草創的美國如何從原來的十三州，逐步擴張至太平洋海岸的過程，包括一八〇三年的路易斯安那購地（Louisiana Purchase）、一八三〇年的《印第安人遷移法案》

（Indian Removal Act）[i]、致使墨西哥失去近一半領土的美墨戰爭（一八四六—一八四八）等。這些事件經常被描述為美國歷史的昭昭天命（Manifest Destiny），彷彿美國從一開始就註定獲得從大西洋至太平洋這一大片完整方正的領土，且正因為是天命，所以過程才會如此順利。

但是格倫丁告訴我們，事實上「西部」自殖民時期以來，一直都扮演著「安全閥」的角色。當美國社會內部產生無法化解的階級與種族衝突時，經常會透過向西擴張來洩除這種可能造成社會解體的壓力，格倫丁寫道，這是「將此時此刻看似無法解決的社會衝突的解方，設想於彼方。」

更重要的是，一種軍事愛國主義的風氣逐漸在此過程中成形，這最清楚體現在第八章所描述的美西戰爭（一八九八）的動員過程中。經過南北戰爭及重建時期而產生嚴重分裂的南北雙方，特別是南軍的將領與士兵，莫不透過這場名義上為了協助古巴爭取獨立，實際上卻讓美國影響力伸入古巴、波多黎各、菲律賓等地的戰爭，來重新證明自己對國家的忠誠度。也就是在這場戰爭中，原本象徵南軍與白人至上主義的邦聯旗，被帶到了美軍行經的各個角落，自此與軍事作風的愛國主義產生連結。

關注國際新聞的讀者們或許已聯想到，二〇二一年一月六日，美國前任總統川普的支持者扛著邦聯旗、進佔國會大廈的新聞事件。雖然格倫丁於二〇一九年出版本書時，這個事件尚未發生，然而格倫丁於本書後半部所梳理的歷史過程，都與這面邦聯旗的幽靈糾纏不休。

這張紅色的大旗，曾出現在二戰、越戰中，也出現在美國資助反抗軍推翻尼加拉瓜桑定政權的地下行動，更現身於阿富汗戰爭中。這張旗幟將美國的白人至上主義者的憤怒與精力，從對於非裔美人與墨西哥季節性移工（bracero）的私刑暴力，轉移到海外戰場上。

格倫丁主張，一直到柯林頓政權為止，這種將不斷擴張邊疆當作安全閥的操作方式，都還算有效；然而美國的擴張也有極限，而川普的上任，以及川普要在美國邊境築起一道杜絕非法移民的牆的宣稱，對格倫丁來說，就象徵著美國承認邊疆神話的侷限。

歷史學者有一個不成文的潛規則，那就是我們雖然關心現世，卻很少近距離研究如此切身的時間點，歷史學者比較習慣能夠退一步觀察時代變化趨勢。如此說來，格倫丁這本書的最終評論——「美國邊疆神話在川普政權已然終結」，其實是一個十分大膽的預測。

就台灣的角度來說，拜登自二〇二一年上任以來，似乎並未如多數媒體事先預期，主動修復與中國關係，更以積極態度促成台積電赴美設廠，大動作與日、韓、菲聯合軍演，顯見仍有經濟擴張與地緣政治企圖；此間，美國內部的中美洲移民問題、大規模槍擊事件、非裔美人遭受執法過當等問題，也仍在升溫當中。

究竟美國社會是否察覺邊疆神話已然終結？以及這些海外布局，是否誠如格倫丁所言，總歸是為了洩除美國內部社會的壓力，而與美國宣稱所要捍衛的價值無關？都有待我們繼續觀察。但，在此之前，誠摯邀請您一起來閱讀這本《美國神話的終結》。

i 讀者如對這起歷史事件感興趣，推薦閱讀克勞迪奧．桑特（Claudio Saunt）的《不講理的共和國：國家暴力與帝國利益下的犧牲品，一部原住民族對抗美國西拓的血淚哀歌》（臺灣商務，二〇二二）。

前言　向前逃逸

邊疆的語言如詩，而歷史學家弗雷德里克．傑克遜．特納（Frederick Jackson Turner）則是最偉大的桂冠詩人之一。他在一八九三年寫道：「美國就像是社會歷史上的一大頁。」「當我們由西部至東部逐行閱讀這個大陸時，我們會發現社會進化的紀錄。」[1]特納說，發生在北美大陸的擴張使歐洲人成為新的民族——既粗獷又充滿好奇心，既自律又躁動，既務實又創新，充滿「焦躁、緊張的能量」，並且受到「伴隨自由而來的活力與蓬勃發展」所鼓舞。特納的學術生涯從十九世紀後期橫跨至二十世紀初期，當時的種族歧視正值巔峰，禁止異族通婚與排斥移民的法律相繼出台，此外三K黨也死灰復燃。在德州，墨西哥工人遭私刑處死，美國軍隊則在加勒比海與太平洋從事致命的打擊叛亂行動。然而，後來特納為人所知的邊疆理論（Frontier Thesis）——該理論主張將定居區擴張至由「無主地」構成的邊疆之外，創造了一種美國獨有的政治平等形式。這種充滿活力、向前看的個人主義，將賭注押在了未來之上。

特納所代表的那種美國主義需要無止境的樂觀，這種樂觀被帶入美國建國進程，將國家進步賭在向邊疆與全世界持續前進之上，認為只要這麼做，種族歧視就會化為灰燼並成為歷史殘骸。美國主義也將淡化其他社會問題，包括貧窮、不平等與極端主義，並且教會不同的人們如何和平共存。一九〇二年，法蘭克・諾里斯（Frank Norris）希望領土擴張將導向某種新的普世主義，也就是「全人類的兄弟情誼」，屆時美國人將明白「全世界都是我們的國家，而全人類都是我們的同胞。」[2]

面向西方意味著面向應許之地，這是一個伊甸園式的烏托邦，美國人在此將成為新亞當，想像自己擺脫自然限制、社會責任與歷史的模稜兩可。在美國歷史上，再也沒有一個神話比拓荒者們不斷突破經線前進更強大，或是被這麼多總統們引述。向前，持續向前。儘管也有暫時停滯、懷疑、異議與反動的時刻，特別是在一九三〇與一九七〇年代。但是擴張主義的迫切需求，在幾個世紀以來一直以各種形式維持不變。正如伍德羅・威爾遜（Woodrow Wilson）在一八九〇年代所說：「篷車裡頭的邊境民族，是我們國家歷史的中心與決定性事實。」威爾遜接著說道：「撤退的念頭並不存在。」[3]

直到現在。這首邊疆詩篇於二〇一五年六月十六日終止，那時，唐納・川普（Donald J. Trump）以一種與特納完全相反的姿態宣布競選總統。川普表示：「我將建造一堵長城。」

川普應該從未聽說過特納，或是他對於美國思想的巨大影響。然而，在曼哈頓第五大道川普大樓的大廳內，他就歷史提出自己的見解。他特別提到《北美自由貿易協議》（*North American Free Trade Agreement*, NAFTA）以及這個國家對於自由貿易的熱中。他說：「我們必需停下來，自貿協議必須停止。」

所有國家都有邊界，如今許多邊界甚至築起圍牆。但是只有美國曾經擁有邊疆，或至少是一個視為是解放之替代品的邊疆，與可能性及現代生活之承諾同義，並被奉為典範，供世界其他地方效仿。[4]

在建國者贏得獨立的數十年前，美國被認為是一個永不止歇的過程。一六五一年，湯瑪斯．霍布斯（Thomas Hobbes）敘述英國對美國實施的殖民政策是由「貪得無厭的胃口，也就是『擴張領土的暴食症』」所驅動。[5]在寫下《獨立宣言》的兩年前，湯瑪斯．傑佛遜（Thomas Jefferson）在一份政治宣言中將墾殖者「離開其偶然降生、而非主動選擇的國家，去追尋一個新的居所」視為普遍法的要素。[6]

早期的美國神學家相信，真實的宗教隨著太陽從東部移動至西部，如果人們可以跟上宗教的靈光，也許就可以克服歷史時間並且避免衰落。[7]一位邊疆作家說，西部是「人類獲得第二次機會之地」。[8]特納則說，這是一個「常年重生」的地方。是否存在新的邊疆？歷史學家沃爾特．普雷斯科特．韋伯（Walter Prescott Webb）在一九五〇年代早期寫道：這個不斷被提出的問題，其揭示的道理不亞於對於死亡的本能性拒絕。韋伯說：這問題就像是人類是否有靈魂？[9]對於邊疆擁有再生力量的信仰，源於對於許多人而言，西部確實提供了一個擺脫現況的機會。許多人在此致富。就野心與規模而言，美國確實非常偉大。

邊疆概念既是一種診斷——用來解釋美國的權力與財富，也是一帖處方——用來建議決策者應該怎樣維持並且擴展權力與財富。當物理邊疆被封鎖時，其形象可以輕鬆地被應用在其他領域的擴張，包括市場、戰爭、文化、技術、科學、心理與政治。在第二次世界大戰的幾年之後，「邊疆」成為形容某種觀看新世界秩序的重要隱喻。舊帝國在被認為是資源有限的環境中建立主宰權，並且為了盡可能攫取世界財富而擴展其支配地位，以此削弱對手。不過，現在的美國聲稱自己是不同類型的全球強權，主宰著以無限增長為前提的世界經濟。其領袖表示，與其說華盛頓統治，不如說它協助組織並穩定一個自由、普世且多邊的國際社會。邊疆無限的政治承諾意味著財富並非零和命題。它可以被所有人共享。戰後的執政者們挪借安德魯．傑克森（Andrew Jackson）及其追隨者在一八三〇至一八四〇年代所使用的邊疆修辭，主張美國將擴大世界的「自由領域」，並且擴大其「自由機構圈」。[10]

邊疆概念內含其自身的悖反，這也是它得以成為一則強而有力的國家隱喻的另一個原因。馬丁．路德．金恩（Martin Luther King, Jr.）認為，邊疆理念助長了多種相互強化的社會痼疾：種族主義、粗暴的陽剛氣質、擁戴富人懲罰窮人的道德準則。從一九六七年初美國升級越戰之時，到一九六八年四月金恩被殺害為止，有長達一年的時間，金恩在一連串的佈道會跟記者會上，反覆提出嚴厲的批評。他指出，海外的軍事擴張行動加速了國內的分化。他說，「越南的火焰噴射器讓我們的城市陷入火海」，「越南的炸彈在我們的家園爆發。」與此同時，持續不斷的戰爭也被利用來向外轉移兩極分化所造成的惡果。[11]

金恩的論點簡單而深刻——藉由不斷向前逃逸，美國得以避免直面它的社會問題，包括經濟不平等、種族主義、犯罪與刑罰，以及暴力。當時的其他評論家也提出了類似的論點。一些學者認為，擴張讓美國得以利用靠著剝削第三世界所帶來的社會福利或更高的工資，「收買」國內的白人技術勞工階層。一些學者特別強調擴張的政治效益，認為擴張能夠調和利益衝突。[12]另外一些學者的論點則著重於各種更佛洛伊德式的（甚至是榮格式的）心理動機：士兵們將過去對付有色人種的邊疆戰爭中所形塑出的根深柢固的暴力臆想，投射至海外敵人身上，或是以更加荒誕的病態殘忍，試圖昇華美化其「充滿愧疚感的慾望」及其參與戰時暴行的共謀行為。[13]

這種觀點——在美國漫長的歷史中，無止無盡的擴張（不管是領土擴張還是憑藉著市場和軍國主義進行擴張）轉移了國內的極端主義——還有許多值得探索之處。例如，歷史性的創傷、怨憤、神話和象徵如何世代相傳？就當時的客觀情況來說，美國是否需要進行擴張以確保國外資源，並為國內產業開闢新市場？還是，這個國家的領導人就是堅信他們必須擴張？無論這些問題的答案為何，不爭的事實是，美國自建國以來就不斷向外推進，並以道德語言——認為擴張對於邊疆內外的人民皆大有裨益——合理化這種擴張行徑。歷史學家威廉・艾普曼・威廉斯（William Appleman Williams）在一九六六年寫道，擴張的概念「從心理學和哲學的角度來說是十分令人振奮的」，因為它能夠「無限延伸」。[14]

但事實證明，擴張不是無止境的。

美國捲入一場永遠不會得勝的戰爭已經進入第十八個年頭。[i]二〇〇〇年代初期在阿富汗和伊拉

i 編註：這裡指美國從二〇〇一年起發動的阿富汗戰爭。二〇二一年一月拜登（Joe Biden）上台後，宣布美軍將完全撤出阿富汗的計畫，當時阿富汗內戰仍炙。同年八月，塔利班擊退阿富汗政府，美國則按原計畫撤軍，結束長達二十年的阿富汗戰爭。

克打仗的士兵正目送他們的孩子參軍入伍。最近，一位退休的海軍將領表示美國至少會在阿富汗再待十六年。到那時候，第一代退伍軍人的孫子們就即將入伍。參議員林賽．葛瑞姆（Lindsey Graham）認為，美國正在打「一場沒有盡頭的戰爭，這場戰爭沒有邊界，也沒有時間或空間上的限制」。[15]另一位退伍軍官談到針對尼日等非洲國家所發動的軍事擴張行動時表示，戰爭「永遠不會結束」。[16]後代子孫們將要支付這筆總額將近六兆美元的帳單。[17]

美國身陷一場沒有盡頭的戰爭之中，但它再也無法想像一種沒有盡頭的擴張。因為二〇〇七年、二〇〇八年間的金融危機（其後的經濟復甦呈現反常的走勢，包括投資率不上不下，投資者囤積資金、股票上漲以及工資停滯不前），整整一代人的「雄心大志」都徹底地折損了。[18]數十年前（一九八〇年代）的經濟轉型——始於農業衰退和去工業化，後續伴隨著金融自由化、極端的減稅政策，以及低薪服務業工作和個人債務的固著化——是該場經濟危機的根源。在這幾十年裡，美國的政治菁英不斷透過強化這種關於「無限」（limitlessness）的修辭來兜銷經濟轉型。「沒有什麼是不可能的，」隆納．雷根（Ronald Reagan）說道，「增長沒有極限。」[19]繼任的三位總統——喬治．布希（George H. W. Bush）、比爾．柯林頓（Bill Clinton）和喬治．沃克．布希（George W. Bush）——主導了一場後來證明十分不切實際的意識型態泡沫（如同柯林頓底下的首席經濟學家於一九九八年所預測的，這波「倏忽即逝」的網路公司創業潮〔dot-com boom〕將「永遠持續下去」。）[20]這四位總統不斷加碼，將國際「參與」（engagement）拱上某種道德使命的高位——該使命將美國帶往波斯灣，並引發了一場導致美國財政枯竭、道德名聲敗壞的全球戰爭。

所有民族主義的現實和經驗之間都存在著差距。但是在越戰失敗後的幾年中，頑強的個人主義和邊疆無限等神話捲土重來，導致了某種令人難以忍受的失諧狀態，與此同時，因為去工業化生活陷入險境的人日益增多，越來越多人的忍耐極限正瀕臨崩潰邊緣。個人主義和邊疆神話被用來削弱各種社會團結機制，特別是公共福利以及工會組織——在這些機制最被需要的時候。在西部神話中，牛仔不會加入工會。[21]神話與現實之間的縫隙現在已成一道巨大的鴻溝。

美國將立國之本建立在「政府應該放手讓個人追求各自的利益」之上。即使美國心懷道德使命前進世界，但腐敗和貪婪從來不是什麼舶來文化。但是，很難想像這個國家的歷史上有這麼一段時期，貪腐和幻滅大行其道，愛富嫌貧蔚為風氣。

評論家們認為，二〇一六年唐納·川普當選總統的那場大選，以及他在競選和執政期間發表的所有尖刻言論，導向兩種對立的可能性。川普主義要麼代表了一個斷裂，一場既已佔領政府機構的非美國運動（un-American movement）；要麼代表了一種根深柢固的美式極端主義的實現。川普粗糙而苛刻的本土主義（nativism）訴求，究竟是一種與傳統——對內寬容、平等的政治承諾（雖斷斷續續但一直持續到現在）以及對外支持多邊主義、民主和開放市場之立場的決裂，還是，用迪克·錢尼（Dick Cheney）那句擲地有聲的名言來說，這不過是美國歷史迎向光明時必然伴隨而來的「黑暗面」？川普主義代表的究竟是反叛還是延續？

大多數的評論都忽略了擴張及對「無限」（boundlessness）的許諾在將種族主義和極端主義向外緣

推進上所扮演的角色。週而復始的混亂確實催生出了類似川普的煽動家，像是喬治・華萊士（George Wallace）和帕特・布坎南（Pat Buchanan）。但是他們所領導的本土主義運動在當時仍未蔚為主流，且只限於特定地域、制度和意識型態。在美國歷任總統之中，還有其他一些人是公開的種族主義者。在理查・尼克森（Richard Nixon）靠著他的「南方戰略」（southern strategy）[ii]贏得了南方新邦聯人（neo-Confederates）的選票以前，伍德羅・威爾遜就將僅存的「真邦聯人」（actual Confederates）及他們的兒孫培養成自己的選民聯盟，他還在聯邦官僚機構中重新實施種族隔離，並賦予三K黨合法地位。在威爾遜之前，則有安德魯・傑克森。傑克森曾親身帶著一支奴隸隊伍走過納齊茲（Natchez）和納什維爾（Nashville）之間的道路，他主導施行種族清洗政策，為白人墾殖者騰出大量土地，並傾盡聯邦政府之力建立起一種「高加索民主」（Caucasian democracy）。

然而，傑克森和威爾遜等早期種族主義總統與川普的不同之處在於，他們在職的時期正是美國向世界進軍的全盛時期，那張承諾「無限擴張」的政治支票，阻止了國內的政治分化並重新讓這個國家團結在一起（即便南北內戰幾乎使它分崩離析）。川普主義則是一種朝向內部的極端主義，它耗盡一切，也吞噬了自身。沒有「彌賽亞式的」聖戰能夠駕馭激情，並重新將其引至外部。擴張——無論是何種形式——再也無法滿足利益、調和衝突、減緩分化，或是轉移憤怒。

如同作家薩姆・坦能豪斯（Sam Tanenhaus）在談及巴拉克・歐巴馬（Barack Obama）任職期間逐漸發展壯大的保守派邊緣勢力時所說的，「憤怒」已經無處可去。[22]它們在家園四處流竄。川普充分利用各種形式的美式種族主義：包括兜售出生地質疑主義（birtherism）[iii]、擁戴法律與秩序極端份子

（law-and-order extremists），並拒絕與三K黨和納粹支持者保持距離。但其對邊界的看重以及伴隨而來的種種作為——給墨西哥人貼上強姦犯的標籤、稱移民為蛇和動物、挑動人們對於非法滯留者的憤怒、提議終止出生公民權（birthright citizenship）、放任美國移民及海關執法局（ICE）探員橫行於醫院和學校，在全國各處突襲搜捕，縱容他們拆散家庭、散布悲痛——成了川普主義最為鏗鏘有力的主調敘事：世界並非無邊無際，不是每個人都能共享其財富，而美國的政策應該要能反映此現實。這並不是什麼新鮮的論述。多年以來，它一直都存在兩個不同的版本。其一是人文主義式的觀點，認識到現代生活必然伴隨著義務，自然資源並非無窮無盡，盡可能公平地分配財富應該是這個社會的運作準則。另一種觀點則認為，只有透過支配才能認識極限所在。

加拿大詩人安妮．卡森（Anne Carson）曾經說：「活過神話的終結是件極其危險的事。」隨著川普上台，美國走到了神話的盡頭。

當我們在談論邊疆的同時，也是在談論資本主義，我們談論它的力量和可能性，及其對「無限」的許諾。唐納．川普發現談論邊界——並承諾建一堵牆——是承認資本主義有其侷限以及痛處，而不

ii 編註：指共和黨的尼克森藉由強調並加深種族主義的意識形態、暗示種族隔離的合宜性，爭取南方白人選民的支持，從此改變了南方白人以往支持民主黨的局面。

iii 編註：一種質疑美國前總統歐巴馬不是在美國出生，而是在肯亞出生，因此沒有資格擔任美國總統的論調，川普是此懷疑論的主要散布者。

用去挑戰資本主義的一種方式。川普競選時承諾要結束戰爭，並終止共和黨極端反干預的自由市場計畫。然而上任之後，他便加速鬆綁管制，增加軍事支出，擴大戰爭規模。[23]但他一直在談論那堵牆。

那堵牆可能會建，也可能不建。但即使這堵牆一直都停留在變幻無常的預算編制階段，成為國會跟白宮之間的萬世談判籌碼，這項政治許諾——沿美國南方邊界蜿蜒興建一條兩千英里長、三十英尺高的鋼筋水泥緞帶——仍發揮了其功能。這堵牆是美國的新神話，是邊疆最終宣告關閉的紀念碑。它是一個象徵，象徵了一個曾經相信自己逃脫了歷史——或至少是悠遊於歷史之上——的國家，一個曾經認為自己是未來之主的民族，如今成了過去的囚徒。

第一章 極目之地

「美國就是地理上的純粹空間。」

一

北美洲的英國殖民地在擴張中誕生。美國是一種渴望、使命和義務，是基督教分裂與歐洲無止境的宗教衝突、領土紛爭之下的產物。依據新英格蘭（New England）的新教徒移民們對於《啟示錄》特有的複雜解讀，他們可能已經將飛越大西洋視為逃離歐洲戰火的一種手段。或者，把遷徙視為一個開拓新戰線並在新的土地上贏得戰爭的機會。美國的第一個矛盾形象——既原始又倍受蹂躪——出現在十七世紀，於繚繞新大陸的末世論迷霧中：空蕩蕩的，同時又充滿了乞求救贖的原始人，隸屬於天主教西班牙（西班牙在一個世紀前征服美洲的部分地區，是希望一舉成為世界強權的新教英格蘭面前的一大阻礙）。朝廷大臣，同時也是一位牧師的理查・哈克路特（Richard Hakluyt）在十六世紀末寫下：「所有人都異口同聲地叫喊著，自由，自由」，希望說服投資者和女王陛下到美洲建立殖民地。[1]

當清教徒社會因殖民生活的惡劣條件陷入崩潰時，邊疆威脅著人們，也召喚著人們。黑暗的樹林裡到處都是女巫。她們施展巫術，邀請人們到森林裡來。在森林中，眾人會獲得救贖，並被授與新的目標和一個重新開始的機會。或者，森林會成為一個更哀傷的地方，如同兩個早期清教徒元老如此描述那些冒險闖入未知土地的人們即將面臨的磨難——「荒野的哀傷」——當墾殖者為了逃避神職人員的統治四處逃散，任何存在的連帶都將粉碎為原子。「人們準備好再次狂奔到樹林裡，並和過去一樣成為異教徒。」英克里斯・馬瑟（Increase Mather）警告道。擴張——經常是在同一場佈道會上——可能同時被視為建立基督教社群的難處和解方。

而無論是哪一種，美洲原住民都必須讓道。他們可能會死去——一位清教徒編年史家提到，「他們消瘦、腐敗、消逝。」原住民們在五月花號於一六二〇年抵達的前幾年死於歐洲的瘟疫，從而為麻薩諸塞灣殖民地的建立鋪平了道路。「上帝為祂的子民開闢了一條康莊大道，祂驅逐了異教徒，並將他們種在土裡。」另一名評論者說。[2]他們可能被殺害——根據史學家伯納德・貝林（Bernard Bailyn）的說法，清教徒所發動的神聖恐怖，源自於「對文明人在難以想像的荒野中可能遭遇不測的恐懼，以及對種族衝突的恐懼。在這些衝突中，上帝的子民注定要與那些充斥周遭的無情撒旦代理人和敵基督異教徒們鬥爭。」[3]倖存者可能遭到奴役——北美殖民地的第一個專利是在一六二六年授與一名維吉尼亞商人及種植園園主威廉・克萊朋（William Claiborne），他發明了一種裝置，除了用來禁錮印第安人之外，還能迫使他們勞動。為了「測試這項發明」[4]，克萊朋得到了一名印第安人作為他的實驗對象。殖民地的記錄中並沒有記載該發明究竟為何，僅僅提到這項測試最後沒有成功。[i]

他們也可能被驅趕到更遠更遠的西方。紐奧良的西班牙總督在一七九四年抱怨道：「龐大又躁動不安的人群一步步將印第安民族驅趕至我們的領土之上，試圖侵佔夾在俄亥俄河和密西西比河、墨西哥灣和阿帕拉契地區之間，印第安人所佔據的廣闊大陸。」[5]

一個半世紀過後，墨西哥作家，同時也是一名外交官的奧克塔維奧．帕斯（Octavio Paz）於一九五〇年代初期提出了大致相同的觀點：

美國就是地理上的純粹空間，可以容納所有的人類行動。由於它缺乏歷史實質（古老的社會階級、既存體制、宗教和世襲法律），現實中除了大自然之外，沒有其他阻礙。人不是在與歷史鬥爭，而是在與大自然鬥爭。所有歷史性阻礙——比如說原住民社會——都會從歷史中被抹去，它們將淪為單純的自然事實，並隨之消失……邪惡是外來的，是自然世界的一部分——像是印第安人、河流、山嶽和其他阻礙——必須被馴化，或被摧毀。[6]

帕斯接著說，美國獨立革命是一場永久的革命，是對所有「不符合美國核心特質之元素」的持續驅逐，以及「此核心特質自身的不斷發明」。任何妨礙核心特質的發明、對於持續創造來說「無論如

i 在維吉尼亞人們毅然決然轉向非洲尋求勞動力的同時，清教支持者克萊朋決定轉向西班牙美洲，在倫敦富商的資本挹注之下，他試圖在洪都拉斯海岸建立一個「更新的」新英格蘭，但以失敗告終。

何不可征服或不可同化之物」——不管是美國原住民，西班牙美洲，還是歷史本身——「都不屬於美國」：

在其他地方，擁有未來是人的特質之一：因為我們是人，所以我們擁有未來。但在撒克遜美洲，這個過程是倒反的，是未來決定了人：我們是人，因為我們就是未來。而一切沒有未來的，都無以為人。

帕斯說，美國「沒有矛盾、模糊或衝突的餘地」。這個國家向前飛越大地，「飛快地，彷彿失去重量一般」。德克薩斯之父史蒂芬・奧斯丁（Stephen Austin）在一個多世紀前曾說，阻止北美人向西移動就像是「試圖用稻草大壩攔截密西西比河」一般。[7]

二

西進運動時起時偃，會在關鍵時刻激情地向前突進。十八世紀的頭幾十年，在神學上，是一段相對平靜的時期。英國殖民者仍然受戰爭、疾病、惡劣天氣和內部分裂主義所困擾，但已從讓其清教徒墾殖者先人飽受折磨的精神痛苦中恢復了一些。緊接著，在一七三〇年代爆發了大覺醒運動（Great Awakening）[ii]，評論家們語帶威嚇地悲嘆，將國際事件——歐洲國家間的戰爭——描繪為教皇黨（popery）與真宗教之間鬥爭的最新階段。山林開墾潮——認為遷徙是預言性的，相信開墾山林、讓基督徒布滿山谷是救世主使命的一部分——又再次掀起。翻越藍嶺，進入雪倫多亞和俄亥俄河谷，穿過坎伯蘭峽谷的墾殖者們「皆是虔誠的信徒，並對聖經中反異教徒的文句深信不疑。」[8]他們認為這是一個信仰問題，如同在一七三〇年代幾乎將康尼斯多加人（Conestoga）從賓州西部驅逐殆盡的蘇格蘭－愛爾蘭人所說：「這麼多的基督徒想要耕種土地、收穫他們的麵包，上帝律法和自然法則不允許這麼多土地被閒置。」[9]

在美國革命前的幾十年裡，越來越多人以世俗的角度看待西部拓荒，他們認為西部拓荒帶來了社會的進步，而非基督的降臨。一七五一年，班傑明・富蘭克林（Benjamin Franklin）在一本名為《論人口增長》（*Observations Concerning the Increase in Mankind*）的小冊子中展露了這種想法。[10]富蘭克林寫道，在歐洲，過多的人口推擠著生存底線，試圖從貧瘠的土壤中獲取食物，他們擠滿了城市，壓低了工資。他說：「當勞動力充足，工資就會降低。」相反地，美國避開了這個人口學陷阱。人口增長並沒有導致有限的資源再拆分成更小的份額，反而使財富成倍增加。大量廉價又富饒的土地意味著勞動者可以想要多少孩子就生多少孩子，他們的孩子可以直接闢一塊林地，種植自己的莊稼。市場將與供應同步增長，讓美國免於蒙受折磨歐洲的失調現象——太少的食物、太多的工人、太便宜的工資、太擁擠的城

ii 編註：在美國歷史上出現的數次基督教復興運動。第一次大覺醒發生在一七三〇年代到一七四〇年代，牧師發起了一系列恢復宗教熱情的活動。

市、製成品太多而需求不足。富蘭克林在他位於費城的印刷廠寫道：「北美的疆域如此遼闊，需要很長一段時間才能墾殖完成；在那之前，勞動力永遠不會變得廉價。」

富蘭克林是個樂觀的普羅米修斯主義者。他把歷史想像成由東向西、橫跨海洋和陸地的推進運動。他寫道，「開墾美國，此林木繁盛之地」，讓我們「得以洗刷滌淨我們的星球」。他估計，美國擁有「一百萬英國人口」，這數字會在一代人的時間內翻倍，直到「水的這一方」的英國人比大英帝國還多。關於種族差異，富蘭克林提出了一個新的思考方式；比起透過神學的絕對性——將美洲印第安人想像成撒旦的代理人，並以上帝之名合理化將他們驅逐出自己的土地之舉——他是以一種聽上去十分現代化的相對論主張，證成其對跟自身膚色相同的人的偏愛。他說，所有人對自己的同類都會「有所偏愛」，就像他對白人一樣：「我希望他們的人數會越來越多。」非洲是「黑色的」，亞洲是「黃褐色」。富蘭克林認為，除了大英帝國和撒克遜德國的部分地區，歐洲大部分都是「黑黝黝的」。北美的白人墾殖者會從「地球這一側反射一道更明亮的光到火星或金星居民的眼中」，他寫道。這是一記自然神論的刺拳，富蘭克林以其他——來自外星球——有知覺的生物體的判斷代替全知全能的神的判斷。

七年戰爭（Seven Years' War）開拓了人們的眼界，讓富蘭克林那種樂觀的態度（將繁榮連結至擴張）和一股更黑暗的慾念（墾殖者開始相信土地是他們的產業，是流血的賞金）逐漸蔓延開來。在一七五六年至一七六三年之間，歐洲分裂成兩大聯盟（一邊由天主教法國領導，另一邊則由新教英國領導），並進行了一場幾乎席捲全球的戰爭，範圍遠至印度、非洲、亞洲、加勒比海地區和南美洲。英法都在北美洲部署了常備軍、由墾殖者組成的民兵和原住民盟友，為了爭奪這塊大陸的控制權。[11]

這場戰爭掀起了腥風血雨。在北美洲，這場戰爭實際上始於一七五四年，當時英法的殖民者們為了獲得俄亥俄河谷的控制權短兵相接。這是一場低強度、高死亡率的漫長苦戰，不管是為了報復，或是為了生存。人們在渺無人跡的森林裡艱苦跋涉，歷經屠殺、燒毀村莊、倉皇撤退、飢渴寒凍、自相殘殺。英國的「突擊兵」仿照美洲原住民的戰鬥模式，學習以小隊為單位在地表上悄然移動，並發動突襲。例如，羅傑斯突擊隊（Rogers' Rangers）在征討康乃狄克河谷時，他們「像印第安人一樣」穿戴和生活，用刀剝下和法國結盟的原住民的頭皮。根據其中一名隊員的說法，當突擊隊行軍至聖羅倫斯河附近的阿本拿基族（Abenaki）村落時（村裡滿是婦女和孩童），突擊兵們馬上「毫不留情地大開殺戒」。不到十五分鐘，「整座城鎮都陷入火海，大屠殺令人不忍卒睹。」幾乎沒有人逃過一劫：「那些沒有被火焰吞噬的人，不是被子彈擊中，就是被戰斧砍死了。」那名突擊隊隊員說道：「這些野蠻人的殘忍行為換來了一場災難，雖然可怕至極，但他們罪有應得。」[12]

這樣的模仿不僅具有戰術上的功能，還會產生某種心理效果：在殘酷地痛下殺手的同時，透過想像這些手下亡魂是如何殘虐地殺人，他們便能安心地殘殺對方。他們表現得好像自己跟印第安人一樣，是這塊土地上的原住民，一旦印第安人被逐出這片土地，他們就可以將這片土地佔為己有。「手足屠殺」（fraternal genocide），一位作家如此描述墾殖者的這種模仿行為：被屠殺的「印第安兄弟」成為了「白人潛意識中作祟的怨靈」。[13] 某種程度上來說，這是戈馬克．麥卡錫（Cormac McCarthy）在其小說中寫到的血色子午線（blood meridian）的開端，那條由無垠的天空與無盡的仇恨交匯而成的地平線。或者，這至少是「野蠻年代」（barbarous years，伯納德・貝林如此稱呼墾殖者屠殺美洲原住民那頭幾十年的時間）大陸化（continentalization）的開端。

英國贏得了那場戰爭，從法國手中奪取了大片的林地，北起五大湖，穿過俄亥俄河谷，西至密西西比河。但倫敦的和平很快就被打破了。法國被打敗之後，西班牙成為大英帝國的最後一個對手。然而西班牙王室此時對其北美領土的控制岌岌可危，這讓許多英國殖民者（例如富蘭克林）滿心期待著，最後一戰會給大英帝國送上整個北美和加勒比海地區。富蘭克林於一七六七年寫道，在即將到來的「未來之戰」中，講英語的人將「沿密西西比河大量湧入低地地區，並前進墨西哥灣，以對抗古巴，或墨西哥」。[14]

他們已經蜂擁而來，那些「帝國的渣滓」（英國總督如此形容那些越過山脈湧入密西西比河谷的流民浪人和擅自佔地者們）。王室官員已經竭盡全力試圖阻止他們。但官員們陷入了困境，大英帝國的勝利讓它欠下兩個對立集團的人情，而這兩個集團的利益是無法互相調和的。一邊是曾加入步兵團與法軍作戰、來自阿勒格尼山和阿帕拉契地區以東的英國殖民者。英國王室允諾授與他們邊疆土地，作為兵役的報償。另一邊是英國的原住民盟友，他們大多居住在群山西側、橫跨阿帕拉契地區的河谷地中，包括北部的易洛魁人（Iroquois）、南方的契羅基人（Cherokees）、喬克托人（Choctaws）和契卡索人（Chickasaws），以及佛羅里達的塞米諾爾人（Seminoles）等。他們之中許多人也曾為王室奮戰，之於倫敦的勝利，其貢獻不亞於白人殖民者。

一七六三年十月，英國王室試圖整治局勢。英國國王喬治三世發布了一項公告，明文禁止歐洲殖民者們到固定分界線以西定居（該分界線沿阿勒格尼山的山脊延伸）：「我們在此嚴格禁止所有親愛的國民購買、開墾，或占有任何保留地，違者必究。」倫敦甚至下令已經越過那條線的墾殖者們「立即撤離」並返回東側。喬治國王頒布這條法令時，實質上是廢除了殖民地的創始憲章，並撤銷王室多年來授予私人公司的永久特許權，包括割讓給俄亥俄公司（Ohio Company）數十萬英畝的土地。[15] 倫敦等同於承認了一種新的殖民地型態（居住著原住民族，獨立於歐洲人在大西洋沿岸建立的殖民地，但與之擁有同等效力。）公告中寫道，原住民們「生活在我們的保護之下」，「在我們的領地上，他們不應受到任何騷擾或妨礙。」這項新的安排並非無關利害。英國商人知道，想要持續獲得毛皮取決於能否讓白人墾殖者遠離原住民的獵場。儘管如此，不管是皇家貿易與殖民委員會說「就讓野蠻人安靜地享受他們的沙漠」，還是喬治三世使用「民族」（nations）一詞來指稱原住民，都是一則強而有力的宣言。原住民首領們認為，這則公告是對他們主權的肯認。[16]

但在英國殖民者眼裡，這則公告是對他們主權的侵犯，因為他們將自己的主權視為向西遷徙的權利。

三

對於擅自佔地者和鄉紳來說，喬治國王的分界而治是不可忍受的，這一舉動讓英國殖民者們確定，他們的利益已然與英國王室脫鉤。由於上帝律法和自然法則遠高於喬治三世的法律，殖民者們宣

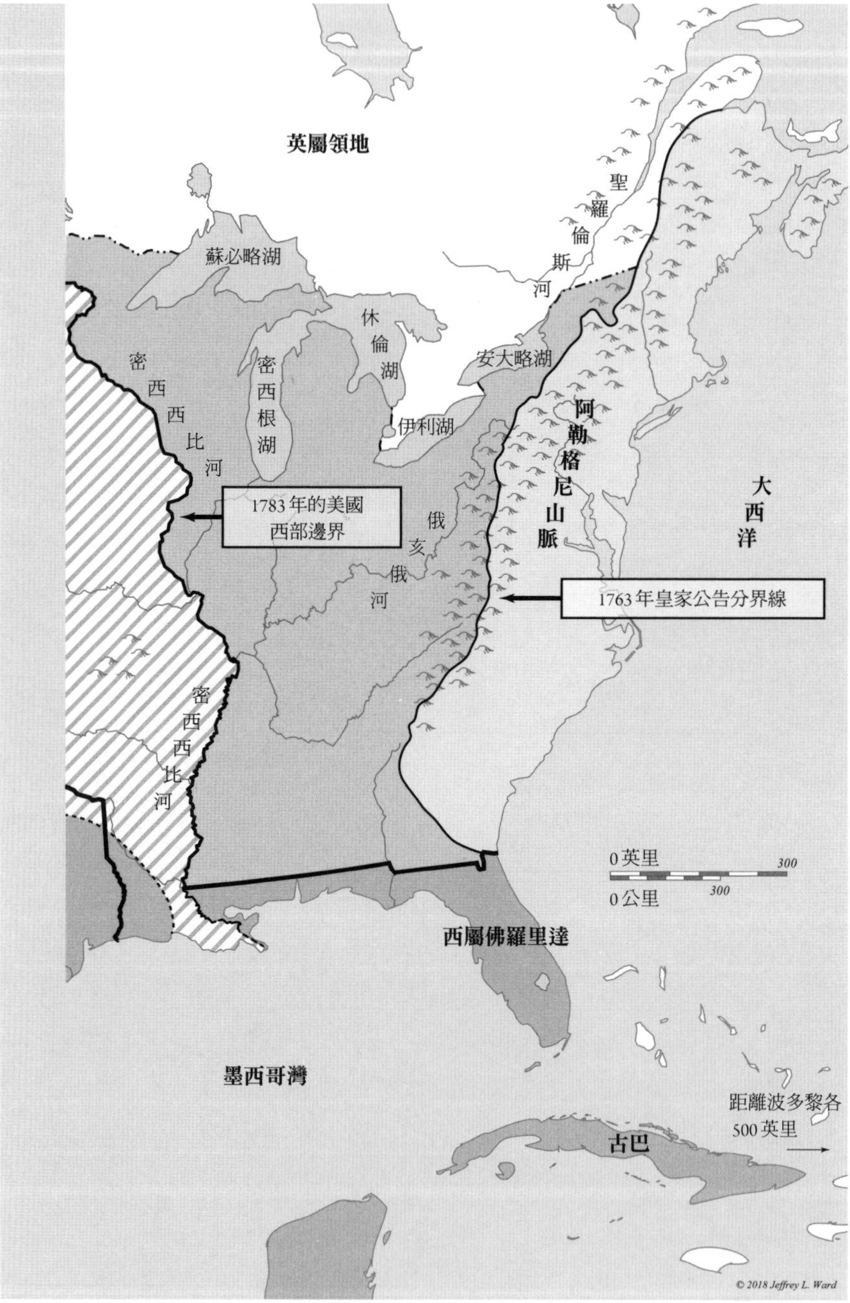

英屬領地
聖羅倫斯河
蘇必略湖
休倫湖
密西根湖
密西西比河
安大略湖
伊利湖
阿勒格尼山脈
大西洋
1783年的美國西部邊界
俄亥俄河
1763年皇家公告分界線
密西西比河
0英里 300
0公里 300
西屬佛羅里達
墨西哥灣
距離波多黎各500英里
古巴
© 2018 Jeffrey L. Ward

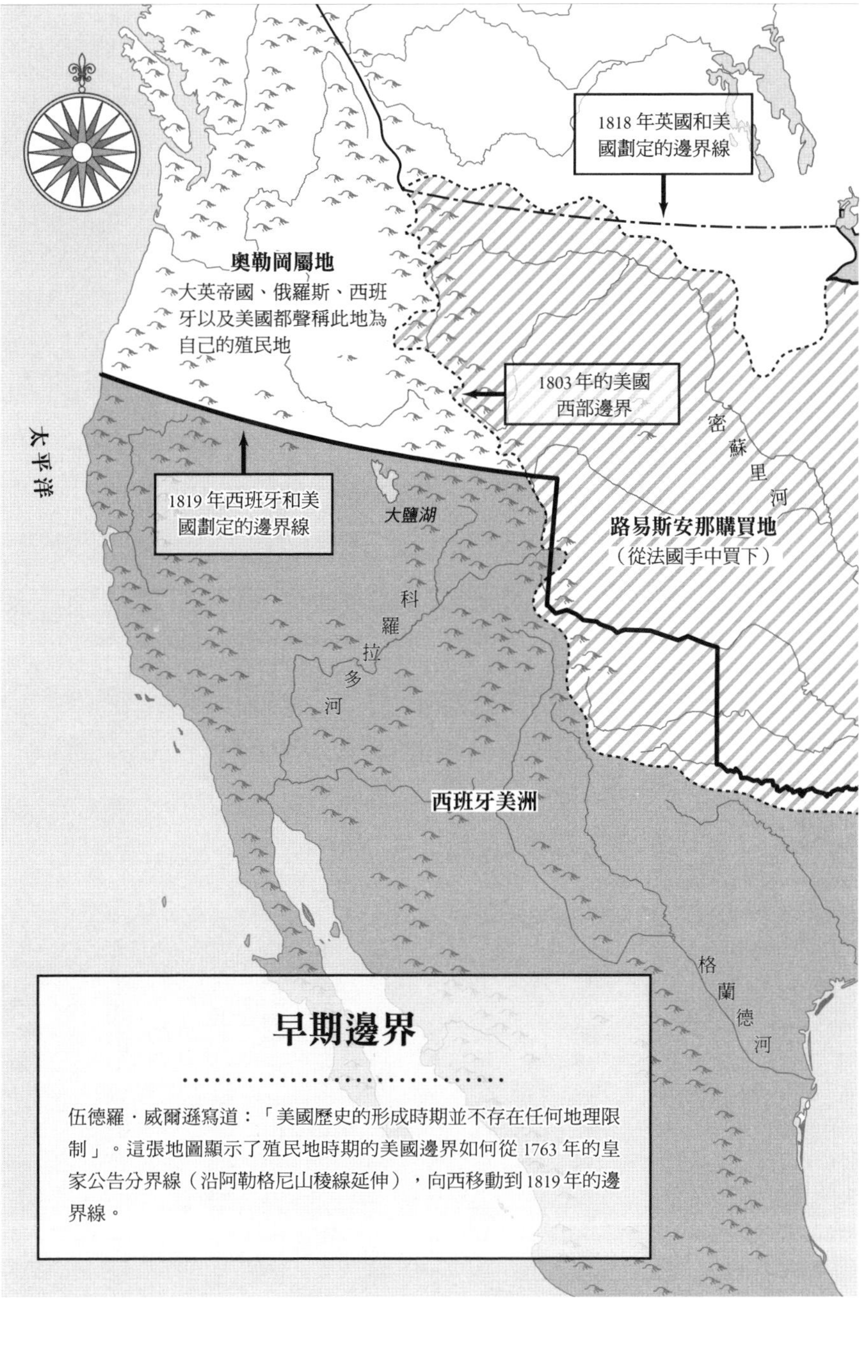

早期邊界

伍德羅．威爾遜寫道：「美國歷史的形成時期並不存在任何地理限制」。這張地圖顯示了殖民地時期的美國邊界如何從 1763 年的皇家公告分界線（沿阿勒格尼山稜線延伸），向西移動到 1819 年的邊界線。

稱他們有權在他們認為合適的地方，不管是阿勒格尼山脈的內側、外側或是山頂，建立一個合適的新社會。此一趨勢已成定局，富蘭克林警告道。他寫道：「無論王室下令、還是省政府公告，或是一場血戰帶來的恐怖和擔憂，都不足以阻止墾殖者們到山的另外一邊定居。」木已成舟，墾殖者們已落地生根。

要在北美洲分界而治是行不通的。這則公告本身就自相矛盾，它一方面宣稱將提供土地給參加七年戰爭的白人老兵，同時又表示會保護原住民的土地。英國王室再三推遲第一項承諾，也無法兌現第二項承諾。為了阻止西進的隊伍，並將擅自佔地者逐出印第安人的土地，英國王室在美國的代表——忠誠的殖民地總督們採取了各種非常手段，甚至以「無教士特典（benefit of clergy）的死亡重罪」作為威脅。一切徒勞無功。成千上萬個殖民地志願兵們在對法戰爭中，親眼目睹了禁區內部的景象，他們很清楚那塊土地上橡木和榆樹的品質；獵物和水源；河流和其支流的通航潛力；土壤的性質；哪些作物需要人為栽種，如煙草、亞麻和棉花；哪些可以在無人看照的情況下獨自生長。當地的葡萄和桑椹正等待著採摘，大麻（據說會自然地長成一片）正等待著收割。親眼目睹過此種豐饒景象的見證者們，必然不會留在阿勒格尼山脈以東。

隨著墾殖者向西前進，他們在俄亥俄河谷和密西西比河谷中到處襲擊美洲原住民。一七六三年，蘇格蘭－愛爾蘭裔的帕克斯頓之子們（Paxton Boys）在賓州西部四處橫行，屠殺了數十名康尼斯多加人，他們剝下人們的頭皮，並肢解了屍體。[17] 邊疆的野蠻行為的另一個例子是弗雷德里克．史坦普（Frederick Stump），他是一個德國移民之子，在美國出生，並在一七五五年協助建立了賓州的弗雷德里克斯堡（Fredericksburg）。史坦普被捲入戰爭之中，戰爭先是幫助他賺了一大筆錢，然後毀了他，最後又再次使他致富。他在賓州東部做小規模的土地投資和經營商店，發展得很好。但在未獲得費城允許的情況下，他就把家搬到了「山脈外側」的某處。據說，那裡的原住民殺死了他的妻子和孩子，讓史坦普攜手他的德國家僕漢斯・艾森豪（Hans Eisenhauer）一同走上了報復的道路。[iii]有一則記事，心有戚戚焉地描述史坦普和艾森豪（此人有一別名叫做截鐵器約翰）「穿過河谷和山嶽獵殺野蠻人，當野蠻人爬上樹以躲避獵犬，他們的追捕者便像擊落野貓一樣將他們射下。」[18]史坦普在後來被稱為「印第安殺手」，意思是他殺印第安人，而且殺得像個印第安人；他「用火焰與魔鬼搏鬥」，「以其人之道還治其人之身」。[19]

最壞的情況發生在一七六八年一月。在阿勒格尼河東側的一處山谷中，史坦普和艾森豪殺害了十一個原住民（英國官員稱這些人為「印第安友人」）：五名男子、三名婦女、兩名兒童和一名嬰兒。他們剝去死者的頭皮，並銷毀了屍體（他們在一條結冰的河流上鑿了一個洞，將一些屍體扔下去，然後燒了其餘的屍體。）殺人案的消息傳遍了整個地區，尤其是在印第安人的領土上。費城的貴格會（Quaker）當局開出高額懸賞金捉拿史坦普和艾森豪，兩人很快就被捕了。不過，一群暴徒（由七、八十名白人民團義警組成，裡頭據說還包括當時依然活躍的「帕克斯頓之子」的成員）前來搭救他們。這幫人帶著槍支戰斧，殺進卡萊爾鎮（Carlisle）裡關押兩名犯人的古老木造監獄，釋放了他們。

iii 漢斯・艾森豪是美國第三十四任總統德懷特・艾森豪（Dwight D. Eisenhower）的曾曾曾祖父。

史坦普和艾森豪從來沒有被繩之以法。費城發布了另一條法令，禁止人們在原住民土地上開墾定居。但人們再次對此視而不見。史坦普向南穿越喬治亞州，進入田納西州，逃到貴格會教徒觸手不可及之處。在田納西州，他成了一名莊園主、一名收入可觀的麥芽威士忌釀造商和奴隸販子，一躍成為納什維爾最富有的人之一。史坦普還被任命為田納西州首支民兵遠征隊的隊長——正是這支遠征隊將克里克人（Creeks）和喬克托人趕出連接納什維爾和納齊茲之間的道路。[20]史坦普因此從一個法外狂徒，搖身一變成為一名執法人員。他參與了一個由非正規突擊兵與正式的民兵隊所組成的鬆散組織，他們成功將開墾範圍向外擴展，順利讓白人向北突進到緬因州和加拿大，向南深入西班牙屬佛羅里達，向西挺進密西西比河谷。

在史坦普和艾森豪這種擅自佔地者背後的，是一群也有意參與西部投機事業的鄉紳，他們在分界線以西佔據了大片土地，也就是在現在的肯塔基州、田納西州、西維吉尼亞州、俄亥俄州、佛羅里達州西部和賓州西部。這群投資客中有許多人來自維吉尼亞州，包括幾個即將帶頭起義反抗王權的人：湯瑪斯・傑佛遜、派屈克・亨利（Patrick Henry）和喬治・華盛頓（George Washington）。如同史坦普一般，他們認為一七六三年的公告與自己無關。然而，不同於平民史坦普，他們有辦法藏身幕後，且不弄髒雙手。作為七年戰爭的退役軍人，華盛頓在邊疆大舉投資，他指示他的「定位員」（即私人測量員）藉著「打獵的名義」冒險西進，以避開皇家當局。這位未來的首任美國總統有意將國王領土上一些最有價值的土地——分界線以西的土地——納為己有。華盛頓表示他有此計畫，「儘管該公告現階段並不允許此事，並且禁止他們西進定居；在我看來，這則公告只是為了安撫印第安人的權宜之計

（但我只在我們之間這麼說）。」

「該公告必須撤廢。」華盛頓說。隨著美國獨立戰爭的結束，該公告一同失效了。21

四

一七七六年的《獨立宣言》等文告是殖民者們對一七六三年《皇家公告》的反擊。湯瑪斯・傑佛遜所撰寫的這份宣言僅提及倫敦企圖間接分割北美，抱怨喬治國王煽動「我們的邊境居民，殘酷的印第安野人」向墾殖者宣戰。但在兩年前，於其所撰寫的第一批政治宣傳手冊中，傑佛遜就曾明確地譴責王室意圖限制遷徙。傑佛遜在《英屬美洲權利概觀》（*A Summary View of the Rights of British America*）中寫道：「美洲是由墾殖者所征服，犧牲的是個人，而不是英國公眾。他們為了獲取土地拋灑熱血，他們為了落地生根散盡家財；他們為自己而戰，為自己而征服，只有他們有權稱此地為己有。」

《英屬美洲權利概觀》提出了一個論點，即奠基在產權之上的現代自由概念可以回溯至幾百年前的撒克遜德國。在撒克遜德國，在第一個千年期的頭幾個世紀，自由人首次以平等的身分施行自治，並對土地擁有（用傑佛遜的話來說）「絕對的權利」。當舊世界的領主貴族們試圖侵犯他們的權利時，這些撒克遜人，這些美式自由的先鋒，他們先是逃到英國，又逃到了新大陸。

撒克遜人到英國，英國人去美國，美國人向西走。在一七五〇年代初期，班傑明・富蘭克林為墾殖者提供了一套有力的政治經濟學論述以證成向西擴張的正當性，而現在，湯瑪斯・傑佛遜則賦予了墾殖者一段道德歷史跟一則可用的類比來表達悲屈。就如同諾曼人貴族踐踏撒克遜自由人的權利，並給他們套上了封建主義的枷鎖（在一〇六六年入侵不列顛群島之後），喬治三世也正在侵害他們維吉尼亞後裔的權利。

傑佛遜說，這是「自然」的賜予，是「所有人」都適用的「普世法則」，他的「祖先」因此有權能夠離開他們的母國，去「追尋一個新的居所，並在那裡建立新社會。」

對傑佛遜來說，能夠遷徙不僅僅是自然權利的實踐，還是自然權利的來源，或者至少是這些自然權利的歷史性必要條件。自由（liberty）因殖民權（the right to colonize）得以實現，當自由人的自由受到威脅時，殖民權讓他們能夠繼續尋找無主地，將自由的火炬從一個地方帶到另一個地方。我們的「撒克遜祖先」，傑佛遜寫道，「離開了歐洲北部故土的荒野和森林」，「佔領了不列顛島」。在這之後，不曾有任何德國王子貿然自詡高他們一等。那麼，是根據什麼法則，讓英國王室敢於宣稱自己比起殖民者們更有權開墾「美洲荒地」？

美國獨立戰爭回答道：沒有。一七八三年，隨著《巴黎條約》（Treaty of Paris）的簽署，大不列顛與它的前殖民地臣民之間的敵對狀態正式劃下句點；該條約確立了倫敦戰敗的條件，將新國家的西部邊界訂於密西西比河。共和國正式誕生了，它的面積擴大了一倍。喬治三世承認了原先十三個殖民地的獨立性（於《巴黎條約》第一條），並將阿勒格尼山和密西西比河之間的領土割讓給它們（於《巴黎條約》第二條）。接著美國繼續飛進，穿越過西部——套用帕斯的說法，「彷彿失去重量一般」。一七八六年，傑佛遜談到遷入肯塔基州的墾殖者時寫道：「在我們寫作時，人數還在持續增加。」

這位未來的總統在文章中更正了一個在歐洲十分盛行的觀點，即新大陸並不富饒，是一衰敗之地。據說此地土壤貧瘠，動物發育遲緩，居民——原住民和移居的歐洲人——衰頹消沉，幾乎無力繁殖後代。傑佛遜和其他人則強調美國的力量、豐饒和生育力——反映在高出生率和低死亡率上——來進行反擊。這種樂觀主義隨後將展現在認為大自然是無限的，邊疆是永恆重生之源的想法中。[22] 曾有個歐洲人向班傑明．富蘭克林堅稱美國人都十分早逝，富蘭克林回答道：「第一批墾殖者的孩子都還沒有死呢！」[iv]

有一段時間，穿過密西西比河中心的那條線被當作是美國的西部邊界，這很合適，因為密西西比河雖然看似始終如一，但實際上它是不斷在變動跟持續在創新的。馬克．吐溫（Mark Twain）後來寫道，這是「世界上最曲折的河流」，它「切割過狹窄的地狹，一路跳躍翻騰，將自己截短拉直。」[23]

美國外交官們利用這種易變性，要求對《巴黎條約》從寬詮釋。英國當時仍手握加拿大的控制權，但西班牙才是擋在這個新國家面前的攔路虎（西班牙在一七八〇年代和一七九〇年代支配著密西

iv 強調長壽和大家庭的樂觀主張可以說是某種歐式悲觀主義的對立面，這種歐式悲觀主義可以追溯到英國的經濟學家羅伯特．馬爾薩斯（Robert Malthus），他當時即將發表那篇著名的人口增長論文（該篇論文仍被「種族現實主義者們」——現在的白人至上主義者喜歡如此自稱——奉為經典文本，辯稱社會衝突源於世界上人口已經過多，或者即將就要過多）。傑佛遜表示美洲仍有足夠的空間，他將人口上限訂在每平方英里十人上下，認為一旦超過此上限，人們就會出走「去尋找空置的土地」，直到「這兩塊大陸」（北美洲和南美洲）「被填滿」為止。作家帕森．威姆斯（Parson Weems）說，在一代人之後，「只有人口，只要有人口，就能拯救我們。」他敦促美國的未婚男性和沒有孩子的女性照著創世紀的禁令生活並繁衍後代，以駁斥歐洲對新大陸的定見。

西比河以西大部分的土地以及佛羅里達地區）。

時任的國務卿傑佛遜，和他的外交官們開始要求馬德里授權讓美國船隻在密西西比河西岸停泊（根據《巴黎條約》，密西西比河西岸是西班牙的領土）；這是由於在前蒸汽時代，逆流而上最好的方法是沿著河岸搶風航行。傑佛遜說道，「這個原則是，享有某事物的權利便賦予了使用其必要手段的權利，也就是說，手段服從於目的。」傑佛遜告訴西班牙，這一原則是種「自然理性」，是「人類的常識」。西班牙的官員知道這個要求只是一個障眼法。美國在這之後便試圖修改《巴黎條約》，宣稱其擁有使用（言下之意包括拓殖與管理）所有流入密西西比河的通航河流以及所有連接通航支流的運輸公路之自由。這是好大一片的土地，密西西比流域是世界第四大水系，綿延超過一百萬平方英里。傑佛遜擔任總統時期的國務卿詹姆斯·麥迪遜（James Madison），也極力爭取佛羅里達所有航道的使用權。麥迪遜主張，「自由進出海洋是天經地義，終有一天會實現。」[24]

「這種要求到什麼地步才會停止？」紐奧良的西班牙總督卡隆德萊特男爵（Baron de Carondelet）想知道。卡隆德萊特警告道，很快地，美國將以「航行自由」為藉口，藉機控制「密蘇里利潤豐厚的毛皮貿易，以及墨西哥王國內陸各省豐富的礦藏。」[25]西班牙試圖以「遏制」（containment）策略來應對此局面。在談到盎格魯墾殖者時，一位殖民地總督說：「我們必須想辦法遏制他們。」[26]另一位殖民地總督則寫道：「我們可不能讓這些美國人侵門踏戶。」

但美國是不受遏制的。卡隆德萊特寫道，沒有什麼可以阻遏他們的「增長模式」。男爵說，在美國獨立戰爭後的和平中，墾殖者的人數「悄悄地急速倍增」，他們湧入俄亥俄河谷和肯塔基，向「所有權威」宣戰。等他們「厭倦了一個地方，就會再遷徙到另一個地方。」

許多個人和組織——包括參加了七年戰爭換取到土地的退役軍人、投機客、向西班牙或法國購買土地的墾殖者、房地產公司，以及最初的十三個州中個許多州——都聲稱他們擁有西部的土地，遠遠超過了任何對密西西比河的廣義解釋。例如，根據舊的殖民地憲章，喬治亞州、南卡羅萊納州、北卡羅萊納州和維吉尼亞州都聲稱他們的領土範圍一直延伸到太平洋。「海洋到海洋間的整片土地」，十七世紀初期頒布的維吉尼亞州憲章是如此界定其領土範圍的。「極目之地」，憲章上寫道。[27]

美國利用這些宣稱，根據情況，以不同方式向前挺進。也就是說，在革命戰爭中，美國從英國手裡贏得了獨立。這場戰爭開打的原因之一，是為了不讓英國在西部建立邊界。而後，當《巴黎條約》承認了美國的獨立，美國便轉而援引英國過去頒布的憲章，試圖越過《巴黎條約》中所確立的那條西部邊界。

這極目之地，我們該如何是好？

五

班傑明·富蘭克林有個構想：在一七五〇年代，他概略地勾勒出了一個政治經濟學的理論雛形，在其中，新大陸豐富、廉價又富饒的土地被視為一道能夠確保家庭人口持續增長、工資水平保持高位、需求與供給步調一致、農業生產與都市製造業和諧共生的安全閥。在一七七〇年代，湯瑪斯·傑佛遜則為墾殖者們提供了一套歷史道德哲學，告訴墾殖者們，西進運動不僅是自由的果實，也是自由的源泉。現在，在一七八〇年代，詹姆斯・麥迪遜提出了一個政治理論。

儘管富蘭克林和傑佛遜對於「增長」大加讚揚，但當美國在一七八七年開始著手起草憲法時，許多代表都對「規模」感到擔憂。他們擔憂伴隨巨大而來的惡。西班牙帝國之廣袤無垠，就如同其專制腐敗之無邊無際。當時盛行的政治哲學——可回溯至古代的亞里斯多德（Aristotle）、西塞羅（Cicero），以及當代的馬基維利（Machiavelli）、盧梭（Rousseau）與孟德斯鳩（Montesquieu）——認為共和政體是只能在小花園裡培育出的嬌嫩花朵。「共和國本質上版圖狹小，否則它很難繼續存在。」

孟德斯鳩在一七四八年的著作《論法的精神》（*The Spirit of the Laws*）中如此指出，「大共和國往往為了諸種考量犧牲了共善（common good）。」關於什麼是「共善」，看法因人而異，但大多數共和主義者將「共善」視為大於個人利益總和之物。共和主義者所說的美德（virtue）可能與文化、宗教、血統、膚色、語言或勇武有關，但無論如何，它都是高於個人追尋及七情六慾的超然價值。確實，正如孟德斯鳩所言，美德不斷受到這些追尋和慾望的威脅，並「因為諸種考量而遭受犧牲」。這就是為什麼，在麥迪遜之前有許多哲學家，認為「大」與「美德」是相互矛盾的。共和政體不可能同時既大又好，宏偉不凡（就規模來說）同時又富有德性。幅員過於遼闊意味著過多的追尋和欲望，過多的「考量」。

對麥迪遜來說，孟德斯鳩那套規模限制是行不通的。美國已經很大，而且還會變得更大。商人、農民和奴隸販子對於何謂美德的想法大相逕庭。麥迪遜找到一種可以調和這些觀點的方法，他針對現有的共和理論提出了一個既簡單又優雅的兩階段修正。他說，首先，孟德斯鳩口中的「諸種考量」並不會對共善有所損害。它們就是共善。在一七八七年十一月發表的《聯邦黨人文集》第十篇（Federalist Paper No. 10）中，麥迪遜提出了一種相當現代的社會想像，他拒絕以美德之名壓迫「多樣性」的共和主義理想，轉而主張另一種將美德定義為多樣性，認為社會中不可計數的衝動、意見、願望、天賦、思想、野心和才能都是美德，皆能創造財富或「財產」的美德觀。而保護這種能夠創造財富的多樣性就是政府的「首要目標」與主要責任。

同時，麥迪遜很清楚，當財富讓社會分裂成對立陣營——有產者與無產者——財富也可以摧毀美德。其他參與起草憲法的人，也認識到財富對公共福利所造成的問題。「富人會竭力確立自己的支配地位，然後奴役剩下的人。」在制憲會議上，賓州代表古弗尼爾・莫里斯（Gouverneur Morris）心中想道。「他們一向如此，」他說，「他們永遠都會這麼做。」[28]但他們想出了一個複雜繁瑣的解決方案：將每代人的財產收歸國有，以防止貴族階級的形成；建立上議院和下議院，以互相制衡；或確保所有家戶皆平均分配到土地。傑佛遜曾短暫考慮過將財產「再細分」，以避免低薪「勞動貧民」的生成。[29]

麥迪遜有個更簡單的方案，也是他對孟德斯鳩第二階段的修正：「擴展領域」（extend the sphere）。[30]

在憲法的起草階段，「領域」（sphere）一詞被用來描述一系列的政治議題，包括國家人口規模，享有投票權的人數，及國家的貿易往來規模。但在《聯邦黨人文集》第十篇中，麥迪遜則用「領域」

一詞來指涉實體大小、領土和物理空間。大型共和國，以及規模不斷擴大的共和國，皆能緩解政治鬥爭及派系主義的威脅。這是因為，四散在遼闊領土上的人民不太可能擁有「共同的利益或慾望」，或為了同一目標「團結奮鬥」，抑或是「察覺到自己的內在力量，進而攜手合作共同行動」。擴張將會讓社會分裂成「各種各樣相互制約的利益訴求和慾望」。這阻止了權力的整合，也使得政府沒有必要採取行動去調節財富集中或壓制抗議財富集中的反對運動。麥迪遜寫道，「領域的擴展帶來了更多種黨派和利益」，這讓暴民惡徒之輩或搞專制的小集團難以聯合起來「侵犯其他公民的權利」。

無論人們所持立場為何（尤其是在奴隸制這一議題上），無論人們對共和主義與土地、商業、財政和勞動之間關係的哲學性理解如何，多數人都贊同務實至上。所有人都想把西班牙趕出密西西比河；所有人都想招撫仇敵印第安人，討平貧民之亂；所有人都希望大英帝國滾出美國的貿易版圖。就像湯瑪斯·傑佛遜在一八〇〇年的總統就職演講中所說的那樣，所有人都想要「足夠的空間」以倖免於歐洲那種「毀滅性浩劫」。

擴張成為了每個問題的答案，所有疑難的解方，尤其是那些由擴張所導致的難題。

第二章　開端與終結

「日落時是東方，日出時是西方。」

一

當美利堅合眾國的國界不僅僅為因應突發的衝突或外交事件偶爾移動，而是移動本身就是其內在的固有特質，那麼美國究竟是一個什麼樣的共和國？在那條持續變動的邊界的另一端，究竟存在著什麼？當一個國家的邊界不再移動時會如何？美國並不受這些問題所困。作為一個特殊的國家，這些問題為它注入了活力，為其歷史賦予了生命。

識別出某事物獨特性的最佳方式是將之與其他事物進行比較，所以讓我們花點時間想想西班牙美洲的例子。一八二六年——湯瑪斯・傑佛遜和約翰・亞當斯（John Adams）去世的那年——除古巴和波多黎各外，西班牙在美洲的前殖民地們都獲得了自由。以舊的殖民地分界線為基礎，這些新國家——大哥倫比亞共和國、聯合省、玻利維亞、秘魯、智利共和國和墨西哥合眾國——立刻承認了其他國家的領土完整性。

他們必須如此，因為每個個別的國家既賦予其他國家存在的合法性，同時又威脅到其他國家的存在。「賦予其他國家存在的合法性」，是因為其中一個國家的獨立，就證成了其他國家反抗殖民統治以及建立自治共和國的正當性。「威脅到其他國家的存在」，是因為這些新共和國誕生時，當時盛行的國際法認定戰爭、征服和鎮壓是獲得領土和建立主權的合法手段。為了學會如何同生共存，西班牙美洲共和主義者們，包括最著名的西蒙・玻利瓦（Simón Bolivar），拒絕承認發現權（the right of discovery）的合法性，堅決主張在西班牙美洲已不再有「無主地」（free land）可供佔領。共和主義者們以一條古羅馬法，即保持佔有原則（uti possidetis）來予以取代。在英語中，這個短語的意思是「如你所擁有」，在西班牙美洲獨立之前，它多半被視為權力政治的一種展現，為征服戰必然伴隨而來的土地掠奪提供正當性：如你所擁有，就應當擁有（as you possess, so shall you possess）。最強者拿取，並持有。但此地的外交官們並不是這樣使用這一條原則的。

美洲的共和主義（不論南北）提供了一種和平理論。無論是美國的開國元勳們還是西班牙美洲獨立運動的領導者們都非和平主義者。他們為了實現目標浴血奮戰，用暴力創造他們理想中的新世界，一個從歐洲的仇恨中解放出來的更和諧的世界。西班牙美洲共和主義者認為，在這方面，現行的固定邊界（於一八一〇年既已存在，相當於殖民地的行政分界）可避免衝突的發生，並有助於建立一個有邊界國家所組成的道德共同體。例如，大哥倫比亞共和國的開國元老們在一八二三年就一致同意，必須確保所有共和國領土的「完整性」以「鞏固每一個共和國的自由和獨立」。[1]如你所擁有，你就應當擁有——此非戰爭的果實，而是和平的條件。

此項宣言和其他類似聲明皆否定了軍事侵略的合法性，意味著對現有國際法的大膽修正。西班牙美洲的共和主義者提出此一修正，以避免新共和國間發生衝突，同時防止集權歐洲再次侵略新大陸。他們說，這裡沒有未知的國度，沒有不具主權的領土，沒有無主地，沒有未社會化之地。舊歐洲擄掠、強奪、擴張、征服、統治。新大陸的共和國會自我遏制。

現實沒有這套非侵略原則來的理想。衝突和戰爭應聲爆發。邊界偏移。許多人喪命。大哥倫比亞共和國分裂成委內瑞拉、厄瓜多和哥倫比亞。現在的烏拉圭則被阿根廷和巴西爭來奪去。這些新成立的西班牙美洲共和國，同樣受制於那股在一八二〇年代驅使著美國如旋風般穿越過北方大陸的力量。在阿根廷南部、智利和墨西哥北部有大片看似綿延無際、不受該國政府實際管轄的土地，到處都是尚未被征服的印第安人，這些土地吸引著墾殖者前往定居，召喚著中央政府去建立政權。數百座尚存爭議的島嶼包圍著這塊大陸。佔地兩百萬平方英里，莽叢稠密、致命的亞馬遜森林宛若黑洞一般坐落在大陸中央，構成了九個國家的共同邊疆。巴西貪圖並奪走了秘魯的橡膠樹。智利渴望並奪走了玻利維亞的硝酸鹽礦床。

然而在接下來的一個世紀裡，秉持著保持佔有原則，諸共和國致力於解決這些違規行為，該原則也隨之制度化。我們可以將該原則重新命名為「自我遏制」原則（即一個國家會篤守自己的領土，不任意擴張），以跟美國進行比較。「我要再說一次，」一名厄瓜多外交官在處理邊境爭議時告訴秘魯外交官，「唯一可能拿來當作協議基礎的，是一八一〇年實際佔領地的那條邊界。」[2]

南美洲最後一場國與國之間的大規模戰爭發生在一九三〇年代，當時該地區最貧窮的兩個內陸國家玻利維亞和巴拉圭，為爭奪被認為蘊藏著石油、環境宛若地獄般惡劣的灌木叢林地而發生衝突。標準石油公司為玻利維亞提供了資金。荷蘭皇家殼牌石油公司資助了巴拉圭。這兩個國家的軍隊主要由貧窮的原住民義務兵所組成，他們從歐洲經銷商手上買下第一次世界大戰的舊武器和裝備，在第三世界發起首次的軍武競賽，進而陷入了貧困。[3]這兩個國家很快就意識到，那裡並沒有石油。但戰爭和軍武競賽仍在繼續。最終，阿根廷從中調停，以保持佔有原則為基礎，協助兩國達成了停火協議，其外交部長因此獲得諾貝爾和平獎。自此，南美洲的自我遏制主義走出了新大陸，變得越來越普遍，它成為了聯合國的法律和道德基礎，以及二十世紀去殖民化國家的指導原則。例如，一九六三年在阿迪斯阿貝巴（Addis Ababa）舉行的非洲統一組織（Organization of African Unity）成立大會，默認了拉丁美洲版的保持佔有原則。馬利總統莫迪博・凱塔（Modibo Keita）表示：「我們必須接受非洲的現狀。」也就是將歐洲殖民者強加的邊界視為獨立國家的固定邊界。[4]

從一八二〇年代開始，西班牙美洲建立了世界上最早的國家聯盟，是第一個共和國合作聯盟：一個由非帝國、反殖民、形式上平等和獨立、有邊界的主權國家所組成的共同體；這個共同體拒絕承認侵略的正當性，並矢志透過多國外交解決衝突。[5]如一個共和主義者所說，這些西班牙美洲國家出生在一個大窩中，在同一個新大陸屋簷下長大，使他們在很小的時候就被社會化了。

相比之下，美國是作為獨生子出生，並且在成長過程中一直相信自己是獨一無二的存在。[6]湯瑪斯・傑佛遜在一八〇九年說過，美國是「世界上唯一的共和國，人權唯一的典範，以及自由聖火唯一

的保管者。」[i]

二

一七八七年，在《巴黎條約》將美國的西部邊界定在密西西比河中間過後四年，州代表們齊聚費城，召開會議討論新憲法。當亞歷山大・漢彌爾頓（Alexander Hamilton）、詹姆斯・麥迪遜等人開始發表聯邦黨人系列論文公開闡明立場，就像他們講西語的同志一般，他們十分關注邊界的問題。比如說，漢彌爾頓認為「領土爭議」是「國與國間齟齬最肥沃土壤」，「讓大地淪為一片斷壁殘垣的戰爭，可能絕大部分都源自於此。」[7] 類似於智利和玻利維亞間的邊界爭議，康乃狄克州和賓州，或馬里蘭州和維吉尼亞州之間「不和諧且懸而未決的地權主張」危及了和平。然而，這兩個地方之間有一個關鍵差異。在中美洲和南美洲，領土衝突發生在主權國家之間，爭奪的是各方一致同意（原則上）已經被完全佔領的大陸上的共同邊界。也就是說，不再有無主地可供佔有。相反地，在美國，邊界衝突更像是帝國之間競相爭奪新發現的領土。正如詹姆斯・門羅（James Monroe）在寫給傑佛遜的一封信中所說的，東部各州之於西部的關係「類似於獨立戰爭之前這些州跟殖民政府之間的關係」。[8] 而導致美國的情況可能變得更加棘手的是——若我們繼續使用門羅的類比——在美國並非只有單一個殖民宗

i 美國並非世界上唯一的共和國：海地在一八〇四年就宣布自己成為共和國。

主國，而是有許多個宗主國，即最初的那十三個州，同時在爭奪「西部荒野」的控制權，例如紐約州和維吉尼亞州都聲稱擁有阿帕拉契地區同一塊土地。漢彌爾頓擔心，如果沒有強而有力的主管機關，一個「仲裁人或共同審判」，這些衝突有可能就會失控。各州也許會選擇「武力」作為最終的「仲裁者」。

面對此威脅，這些開國元勳們的解決方案是根據憲法創建一個中央政府，去引領（用漢彌爾頓的話來說就是）美國「日益蓬勃的偉大」。各州同意將其西部土地的所有轉讓給聯邦政府，作為「領土」，交予聯邦政府管理。反過來，美國憲法中的財產條款賦予了聯邦政府權力，能夠輔導這些領土，在它們準備好的時候，轉型成與最初十三個州享有同等法律地位的州。一開始（大約是在憲法通過前那段時間），討論聚焦在阿勒格尼山以西和密西西比河以東的地區（即英國王室早先在一七六三年的公告中試圖禁止人們進入的那些土地）。但憲法內部程序中，並不存在任何針對擴張的外在限制。傑佛遜於一八〇三年寫道：「很難不去期待遙遠的未來，屆時我們的人數將翻倍成長，突破這些限制。撇開南方大陸不談，北方大陸將布滿說著同樣語言、被類似的方式管理、遵守同樣法律的人民。」（這裡的「限制」指的是印第安人和英國人都宣稱擁有西部土地和加拿大的所有權。）[9]

遙遠的未來來得很快。僅僅兩年後，傑佛遜已想不到有任何限制可以阻礙美國的擴張。幾十年後的一八二四年，就在西班牙美洲贏得獨立之際，詹姆斯・門羅說道：「作為一個民族沒有任何我們想要的東西是我們沒有或是我們拿不到手的。」[10]他甚至不願意在這句說明無限性的多子句複合句中插入一個逗號。

這些可能性深深地打動了一位富有影響力、且同樣將新的聯邦體制看作是擴張機器的賓州法官詹姆斯・威爾遜（James Wilson）。威爾遜過去曾代表簽署《獨立宣言》，協助起草憲法，之後更出任美國最高法院首屆的大法官。他在聲援新憲法的演講中說道，新憲法「無論在時間還是空間上，其前景皆無可限量」。威爾遜任思緒漫遊至未來，他想像有一天這個國家將會有「許多州，雖然至今還未成形，還有各色人種，他們將居住在迄今尚未開墾的地區」。[11] 威爾遜一想到新憲法所具有的力量就狂熱了起來，他說要完全理解其潛力，我們必須要以「世界為單位來計算」——「我經常為眼前這幅前景之巨大而感到震驚不已……它的宏壯使我震撼。」[ii]

西蒙・玻利瓦可能也曾為規模之巨大而迷失其中。他遨遊於奇思妙想的長空（其天馬行空之程度不亞於傑佛遜），並以世界及宇宙為度思考丈量。就像傑佛遜瞻望遙遠的未來，見到美國橫越了整塊大陸一般，玻利瓦在腦海中「馳騁過無數年月」，然後「一心想像未來的幾世紀，為此地的繁榮、壯麗與活力驚豔不已」。在那裡，玻利瓦見證了絕對者（the Absolute），他稱美洲為「宇宙之心」，稱新大陸為「人類家庭的大商場」：

ii 威爾遜的政治基盤位於卡萊爾，也就是史坦普和艾森豪被囚禁，然後被一夥白人暴徒救出的那座城市。他學識淵博，富有教養，聲望地位高出前線殺手一截。但賓州的獨立戰爭正是由威爾遜這樣的「穩重的紳士」連同「僻野的墾殖者」一起推動的，他們一方負責處理檯面上的法律事務，一方負責檯面下的骯髒活兒。威爾遜因投資西部土地破產，並為了躲避債主奔逃他方。他在逃亡途中死於卡羅萊納，死時仍是最高法院的在職法官。

將財富從其金山銀山分散至世界其他地區……以神聖〔藥用〕植物將健康和生命分送給舊大陸的病人；我臆想〔美洲〕曾與智者們分享其珍貴的智慧，但他們不明白大自然給人類帶來的啟迪遠遠大過於它所帶來的物質財富。我眼見美洲坐在自由的寶座上，手握正義的權杖，頭帶榮耀的冠冕，向古代世界展示現代世界的威嚴。[12]

玻利瓦是個擴張主義者，至少在思想上是。他希望有一天不只是西班牙美洲，全世界都能聯合起來，成為一個跨越全球的國家——一個聯邦。[13]他甚至預言巴拿馬有一天將會成為這個世界政府的中心。他寫道，亞洲在一邊，非洲和歐洲在另一邊，當後人試圖尋找「公法的源頭」，他們將在巴拿馬找到。「對比巴拿馬，科林斯地峽是什麼？」

人們在閱讀玻利瓦的囈語時不會聯想到「克制」、「限制」或「遏制」這些詞彙。在波利瓦的共和主義裡，沒有邊線也沒有疆界，他相信有一天共和主義將統一世界。但與傑佛遜或威爾遜不同，玻利瓦修辭上的膨大並沒有伴隨實際的領土擴張。恰恰相反。即使他爬升至更高的異想顛峰，玻利瓦仍堅持若要保護共和美德以及維繫其香火，最好的方法便是每個共和國都能遵從限制，確立邊線，並止步於疆。[iii]

相反地，美國繼續大步向前。

三

一八〇三年，在湯瑪斯・傑佛遜擔任總統首屆任期期間，美國從法國手中買下路易斯安那（當時法國甫從西班牙手中取得了這塊領土）。入手的領土是密西西比河以西超過八十萬平方英里、從紐奧良一直延伸到洛磯山脈北部、一塊崎嶇不平而寬闊的菱形土地。收購路易斯安那最初是出於國家安全的動機。這個年輕的國家面臨著許多威脅：拿破崙、雅各賓黨人、奴隸、被解放的奴隸、美洲原住民、加拿大、西班牙和大英帝國。傑佛遜致函時任維吉尼亞州州長的詹姆斯・門羅時寫道，「陰謀、叛亂、叛國、謀反」，他主要是在說一場被鎮壓的奴隸起義，但也是更廣義地在談一種坐困圍城、腹背受敵的感受。[14]路易斯安那讓美國突圍而出。

路易斯安那購地案正式將美國邊界推移至遠遠超出密西西比河，一直到大陸分水嶺（Continental Divide）附近。但那條分界線太過遙遠，完全喪失了意義；大量尚待勘探的廣大領土不免讓人有種大到無以估量之感。面對此購地案的反對意見，傑佛遜回應道，「誰有權限制聯邦原則的效力範圍？」[15]

反對者表示，這項交易是非法的，因為憲法並沒有賦予聯邦政府購買領土的權力。但購地案的支

iii 即便玻利瓦認為共和政體將擴張成為一種世界政府，它也是透過共同理想的聚合，而不是透過征服（像美國那樣）。至於保持佔有主義，美國要麼拒絕接受西班牙美洲的詮釋，要麼著重於權力政治版本的演繹，正如在一八四〇年代，美國入侵墨西哥時，海軍部長喬治・班克羅夫特（George Bancroft）「根據保持佔有原則」，要求美國接管加州。

持者指出，憲法也沒有明文禁止此類收購案。維吉尼亞州眾議員約翰・蘭道夫（John Randolph）表示，憲法並沒有「訂定任何美國不得逾越的特定疆界」。蘭道夫說，「認為共和國的建國元老們有意將我們束縛於特定的限制之下卻不明文揭示這些限制的想法，是不可理解也不能接受的。」[16] 蘭道夫認為：「過去並不存在這樣的界限，現在也是」，美國是「沒有極限的」。「美國歷史的形成時期並不存在任何地理限制。」伍德羅・威爾遜於九十年後回首過往時寫道。[17]

支持購地案最常見的理由，就如馬里蘭州眾議員喬瑟夫・尼克遜（Joseph Nicholson）所說，「荒野本身」將建立「難以逾越的屏障，能夠抵禦任何意圖侵擾我國的國家」。[18] 傑佛遜寫信給他的陸軍祕書，說道「密西西比為我們的西部疆界建立了一道難以突破的防線，在那一側為我們提供庇護，就像我們在大西洋的東部防線一般」，將路易斯安那廣袤無際的林地與海洋所提供的天然屏障相比。這些以國防和國家安全為本位的立論，打開了通向其他更理想主義的願景的大門。在一八〇四年年初，傑佛遜的共和主義盟友大衛・拉姆齊（David Ramsay）在查爾斯頓（Charleston）聖米迦勒教堂發表的演講中問道：「在我國的州增加到二十七個、三十七個或更多，多到足以將整個國家，從大西洋到太平洋，從加拿大五大湖區到墨西哥灣，都納入同一個幸福聯盟裡之前，是什麼阻擋我們在平等權利的自由原則之上繼續擴張？」[19]

「偉大的上帝！」就像威爾遜一樣，拉姆齊幾乎無法克制住自己對於擴張的慾望。路易斯安那州會帶來一切：保護和自由；拉姆齊認為這兩者是「人類有史以來最大的政治幸福」。

獨立戰爭退伍軍人，同時也是威廉與瑪麗學院法學教授的聖喬治・塔克（St. George Tucker）也支持該購地案。塔克是一位精力充沛的年輕法學家，支持漸進式解放奴隸，他同樣認為，歷史上所有的「血腥戰爭」幾乎都是邊界戰爭。但塔克最後站在與他的西班牙美洲同志相反的立場，他主張避免衝突的最佳途徑不是確立固定邊界，而是完全廢除邊界，至少就國界來說是如此。他說購買路易斯安那州讓美國得以以一片寬達千英里的緩衝區取代其西部邊界，建立一道「不可逾越的防禦屏障」。和拉姆齊一樣，塔克的立論始於枯燥的國防術語，但也很快就陷入自我陶醉的狂喜之中。塔克將安全與自由和幸福劃上等號，他說，傑佛遜的購地案是個「烏托邦」計畫，「從來沒有一個民族能夠如此自主地掌握自己的幸福」。[20]

路易斯安那州購地案創造了與永久和平相差甚遠的東西。擺脫了「不能跨越的特定疆界」的束縛，美國像太陽橫越天空一般在這片土地上穩步前進。戰爭如影隨形：一八一二年對上英國和克里克人的戰爭；德州脫離墨西哥；美墨戰爭；針對美洲原住民的長期征討行動；以及許多其他小型衝突、入侵和屠殺。[21]然而，那些戰爭還有數年之遙。在十九世紀的頭十年間，路易斯安那州被當作是靈丹妙藥，用來治療新共和國的所有傷處，回答每一道問題，緩解每一個威脅。反對的聲音仍然存在，特別是新英格蘭的聯邦主義者，他們擔心自己的派閥勢力會因此被削弱，讓由「維吉尼亞帝國」（imperial Virginia）領導的蓄奴州從中得利。但大多數的政治家聯合起來支持購地案；這些政治家們對美國的未來有著截然不同的看法，背後代表著不同的利益和黨派（包括奴隸、自由貿易主義者、商人和農民）。即使是百般不樂見美國成為一個由農民組成的巨大農村共和國的亞歷山大・漢彌爾頓，也認為此項購地案「將為我們的商業州提供一個自由且有利可圖的市場」。[22]約翰・昆西・亞當斯（John

Quincy Adams）將與法國的交易定調為「協議」而非購買，故無違憲之虞，從而化解了反對意見。支持將領土擴張至路易斯安那州的人舉出了各種應當擴張的理由：安全意味著商業，商業意味著繁榮，繁榮意味著權力，權力培育美德，美德即自由，自由必須拓展才得確保，同時，自由必須被確保才能拓展。

利益與理想間差距之微小令人飄然忘形：塔克一想到路易斯安那，就感到「欣喜若狂」。

四

對第一代政治領導人，如傑佛遜來說，美國獨立戰爭是一次巨大的意志行動。他們擊敗了地球上最強大的帝國之一，並將自然法納入政治憲法中，他們派遣外交官東行，跨越大西洋到歐洲皇家法院，去捍衛共和國的合法地位。但他們也到西部建立了一個「森林裡的政府」。開國元勳們援引自然法——「自然法與自然神之旨意」（Laws of Nature and of Nature's god）——以證明美國主權之正當性。然而，行使主權意味著對自然的支配。墾殖者們「追逐大自然到她的藏身之處」，與此同時，他們建立了一套全新的戒律：「支配這個世界，這世界遍地原來就是一片荒野。」「征服自然。」「去吧。」「戰勝荒野。」「佔領這塊大陸。」「擴張。」「增長。」「繁殖。」「洗去。」「清除。」

歷史學家彼得．奧努夫（Peter Onuf）撰寫了大量關於湯瑪斯．傑佛遜的著作，他認為，向西擴張讓包括傑佛遜在內的第一代革命家們得以將原初的「光榮鬥爭延伸至未來和整塊大陸」，「藉由繁衍新的自治共和州」再現「這個國家的起源」。奧努夫說，「這是一種永久革命。」[23]奧努夫的觀點意義深遠。美國所具有的獨特歷史感，其關鍵特點是，它有別於同時期的許多大西洋革命——像是法國、海地、西班牙美洲——美國知道暴動應止步於何處。不像法國與海地，美國的共和主義者並沒有將平等作為前提硬嵌入社會場域，從而削弱私有財產權。他們認為國家不應該試圖從個人利益中召喚出集體美德（與西蒙．玻利瓦不同，他曾寫道，共和主義政府的重點是要創造出「最大的幸福總和」。）事實上，他們普遍認為這麼做會導向恐怖統治和暴政的漩渦，就像法國、海地和西班牙美洲的革命運動一樣。美國獨立運動相信政治和經濟是兩個獨立的領域，彼此之間的距離遠到足以在第一個領域實現平等，但又不會太遠，遠到無法介入第二個領域。遠，但又不能太遠。就是這樣。在涉及財產權時有所克制，但在涉及領土時毫無節制。這就是麥迪遜的理念核心：擴展領域將能確保個人自由。

美國獨立運動沒有出現雅各賓專政，沒有將貴族送上斷頭台，沒有奴隸復仇。叛亂並沒有演變為正當化專制統治的無政府狀態。共和主義者們挺身而起，在混亂中創造秩序，隨後開始從大自然榨取財富。沒有停下來過。他們奔向邊疆，一次又一次地再現奧努夫所說的永久革命。深孚眾望的《北美評論》（*North American Review*）編輯愛德華．埃弗雷特（Edward Everett）在一八二九年跟一群俄亥俄人說，擴張是「我國政府的行事原則」。「這是文明的體現與化身，去佔有土地……就像是至高上帝的偉大計畫。」[24]

但無止境的革命需要權力和武力，這種權力和武力在現實中將模糊政治與經濟、國家與經濟體系之間的分界，儘管理想並非如此。一個積極行動的聯邦政府必須調度安排手中所握有全部的政治、軍事和財政權力：去討平、驅逐、調動、安置、保護、懲罰、灌溉、排水、建設和融資。傑佛遜很清楚，需要動用國家的力量來同化美洲原住民，使其適應定居的生活方式，逼迫他們放棄自由漁獵，轉為種植莊稼、紡紗織布，以將他們的森林獵場開放給白人墾殖者使用。他就如何利用政府補貼的掠奪性債務（predatory debt）來誘使原住民同化，提出了詳細的指示。傑佛遜在一八〇三年（也就是他收購路易斯安那的那年）寫信給印第安納領地的總督，他在信中寫道：「我們將成立自己的貿易所」，並表示「樂於見到」美洲原住民債務纏身且不得不出售自己的土地。[25]傑佛遜告訴印第安納領地總督，這些貿易所必須由政府來經營，因為它們可以做「私人貿易所不能做的事情」。也就是說，他們可以用低到足以啟動債務循環的價格出售商品：當「債務超出個人所能承擔的範圍時，人們就會願意割讓土地以削減債務」。如果政府主導的債務計畫還不足以勝任此任務，可能就會動用更直接的武力以迫使美洲原住民進入經濟活動。傑佛遜說，如果能「培養他們的愛」當然是最好，但「恐懼」也會奏效。他們應該很清楚「我們的優勢與他們的疲弱」；「一定看得出來，我們只要合上手，就能讓他們粉身碎骨。」傑佛遜是一個啟蒙主義者，他視美洲原住民為能夠在同化與滅絕之間作出選擇的理性存有（rational beings）。他說：「對於他們，我們的寬容慷慨都出自純粹的人性動機。」然而，「無論何時，如果有任何一個部落魯莽到拿起斧頭，為了殺雞儆猴，以及推動最終的統一，我們將沒收他們全部的領土，並將他們趕到密西西比河對岸，這是和平的唯一條件。」

大多數原住民並不願意放棄自己的生活方式。但傑佛遜找到了一個替罪羔羊：大英帝國。美國獨立之後，倫敦仍在密西西比河谷不斷地培養原住民盟友，他們是倫敦毛皮貿易的合作夥伴以及一八一二年戰爭時的戰友。由於英國持續駐留新大陸，傑佛遜認為英國應為美洲原住民拒絕同化或「重新陷入野蠻狀態」負責。傑佛遜於一八一三年寫道：「英格蘭謀求私利且不講道德的政策，讓我們為拯救這些不幸的人們所做的一切努力都化為了泡影」，「鄰近地區絕大多數的部落都受其煽動，拿起戰斧向我方開戰。」[26]

傑佛遜的世代推動了一場讓世界面目一新的革命，開創出歷史的新紀元。這是政治決心的非凡展現，而收購路易斯安那則讓這場革命得以世世代代延續下去。然而，當傑佛遜談到他的政策如何影響美洲原住民，談到當各種法律和市場機制都無法說服原住民們放棄自己的土地時所加諸其上的暴力，態度便逐漸變得被動且怨天尤人。即使他曾明確地指示如何將美洲原住民禁錮於掠奪性債務之中，並以滅族相要脅，但在思考這些後果時，他表現得好似他在歷史面前無能為力，好似他跟他所建立的政府都不曾是毀滅的幫兇。傑佛遜說，英國的所作所為「將迫使我們將他們趕盡殺絕，或把他們趕到我們無法觸及之處」。[27]美國「將不得不把他們和森林裡的野獸一起趕到石頭山裡去」。將迫使我們。將不得不。那些不大合宜的動作動詞——征服，建立，佔有，前往，行動——統統消失了，傑佛遜談到美國時，說得就像是它被一股自己也無法掌握的力量帶著走一般。

在南美洲，西蒙・玻利瓦和湯瑪斯・傑佛遜一樣，也認為新大陸的共和主義是從舊大陸殖民主義那裡接手了「印第安問題」。但是，像玻利瓦那樣，倡導建立一個強大、有德性的國家，讓印第安人歸順成為公民是一回事。像傑佛遜那樣，主張大規模屠殺是唯一的解方，且只有英國人要為此負責，歐洲則要為新大陸的共和主義者未能兌現永久和平之承諾負責——所謂「這一種族在美洲的滅絕，將為英國歷史再添上新的一章，就像在亞洲同一膚色人種的滅絕，以及在愛爾蘭他們自己種族親屬的滅絕，或是其他任何地方，只要盎格魯商人的貪慾找得到兩便士的利益，他們便不惜用鮮血澆灌土地」——則是另外一回事。

被動的措辭一直延續到最後。美國即將派出數量驚人的聯邦軍隊，將美洲原住民驅趕到西部，許多人在過程中喪命。然而，美國的領導人將美洲原住民的命運描述為「自然因素不可避免之運作」的結果。曾擔任安德魯·傑克森的戰爭部長，並負責執行印第安迫遷行動的劉易斯·卡斯（Lewis Cass）說過：「他們的不幸，是一種無論他們還是我們都無法控制的情勢的後果。」[28]

就這樣，美國被拋向前方，出於一種違背自身意志的表現。

五

在詹姆斯·麥迪遜的構想中，自由有賴於擴張，為了削弱與打破派別之爭，擴張是必須的。然而，隨著定居區前沿向西移動，擴張開始被視為自由本身，而非只是自由的一個條件。這種認識以一種混亂的方式發生。彼得·奧努夫寫道：「結果與原因互相混淆」，而「不可阻擋的西進定居潮本身就是起因，是自然國家（nature's nation）的天命」，而不是聯邦政策精心策劃的結果。[29]這種因果混淆——掩蓋了公權力如何使私人權力成為可能——向外擴散，導致了其他混淆：手段和目的的混淆，理想主義和現實主義的混淆，孤立和國際主義的混淆，甚至是時間和空間的混淆。

另外一些人則觀察到這樣一種現象，即新美國的巨大——無論是指領土，還是指想要填滿領土的心理使命——如同詹姆斯．威爾遜法官所說的，創造了新的時間與空間的關係。「純粹的空間」，奧克塔維奧．帕斯在一九五〇年代如此描述美國。這句話聽起來像是在描述「絕對者」，不過同樣在一九五〇年代，政治學家路易斯．哈茨（Louis Hartz）曾寫道，與其說美國人在對抗「絕對者」，不如說他們相信自己就是「絕對者」。哈茨說，「美國式的絕對主義」表現在強迫性的、偏執的個人主義和永恆的「純真」之上。[30]美國歷史學家洛倫．巴里茲（Loren Baritz）後來在談及美國神話時寫道：「對上帝的國度來說，時間已被廢除。」「從歷史中解放，擺脫了過去的限制，美國人應該比任何其他國家的人都更加自主自決。」巴里茲說，在擊敗了舊大陸後，美國人開始抵制「舊」這個概念，抵制限制、衰退和死亡可能與他們有關的想法。巴里茲寫道，廣闊、開放的西部「讓美國人感覺自己在看似無邊無際的空間中自由來去，擺脫了死氣沉沉、令人窒息的過去。」[31]

麥迪遜將共和國比喻為不斷延伸的領域，很好地體現了美國式的絕對主義（無論絕對者被視為美國人所對抗之物或即是其自身）。若充分地思考且合乎邏輯地推導，共和主義有賴於擴張的論點完全無法區分內在結構和外在環境。內在結構的福祉必須透過外在環境的逐步結合。正如詹姆斯．門羅總統在一八二二年所說，「越擴張，越有利。」[32]門羅認為，擴張可能仍然有一些「實際的限制」。但他完全想不到任何一個。

我們必須拿走一切，這樣我們才能成為一切，這個共和國才能實現（用傑佛遜的話來說）它的「最終整合」。[33]開端成為了萬物的終點，既為阿爾法（Alpha）也是歐米茄（Omega）；當哥倫布向西

航行抵達東方時，本想如此稱呼美洲。[iv]

[iv] 根據十六世紀的米蘭歷史學家彼得·馬蒂爾（Peter Martyr）的說法，當哥倫布首次橫越大西洋時，他曾想將古巴的最西端命名為「阿爾法和歐米茄」，因為「太陽下山時它是東方，太陽升起時它是西方」。稍晚，一六九七年，清教徒塞繆爾·休厄爾（Samuel Sewall）在其著作《世界末日現象》（Phaenomena quaedam Apocalyptica）中寫道：「美洲作為東方的開端，西方的終點，讓哥倫布想到要用阿爾法和歐米茄來稱呼它。」

第三章　高加索民主

「放眼望去皆荒野。」

「邊疆」（frontier）、「邊界」（border）、「疆界」（boundary）這些詞在十九世紀初（與路易斯安那購地案同一時期）基本上是可以互相替換的。它們被用來指涉一個國家的畛域和範圍，「邊地，任何領土的最遠邊沿。」「邊疆」日後被視為涉及特定文化的臨界地帶，但在當時並沒有特殊的文明內涵或情感意義。「邊疆」基本上等同於「疆界」、一個國家的司法外部界限，或者更常見的是用來標記國防線。[1]要說的話，這三個詞中，「邊界」更常被用來表達在邊地生活的困厄。「borderer」（而非「frontiersman」）意同「邊界居民」，而現在已經被淘汰的用語「bordrage」則意為「在邊界搶劫擄掠」。[2]一七八八年出版於美國的第一本英文字典，以及一七九八年由土生土長的美國人所撰寫的第一本字典，都沒有收錄「邊疆」一詞。但是整個十九世紀下來，隨著美國一次又一次執行印第安人「迫遷」行動，將美洲原住民趕往西方，把他們的土地釋出供墾殖者和投機商取用，「邊疆」開始更頻繁地用來指涉分隔印第安國家（Indian Country）與白人定居地的那條分界線。然而，到十九世紀末，除了零星的保留地之外，已經不存在任何印第安領地，而「邊疆」一詞指的已經不再是一條線，而是一種生活方式，成為了自由的代名詞。

一

美國的第一批總統——他們構成了所謂的建國者聯盟（founders' coalition）——主要是來自維吉尼亞沿海低窪地區（Tidewater）和山麓地帶（Piedmont）的奴隸販子。華盛頓、傑佛遜、麥迪遜和門羅都曾投資阿勒格尼山脈以西的土地。他們完全預料到，當美國往太平洋方向西進，生活在這片土地上的原住民就會隨之消亡，要麼作為一種文化被同化，要麼作為個人死去。

然而，早期的這一批總統仍面臨諸多限制。傑佛遜曾承諾要「傾整個聯邦政府之力」收購原住民土地，將他們的獵場變成私有財產，而他活了足夠長的時間，親眼見證了所有部落的解體。但事實上，聯邦政府缺乏軍事和財政資源，無法照許多人期待的那般加速推進傑佛遜的西部夢。在閱讀了所有關於道德政府的古今藏書後，這些統治美國長達半個世紀的男人們真切地認為自己是負責任的管理者。他們不是賓州的貴格會，貴格會把像弗雷德里克．史坦普這種印第安殺手趕到田納西，且幾乎把美洲原住民視為完全平等的存在。但他們也不是史坦普。在代表新共和國面對國際社會時，這個國家的一些領導者感到有必要證明（與歐洲的觀點相反）自己是一名優秀的管理者，意即他們必須尊重——用喬治．華盛頓的話來說就是——原住民主權之「內部邊疆」。

從英國獨立出來之後，美國繼承了倫敦對原住民部落所承諾的大量條約義務。隨後，美國又簽署了更多的條約，承諾提供保護並承認原住民領地的邊界與疆域。例如，華盛頓與克里克族談了一項條約，授與其「任意」處置入侵者的權力。[3]對華盛頓的戰爭部長亨利．諾克斯（Henry Knox）來說，原住民部落就是「異邦」。[4]聯邦政府要求盎格魯人在進入俄亥俄河以南的部落時必須帶上護照；這些部落的邊界是以一排二十英尺寬、開墾過的森林作為標誌。[5]換言之，存在於這個國家內部的原住民部落（有些還擁有廣大的狩獵林地）一同組成了新共和國。舊西北屬地（Old Northwest Territory）有易洛魁人、奧吉布瓦人（Ojibwa）、渥太華人（Ottawa）、帕塔瓦米人（Potawatomi）和溫尼巴哥人（Winnebago），在阿帕拉契地區南部有契羅基人，西喬治亞和田納西有克里克人，密西西比河谷東部有喬克托人和契卡索人，佛羅里達州有塞米諾爾人，其他還有許多不同的族群。總而言之，名義上的原住民主權範圍是從阿勒格尼山以西、五大湖周圍的大片土地延伸至俄亥俄州西北部，以及喬治亞州、阿拉巴馬州和密西西比州的大部分地區、田納西西部三分之一的地區與肯塔基州西部。

這個新國家也承接了墾殖者對土地的渴望。[6]它是一個建立在自由權之上的國家，西進運動不僅奠基在自由權之上，還成了自由權的源頭。英國墾殖者對英國王室的敵意，在美國獨立之後，轉移到由這種敵意所建立的聯邦政府之上，尤其是當聯邦政府承諾要保護原住民主權，就像倫敦先前所做的那樣，更猛烈的敵意，讓血色子午線益加延長。

雙方的衝突從根本上影響著美國的形成。例如，一七八三年（同年《巴黎條約》承認了美國的存在，並將其西部邊界訂在密西西比河）大陸會議（Continental Congress）做了喬治三世在二十年前所做的事：禁止人們在印第安人居住或擁有的土地上定居。因此，一些州做了美國革命家所做的事情：他們視禁令如無物。例如，同樣在一七八三年，北卡羅萊納州通過了眾所皆知的「土地掠奪法」（Land Grab Act），宣布阿勒格尼山以西的所有土地（包括即將合併的田納西州）都可以進行土地測量與佔有。在七個月內，墾殖者和投資者奪走了超過四百萬英畝的土地，其中大部分是契羅基人和喬克托人的土地。

早些時候，在美國獨立戰爭爆發的前幾年，英國禁止人們投資俄亥俄河谷地，喬治・華盛頓本身就曾試圖抵制此禁令，他揚言一七六三年的《皇家公告》必須「撤廢」。但幾十年後，當他領導美國脫離了英國的統治，他便開始譴責那些湧入俄亥俄河谷的「土地仲介、投機商和壟斷者們」不顧法規、自行其是，且對政府毫無貢獻。[7] 華盛頓寫道，若他們堅持要生活在絕對自由中，將會導致「血流成河」。在墾殖者跟印第安人的衝突中，華盛頓的戰爭部長亨利・諾克斯對於印第安人心存同情。他說，原住民族「有權擁有其境內所有土地」。但他對聯邦政府能否捍衛這種權利抱持悲觀的態度：「邊疆印第安人和白人之間的憤怒情緒太容易因相互傷害而被引燃，且這種情緒過於暴力，文職政權弱小的權威無法加以控制。」[8] 一八〇七年，聯邦政府通過了《入侵法》（Intrusion Act），將未經允許就於西部公共土地定居的行為定義為犯罪，並授權行政機構使用軍事武力驅逐擅自佔地者。然而執行起來非常困難。諾克斯說：「美國人民想要移居到印第安地區的意向是無法有效阻止的。」雖然他非常希望這件事能夠被「約束和管制」。

一個以墾殖者精神代言人身分誕生的政府，卻成了拒絕被「約束和管制」的墾殖者們怨懟的目標。一則發生在一八一一年、關於安德魯．傑克森的軼事精確地捕捉到了這種反諷。傑克森是史坦普那種民團義警的擁護者（史坦普移居田納西後，在傑克森所領導的民兵隊中擔任上尉），當時距離他贏得總統選舉、打破建國者聯盟的統治地位還有十七年。但他在納什維爾有著不可動搖的地位。作為地方上的公眾人物，他曾被選為田納西第一位國會代表並出任田納西州最高法院大法官，他也是田納西民兵團的總司令。傑克森將軍私底下還是一名生意人，他靠行商、擔任律師、培育純種馬、經營莊園致富，從奴隸制、奴隸貿易與強占印第安人土地（這讓墾殖者們從坎伯蘭峽源源不絕地湧入田納西和肯塔基）中獲取了大量的利益。[9]作為一名律師，傑克森靠著經手從美洲原住民手中奪取的土地，賺取了大筆金錢。據我們所知，他是唯一一個親身監管過奴隸隊伍（coffles）的總統——這一整隊由奴隸組成的隊伍，通常會用繩子拴住他們的脖子，從一個地方行進到另一個地方。[10]

一八一一年冬天，傑克森沿著納齊茲古道（Natchez Trace）——密西西比河畔一條古老的印第安道路，連接納什維爾與納齊茲——領著一隊奴隸前進時，被聯邦事務官西拉斯．丁斯摩爾（Silas Dinsmore）攔了下來。古道穿過契卡索人和喬克托人的土地，這些土地名義上受到聯邦條約的保護，像是丁斯摩爾這種印第安人政府事務官要負責檢查旅行者們的通行證。他們這麼做有幾個目的：監督進入原住民土地的白人墾殖者和商人；留意是否有趁機想溜進印第安領地的逃跑奴隸；執行不斷增加、管控奴隸制的聯邦法條。三年前，國會已經禁止了跨大西洋的奴隸貿易，因此檢查站設立的目的旨在確保行經這條路線的全都是貨真價實的奴隸，要麼在一八〇八年之前就已經被運進美國，要麼在美國出生。

當事務官問及他的證件時，傑克森回答丁斯摩爾：「有的，先生，我總是隨身帶著。」他指的是美國憲法——稱這「足以帶我去到我的事業引領我去的任何地方」，包括在一條「依法每位美國公民都能自由進出」的道路上。另一個版本的故事是，將軍向丁斯摩爾展示了他的手槍，說：「這些就是傑克森將軍的通行證！」[11]不論到底發生了什麼，傑克森都清楚地表明，「他不願意……讓美國之名因請求允許在公共道路上行進而受到侮辱。」傑克森被放行了，但他發起了一場要求將丁斯摩爾免職的運動。在寫給政府官員的一系列信件中，這位未來的總統警告道，其他奴隸販子也曾對丁斯摩爾提出類似的投訴，抱怨丁斯摩爾妨礙了他們的自由行動，這位事務官將會面臨到私法正義（vigilante justice）。傑克森威脅要讓「烈焰吞噬西拉斯・丁斯摩爾的住所」，並「斬斷」該事務官的「根基」。[12]傑克森警告說，「市民們說，如果政府不採取行動，他們就要親手除了這塊心頭大患」；人們已經「準備好要為復仇而戰」。

「天哪，到這種地步了嗎？」傑克森問道（原抄錄稿中強調的重點），「我們是自由人還是奴隸？這是真實的還是一場夢？」

丁斯摩爾很難稱得上是個激進份子。他被華盛頓任命，並被傑佛遜再次任命，他是傑佛遜口中那些執行掠奪性債務的事務官之一，致力於說服喬克托人和其他原住民部落將土地轉讓給聯邦政府。但正如丁斯摩爾在他的答辯錄中寫到的，像傑克森這樣的「西部紳士」認為自己不受到任何法律的約束。他們幾乎產生了自由的幻覺。「這是一場夢嗎？」僅僅是要求他們提供證明自己擁有奴隸的文件，就被視為是一種奴役，是一種「邪惡」跟對「先人的勇氣和鮮血」的侮辱（如同傑克森在他的一封信中所寫道）。在傑克森的催促下，州議會對丁斯摩爾加以譴責，並指示田納西參眾兩院的代表針對丁斯摩爾免職一案施加壓力，成功地將其撤職。[13]

美國南北戰爭半個多世紀前，存在著兩種截然不同的關於主權自由（sovereign liberty）的種族化定義，在一條邊疆小道上僵持對峙。第一種以傑克森作為代表，對他們來說，「生而自由」意味著作為白人出生，而「自由」指的是能夠隨心所欲做任何事情，包括買賣與運送人口，並且能夠不受內部邊界限制，穿越一條按照條約屬於原住民族的道路。被要求出示通行證就等同於受到奴役，在真正受到奴役的人面前被要求出示通行證則意味著「他們的主人終究不是統治者。」[14]第二種由事務官丁斯摩爾為代表，聯邦政府授權讓他們採取行動，為受到「生而自由」的白人奴役、壓迫的犧牲者們提供最低限度的保護。

隨著傑克森這樣的人席捲整片土地，過度擴張的脆弱政權很快就被擊潰了，它的能力足以將邊疆向西推進，但不足以緩解那些在西進過程中被碾壓的人們的境況。

二

一八一二年十月，也就是傑克森在納齊茲古道發生爭執後一年，田納西州議會下令建立一支「足以消滅克里克族的軍隊」。[15]領導西田納西民兵團的傑克森照做了。納什維爾周圍的白人墾殖者與克里克族進行了多年的低強度戰爭。像傑克森這樣的領導人不斷抱怨聯邦政府無所作為，姑息突襲白人聚落的克里克人。傑克森要他的手下——包括史坦普和他的兒子——將自己變成「毀滅的引擎」，「嗜血地復仇」。傑克森將克里克人的村莊夷為平地，並且自詡為「正義的一方」。他威脅要繼續燒毀房屋，殺死戰士，肢解他們的屍體（他命令他的手下割下印第安人屍首的鼻子，以便計算死亡人數），奴役他們的妻子和孩子，「直到他們真正投降為止」。

傑克森長期以來不斷批評聯邦條約在處理美洲原住民問題上過於卑躬屈膝。對於戰敗的克里克人，傑克森實施了一種新的條約，預示著在他當上總統之後，即將遍及全國的那種苦難。因為該條約，克里克人被掠奪了超過兩千萬英畝的土地，「陷入了極端的貧窮之中」，「生存手段」也遭到剝奪。一個曾經自給自足的民族被迫依賴政府配給的穀物——根據傑克森的條約，美國是出於「人道動機」無償提供這些穀物——並且不得不接受美國在其領土之上建立貿易所。就如同傑佛遜早先提議的那般，這些措施旨在增加債務勞役（debt bondage），迫使克里克人放棄更多的獵場。（傑克森之前最後幾個偉大的政治家之一亨利·克萊〔Henry Clay〕後來說道，所有的人類外交史，包括「攻無不克、肆虐橫行的羅馬」，都沒有出現比傑克森的克里克條約更狠毒的協議了，它充滿了各種屈辱的要求，強加於「一個陷入極端貧窮的悲慘民族，我們自願供給他們糧食以保全他們悲慘的生活」。對於條約中要求克里克人交出他們的宗教領袖〔傑克森指責正是這些宗教領袖帶頭對抗白人墾殖者〕，克萊特別提出異議，他懇求道「先生，放過他們的先知吧！」）[16]

擊敗克里克人為傑克森鋪平了在國內揚名立萬的道路。他接著在一八一二年的紐奧良之戰中打敗了英國人，在佛羅里達擊敗了塞米諾爾人，然後在田納西州和阿拉巴馬州打敗了契卡索人。學者們有時會將「狂人」（madman）理論稱為一種現代外交手段，即戰略性地使用非理性的暴力威脅來推動談判。傑克森在一八一〇年代對一個又一個原住民部落提出警告，如果他們不接受條約的內容，就會被趕盡殺絕。他對意圖援助克里克族的美洲原住民說，「火將吞噬他們的城鎮和村寨」，「他們的土地將被白人瓜分殆盡。」傑克森把被他殺死的印第安人的頭骨留下當作戰利品，他的士兵們從犧牲者身上割下長條狀的皮膚，作為韁繩使用。脅迫，賄賂，然後合法化。傑克森循著這個過程——以死亡要脅，收買那些可以被買通去破壞團結的部落領袖，然後利用條約將這些措施制度化——一步步邁向總統大位。傑克森在一八一四年一場尤其殘忍的屠殺後，對他的部隊說：「我們已經見過烏鴉和禿鷹來捕食暴露荒野的屍體。」「我們的報復之心已得到滿足。」17

在與美洲原住民交手時，傑克森表現得比他的前任們都還要來得殘酷。麥迪遜和門羅並不信任傑克森。傑佛遜極度討厭傑克森，他一想到傑克森將成為總統一事就感到「非常擔憂」，傑佛遜說「他是我認識的人裡頭最不適合擔任這個職位的人之一。他非常不尊重法律和憲法……他的激情令人畏懼……他是一個危險的人。」然而，他們三人都開始越來越倚賴傑克森。麥迪遜希望英國人離開密西西比河谷，為此他發動了一八一二年的戰爭，傑克森將軍贏得了這場戰爭。詹姆斯．門羅想要拿下西屬佛羅里達，傑克森給了他；他在一八一八年對彭薩科拉（Pensacola）發動的血腥突襲讓西班牙同意將領土割讓給華盛頓。至於傑佛遜，他認為美洲自由的「最終整合」，只有在美洲大陸全面被白人、講英語的人所佔有，不存在任何「污點」或「混濁」的情況下，才能夠實現。但在這雪白大陸之夢前，橫亙著三道阻礙：美洲原住民、非洲人和非裔美國人（包括奴隸跟自由民），以及多族裔的墨西哥公民（他們於一八二一年從西班牙手中贏得獨立後，宣稱其領土範圍最北可至今天的猶他州，封鎖了通向太平洋的出入口）。

傑克森感覺到開國元老們的緊張情緒，他們想擁有一切，但不想付出相應代價。尤其是湯瑪斯·傑佛遜，在傑克森看來，他代表的是一種意志的缺乏。例如，傑佛遜在兩種選項間搖擺不定，他一面指示如何利用掠奪性債務瓦解原住民文化、做著種族滅絕的白日夢（「要將他們趕盡殺絕」），一面又幻想「性」將成為解決種族差異的解方（他曾對德拉瓦人〔Delaware〕和莫西干人〔Mohegan〕的代表團說，「我們都將成為美國人，透過婚姻，你將成為我們的一員，你的血將在我們體內流動。」）傑佛遜知道，如果聯邦政府想建立新州，在「未來的某個時間點」，它將不得不撤銷西喬治亞的原住民的土地產權。[18]

傑克森就是那個未來。[19]

到了一八二〇年代中期，傑克森主義者崛起，建國者聯盟也隨之崩潰瓦解。該聯盟的最後一位代表人物是總統約翰·昆西·亞當斯（曾擔任一屆的總統，任期為一八二五年至一八二九年），儘管就一位開國元勳來說，他是有點太年輕了。亞當斯反對奴隸制。也反對強奪美洲原住民的財產。他拒絕升級對墨西哥的軍事行動，力抗剛崛起的傑克森聯盟所施加的壓力。不過，亞當斯同樣贊成擴張。他說，「基於上帝律法與自然法則，美國疆域注定與美洲大陸重合。」但他無法破解這種兩難局面。他想不出一個辦法，既能讓美國的疆域與美洲大陸重合，又能夠消滅奴隸制、避免與墨西哥兵戎相見，同時保護美洲原住民。

亞當斯甚至無法運用其行政權，來阻止南部各州（尤其是喬治亞州）將剩下的原住民人口趕往西部。[20]

傑克森主義者有一個結合了理論（或慾望）與行動、更簡單的解決方案：驅逐印第安人，對墨西哥發動戰爭，維持並擴大奴隸制。

三

安德魯．傑克森在一八二八年擊敗了約翰．昆西．亞當斯，成為美國第七任總統。至今，許多歷史學家仍然認為，傑克森的兩屆任期（一八二九年至一八三七年）實現了美國獨立戰爭反貴族制度的抱負，那是一個眾聲喧嘩、屬於平等主義的時刻，騷動的白人勞工以投票權作為武器，成為了一股政治勢力。[21]這是「一場無產階級的狂歡」，一位作家後來回憶起傑克森就職時的景象時這麼說，當時，總統粗野不羈的支持者們「乘坐著驛馬車、駕著兩輪或四輪的運貨馬車、騎馬或步行，像一大群蝗蟲般鋪天蓋地地降落在這座城市。」[22]他們穿著樸素的家紡禮服和粗糙的帆布外套，佔領了白宮整整一天。慶祝活動結束後，留下了泥濘的地毯跟被打碎的瓷器。這個時期充滿了巨大而快速的變革，城市快速增長，越來越多歐洲移民來到，製造業和金融資本崛起。需要倚賴工資過活的家庭比起以往都要來得多。紙幣充斥著當地市場，銀行遍及全國。個人債務增長，租金上漲。隨著大西洋的棉花市場蓬勃發展，南方役使奴隸勞作的種植園也日益增多，以跟上市場需求。

這個國家籠罩在一股劇變將至的氛圍之中，預示著該共和國正處於與其過去徹底決裂的邊緣。許多人擔心，選舉式民主的急速擴大可能會導致某種社會性暴政，響應大眾（尤其是該國日益增長的都市工薪階層）要求的傑克森主義者有可能會變成披著浣熊帽的雅各賓派。「全人類的想像為凱薩主義（Caesarism）的邪魔所糾纏」，一位作家如此描述瀰漫在輝格（Whig，反對傑克森的富人們）圈子中的「恐懼」。[23]

然而，傑克森將美國帶到了完全不同的方向。面對日益複雜的日常生活，他承諾要恢復「原始的簡單和純粹」，將政府機構「還原」到他口中原初的最小規模。[24]傑克森表示，聯邦政府應該僅能擁有「一般的監督權」，且不得限制「人身自由」，其功能僅限於「落實人權」（其中最重要的是「自由企業」和財產權，包括將人作為財產擁有的權利）。華盛頓的職責應該是「簡單明瞭」的。它的「機制」應該要是「簡單、經濟到幾乎感覺不到的地步」。[25]傑克森經常以一部縮減到只剩基本功能的簡單機器之意象來描述聯邦政府（憲法所創造出來的簡單機器）與各州之間應該保有的，適當而有限度的關係。在一八三〇年代，工業革命的前夕，「機器」的幻像可以是萬分駭人的。但傑克森式的機器聽起來就像台水車一般，嗡嗡作響。

不管是在聯邦層級還是州層級，仍然有一些社會訴求得到了實現，導向投票權和公共教育的擴大，以及債務人管收所（debtors' prison）的廢除。但這種對原始簡單性的偏執是為了預防某個特定訴求的實現（這個訴求在之後一再地被人們提出，尤其是北方人）：解放奴隸並廢除動產奴隸制（chattel slavery）。聯邦權力極簡化的願景，建立在奴隸販子及其支持者所提出的新的法律理論之上，其中包括法律無效論（nullification）、「州享主權論」（state sovereignty）和州權論（states' rights），旨在以法律武裝南方，對抗敵意日漸高漲且主張廢奴的北方。[26]

建立一個有限度的聯邦政府，此一理想被動員來捍衛一個種族統治的體系，該理想自身將不可避免地也是種族化的。這是美國白人至上主義所特有的怨恨情緒的延伸（這股怨恨至少從帕克斯頓之子的時代以來就一直延續下來）：認為中央政府不夠保護墾殖者，且事實上對墾殖者抱有敵意，認為墾殖者應該自己動手解決問題。傑克森主義者將自由理解為不受約束的自由，也包括政府當局不得禁止他們蓄奴或定居的那種自由，就像安德魯·傑克森執意要通過納齊茲古道一般。

在傑克森時代，或一些學者口中的傑克森共識（Jacksonian consensus）中，白人男性被徹底地賦權。然而與此同時，它也見證了非裔美國人如何徹底地被壓迫。一九七〇年，歷史學家小勒容·本內特（Lerone Bennett, Jr.）寫道：「白人男性普選權的通過，直接剝奪了自殖民時期就開始投票的黑人男性的權利。」隨著動產奴隸制蔓延到南部深處，深入到阿拉巴馬州、阿肯色州、路易斯安那州和德克薩斯州，有色人種自由民（即前奴隸，或藉由奴隸解放、逃跑或在北部各州廢除奴隸制後獲得自由的奴隸後代）的權利被大大削弱，許多州也通過讓他們淪為二等公民的新法律。本內特繼續說道，「當傑克森式民主進入了新的里程碑，美國的種族主義也跟著攀升至人類史上前所未見的高點。」

「貧窮的白人崛起」和「貧窮的黑人向下淪落」。但貧窮的白人最多僅能落腳於狹促的城市和骯髒的住宅區，賺取低廉的工資並支付高昂的租金。許多人環顧自身的悲慘情狀，開始組織起工人和技師團體，他們提出了傑克森在納齊茲古道問的那個問題：「我們是自由人，還是奴隸？」

本著《印第安人遷移法案》（The Indian Removal Act），傑克森給了一個答案：自由人。傑克森在一八三〇年初，大約在他首任任期的第一年，簽署了這項法案，該法案授權聯邦軍隊將美洲原住民趕出密西西比河，並取消其土地產權。在南部邊疆，佛羅里達的塞米諾爾人展開了反擊。大批的塞米諾爾人遭到殘殺，倖存者們逃進了佛羅里達大沼澤地。短短的幾年內，大約有五萬人被迫遠離他們在密西西比河東岸的家園向西遷移，他們成群結隊被驅趕到河的對岸，進入今日奧克拉荷馬州跟堪薩斯州的部分地區。一八三二年，傑克森告訴國會，將我們的「殘餘」移轉到西部是一個「明智而人道的政策」，且很快就要「圓滿完成」。[27]數千人在遷移過程中死亡。還有更多人在過程中病倒。

在首次大遷徙後，約有兩千五百萬英畝的印第安領土（包括喬治亞州和阿拉巴馬州的大片土地）被釋出到市場上以及奴隸經濟中。傑克森的前任約翰·昆西·亞當斯曾試圖將出售西方公有地所獲得的收益作為他口中「國家計畫」的資金，用以建造道路、運河，還有醫院、學校，跟其他社會機構。儘管如此，傑克森發誓要「永久終止」這種利用公有土地獲取政府收益的「破壞性」行為。相反地，他開始以低廉的價格將土地分配給支持他的奴隸販子以及邊疆地區選民（或讓各州自行分配），傑克森將這些人稱為「具有冒險精神又吃苦耐勞」、「真正的自由之友」。[28]大批的墾殖者和種植園主湧進這片突然出現的「無主地」，將棉花種植拓展至密西西比河上下游，以及契羅基人、克里克人、喬克托人和契卡索人的土地。而且不需要攜帶通行證。

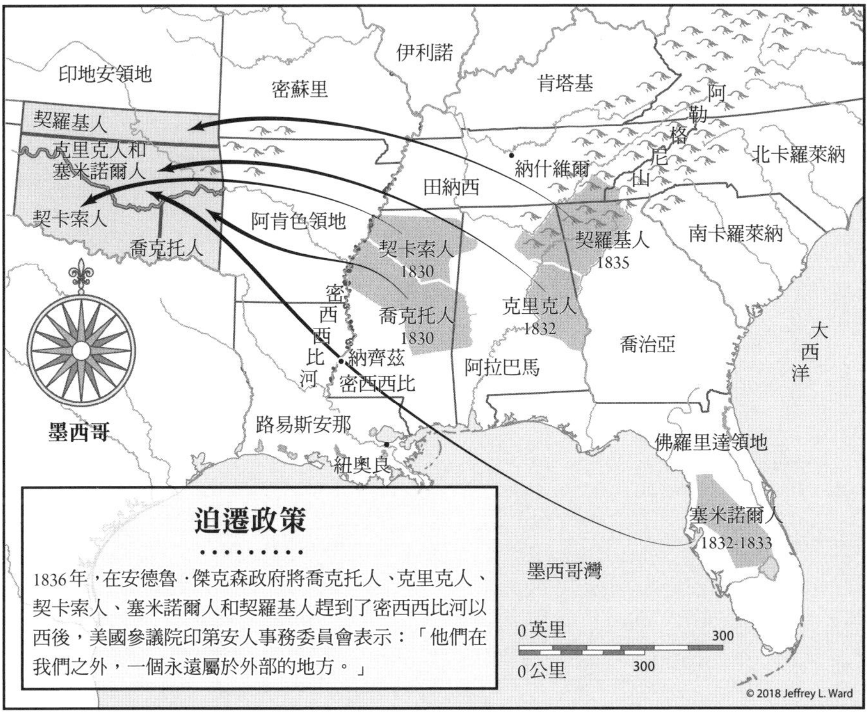
印地安領地
密蘇里
伊利諾
肯塔基
阿勒格尼山
北卡羅萊納
契羅基人
克里克人和
塞米諾爾人
契卡索人
喬克托人
納什維爾
田納西
阿肯色領地
南卡羅萊納
契卡索人
1830
契羅基人
1835
喬克托人
1830
克里克人
1832
密西西比河
納齊茲
密西西比
阿拉巴馬
喬治亞
大西洋
墨西哥
路易斯安那
紐奧良
佛羅里達領地
塞米諾爾人
1832-1833
墨西哥灣
迫遷政策
1836年，在安德魯·傑克森政府將喬克托人、克里克人、契卡索人、塞米諾爾人和契羅基人趕到了密西西比河以西後，美國參議院印第安人事務委員會表示：「他們在我們之外，一個永遠屬於外部的地方。」
0 英里
300
0 公里
300
© 2018 Jeffrey L. Ward

四

一八三七年，在一場長達七年、令人聞風喪膽的經濟衰退即將來臨的前夕，美國準備要發動多個邊疆戰爭。《紐約商務日報》（*New York Journal of Commerce*）寫道：「此時此刻，我們廣闊的邊疆，無論是內陸還是海上，沒有一個地方不需要受到關注。在南方有塞米諾爾人要對抗；在西南方有與我國關係動盪不安的墨西哥。」[29]敵人無所不在，煩擾著第二、三代共和主義者的地緣政治想像。麻薩諸塞州眾議員凱萊布・顧盛就曾說道，「從太平洋到大西洋」，加拿大的「邊疆像暴風雨前夕的烏雲一般陰沉地籠罩著我們」。

集結在西部的威脅佔據了大部分的公眾辯論，用顧盛的話來說，西部是「一個由河流，平原和湖泊所組成的長型內陸邊疆，就算設置防御工事或軍隊也完全無從防守」。[30]隨著印第安人迫遷計畫的進行，人們也開始擔心遭到報復。一位匿名的砲兵軍官在一八三八年從佛羅里達州東部寫信給《查爾斯頓信使報》（*Charleston Couric*），描述他所幫助施加在桀驁不馴的塞米諾爾人們身上的苦難。他和其他的士兵把塞米諾爾人趕到「沼澤和衛生條件惡劣之地」，而即使到了那裡，塞米諾爾人仍然「用盡最後一絲力氣，絕望地堅守他們心愛的家園」。他提醒讀者，「平衡」不僅是一個道德概念，也是一個物理概念，「惡行必然招致報應。」這名懺悔的士兵接著說：「就像夏日的南風，將雷雨雲吹向北方，我們不斷將心懷不滿的印第安部落塞入密西西比河和洛磯山脈之間，而電光火石之間，這些雷雨雲轉身衝向大地，傾瀉他們的怒火，可能是一個外來的敵人或他們的其中之一，將喚起這些部落向我們撲來，其數量將足以將我們快樂的新國家的一大部分夷為平地。」[31]

其他人雖然沒有那麼深刻的反省，但也知道一個聖經等級的迫遷奪產政策極有可能引發某種效應。法國的共和主義者處決國王，罷黜貴族，並發動恐怖統治，進而促使了歐洲古老政權的各個分支聯合起來對抗他們，企圖阻截革命。於北美洲，在共和主義者的主導之下，存在著另一種截然不同的恐怖，不是階級恐怖（class terror），而是種族恐怖（race terror）。數十年來針對美洲原住民的恐怖暴力與其說挑釁了敵人，不如說是製造了敵人。上述《紐約商務日報》的文章中寫道，「我們必須記住，那些已經或即將被迫遷徙至最西部、成千上萬的克里克人、契卡索人、契羅基人、塞米諾爾人和其他印第安人，對於傷害過他們的人所懷有的揮之不去的敵意，隨時可能爆發為公開的戰爭。印第安人不久後將集結在我們的西部邊疆，發動一場全面戰爭。」「或即將」是一個強而有力的時態轉移，從過去（談美國所作所為產生的後果）迅速推進到即將發生的未來（談美國將要做的事情的預期性結果）。一八三七年，根據印第安事務局（Bureau of Indian Affairs）的估計，在北美洲尚存的印第安人中，還有六萬六千四百九十九名「戰士」，如果他們「聯手」，他們將成為一支「強大」的軍隊，力量足以「剿滅密西西比河以西所有的白人」。[32]

《印第安人遷移法案》除了將印第安人遷至西部，另外還規定聯邦政府必須保護被迫遷的美洲原住民。美國向被迫遷的部落保證，它將「永久保障」其新領土的所有權，並保護他們不受「其他人或集體」的「任何侵擾」。傑克森的繼任者馬丁．范布倫（Martin Van Buren）寫道：關於美洲原住民西遷後的相關處置，「作為一個國家，在道德法庭（foro conscientiae）上，我們要對這個大家庭的意見負責。」

「他們是一個相對弱小的民族，在一開始，我們也許是無理的侵略者，但隨著時間的經過與事態的發展，我們已經成為了他們的守護者，以及，正如我們所希望的那般，他們的援助者。」[33]說美國賦予自身的責任即是保護受害者們免於受到它的侵害也不為過。

該法案模糊了外交政策與國內政策的分界。印第安國家是外於美國管轄範圍之外的他國嗎？在一八三〇年代初期，最高法院一系列的裁決通過區分兩者間的差異來回答這個問題，這些裁決認為契羅基族是、也不是主權國家，是、也不是美國的一部分。其中一個裁定表示原住民政體「也許」可被稱為「國內附屬之國」。遷移條約——華盛頓與特定的原住民族簽署、將西遷正式制度化的協議——承認了個別原住民族的主權，在這層意義上，「印第安國家」是外國。但若固守這些協議的字面意義，將印第安國家視為一個外國主權國家，就會給歐洲的宿敵們一個可趁之機，特別是英國（該國經常被指控利用原住民的不滿，伺機破壞邊疆社會的穩定。）「他們既不是外國，也不是聯邦的任何一州，而是一個不同於兩者的存在。」美洲原住民社群的一份報紙在最高法院就契羅基人做出一則令人異常困惑的裁決後說道。[34]「簡直不知所云。」一位歷史學家寫道。[35]

與被認為是美國境內的地方相比對，印第安國家的地理位置也讓人更加困惑。當時，在一八三〇年代，美國的外部區域由東至西是長這樣的：首先是密西西比河。再過去不遠處，從蘇必略湖（Lake Superior）一直到納齊茲，是盎格魯人的定居地帶。接下來是陸軍的軍事防禦線，由一連串從五大湖延伸到路易斯安那州的要塞所組成。然後是印第安國家，一般指的是奧克拉荷馬州和堪薩斯州的一部分，但有時也用來描述往北一直延伸到達科他地區的區域。過去，印第安國家是國際上承認的法定界限，從墨西哥灣向北，沿著沙賓河（今日路易斯安那州和德州的分界）、紅河和阿肯色河延伸。越過邊界就是墨西哥，北至猶他州和蒙大拿州，西至加州。

一八三六年，參議院印第安人事務委員會（Senate Committee on Indian Affairs）認為這些界線大致上已固定。但固定並不意味著明確。印第安國家位於美國國界以東（也就是在美國境內），但在定居區前沿以西。當提到被驅逐的印第安人時，委員會的發言無意中透露了這一切的混沌不明：「他們在我們之外，一個永遠屬於外部的地方。」[36]在這裡，委員會指的顯然是定居區的前沿。不管如何，他們不會待在外面太久。

墾殖者不斷將這些界線向西推進至印第安人的領地。伴隨著墾殖者西進而來的是更多的被迫遷徙，發生在俄亥俄州、密西根州、印第安納州、伊利諾州、威斯康辛州、愛荷華州、明尼蘇達州，上上下下，橫跨整個西部，這整個過程在此種推力的作用下不斷重複循環。約翰・昆西・亞當斯知道，這種循環——印第安人一下在裡面、一下在外面，然後又再一次落入邊界內——不可能永遠持續下去。大陸是廣闊的，但並非無邊無際。一八二八年（他總統任期最後一年），亞當斯曾在私人日誌中寫道：「當紐約的印第安人被迫遷徙到綠灣（Green Bay）、契羅基人被驅逐到阿肯色州，他們幾乎沒有足夠的時間建造自己的棚屋，我們的人民又會要求我們再次趕走他們。」他對自己說，讓美洲原住民成為平等公民的同化政策才是最佳解方。但他知道，「他們所在之處的州民是不會允許的。」

綜觀整個十九世紀，確實有些原住民族轉向定居農業的生活方式。但他們的土地仍遭佔奪，他們仍被迫遷徙。喬治亞州的契羅基人甚至頒布了一部成文憲法，利用州與聯邦政府之間的憲政關係來證成自己的存在。亞當斯，這個美國歷史上最同情美洲原住民處境的總統，在日誌中寫道，他認為這部憲法「並非切實可行」。五大湖區周圍的一些部落（包括舊西北屬地的美洲原住民們）不僅順利插足毛皮貿易，且仍然保有自己獨特的文化認同。在成為傑克森的戰爭部長之前，曾擔任密西根領地總督的劉易斯．卡斯，把這個來之不易的成就——成功攻克商業市場的同時，仍然保有文化與政治上的自主性——當成是落後的證明。他在一八三〇年寫道，他們「成功地」抵制了「一切為了改善他們的處境所做的努力」。[37]

五

傑克森的《印第安人遷移法案》頒布後的數十年，反映了「邊疆」一詞含義的演變。它從指示軍事前線或國家邊界，變成指涉一種生活方式：正如弗雷德里克．傑克遜．特納後來所描述的，邊疆是「浪潮的外緣」（outer edge of the wave），是野蠻和文明的交界。「浪潮邊緣」（edge of the wave）似乎是一則自相違背的比喻，因為它結合了暗示絕對清晰的意象——「邊緣」，與展現恆動與分解的意象——「浪潮」。但這則比喻完美地捕捉到它的對象。

邊疆必須像道邊緣般清晰明確，尤其在印第安人西遷之後，因為它是文明的衡量基準。一位早期的邊疆觀察者寫道：「清晰可辨的界線標誌了遠西地區文明的開端，此線之外皆為荒野。」美國獨立運動建立了一套政治自治（political self-governance）理論，此種政治自治立基於個人的自我治理能力，即運用自身的才智、美德、力量以及理性來遏制激情與控制惡習。有色人種——無論是在美國境內被奴役的人，還是在美國邊界上流離失所的人——共同形塑了「固有自由」與「不可治理之放蕩」間的分界，前者證成了自治，後者證成了支配。尤其是美洲原住民，他們生活在「野性的自由」中——拒絕耕種土地，渴求漫遊、狩獵與採集——與大自然建立起一種（許多人認為）近乎孩子氣的關係，被視為是白人自我教化與自我控制的對立面（而僅有修身自持的白人才被認為值得擁有政治自治）。「印第安人就是小孩，」《紐約論壇報》（*New-York Tribune*）的編輯霍勒斯・格里利（Horace Greeley）寫道，「任何一群十到十五歲的小學生都有能力像一個普通的印第安部落一樣，管理自身的慾望，制訂和執行公共政策，建立和經營一個州或社區。」印第安人「是慾望和惰性的奴隸，他們唯有在受到另一種欲念如饑似渴地驅使時，才能從一種欲念的暴政中解脫」。「這些人必須滅亡，」格里利說，「上帝已把大地賞賜給那些能征服和耕作它的人。」[38]

但邊疆也像道浪潮般模糊不清，白人墾殖者一面認為自身的自制克己讓他們成為與另一邊的野人截然不同的存在，一面走避邊疆以逃離例行化。在東部，資本主義的擴張（伴隨低廉的工資、高昂的物價，以及高漲的租金）給家庭結構帶來的壓力日益增大，家庭再生產變得益加困難。為了生存，許多家庭搬到了西部。西遷後，不僅是家庭的理型，包括家戶內部的秩序和家戶長權威都得到了恢復，這一切與邊疆的野性形成了鮮明的對比。大草原上的小房子，免於「不受約束」的「不法惡行」之苦，一位觀察者如此描述邊疆生活。在西部的冒險故事、詩歌和新聞報導中，存在著一股對美洲原住民的強烈同情，既憤怒又懊悔，既淩厲又哀傷。另一則對邊疆的描述寫道，「在曠野的生活，有著不受拘束的自由，和通常能飽餐一頓的旺盛食慾，讓人難以回到穩定工作和相對體面的單調之中。」[39]墾殖者會把美洲原住民想像成自己擁有土地繼承權的「兄弟」，與此同時披上獸皮、拿起戰斧屠殺他們並強占土地。「縱情又堅忍；狂怒時可怕得令人無法直視，在面對生活中的刺激和意外時，又過人冷靜；滔滔不絕卻又難以捉摸。」一位印第安人事務官在描述自己的「荒野生活」中「紅種人」的「詭異複雜與自相矛盾」時如此說道。[40]

像浪潮一般，邊疆必須移動，它必須「轉瞬即逝」，如同西部的旅行家喬治·卡特林（George Catlin）在一八三〇年代末寫道，這條線是道「移動的屏障」，跟隨著文明的腳步穿越美洲大陸。一位負責印第安人事務的官員曾形容西部邊疆是「一條曲折多變的線」，儘管「大致劃定」但「總是緩慢地向西移動」，這條線是一個入口，另一端是無窮無盡的戰火——「一場印第安人想要保留而白人想要佔有、幾乎無休止的爭鬥。」[41]

但出於戰略上的考量，美軍只能繼續把邊疆當作是固定不變的，他們所要執行的任務是清楚明確的：「保護……綿延千里的邊界定居地，不受眾多野蠻部落的侵擾。」[42]然而，無論美軍想像中的邊疆多麼穩固明確，分隔美洲原住民與白人的那條界線隨時都在變化。美國西進時，每條大河——密西西比河、密蘇里河、阿肯色河和紅河——連同那些垂直注入主河道的支流都將成為邊疆防禦屏障的一部分。在這幅景象中，邊疆看起來更像是一把梳子，或是半幅魚骨。

軍事戰略家希望防線堅實穩固，為此他們進行了一次又一次的勘測，試圖標定邊疆的確切位置。然而，在戰術需求上，其所設想的，不是一條，而是三條不同的線，將美國與「印第安國家」隔開。

根據一份陸軍報告，第一條線是商人、農民、牧場主、獵人和毛皮獵師所居住的白人定居地帶。第二條是軍事「內線」，這條線對於「白人定居地的特別防禦」來說不可或缺，由一系列「勢必在我國邊界之內」的前哨和要塞所組成。第三條是位於白人定居地以西的「外線」，這條線被視為已推進到「遠在我國邊界之外的印第安國家」。[43]無論在邊界之內或之外，這種地理格局確實令人困惑。

不管這些線如何被標定，也不管它們經過何處，沒有任何一條線是固定不變的。它們彼此之間相互牽引，推動整個西進運動。在傑克森的《印第安人遷移法案》頒布前兩年，戰爭部長辦公室向國會抱怨「將我國軍事哨所——如密西西比河的斯內林堡（Fort Snelling）以及密蘇里河的萊文沃思堡（Fort Leavenworth）——推進至印第安領地內，遠超出我國人民西進領域」的政策，認為該政策開啟了一個暴力循環：這些前哨基地「只會將野蠻又無益的冒險引入印第安領地」，導致「與原住民間的個別衝突」；美國政府在之後只得發動「一次軍事遠征，以維護這些散商游卒的權利。」美國越界所導致的危險，推著它穿過這片土地，這個過程不斷重複發生。

《印第安人遷移法案》打開了那道防洪閘門，「勢不可擋的高加索民主浪潮」（一位法學理論家如此形容傑克森時代）就這樣席捲大地。[44]棉花國王（King Cotton）[i]將其領土延伸至南方，創造了空前的鉅額財富，並以前所未有的方式支配著不管是被奴役的或是自由的黑人。與此同時，美洲原住民被

i 編註：美國南北戰爭前，用來表示南方棉花生產佔經濟霸主地位的用詞。

趕往西部，獲得了原住民土地的白人墾殖者和種植園主所經歷的事，同樣也是前所未有：超乎尋常的巨大權力和人民主權（popular sovereignty）。歷史上從未有這麼多的白人感覺自己像這樣自由過。信奉傑克森主義的墾殖者們穿過邊疆，繼續征討有色人種，以獲得更大的自由，再以他們的反面，來定義自身的自由。

第四章　安全閥

「這股狂熱已經完全失控。」

一

讓我們來想想安全閥。在十七世紀末的法國（在一個用來將馬蹄和羊骨分解成膠質的壓力鍋爆炸後），安全閥的雛形應運而生，這個裝置在一個世紀內被鍛接至蒸汽機、鍋爐、火車頭和熔爐之上，是抵禦積聚的氣體和難以承受的壓力最後一道必要、但往往不太可靠的防線。湯瑪斯·傑佛遜要求西班牙讓美國的駁船和龍骨船停泊在密西西比河西岸，如此他們才能搶風而行，逆流而上。然而，美國的船隻不久後就能自力往返於主河道和支流間，毫不費力地逆流而上，再以破竹之勢順流而下：蒸汽徹底改變了整個密西西比。

蒸汽船載著越來越多的乘客與貨物，包括奴隸販子和奴隸，沿俄亥俄河和阿肯色河一路向西，再往南，沿密西西比河進入美國的新領土。不過，釋放蒸汽遠比製造蒸汽來得困難，鍋爐開始以驚人的頻率將船隻炸成灰燼。一八四〇年，《北美評論》裡一篇關於內河船船難的長篇評論中寫道，蒸汽仍然是「一個未解之謎，即使對學者專家來說也是如此。」[1]

這些船隻的第一批工程師來自東部，像紐約、費城和英格蘭，他們的經驗純粹是應用性的。他們對於「蒸汽的理論概念」理解甚少。[2]他們知道在加熱的鍋爐裡應該要大致保留多少水。他們知道，當船隻加速時，可以關閉安全閥來蓄壓。但對於蒸汽的「張力」（expansive power），他們的理解是直觀的、不精確的。工程師們普遍認為，只有乾燒的鍋爐會爆炸，只要水箱裡有水，就萬無一失。但事實並非如此。「蒸汽理論家」已經計算出，在充滿水的封閉鍋爐中，當溫度升高，蒸汽就會隨之膨脹，但速度更快，每上升五十度，蒸汽就會加倍膨脹。這使得現場變得難以預測。「何不乾脆稱之為巫術？」一位醫生寫道。

更糟的是，鍋爐技術的快速進步，讓用更少的水生成更多的蒸汽成為可能，這快速超越了安全閥的技術，也超出了工程師的直覺。在一八三〇年代，所謂的「安全閥」不過是覆蓋於鍋爐頂一個三英寸的小孔上、幾個由繩索和滑輪（或是吊桿）控制的砝碼。它可以輕易地被破解，以製造更多的蒸汽。接下來的十年間，隨著越來越多船隻開始採用費城發明家卡德瓦拉德·埃文斯（Cadwalader Evans）的「防止蒸汽鍋爐爆炸的專利安全裝置」，河上旅行變得更加安全。此裝置使用了一種易融合金，只要溫度過高便會開始融化，進一步釋放積聚的蒸汽。[3]然而，內河船的船員和旅客還是經常就這樣「一命歸西」。

蒸汽的問題不僅僅是非理性的奇想和過快的技術發展。擴張的「張力」——即能夠快速穿越美國西部，拂曉登船，日落就到達——助長了工程師們的魯莽，他們不顧蒸汽理論，加速前行。《北美評論》在談及蒸汽船的危險性時說道：「在人類性格所展現的眾多面向中，很少有比這種不管有什麼風險、為了什麼目標，或根本不為什麼，都渴望領先的瘋狂欲望還要令人費解的了。」

據來自波士頓或倫敦的富有乘客說，機房工人——包括火夫、注油工和工程師，由貧窮的白人或受奴役的非裔美國人所構成——才是問題所在。他們像過熱的鍋爐一樣不穩定且不受控制。爆炸常被歸咎於那些無法區辨權力和魯莽的吹牛醉鬼們。一名蘇格蘭旅客如此形容非裔美國人船員，他說他們缺乏「思想」及「道德尊嚴」。「俄亥俄號上發生的事故著實可怕，一個連閥門和煙道都分不清的愚蠢工程師一聲令下，我的朋友跟其他三十個好夥伴就被送上了西天。」赫爾曼・梅爾維爾（Herman Melville）在〈喔喔啼叫〉（Cock-a-Doodle-Doo!）中寫道。有人抱怨，由於工人們無法負責地自我管理，很容易就會受到他人的錯誤引導，無法拒絕來自駕駛員和乘客們「快還要更快」的要求。在密西西比河的船艇競賽中，奴隸們被迫坐在安全閥上以製造更多蒸汽。為高速興奮萬分的旅客和一心求快的船主，紛紛要求鍋爐工再扔入更多的燃料並將閥門緊閉，僅能從「那艘過勞船隻的痛苦痙攣」窺見潛藏其中的危險。

《北美評論》寫道：「這股狂熱已經完全失控。」

二

安全閥的運作邏輯是種強而有力的意象：擴張的氣體尋求釋放。不可思議的是，一直到一八二〇年代，這個裝置才作為隱喻被頻繁地引用。根據歷史學家戈登・伍德（Gordon Wood），當時年輕的美國正為某種瘋狂所籠罩。伍德在他的書《美國革命的激進主義》（*The Radicalism of the American Revolution*）中寫道：「一切似乎都在分崩離析，彷彿所有的束縛限制都在消失當中。」許多人憂心自由與墮落的利己主義之間的分界將日漸混淆。伍德說：「一種新的競爭傾向在這片土地上蔓延開來，人們似乎陷入了彼此交戰的狀態。」[4]神學家威廉・埃勒里・錢寧（William Ellery Channing）如此形容他所處的那個時代：這是一個「內部革命和外部革命同時發生的季節，靈魂似乎正在經歷拆解，新的欲望大量顯現，一種全新的、未定義的善備受渴望。」[5]

決鬥和鬥毆增加了，酗酒和謀殺也是。醫生們發現發酒癲（mania a potu，或稱震顫性譫妄〔delirium tremens〕）的病例數急速攀升。《美國精神錯亂雜誌》（*The American Journal of Insanity*）到十九世紀中葉才開始發行，但公私立精神病院的數量在此時已成倍數增長。儘管我們很難掌握精確數字，但在一八〇八年到一八一二年間，這些機構所收容的公民人數幾乎翻了一倍。許多患有癆病和癲癇等生理疾病的人被安置在精神病院，其他患有精神疾病的人則被關進了監獄和濟貧院中。「精神疾病」的病因列表反映了那個時代的競爭壓力。除了「放縱過度」和「家族遺傳」等傳統觀點之外，醫生現在還加上了

「行商失意」、「財物損失」或「抱負志向不得施展」等因素來解釋情緒崩潰。「躁狂症」（mania）是當時精神病院院民死亡的主要原因。其他榜上有名的死因包括「空虛」、「憂鬱」、「憤怒且憂鬱」。[6]

南方作家威廉・吉爾摩・西姆斯（William Gilmore Simms）在稍晚一點寫道，美國人「擁有不斷擴張的想像力」，他們的野心「總是在過度沸騰和溢出的邊緣」。他認為美國存在著一股對「奇教怪典」（包括摩門教派和米勒派）的「癡狂」（根據紐約州立精神病院一位院長的說法，「對宗教的狂熱或失望」是一八二四年導致「瘋狂」的第三大主要原因）。特別是年輕人，他們經常苦於「狂亂、放大的情緒；令人驚駭的幻覺；陰鬱、使人沮喪的恐懼；勃發的想像力所導致的妄想。」西姆斯希望，這些「癲狂」也許可以成為某種「道德的安全閥」，在人們逃出原先的定居社會、試圖建立新的宗教社群時，「排放」那些可能摧毀共同體的「血和憤怒」。[7]

在一代人之前燃燒得恰如其分的共和主義之火，在傑克森時代猛烈地爆發了。隨著越來越多不識字、無財產的白人擁有投票權，美國需要一個安全閥，來釋放加諸於民主機器上那股難以承受的壓力。在那幾年，「安全閥」一詞多指的是以程序來抑制公眾激情。所有的制度制衡——官員的輪替、訴諸法律制度的權限、州和聯邦當局間的權力共享等等——被新聞記者、傳教士和政治家們視為「政治引擎中的安全閥」。新聞自由的價值並非來自任何道義準則，而是因為它充當了「大眾憤怒情緒的安全閥」。給予人們公開聲討政治人物的權利，讓「社會的負面激情找到了一個容易發洩的出口」，一個能夠釋放那些「沸騰憤怒」的「安全閥」。[8]

傑克森的政敵輝格黨，將那些甫獲得選舉權的群眾看作是急需宣洩的「一大群蒸汽們」

（congregation of vapors）。傑克森主義者反過來提醒對手們，他們並沒有被授與「終身職位」。選舉權是「憲法的安全閥」，它遏制了「野心家的弱點」。[9]改革派將他們的整套政策——包括廢除債務人管收所、結束特許壟斷、建立更公平的法律制度、實行免費且普及的教育、擴大選舉權——稱之為「我國制度的首要安全閥」，不管富人們如何叫苦連天，這些政策都在化解更激進的改革訴求以維繫富人的特權與社會地位上有所貢獻。一位作家在一八三三年指出，陳年老調的「牢騷」提醒了菁英們要秉持著更多社會良知行事，從而維護了社會的階級秩序：抱怨是一個「釋放內部情緒的安全閥」。它發出的「嘶嘶聲和噪音」在警告著當權者們「別使用太多燃料」。[10]法雷迪・道格拉斯（Frederick Douglass）寫道，在種植園裡，從聖誕節到新年期間那段音樂和美酒交錯的時光起著「安全閥的作用，可以帶走處於奴役狀態下的人類心靈所必然具有的爆炸性成分」。在一八一八年出生，於一八三八年逃跑，整整被奴役了二十年的道格拉斯寫道，這種一年一度的儀式「遏制了人們的叛亂精神」。[11]

這套釋放蒸汽的隱喻，除了被用來解釋諸多憲法機制和其所提供的保障（例如罷免當權者、提起訴訟、公開集會和演講的權利），也被用來比喻民主的心理運作機轉。哲學家和神學家輕易地就將「安全閥」納入作為其道德前提的一部分，即人的邪惡和弱點必須靠美德和力量來調節與制衡。魯斯蒂克斯（Rusticus，化名）在一八三一年《國民公報》（*National Gazette*）上寫的一篇文章中說道，「理性或心智，就像是蒸汽機中的安全閥，理應能夠控制動物本能，抑制可能導致大規模混亂和暴力的負面效應，矯正感官與生理欲求的自然衝動。」基督教神學家擔心美國的「空前」財富正在加劇世俗化、放蕩與邪惡。一位牧師提議道：「應該要為這種過度繁榮設置一些安全閥，這太重要了！」[12]

性暴力就潛伏在這些關於動物本能、激情和「癲狂」的討論之下。所有女性，不論階級、地位和膚色，都深受性暴力的威脅，尤其是被奴役的女性。內戰發生前的那幾十年裡，越來越多的廢奴主義者開始將奴隸制視為有損共和信念的道德之惡；作為回應，奴隸主們則辯稱這套制度是一種有助於提升共和美德的「積極善」（positive good）。奴隸是在市場上被買賣的商品。但擁有大量的奴隸，能讓奴隸主們不受市場擺布，進一步發展出更高尚的騎士品德，南方的騎士們這麼說。而強姦是發展高尚品德的途徑之一。奴隸制的擁護者們聲稱，被奴役的女性就像一道安全閥，有助於轉移白人男性對白人女性的欲望，讓南方得以成為一有教養、重禮節之地。喬治亞州諾克斯維爾（Knoxville）的奴隸販子撒穆爾·盧瑟福（Samuel Rutherford）投書紐約的《詹姆斯敦日報》（*Jamestown Journal*），抱怨該日報一篇反奴隸制社論；該篇社論提到了南方受奴役的女性所遭受的性暴力迫害。盧瑟福承認了該社論的真實性，但他表示，與被奴役女性之間的性行為是「我們南方白人女性美德的安全閥，她們的品德遠遠優於你們北方的女人。」[13]

三

人們在書寫和思考時，會用上各種各樣的隱喻。但安全閥這個概念的應用特別具有意義，在真正的工業用安全閥讓人類的力量和速度成倍增長的同時，安全閥也作為一個概念被運用在修辭上。尤其當它被用來指涉西部擴張時，「安全閥」的功用則是去調節傑克森美國（Jacksonian America，一個建立在無與倫比的自由與舉世無雙的不自由之上的國家）的不協調與尖銳衝突。

艾利澤·萊特（Elizur Wright）牧師是第一批將此意象應用於奴隸制的人之一。身為新英格蘭的廢奴主義者、美國反奴隸制協會（American Anti-Slavery Society）的創辦人，萊特也強烈反對殖民主義，大力抨擊認為只要將被解放的奴隸送往非洲就可以解決奴隸制的想法。他在一八三三年說道，這種方案「就像是一道安全閥，而它所屬的引擎即將就要不堪負荷。」[14]像萊特那樣的廢奴主義者並不想幫機器洩壓。他們想做的是摧毀機器。[15]他們指責支持殖民的北方人確保了奴隸制的延續。另一位批評者後來說道，殖民也是一種「安全閥」，是藉由「擺脫負累」來挽救奴隸制的一種方式。[16]此處的「負累」指的是日益增多的有色人種自由民。在一八四〇年代初期人口數已達四十萬人的自由民，成為了一個獨特的問題。對奴隸制的擁護者來說，自由民的存在是對其意識型態的威脅（認為有色人種不應該自由地活著），也是對其制度的威脅（將自由民想像成罪犯、顛覆份子、沒生產力的米蟲、勞動市場上的競爭者）。對奴隸制的反對者來說，大部分白人對自由民那股無法消解的憎恨——體現在剝奪非裔美國人男性投票權的新法律，住房、教育、公共服務的隔離，以及對「融合」（或稱通婚）的恐懼之上——意味著奴隸制所造成的惡將會比奴隸制本身還長命，種族不平等帶給共和主義平等原則的問題並無法透過廢除奴隸制來解決。

除了萊特這種異議人士之外，奴隸制的擁護者和反對者聯手一起推動了殖民化，美國殖民協會（American Colonization Society）的賓州分會就曾表示，殖民化是「我國國內奴隸問題唯一的安全閥」。「唯一」一詞至關重要，它既體現了對那些反平等勢力的擁戴，也體現了對其力量的妥協。成千上萬被解放的非裔美國人確實移居到非洲，包括賴比瑞亞、獅子山（Sierra Leone）和其他州政府所資助的殖民地（馬里蘭州、喬治亞州和賓州都在西非建立了殖民地），但數量並不足以對公共生活產生明顯的影響。於是，廢奴派、改革派、擁奴派都將目光轉向了西部。

那些不遺餘力試圖挽救奴隸制的人將洩壓出口指向了阿肯色州、阿拉巴馬州、密西西比河下游，以及更遠的德州。如果自由民能被運走，將有助於消除南方沿海地區社會衝突的其中一個根源。如果可以把白人墾殖者送過去，最終可能可以促成蓄奴州加入聯邦，讓南方人在跟北方談判時擁有更多的籌碼。[17]《西部每月評論》（*Western Monthly Review*）的編輯提摩西．弗林特（Timothy Flint）是提倡向太平洋進軍的積極支持者，他在一八三〇年提議收購墨西哥領土，認為「透過把人口分散至更廣大的地區來降低人口密度」，將成為「一個可以避免蓄奴州的黑人過度聚集的理想安全閥」。[18]弗林特在概念上反對奴隸制，但他表示自己「能夠理解問題的正反兩面」。對於擴張的許諾給了弗林特這種人永遠不必採取明確立場的自由。南卡羅萊納州參議員喬治．麥克達菲（George McDuffie）是一名擁護州權和奴隸制的傑克森主義者，他認為德州可以「成為一個安全閥，用來釋放過剩的奴隸人口」，儘管德州當時還是墨西哥的一部分。[19]壓力的緩解不僅是因為新土地和新市場的出現。在深南各州（the Deep South）的邊疆地帶生活與勞動的極端性本身就是一道安全閥。一八四〇年，有人問一位維吉尼亞的種植園主，是否會擔心命喪奴隸之手，他回答說一點也不。邊疆的艱苦嚴酷保障了他的生命安全。「上帝，按其旨意，在最南端賜予了他們一道安全閥，讓他們買下奴隸，並讓奴隸們在七年內勞作至死。」[20]

四

與此同時，也有人開始援引「安全閥」的比喻來解決階級問題。這個問題實際上又分成兩個問題。第一個是經濟問題：如何確保工資水平能夠維持在一定高度，足以養活快速增長的城市勞動力？第二個是政治問題：如何免於來自那幫日益增多的無產文盲男性選民（安德魯・傑克森的主要支持者）的威脅？如何才能阻止他們集結成一個陣營——「工黨」——並投票支持侵犯財產權的政策？對於許多人來說，這答案很簡單——讓他們往西去，給他們土地。

分配公有土地是其中一個激進訴求。[21]自我標榜的社會主義者們——如一八二〇年代從英國來到美國的喬治・亨利・埃文斯（George Henry Evans）與弗雷德里克・埃文斯（Frederick Evans）兄弟檔——協助組織了「自由土地」（Free Soil）運動。在早期，自由土地運動認為西部土地不僅實踐了美國和法國大革命的平等精神，也實現了宗教改革對平等的許諾——許多自由土地黨人都是激進的基督徒，包括弗雷德里克本人，他協助建立了大量的震顫派（Shaker）[i]公社。[22]一份早期的自由土地黨人的訴求清單揭示了美國史上最激進的政策主張。

許自己一座農場；

打倒壟斷者；

自由分配公有土地；
宅地不可剝奪；
債務催收相關法律全數廢除；
男女全面平等；
廢除動產奴隸制與薪資奴隸制。

白人男性在此自比為奴（薪資奴隸），並非意圖與非洲人、非裔美國人劃清界線，而是為了尋求團結（包括女人）。所謂的「埃文斯安全閥」幾乎和機械式安全閥一樣簡單：紐約市最激進的工會聯盟紐約工業協會（New York Industrial Congress）認為，讓移民勞工們以實惠的價格購買西部公有土地，有助於緩解工資競爭、抑制房價上漲。工資將會增加，租金將會降低，而「技師和工人」將能「在更堅實的基礎上捍衛自己的權益」。

但從現實來看，「無主地」基本上並不具有此種功能。投機商、鐵路公司、牧場主和大企業都想從中獲利。此外，對於大部分貧窮的工薪家庭來說，搬到西部並不是那麼容易的事。在一八三〇年代晚期，由於通貨膨脹的飆升，移動成本高得驚人（儘管後來鐵路的普及讓遷徙的負擔大為降低）。與此同時，東部的工廠迅速引進勞動力節約技術，抵消了來自西部工資上漲的壓力。儘管如此，即便邊

i 編註：基督教新教派別，從貴格會分出而產生。

疆並非國內剩餘勞動力的「長期退路」，但可能是一個有效的「長期威脅」。[23]在遭遇到問題時，工人們不見得要真的離開他們的作坊和工廠，然後搬到西部去。企業主們只須知道他們可能會這麼做，就可以稍稍挪動勞動與資本之間力量的「平衡輪」。[24]

然而，其他人則建議透過分配「無主地」，以另外一種方式來解決社會矛盾，類似於安德魯·傑克森承諾要讓聯邦政府回歸「原始的簡單和純粹」時的設想。例如，出生於富裕的造船商之家、支持南方奴隸制的麻薩諸塞州國會議員凱萊布·顧盛，他從方方面面談論邊疆，將邊疆當作是傑克森主義固有的所有關鍵問題的解方：包括解決奴隸制給共和美德帶來的難題；得到解放的奴隸們要求在白人佔壓倒性優勢的社會中享有平等權利的難題；以及享有投票權的白人勞工的薪資在一個由動產奴隸制和歐洲移民所支配的大型勞動體系中不斷被壓低的難題。但顧盛的目的是為了實現一個致力保護財產權的最小政府，而不是為了推動社會主義，更不用說是震顫派共產主義了。[25]

在一八三九年春田市（Springfield）的國慶日演講中，顧盛將西部稱為「我國人民的大安全閥」，保護人們免於「貧窮、民怨以及隨之而來的失序」所帶來的危害，他認為這種情況在人口過剩的社會「已不再能夠給予真誠的勤奮和志望應得的報償」時就會發生。對顧盛而言，「危害」並不是貧窮、失序，或是不公平的報償本身。更確切地來說，危險在於聯邦政府可能會為了解決這些問題而擴張其權力，從而削弱個人和州的自由。西進運動提供了一個出路，它讓聯邦政府能夠將力量集中在邊疆的拓展之上。顧盛表示，只要政府不過分壓迫或過度追求再分配（兩者都會導致公民社會的死滅），隨著邊疆的擴展，個人反過來將可以自由地發展其能力、追求自己的利益，以及滿足自身的欲求。他認為，投入西進運動將有助於政府保持其性質之單純，確保州權處於「憲法主要原則的保護」之下，以及維持「公私美德」的適當平衡。顧盛此處所說的「私德」，是指對私有財產的保護。

在南方，富有影響力的密西西比州參議員暨種植園主羅伯特．沃克同樣認為，西部將成為一道「安全閥」，能夠解決奴隸制所帶給共和國的問題，而無需訴諸奴隸革命或州際內戰。沃克寫於蕭條的一八四〇年代初期，他背後所代表的是他的南方同胞，這些南方人感覺自己被北方廢奴主義者團團包圍、被緊縮的經濟禁錮束縛，當時社會中對暴力的恐懼也日益增長。擴張將可緩解壓力。[26]「絕不允許自由黑人在南方土地上任意遊蕩」，但他們也許可以在白人墾殖者的定居地以西「找到一個家」。如同許多奴隸制的擁護者，沃克承認這個制度終有一天必須結束。向西擴張可以讓一切悄然落幕：「奴隸制將慢慢遠去，最終消失於無垠之境。」奴隸們也可能就這樣「消失」在地平線上，「在聯邦的疆界之外」。

除了南方的讀者以外，這位密西西比州參議員不忘遊說北方的讀者，試圖轉移廢奴主義者的批評。沃克預言，奴隸的解放將促使「大量的自由黑人」湧入北方城市，預先演示了一遍日後將毒害美國政治文化的公共政策種族化（racialization of public policy）論述——即認為非裔美國人必須要為各種社會弊病及相關政府機關的擴張負責。犯罪率會上升，「白人勞工」的工資會下降。「濟貧院和監獄，安置聾啞人、盲人、白癡和瘋子的收容所將會人滿為患。」[27]為了緩解這些苦難，政府只得擴張。稅收將會增加，「以壓低所有財產的價值」。沃克警告，接下來就是「全面破產」。

對顧盛和沃克來說，北方的「階級問題」與南方的「種族問題」有著錯綜複雜的關係，且在美國現有邊界內是無法獲得解決的。合宜的解決方案只有一種：向西走。沃克堅信，擴張是「非裔美國人唯一可行的出路」——「聯邦州唯一的安全閥」。顧盛認為，西方就是美國的「庇護所」。

五

與許多人一樣，顧盛和沃克所提出的共和自由是指免於過於專橫的聯邦政府打擾的自由，並認為擴張是這種理念的表述者和守護者。這樣的理想建立在大量公有地的供應之上（從印第安人手中奪取過來，緊接著從德州兼併案以及美墨戰爭中獲取），並且讓信奉「高加索民主」的傑克森教得以俘虜挪用其他平等主義理想；而這樣的理想令人難以抗拒。

反蓄奴（anti-slavery）和反黑人（anti-black）之間的分界日益模糊。如同威廉·愛德華·伯格哈特·杜波依斯（W.E.B.Du Bois）在晚些時候所指出的，「貧窮的白人」勞工將「對於整套奴隸制度的所有厭惡和恨意」都轉移到這套制度的犧牲者身上（奴隸制度被認為是造成工資低落的主因）。[28] 政府對自由土地的許諾加劇了這種「移情」現象，像是曾積極倡議廢除動產奴隸制與薪資奴隸制的喬治·亨利·埃文斯就逐漸遠離了其激進廢奴主義信仰。他的立場從主張動產奴隸制的存在會壓低工資，變成擔憂廢除動產奴隸制會造成勞動市場供過於求，進而導致工資持續走低。他還提議將自由民遷往密西西比河以西某處；非裔美國人被困在自己的家園之中，他們不再作為年輕美國——實現了所有可能的平等形式——之普世主義滔滔大河的其中一支，而是被視為另一股獨立的、種族隔離的脈流。據說一位南方奴隸主告訴埃文斯，「只要你們北方人為奴隸們找到土地，我們就會解放他們。」埃文斯所發行的《美國青年報》（*Young America*）在一八四五年指出：「印第安人的人數更多，我們都可以把他們趕到西部去除之而後快，為什麼黑人就不行？」這名匿名的作者表示，解放是必然的，但他擔心「一舉」放出三百萬名僱傭工人到勞動市場中有可能會帶來不好的影響。被解放的奴隸將塞滿美國的「監獄、感化院和濟貧院」，並拉低「白人勞工」的薪資。相反地，作者提議將黑人遷往他處：「美國在密西西比河西側擁有大片閒置領土，就黑人的體質及習性來說，當地氣候相當適宜。請國會在那裡為黑人建立一個州，配予每家每戶四十英畝之永久土地、一年份的糧食以及農事畜牧相關工具，讓他們能夠在那裡展開新生活。」[29]

與此同時也存在著與擴張相反的主張。[30]「除此之外，土地還能為社會人（social man）提供什麼？」一八四八年，佛蒙特州眾議員喬治・柏金斯・馬胥（George Perkins Marsh）自忖道。馬胥認為美國已經夠大了，他反對一切形式的擴張，包括存在已久的德州、墨西哥和加州的擴張之夢。「停止吧。」他在一八六四年出版的著作《人與自然》（*Man and Nature*）中寫道，並提出了一個生態學論點，他認為自然權利賦予人的是照料、保護大自然的義務，而非征服大自然的權力。馬胥對擴張的批判在今日聽起來仍有其先見之明，特別是他所發下的警語：無止境的戰爭會將導致共和主義淪為凱撒主義。他在眾議院的演講中說道：「為防禦邊疆而組建的軍隊可能會取代你的選舉團，然後成為你的頂上暴君。」但某種程度上，馬胥的「小國共和主義」又證明了詹姆斯・麥迪遜的擴張主義前提。麥迪遜表示，讓現代公民聯繫在一起的是各種多元利益，而非血緣、種族、文化、宗教或軍事美德，而持續擴張的領土對於維繫這種現代公民的想像來說是不可或缺的。相較之下，根據馬胥的傳記，馬胥頌揚的是「種族、語言和文化的同一性」。[31]這位佛蒙特人特別鍾愛普魯士哲學家約翰·戈特弗里德·赫爾德（Johann Gottfried von Herder）於一七九四年提出的一個論點——「最自然的國家是擁有同一民族特徵的單一民族」。

前進的道路只有一條：「前進」。

社會性蒸氣（social steam）理論家們——包括內閣官員、政治家、改革者、廢奴者、奴隸販子、州權主義者和自由土地黨人——以大相逕庭的方式運用這則比喻，希望達到的效果也如參辰日月：消除階級矛盾；削弱奴隸制；廢止奴隸制；保留奴隸制。但就這則比喻所具有的力量來說，這些差別並不重要。重要的是，藉由這個「安全閥」比喻，人們可以同時回答問題，又迴避該問題。蘊含在這則隱喻內的，是它承認了傑克森式民主根痼之深刻，同時也承認在現有的社會關係和政治權力條件下，該問題不會得到解決。該意象的精髓在於將此地此刻看似無法解決的社會衝突（奴隸與薪資勞工之間、廢奴派和奴隸販子之間、州權主義者和聯邦整合派之間、土地改革派和工業家之間、自由貿易論者和關稅制定者之間的利益衝突）之解方，設想於彼方彼刻：彼方外於定居區的前沿，彼刻則是當聯邦政府兼併德州、從西班牙手中拿下加州，或者開始分配公有土地、打開中國市場之時。

南北內戰之前的美國，其道路由帝國之星全權指引。幾十年前，在起草憲法時，支持州權理念的反聯邦主義者擔憂日益壯大的帝國必然會需要一個過於強大的中央政府，州權必將受到戕害。然而到了一八四〇年代，擴張被視為抑制聯邦政府權力的關鍵（儘管在驅逐印第安人的時候並無此效果，但至少在回應包括罷免奴隸制等社會訴求的時候有其作用。）奴隸制的偉大鬥士和州主權理論家，來自南卡羅萊納州、安德魯・傑克森時期的副總統約翰・考宏（John Calhoun），就將擴張定義為一項就「保護國內體制」來說不可或缺的政府職能。

顧盛在一八五〇年說道，「帝國」是「先進社會中一座負責排解所有被壓抑的激情、爆炸性或是顛覆性之趨勢的安全閥」。這個國家必須繼續前進。顧盛甚至創造了一個新詞彙來形容美國永不停歇的腳步：「可擴張性」（expansibility）。他說，美國公民需要一個「可自由行使我國獨特之民族屬性——積極活躍、可擴張性、個人主義、愛鄉愛土——的空間」。

如果你擋住安全閥的出口，不讓他們自由行動——「抑制它、阻止它、關掉它、逼它退回原處」，顧盛說——你就會付出沉重的代價。

第五章　你準備好要迎接所有這些戰爭了嗎？

「萬因之因。」

一

約翰·昆西·亞當斯直至晚年、在他一屆任期結束離開白宮之後，才明白了該惡性循環之凶殘，他意識到，西部擴張運動在遏制危機的同時又催生了危機，一場戰爭的後遺症成了另一場戰爭的導火線。他徘徊於兩種恐懼之間。他的第一種恐懼是，無休止的邊疆戰爭將會讓美國如同「以法蓮和猶大王國」（kingdoms of Ephraim and Judah）一般「分崩離析」。亞當斯認為，這場長期戰爭始於一八一四年安德魯·傑克森屠殺克里克族，並於一八三〇年《印第安人遷移法案》的通過後規模益加擴大。這場「殘暴冷酷」的戰爭促使華盛頓進一步擴大其權限。這不斷在分化整個共和國，亞當斯說道。這個國家正在分裂為互不相讓的兩個陣營——自由派和蓄奴派，且兩大陣營終將反目成仇。亞當斯的第二種恐懼是，無休止的邊疆戰爭不會擊潰這個國家，相反地，戰爭會讓這個國家於不義之中凝聚，施加於美洲原住民和墨西哥人之上的種族暴力宛若黏合劑，將生活這個國家中形色各異的人統合在共享的仇恨裡。

在總統大選輸給安德魯・傑克森後，亞當斯在一八三〇年贏得了眾議院的一個席次。他目睹著傑克森主義的政敵們一步步將他的政治遺產夷為廢墟，他日漸疑慮，並感到國家正在走向毀滅。當亞當斯越來越確定《印第安人遷移法案》只是全面進攻墨西哥的序曲，他於一八三六年五月二十五日起身發難發表了一場演說，該演說也成為美國史上最鏗鏘有力的反戰演講之一。剛從墨西哥手中成功獨立出來的德克薩斯（Texas）是核心議題。所有早先被用來支持路易斯安那購地案的論點，現在都被拿來證成新共和國吞併行動的正當性。安德魯・傑克森總統聲稱，若拿下德克薩斯，作為一道「屏障」，它將使美國「堅不可摧」，同時還讓美國的「自由領域」（area of freedom）與「自由機構圈」（circle of free institutions）得以向外擴展。

然而，德克薩斯並非自由樂土。帶頭反抗墨西哥的史蒂芬・奧斯丁於一八三五年說道：「德克薩斯必須是奴隸之邦。」[1]德克薩斯實際上是一個建立於十九世紀初的奴隸主的烏托邦，始於西班牙的錯誤盤算（西班牙認為如此一來就能夠贏得盎格魯墾殖者的效忠，他們相信這些盎格魯墾殖者在日後可能會成為抵禦美國入侵的壁壘。）為了讓墾殖者保持忠誠，西班牙官員許諾授與他們土地（擁有的奴隸越多，獲得的土地就越多）和自由（不干涉其貿易和蓄奴的自由）。墨西哥在一八二一年贏得獨立，不久後就廢除了奴隸制，而當時德克薩斯殖民地也才建立不久。當墨西哥城開始攔截他們的奴隸船，盎格魯德哈諾人（Anglo Tejanos）揭竿而起。在德克薩斯作為一個獨立共和國的短暫期間，它通過法律禁止奴隸主釋放奴隸，且不允許黑人擁有奴隸以外的身分，試圖永久保留奴隸制。（美國內戰前夕，德克薩斯成為地下鐵路反向路徑的最終站：奴隸販子從其他地方綁來自由民，並在德克薩斯再次逼其為奴。墨西哥試圖結束這一切，但德克薩斯成功地重新建立了一個國際奴隸貿易版圖；加爾維斯敦〔Galveston〕在一八三〇年代晚期成為紐奧良以西最大的奴隸市場。）[2]

身為麻薩諸塞州眾議員，亞當斯反對兼併德克薩斯，並不只是因為兼併將使聯邦權力向蓄奴州更加傾斜，儘管這是一個隱憂。亞當斯反對兼併還出自他對傑克森主義的鄙夷。德克薩斯以一種最極端的形式體現了傑克森主義。德克薩斯共和國絕大多數的盎格魯墾殖者都來自田納西等深南地區，其中許多人和安德魯·傑克森一樣，是土地投機商、奴隸販子、民兵領袖和印第安殺手。亞當斯憂心，兼併德克薩斯將會進一步鞏固傑克森所代表的那種世界觀。這個國家已經身陷與美洲原住民間的長期戰爭，傑克森主義者利用這場「聖戰」在白人之間建立一種種族主義式的團結，並打退要求建立一個更強大的政府來處理社會問題的訴求。針對原住民的暴力驅逐，也促成了美國最低劣、最退步的勢力之間的結盟：亞當斯在日記中寫道，「南方的奴隸主以西部土地作為賄賂，買通了西部地區。」[3]亞當斯警告道，為了爭奪德克薩斯與墨西哥開戰，會讓這個國家對種族主義和戰爭更加上癮，最終，種族主義和戰爭將成為唯一能夠賦予共和國意義的事物。

二

亞當斯在眾議院的演講對所謂「反衝」（blowback）的剖析可說極具遠見卓識。他當時使用「後座力」一詞，闡述被傑克森奉為國家方針的暴力拓荒，如何創造了一個在驅逐、擴張、壓迫間不斷重複的循環，該循環最終導向對德克薩斯的覬覦之心，但不會止於德克薩斯。亞當斯認為，印第安人的驅逐政策正是「萬因之因」，是「現狀的因由」。[4]

聯邦政府「藉由武力或契約」：

> 將所有印第安部落驅逐出他們的土地和家園，到密西西比河以西、密蘇里河以西，再到阿肯色河以西，緊挨著墨西哥邊界；你誘使他們相信自己終究會找到一個永久歸宿——一個能夠遠離你永無止境的掠奪與迫害，最終的安息之地。你利用詐欺和武力、條約或刀槍，領著那些自願跟隨的人，驅趕著那些不願服從的人；包括所有倖存的塞米諾爾人、克里克人、契羅基人、喬克托人，還有其他我現在無法一一列舉的部落。你在這個殘暴又冷酷的過程中，遭遇到了所有像這些印第安部落一般絕望無助的人都會做的一切反抗。

亞當斯說，這種暴力自然會遇到抵抗。他表示，剝頭皮不過是一種「天降報應」，而剝頭皮刀是神的刑具。原住民的報復象徵著「一個民族臨終前的掙扎」。對墾殖者的襲擊是「臨終前劇烈的絕望反抗」。墨西哥也會抵抗。亞當斯預言道，美國對併吞德克薩斯所做的任何嘗試都會引發戰爭。他補充道，最終美國勢必要和仍然統治著古巴和波多黎各的西班牙開戰。

亞當斯繼續以一連串問句表達異議，儘管他對問題的答案總是隱而不宣。對於「印第安野人」的仇恨（即使美國已經將他們趕回洛磯山腳下）是否成了一種黏著劑，團結散布在這個國家各地的白人於「和諧、和睦與愛國精神」之中？亞當斯將憤怒的砲口轉向眾議院議長詹姆斯．諾克斯．波爾克（James Knox Polk），他稱波爾克是「坐在議事椅上的奴隸主」。亞當斯問道：

你，一個盎格魯撒克遜人，一個奴隸主、印第安人的滅絕者，難道不是從靈魂深處怨恨著那些墨西哥裔的西班牙印第安混血兒、奴隸解放者跟廢奴者嗎？

你的南方和西南邊疆還不夠廣闊嗎？……難道你還不夠大、不夠笨重？

你們所消滅的、從其祖父輩的長眠之地上趕走的印第安人，難道還不夠多嗎？

亞當斯警告說，戰爭只會帶來更多的戰爭，與墨西哥之間的戰爭也不例外。他說，在那場戰爭中，「自由的旗幟將屬於墨西哥，而你的旗幟將會是——講出這個字讓我羞愧——奴隸制的旗幟。」美國被視為是一個嶄新的存在，應該朝著未來直奔而去（對許多人來說這意味著朝西部直奔而去）。但是，亞當斯說，持續的戰爭讓傑克森主義者陷入了一種長期的歷史性怨憤之中，他們將假想中的祖先所面對的古老敵人——包括在一〇六六年入侵大不列顛、征服撒克遜自由人的諾曼人——投射到現代的對手身上。亞當斯問波爾克：「難道你們南方人和墨西哥人之間的種族仇恨還不夠多嗎？」「你就非得跑回八百年前、一千年前，到另一個半球去，尋找你和他們之間苦痛的淵源？」

亞當斯終於談到他的主要論點：對邊疆戰爭的大肆鼓吹，其反作用力很快就會傳回家園，在中心地帶引爆反奴隸制的戰爭。當自由州和蓄奴州相繼加入聯邦，源於戰爭的領土擴張已將美國撕裂為兩個勢不兩立的國度。（自由州：俄亥俄州、印第安納州、伊利諾州、緬因州和密西根州。蓄奴州：路易斯安那州、密西西比州、阿拉巴馬州、密蘇里州和阿肯色州。）德克薩斯州的加入將使力量的槓桿向南方傾倒，衝突將成為必然。

「你準備好要迎接所有這些戰爭了嗎？」亞當斯問道。

波爾克於一八四五年三月成為總統，他承諾擬議中的德克薩斯合併案將確保「邊疆」的安全，並使「永久和平」成為可能。三個月後，在他主政期間，德克薩斯正式併入聯邦。亞當斯在日記中寫道，「他們種下了風的種子」，即將收穫「颶風」。[i] 一八四六年初，波爾克公開向墨西哥宣戰。[5]

三

直到最近，美國大多數的歷史學家仍認為，美墨戰爭是一場不可避免，或基本上無關緊要的小型戰爭，儘管這場戰役幫助美國填滿了大陸上北至奧勒岡、加拿大，西至太平洋的版圖空缺。然而，學者們現在已經證實了亞當斯絕大部分的擔憂其來有自。歷史學家史蒂文・哈恩（Steven Hahn）寫道，這場衝突是美國歷史上「最勞民傷財」，且「最具政治爭議」的事件之一，它動用到「大規模的軍事人力與財政資源」，導致「墨西哥人民遭逢掠奪與暴行」，這些掠奪與暴行「很大程度出於蔓延在美軍兵士間的種族歧視與反天主教情結」。[6]史蒂文．哈恩指出，除了兩邊都死傷慘重以外，這場戰爭也助長了美國社會中幾股最具侵略性的政治、文化勢力，他們就如同亞當斯所預言的，結盟於「奴隸制的旗幟」底下。當尤利西斯．格蘭特將軍（General Ulysses S. Grant）在人生的最後時刻回想起這一場他幫助贏得的戰爭時說道，這是「由一個強國對一個弱國所發動的，最不公平的戰爭之一」。

軍事衝突始於一八四六年四月，美軍越過努埃塞斯河，登上墨西哥領土。作為回應，墨軍攻擊了這支特遣部隊，這給了波爾克他所需要的藉口，要求國會向墨西哥宣戰。幾週之內，參議院以四十票對兩票，眾議院以一百七十四票對十四票，通過了宣戰決議。反戰派由亞當斯領軍，但這位前總統的影響力只剩下十多票。

大多數的報導都說，波爾克將士兵送到努埃塞斯河對岸，要麼是為了恐嚇墨西哥，迫使其就放棄德州一案進行談判，要麼是想藉機挑起一場短期戰，能夠迅速地促使墨西哥開啟這樣的談判。但一宣

i 有一點相當重要，就是亞當斯本人並不反對擴張。早些時候，擔任國務卿的亞當斯甚至是門羅政府中，少數支持傑克森暴力突襲西屬佛羅里達的幾個人之一（亞當斯因此得以就轉讓佛羅里達一事和西班牙進行談判）。甚至在更久之後的一八四〇年代，針對奧勒岡州併入聯邦一案，亞當斯也抱持贊成意見（他認為這樣可以抵消德克薩斯所帶來的影響）。亞當斯對傑克森主義者（他稱之為一幫「奴隸繁殖者」）的敵視抵制引領他走向更激進的道路。他在一八四五年，德克薩斯併入聯邦前夕寫道，「憲法是一塊沾滿經血的破抹布，聯邦則淪為了一個軍事君主專制國。」

戰後，戰爭持續的時間比華盛頓任何一個人所想像的都還要長。墨西哥人的奮死抵抗，在美國內部同時引發了離心和向心兩股力量。利用戰爭來進行擴張的西進運動，加劇了廢奴派和蓄奴派間的衝突，即將就要升溫為內戰。但同一時間，與墨西哥之間的戰爭也阻止了這種分化的進程，至少是暫時性地，亞當斯口中那「斑駁混雜的混合體」正共同沉浸在一種種族主義勝利之中。

美國國內不乏反戰的聲音，尤其是輝格黨人。但一經開戰，舉國上下又槍口一致。對墨西哥開戰一案在紐約獲得了強力的支持：只有一名紐約州眾議員、紐約市的埃拉斯圖斯・卡佛（Erastus Culver）投票反對為入侵提供資金，兩位紐約州的參議員都投下了贊成票。維克斯堡和伊利諾州同樣大力支持對墨開戰（當時正在角逐參議員席位的亞伯拉罕・林肯〔Abraham Lincoln〕在選前基本上對這個問題避而不談，直到選後才強烈表達其反戰立場。）而來自西部的擁戰之聲更是不絕於耳。

和亞當斯一樣，赫爾曼・梅爾維爾在年輕時亦曾是大陸擴張的狂熱支持者。但他的想法發生了改變，他也開始擔心為實現擴張所發起的戰爭，已經創造了一種對於流血衝突的依戀，使人們沉溺於唯有戰爭能提供的那種感官體驗。梅爾維爾寫了一封信給他信奉傑克森主義的兄弟，他說波爾克向墨西哥開戰導致了一場跨階級的「精神錯亂」：貴族軍官聯合「學徒男孩」，「成群結隊共赴戰場」，幻想可以在蒙特蘇馬廳（Halls of Montezuma）度過一個晚上。[7]他寫道，「主啊！那一天就要到來，連蒙茅斯之役（Battle of Monmouth）[ii]都將被視為兒戲！」梅爾維爾預言道，戰爭將會引發更多的戰爭。「星星之火可以燎原，」這位未來寫出《白鯨記》一書的作家先是引用了《箴言》，緊接著問道：「誰又知道這一切會帶來什麼？」[iii]

國會撥款支付志願兵薪水，戰爭為大眾創造了工作。而戰爭也為人們打造了職業生涯。傑佛遜．戴維斯（Jefferson Davis）在首次參選眾議員失利後，便躍然投身戰事，他認為這將有助於他贏得未來的競選（而他也沒有想錯）。在波爾克之後，繼任的兩位總統扎卡里．泰勒（Zachary Taylor）和富蘭克林．皮爾斯（Franklin Pierce）都是美墨戰爭的退役軍官，再下一任總統詹姆斯．布坎南（James Buchanan）則是波爾克的國務卿。泰勒原本是密西西比一名坐擁數百名奴隸的棉花種植園主，他和前總統傑克森一樣，認為殺印第安人是進軍白宮的最佳途徑，靠著攻打肖尼人（Shawnee）和帶著從古巴種植園引進的獵犬追捕佛羅里達的塞米諾爾人，他一路晉升為將軍。美墨戰爭成了軍校生和軍官們的「訓練場」，這些人將在之後的內戰中加入對立的陣營。再也沒有比這更好的例子能夠貼切地說明，美墨戰爭如何同時延緩又加劇了美國的分裂。格蘭特、戴維斯、羅伯特．李（Robert E. Lee）、威廉．薛曼（William Sherman），以及上千名士兵，他們在戰場上共事、積累經驗，這些經驗幫助美國向外拓展其疆域，但也讓美國在面對奴隸問題時四分五裂。[8]

當談及美軍（由州民兵團志願兵及正規軍組成）在墨西哥燒殺搶掠的殘暴行徑，歷史學家保羅．福斯（Paul Foos）說，這個國家的菁英們「派了一幫最躁動妄為的亡命之徒踩住墨西哥的咽喉」。[9]例

ii 編註：一七七八年六月二十八日，在美國獨立戰爭期間，喬治．華盛頓將軍指揮的北美大陸軍與亨利．柯林頓爵士將軍指揮的英軍在新澤西蒙茅斯郡發生的一場戰役。

iii 像亞當斯一樣，梅爾維爾也會使用「反作用力」（recoil）一詞指稱來自西部擴張運動的「反衝」：「原始的西部荒野」確實有助於美國「排溢」它的「冗餘」——即迴避社會問題。但很快地西部就會被填滿。「反作用力勢必無法避免。」

如，一八四七年二月九日，在墨西哥科阿韋拉州的阿瓜內瓦（Agua Nueva），來自某個阿肯色州志願兵團的士兵在軍營附近強姦了一名墨西哥婦女，墨西哥人殺死了一名美軍作為報復。在那之後，百來個阿肯色人將一群戰爭難民逼入山洞之中。根據一名目擊者的描述，那些志願兵們一邊姦淫婦女、殘殺平民，一邊如惡鬼般叫囂，婦孺們則「尖叫著求饒」。血腥的殺戮結束後，滿是凝固血塊的洞穴地面上，躺著數十個墨西哥人，有的已經死去，有的尚存一息。許多死者都已經被剝去了頭皮。（有不少志願兵戰前都靠在邊境地區剝阿帕契人〔Apache〕的頭皮——或稱「理髮」，一位惡名昭彰的德州頭皮獵人就是如此稱呼這一行——賺取獎金維生。）[iv] 甚至在這場大屠殺之前，美軍指揮官溫菲爾德・史考特（Winfield Scott）將軍就曾投書華盛頓控訴志願兵所犯下的其他暴行。這些志願兵是由未來的總統扎卡里・泰勒負責統領指揮。史考特說，泰勒的士兵們所犯下的罪行，其令人髮指的程度足以「讓天堂哭泣，讓每個具有基督教精神的美國人都為他的國家感到羞愧。謀殺、搶劫，當著遭到捆綁無法動彈的男性的面，強姦他的妻女，這些事情在格蘭河畔已屢見不鮮。」[10]

一位正規部隊的軍官如此描述美軍在墨西哥的殘暴行徑：「曾熱忱地歡迎我們到來的那座村莊，現在已是焦黑的廢墟，花園和果林面目全非，村民們都逃進山裡避難。」「其毀滅性與破壞性與阿提拉（Attila）的大軍可有一比。」[11] 由於這一連串失控暴行，史考特決定在美軍佔領地區實施軍事管制，並成立軍事法庭來審判戰爭罪犯。在阿肯色州民兵團大屠殺事件不久之後就開始實施的軍事管制，理論上同時適用於墨西哥公民和美國公民。然而，當時法令中所涵蓋的罪行清單——包括強暴、破壞教堂與墓地、擾亂宗教儀式等等——都表明史考特想懲戒的對象是美軍士兵，尤其是那些脅迫墨西哥婦

女、劫掠天主教堂的志願民兵們。[v]

美國東部的報章媒體將墨西哥人描繪成一個墮落又卑賤的民族，進一步煽動戰爭狂熱。《紐約先驅報》（*New York Herald*）曾信誓旦旦斷言，西班牙人、非洲人跟美洲原住民的「種族混融」，導致「墨西哥人愚蠢又墮落」，美國必能迅速得勝。[12]有些人反對戰爭的理由，則是他們無法接受讓百萬名黑皮膚的人成為美國的一份子。但《紐約先驅報》的編輯詹姆斯・戈登・貝內特（James Gordon Bennett）並不引以為憂。他寫道：「這塊大陸上的盎格魯撒克遜族一直都對種族混融深惡痛絕」；但正如「在文明面前」，本土的「野蠻」已然「越退越遠」，「面對盎格魯撒克遜人的精神和膽識」，「愚蠢」的墨西哥人「必定會像迎著南方陽光的白雪一般化去」。[13]

一直以來，美洲原住民和非裔美國人都被用來區分自由和放縱之間的不同。現在，墨西哥人讓那道心理邊界更加牢不可破。印第安納州參議員愛德華・漢納甘（Edward Hannegan）說，「墨西哥人和美國人是兩個本質上截然不同的種族」，兩者「不會有混融一體的一天」。[14]漢納甘是一個「全墨西哥」

iv 戈馬克・麥卡錫的小說《血色子午線》（*Blood Meridian*）講述了在美墨戰爭期間一幫盎格魯頭皮獵人的故事，該書主要是根據薩繆爾・張伯倫（Samuel Chamberlain）的回憶錄《我的懺悔》（*My Confession*）改編而成（張伯倫曾跟一伙臭名遠播的邊境頭皮獵人一同騎行遊歷）。

v 史考特在墨西哥施行軍事管制是美國首次在境外建立正式的司法機制。儘管史考特的主要目的是要防範美國公民對他國公民施行暴力，但他所開的先例在九一一之後被小布希政府引用來解決在「全球反恐戰爭」中審判外國人的問題（請參閱美國國會研究報告，〈恐怖主義和戰爭法：審判作為戰爭罪犯的恐怖份子〉，二〇〇一年十二月十一日，第十八頁。）

派（all-Mexico，即他贊成全面吞併墨西哥）的傑克森主義者，他認為「墨西哥人完全沒資格享受理性自由（rational liberty）的祝福和約束，因為他們無法區分受調節的自由和不受控（僅受人類內心的邪惡欲望所左右）的放蕩。」[15]新墨西哥領地的戰時臨時總督查爾斯．本特（Charles Bent）表示，「墨西哥人的性格是由愚蠢、頑固、無知、陰險和虛榮所組成。」[16]儘管墨西哥人的抵抗出乎意料地頑強，但他們在本質上仍不改其疏懶散漫。一名步兵軍官在給妻子的信裡寫道：「大多數的墨西哥人似乎更寧願懶散過活。」[17]

戰爭繼續持續了很長一段時間，波爾克總統認為，墨西哥的頑強不屈證明了它的野蠻。波爾克向國會抱怨，墨西哥人「利用每一個可趁之機對我軍施以最殘暴的惡行」。[18]

美軍最終在一八四七年九月攻陷了墨西哥城，「將繡有燃燒星斗與無數條紋的旗幟插上了阿茲特克人城裡的塔樓」，未來的國務卿威廉．西華德（William Seward）如此描述當時萬旗飄揚的畫面。一八四八年二月二日，墨西哥官員簽署了《瓜達盧佩—伊達爾戈條約》（Treaty of Guadalupe Hidalgo），該條約（以及後來的蓋茲登購地案〔Gadsden Purchase〕）將墨西哥北部——包括亞利桑那州、新墨西哥州、加州、內華達州、科羅拉多州西部、猶他州和懷俄明州西南部——全數割讓給美國，總面積約達五十萬平方英里，人口約有八萬至十萬人。三個星期後，八十歲的約翰．昆西．亞當斯去世。他在對公開表揚參與美墨戰爭軍方將領一案投下反對票後，便癱倒於眾議院的議事桌上。

美墨戰爭結束後，美國終於擁有了一道永久的南方邊界，從德州的布朗斯維爾（Brownsville）到加州的聖地牙哥（San Diego），全長大約兩千英里。

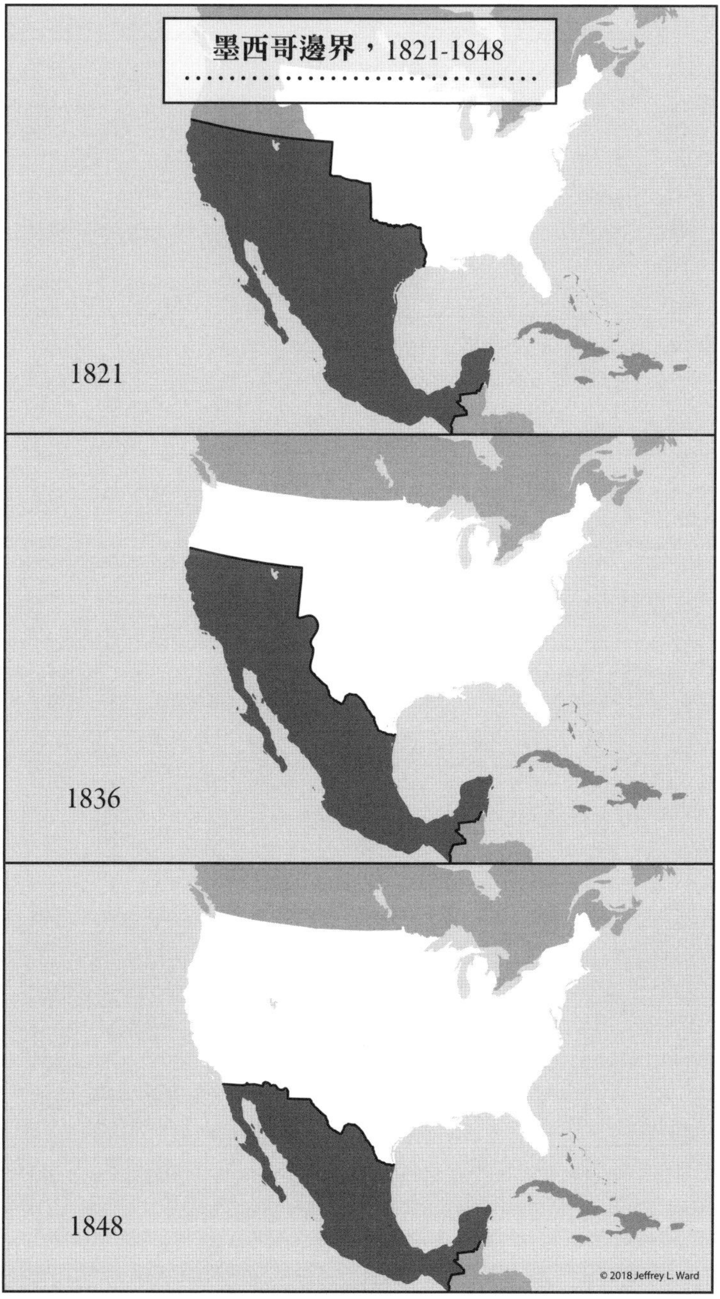
墨西哥邊界，1821-1848
1821
1836
1848
© 2018 Jeffrey L. Ward

四

在《瓜達盧佩—伊達爾戈條約》簽署之後，猛然意識到自己身處之地已成美國領土的墨西哥公民，是一個組成相當多元的群體。其中包括許多土地產權可以追溯至好幾代人甚至好幾世紀以前、歷史悠久的西班牙家族；梅斯蒂索（mestizo）和穆拉托（mulatto）[vi]的僕人、牧場工人，跟其他雇工；成百上千在加州淘金的移民；以及大批的原住民，包含阿帕契人、納瓦荷人（Navajo）、培布羅人（Pueblo）、猶他人（Ute）、亞奎人（Yaqui）和托赫諾奧哈姆人（Tohono O'odham）。根據墨西哥憲法，大多數人，不分膚色，都被視為墨西哥公民。但現在，他們在自己的土地上成為了異鄉人。他們可以選擇搬到被截成一半的墨西哥。但如果他們選擇留在家園（像大多數人選擇的那樣），他們的身分地位會產生哪些變化仍是未知數。美國最高法院仍未釐清在先前的國家邊界內美洲原住民法定地位為何，或者說他們是否可以被視為「法律意義上的人」。[19]絕大多數與公民身分相關的保障和權利（包括投票權）當時都是交由各州自行決定，那個時候有許多州拒絕授予這些「前墨西哥公民」（尤其如果他們是有色人種）公民身分。

這些前墨西哥公民發現自己身處之所，是一個對自身殘暴已經習以為常、將其獨有之天賦特權——在無止境擴張的前提上組織政治的能力——視為理所當然的國家。美國與歐洲之間的比較極有啟發意義。一八四八年，約翰．昆西．亞當斯去世那天，歐洲工人揭竿而起，起義始於巴黎，然後蔓延至維也納、布拉格、漢堡、里昂、米蘭、巴勒摩、阿姆斯特丹、布達佩斯、慕尼黑、柏林、那不勒斯等地。叛亂者們用鵝卵石築起路障，揮舞紅旗，將社會一分為二，如亞歷西斯・德・托克維爾（Alexis de Tocqueville）後來所說的：他們聯合那些一無所有的人，去對抗那些坐擁一切的人。叛亂者們被擊敗了，但他們的反抗開啟了歐洲政治的社會民主化進程，最終導向了工會的增長、工黨的成立，以及所謂的社會權或經濟權（包括社會福利、教育、醫療保健和退休金等相關權益）的擴張。

在美國，一樣有著擁擠不堪的城市，也有奮力反抗不願讓生命屈從於機械性例行公事、飢寒交迫的工人。但他們不是向上——向貴族和企業主——發動階級戰爭，而是向外——在邊疆上——發動種族戰爭。學徒男孩們並沒有到街壘那兒與貴族軍官們對戰，而是加入了他們的行列，西征印第安人和墨西哥人。在一八四八年十一月的總統大選，他們的選票不是投給了民主黨的印第安殺手，就是投給了輝格黨屠殺印第安人和墨西哥人的劊子手。[vii] 他們要在劉易斯・卡斯和扎卡里・泰勒之間做出選擇。前者曾擔任密西根領地總督，後來成為了傑克森的戰爭部長，後者則是密西西比的奴隸販子，曾領著古巴獵犬追捕塞米諾爾人，其所帶領的軍隊在墨西哥犯下的暴行殘酷程度「足以使天堂哭泣」。[20] 在競選期間，坊間流傳著一幅政治漫畫，上頭是身穿全套軍裝的泰勒，手持一把血淋淋的

vi 編註：梅斯蒂索指的是歐洲人與美洲原住民的混血後代；穆拉托為黑人及白人的混血後代。

vii 正如歷史學家丹尼爾・史卡萊特（Daniel Scallet）在其有關第二次塞米諾爾戰爭之著作中指出的那樣，此時大部分的全國性選舉，無論是總統大選還是國會議員選舉，都成了輝格黨人跟傑克森主義者之間關於「誰能夠更不遮不掩地殺害印第安人」的競賽。

劍，坐在一座頭骨築成的金字塔上。泰勒贏得了選舉，一位觀察者指出，他的「戰爭集團」（war-clan）已經「壯大得堪比一個國家」。[21]

接下來的幾年，行政部門似乎完全落入傑克森主義者的掌控之中。尤其是擁奴派的政客們，當時美國的外交政策和戰爭機器（war-making apparatus）都為他們所把持。棉花王國並不打算撤出共和國，反而回過頭來控制共和國，它主動發起攻勢，致力於捍衛奴隸制（在那些奴隸制尚存的國家，像是巴西和古巴）以及保留奴隸制（在奴隸制陷入重圍之處，像是南方各州），並極盡所能向西拓展奴隸制。[22]

五

「傑克森共識」起著強而有力的作用。它先竊取印第安人的財產，任市場資本主義恣情發展；它頌揚最小化國家，同時進一步強化這個國家拓展邊疆的能力。在整個十九世紀上半葉，直到一八六〇年亞伯拉罕．林肯當選為止，傑克森的繼任者們不斷以自由作為號召，集結奴隸販子與墾殖者；這種自由是不受約束的自由——可以自由蓄奴、自由剝奪他人土地、自由西進的自由。外擴運動（outward movement）逐漸成為這個國家道德觀的基準：擴張被視為崇高的公益，而任何阻礙擴張的都被認為是公共的不幸（像是那位在納齊茲古道上擋住安德魯．傑克森去路的聯邦事務官）。當奧克塔維奧．帕斯說，對美國而言，「邪惡是外來的，是自然世界的一部分——像是印第安人、河流、山嶽和其他阻礙——必須被馴化，或被摧毀」指的就是這件事情。

然而，擴張帶來了某種破壞性影響，如同亞當斯所擔憂的一般，它讓美國對戰爭上了癮。美墨戰爭幫美國克服了所謂的塞米諾爾症候群（Seminole Syndrome）。在入侵墨西哥的前幾年，美國在佛羅里達與堅守不退的塞米諾爾人打了一場艱苦的「第二次戰爭」。這場戰爭拖了好幾年，包括扎卡里．泰勒所率領的部隊都「陷入了佛羅里達的泥淖之中」。隨著戰爭的進行，幻滅感在軍官階層中擴散，他們認為政客們將這場戰爭作為國內政治鬥爭的籌碼，卻沒有提供他們獲勝所需的資源。公眾們甚至開始對塞米諾爾人表露同情，轉而聲討美軍的殘暴。美軍最終將大多數的塞米諾爾人驅逐出佛羅里達，但仍有一小部分的人未被擊敗。[23]美國在一八四二年宣布戰勝，但正如許多人所說的，這是場「不光彩」的勝利，它犧牲了上千條性命、耗費了數百萬美元。相比之下，美墨戰爭的勝利雖然來之不易，但是場全然絕對的勝利，有助於重建人們（尤其是高階軍官們）對於戰爭的浪漫臆想。[24]隨著普力奪階層（praetorian class）[viii]日益涉入民主治理——泰勒和他的「戰爭集團」是最好的代表——軍事作風開始被和共和美德聯繫在一起。

當戰爭成了更加有效的社會流動管道，一般士兵也紛紛傾注其一己心力於軍事國族主義（military nationalism）之上。政府許諾贈予美墨戰爭的退役士兵土地，以昭其功勳，而德州的兼併，也促使其他曾參戰的退伍軍人主動要求補償（政府曾許諾要授予他們類似獎勵，但他們從來沒有親手拿到）。老

viii 編註：這裡指干政的軍人集團。

兵們（包括一八一二年戰爭的退伍士兵們）開始組織壓力團體並向華盛頓進軍，為共和國的公民生活披上了一層軍國主義的色彩。很少有人對這種公眾情操的軍國主義化，或是「軍人就應備受尊崇」等日漸普遍的觀點提出質疑。在一八五〇年至一八五五年間，國會以壓倒性的票數通過一系列法案，決議授予土地給所有自一七九〇年以來曾參戰的退役士兵。國會一下子成了負責分配近整塊大陸的遺囑執行人。數以萬計的退伍軍人，或者其遺孀、繼承人，拿到了超過三千四百萬英畝的土地權證（如果他們不想要這些土地，可以將拿到的土地權證兌換回現金）。[25]

與此同時，一連串的戰爭大大地鞏固了聯邦政府的權力。一份輝格黨報刊為文譴責總統波爾克，「美國總統藐視法律的程度，遠勝於世上所有國王與蘇丹。」[26]當戰爭擴大了總統權力——包括動員、花銷、徵稅、延長合約、任命和分配土地——它也加深了腐敗。然而許多人開始鼓吹發動更多戰爭以對抗腐敗，而不去譴責戰爭如何助長了投機、貪污與恩庇關係：戰爭所提供的超然目的將能夠遏制貪婪，尤其是在美洲大陸各地傳播自由的戰爭。正是出於這樣的原因，華特・惠特曼（Walt Whitman）強烈支持波爾克，並贊成佔領墨西哥的大多數地區。惠特曼在一八四六年寫道，「不那麼自由」的政府是為「貪婪」所驅動。但美國發動戰爭是為了「達到更真實的善，屬於全體人民的善」。在接下來的幾年裡，預期一場戰爭將帶來的「善」往往被視為上一場戰爭所導致的「惡」的解方。

持續的擴張讓國內外政治的分界日漸模糊，將善戰的野蠻主義（brutalism）帶回了不斷壯大的家園。戰爭結束後，一些士兵回到了東部，落腳於新英格蘭的工業小城或紐約的包厘街（Bowery），他們受戰爭影響而更加激化的種族主義逐漸滲透進在地政壇、勞動組織和自由土地運動中。[27]其他人則散落於新攻克的西部地區，向西遠至加州，向北遠至奧勒岡州。他們帶上聯邦配給的步槍和大量的子彈，準備像對付墨西哥人一樣對付美洲原住民。美國首位盎格魯人加州州長在一八五一年預言道，「種族間的殲滅戰爭將繼續進行，直到印第安人滅絕為止。」美墨戰爭是場極度去中心化的戰爭，軍官們對其下屬部隊幾乎不太加以管控。也就是說，士兵們將他們犯下的暴行——如同一家報社在談及美國於墨西哥的殘暴行徑時所寫到的，「反覆發生的謀殺、姦淫擄掠，以及各種令人髮指的罪行」——理解為自由的一種形式。在放棄了軍旅生涯選擇定居後，他們把這種殘忍血腥的「理所當然感」延續了下來。「人民主權」，這個意欲擺脫聯邦政府控制的拓荒者們的示威口號，已經成為「種族主義暴行和肆意侵佔的代名詞」，它加劇了分裂危機，而分裂危機又將觸發內戰。[28]在這層意義上，戰爭既是安全閥又是節流閥，每場衝突一方面是在排清上一場衝突所製造的仇恨，同時又創造了下一場衝突的條件。

而基督徒、勞工激進份子和作家等等改革派人士則力圖推動一種新的「大眾福利」觀，他們認為所謂的大眾福利不應只是對最小政府和私人財產日益強硬的保護措施。比起「放任兩千萬個君主為所欲為」，他們更想要建立在不同基礎之上的國家認同。梅爾維爾以「擁有千頭萬首的巨獸」來形容一個奠基在極端個人主義之上的社會。瑪格麗特・富勒（Margaret Fuller）認為，美國對墨西哥發動的「邪惡戰爭」正是她口中「無邊利慾」的結果。牧師威廉・埃勒里・錢寧早些時候寫道，「人們渴望一種全新的、尚未界定的善。」但是此「善」，除了軍事民族主義（martial nationalism）以外，還會是什麼呢？

對很多人來說，廢除奴隸制是沒有談判餘地的首要訴求。但除了廢奴訴求之外，之於想要建立一個本質上非排外主義或種族優越主義的國家認同，當時並沒有太多切實可行的選項。激進份子們仍希望能實現一個同時廢除動產奴隸制和薪資奴隸制的社會，另一些人建立了更多烏托邦式的社群，但仍屬少數。[29]其他支持解放奴隸的人還在幻想訂定某種遷徙計畫，將自由民遷往非洲或西部某處。傑佛遜曾說過要讓這塊大陸上布滿他「千秋萬代的後裔」，那些同文同種之人。奧勒岡領地於一八四八年正式成為美國的一部分，當地的墾殖者並不歡迎奴隸制，但也不歡迎黑人。他們通過了諸多法案，可強制驅逐所有有色人種，並禁止其擁有財產或簽訂法律合約。[30]他們想要一種與世隔絕的白。

然而，這個國家的種種現實——數以萬計的墨西哥前公民突然湧入，四百萬個非裔美國人即將獲得解放，有色自由民人口日益增加，包括愛爾蘭裔天主教徒工人在內的移民數量不斷增長，國內信仰也日漸多元——都意味著居住在美國這片土地上的將不再只是撒克遜人的後代。

第六章　真正的解脫

「一種與健康不相抵觸的生活。」

一

早在一七四八年，孟德斯鳩就大致描繪過一個並非建立在種族主義和財產權之上的共和國可能具有的樣貌。這位法國政治思想家給麥迪遜和其他開國元勳都帶來了影響。他列出了一份清單，關於一個政府「應當賦予」其公民的各種益善：「一定的溫飽，足夠的營養，便利的衣著，以及與健康不相抵觸的生活。」[1]後來美國一些激進勞工組織的訴求也在這份清單上有所體現。但若想重建這個國家成為一個社會共和國（social republic），就必須瓦解傑克森聯盟並且推翻其正當性前提。

這樣的契機終於隨著內戰一同到來。在其他地方，類似於內戰中發生在美國本土的血腥屠殺，迫使他們的政府做出因應。例如，一八四八年，有位普魯士醫生（他負責治療柏林因參與革命而受到反革命份子施暴的受害者）將自由主義的第一道前提——人民有「生命權」——轉化為更加社會主義化的「健康權和衛生保健權」。[2]在隨後一連串的動盪中（包括在克里米亞、法國和萊茵河等地爆發的戰爭、瘟疫及飢荒），醫生和護士們持續致力於訂定社會醫學和公共衛生的各項準則。在十九世紀的南美洲，發生於巴西、巴拉圭、阿根廷以及烏拉圭之間的一場戰爭，其所造成的傷亡超乎想像，卻也為更激進的社會主義國家們奠下了基礎。二十世紀初，墨西哥發生了一場漫長、血腥的革命，有數百萬人因此喪失了性命、流離失所，最終帶來了世界上第一部社會民主主義憲法。

戰爭本身迅速促進了創傷照護的完善化，包括治療槍傷、止血、截肢、矯正骨頭，人們也找到方法改善集體衛生以遏制傳染病。一八八〇年代初期，秘魯士兵帶著天花從前線回到利馬時，政府為阻止流行病蔓延所採取的經濟干預行動，例如強制清理市場攤位或管制肉類買賣，在當時被認為是一種愛國主義。[3]如社會學家卡爾・博蘭尼（Karl Polanyi）所寫，在整個人類歷史中，死亡和腐敗一直都是日常生活中最基本的元素。但從十八世紀晚期開始，一直延續到十九世紀，資本主義的急速擴張逐漸讓越來越多的人感覺到，也許不一定要如此生活，我們是有可能從世俗的苦難中逃離的。然而，同一套資本主義的技術也大幅提升了各國殺戮和殘害人民的能力。戰場的規模越來越大。死亡人數爬升至新高。負傷歸鄉的士兵人數也是史上最高，醫學的進步意味著更多人即使歷經截肢、傳染病和槍傷，也能倖存下來。博蘭尼在第二次世界大戰結束時寫道，工業資本主義所造成的這種衝突——人們不斷感受到可能性的存在，同時又不斷經驗到毀滅——積累成了某種「社會知識」（knowledge of society），人們意識到工業成長所創造出的自由的確有其局限，那套自由放任措施若不加以遏制，它創造出多大規模的自由，它就將以多大規模毀滅。[4]

直面死亡和肢解的實體——必須處理斷肢和腐敗的屍體，安頓和餵養無家可歸的難民，治療痢疾熱病，安撫有砲彈休克症的退伍軍人——拓展了人們的社會意識（social consciousness）。在歐洲大陸，普魯士在與法國進行了一場殘酷激烈的戰爭後，建立了第一個制度完善的福利國家。在英國，國家衛生局（National Health Service）在第二次世界大戰後成立。在美國，如同德魯・吉爾平・福斯特（Drew Gilpin Faust）在《這受難的國度》（*This Republic of Suffering*）一書中所寫道的，南北內戰中前所未見的流血衝突——這次發生在美國的中心地帶，而非可能更容易被忽略的邊境地區——迫使人們直面「聯邦、公民身分、自由以及人類尊嚴」等問題，並促使國家設法應對「那些為國捐軀者的需求」。華特・惠特曼有一首詩是刻畫他在軍營醫院當志願護士的經驗，他在詩中寫道：「從胳膊的殘肢，被截斷的手，我解開被血凝固的紗布，清理腐肉，洗去殘渣和血跡。」[5]

福斯特寫道，履行這些職責是「聯邦權力擴張的重要途徑，聯邦權力的擴張也是轉型後戰後國家的特徵」。為照顧戰死者和倖存者應運而生的國家公墓和內戰養恤金制度，其運作的規模跟範圍都是戰前難以企及的。藉由建立一系列持久的國家機制和國家承諾，而非只是確保國家的生存，死亡塑造了當代的美國聯邦。[6]這些為戰爭量身打造的國家承諾，為美國當代的福利系統奠下了基礎。除了提供養恤金和墓地外，其中還包括軍功賞地；醫療護理；針對寡母老弱的支援制度；殘疾保險；對退伍軍人心理健康的關注也日益增強。[7]

二

福斯特沒有討論到的「難民、自由民和廢棄土地局」（The Bureau of Refugees, Freedmen, and Abandoned Lands），是一個特別有力的例證，說明戰爭如何引導國家處理需求。在一八六五年，亞伯拉罕．林肯在他被暗殺的前夕，簽署了一個法案，成立隸屬於戰爭部之下的自由民局。該局派遣了數以千計的事務官到南方各處，並設立了上百個事務處，發放了包括食品、藥品和衣服在內的基本必需品。它還建立了數千所學校、大學和醫院，重新安置難民（包括白人和黑人），管理充公的財產，制定並執行各種特別法，管控勞資關係和最低工資，徵收稅款。杜波依斯在二十世紀初寫道，自由民局「是美國有史以來最了不起、影響最深遠的社會提升機構」。[8]

該局有潛力成為、實際上也是對立於傑克森主義，擁有非凡力量的政府機構。一名歷史學家談到該機構被交托的使命時婉轉地指出，「『聯邦政府承擔起為廣大人民謀福利的責任』是一種國家權力（national authority）的概念，與當時的憲法思想相互抵觸。」政府作為一台「簡單的機器」，運作時就如溪流上悠閒轉動的水車一般，這種田園牧歌式的意象早已一去不復返。如今，國家是一輛向前疾駛的火車，沿途嘶嘶作響，而自由民局則是「軍事佔領的象徵和實質」。該局幫助各種膚色的貧民，用一位事務官的話來說，包括「低賤的白人」和「受尊敬的黑人」。正如歷史學家南希．伊森堡（Nancy Isenberg）所寫的，自由民局並沒有將他們視為「凶殘的對手，而是值得幫助的貧民」。在深南地區，阿拉巴馬州、阿肯色州、密蘇里州和田納西州，「白人獲得的救濟是黑人的兩倍，在某些情況下是四倍。」

該局承諾要實現普世平等，並提供了大量的援助。它實際運作的模式，與杜波依斯那種社會主義者所希望的仍然有些出入。由於資金短缺和人手不足，自由民局向舊種植園主階層做出了巨大的讓步，尤其是在重新啟動棉花經濟這方面。它缺乏必要的人力保護自由民們免受暴力的侵害。但若想要理解針對自由民局的強烈反彈，我們不妨思考一下它做了什麼，以及它代表著什麼；在杜波依斯的想像裡，自由民局有望成為一種美國社會主義雛型的有機形式，或是「巨大且公正」的中央政府的機構原型，這個中央政府將扮演一個不可或缺的角色，「引導我們從南方的殺戮和北方的掠奪欺詐中，走向一個無限資源將被用於造福國內眾生，也就是貧苦的勞動者們的國家。」

如果說有一個建立社會共和國，或是終結擴張主義的道德原則（即將西進視為所有問題的解方）的最佳時機，那這就是了。南方被軍隊佔領，種植園被充公，種植園主階層僅能趁其征服者受難之際勉強倖存。但那個社會共和國並沒有實現。

三

杜波依斯寫道，動產奴隸制是一個有三百年歷史的制度，「在法律上已然定型」。奴隸販子「帶走了數百萬人，包括可愛、光明和熱愛自由的太陽之子，毫不留情地把他們扔到同一個僵化的模具之中」。他接著說，奴隸制是一座「教授殘酷暴行和人類苦難的學校」，其教學方法是「理性的墮落」、輪姦和「精神性死亡」。[9]奴隸制遭聯邦軍隊摧毀後，從波托馬克河到格蘭河，從佛羅里達到密蘇里，留下了數百萬的倖存者。

亞伯拉罕·林肯被暗殺後，在一八六五年四月成為總統的安德魯·詹森（Andrew Johnson）認為，這些倖存者們應該自力救濟。

詹森說，「幫助奴隸獲得自由時」，就預期「他們一旦獲得自由，就能自力更生。」詹森解釋他為何否決了延長自由民局存續期限的法案。他聲稱，這麼做是因為任何預設自由民無法即刻「實現自力更生的目標」的立法行動，都會「有害於」他們的「性格和前景」。[10]國會駁回了詹森的否決，自由民局又繼續運作了七年多。

詹森盡其所能地讓前奴隸的賦權之路布滿荊棘，包括赦免南部的叛亂者（那些前奴隸的前主人），並將大多數財產歸還給他們。他對自由民局的攻訐抨擊是出自真心的。[11]他憎恨這個機構背後的概念。但他的操作同時也是戰略性的。上任後，身為民主黨員的詹森很快就與希望擴大重建計畫的共和黨國會議員們產生了分歧。他告訴南方種植園主（人們稱之為波旁民主黨人〔Bourbon Democrats〕或救贖者〔Redeemers〕），他會盡一切努力保護他們的權力和特權，但妖魔化自由民局的同時，也給了詹森一個利用種族主義在貧困的白人之間建立自己政治基盤的機會。「自由民局」一詞本身就具有含義，就像今天我們隨意舉一個主題（例如「歐巴馬健保」〔Obamacare〕），整個種族化的世界觀就會呼之欲出，完全無需贅述其細節。以下是詹森某一場演講的謄錄稿：「我的同胞們，現在容我提醒各位一件事，就是自由民局。（笑聲和噓聲）」[12]

詹森大多數的觀眾，不分南北，都成長於安德魯．傑克森「原始的簡單和純粹」的信仰之中，對聯邦政府已有一套種族化的理解，任何公共治理的社會計畫都會被視為「外在腐敗影響」的一道破口。他們所共享、對自由民局那股心照不宣、僅需笑聲和噓聲就可傳達的敵意，讓詹森輕易就可以將後內戰時期的美國內在固有的那些問題——貪污、集權、低工資、住屋不足——都推給非裔美國人和他們在國會「專門吸取民脂民膏」的同路人，像是試圖資助自由民局的撒迪厄斯．史蒂文斯（Thaddeus Stevens）和溫德爾．菲利普斯（Wendell Phillips）等激進的共和黨人。

一八六六年，詹森在印第安納波利斯（Indianapolis）對台下的觀眾說道：「你們，也就是人民，必須自掏腰包支付營運自由民局這台行政機器所需的費用。」詹森主政時期腐敗橫行，土地投機商和鐵路大亨靠著搜刮民財中飽私囊。但他反過來譴責自由民局才是腐敗和恩庇政治的核心。他說自由民局的「抽籤日」（玉米分配日）創造了一個依附政府、新興的依賴者階級，由負責管理供應的官僚和接受施予的人共同構成。詹森接著問道他對自由民局的否決意味著什麼，以防聽眾中有人沒抓到重點。人群中傳來了一個答案：「是為了防止黑鬼造次。」[13]

根據詹森等人的說法，如同其他牽涉到公民權的立法行動，自由民局所行之干預主義——試圖藉政治力量介入經濟活動，將政治平等擴張至社會領域——是有違常理的；或套一句密蘇里共和黨眾議員詹姆斯．布萊爾（James Blair）的話來說，這是「迫使黑人接受社會平等」。布萊爾在內戰期間是聯邦的支持者，他反對合法的奴隸制，並宣稱自己支持「法律之前人人平等」。但他反對推行以政治平等之名義逼迫酒館、旅店的老闆接待自由民，逼迫神職人員、醫生為自由民提供服務的法律。談到人們試圖打破教會界的種族隔離時，布萊爾說道：「衣索比亞正伸出她的手，要求白人從來不敢要求的權利」，即「管制白人信仰活動」的權利。[14]對布萊爾來說，解放奴隸模糊了國內外領域的分野，將一個外來的威脅引入自由權的核心：「衣索比亞挾帶數百萬選民，要求將美國自由人最神聖的原則之一」——信仰自由——「踐踏於腳底」。[15]

內戰摧毀的是信奉傑克森主義的政治聯盟，而非傑克森神話。對自由民局的強烈抵制翻新了所有傑克森主義的舊概念——關於最小化國家的優點，所有福利機構的種族化，財產權的神聖性，個人主義，以及免於約束之自由——並將它們進一步向前推進。詹森總統把自由民局形容成黑人拿到的附贈品。在自由民被謀殺的人數攀上驚人新高的同時，這位美國總統公開表示自己支持「白種人與有色人種的解放」，抱怨自由民局給予非裔美國人勞動市場上的優惠待遇，讓其身陷另一種形式的奴隸制。詹森重申信奉傑克森主義的「自由人」對聯邦「蓄奴」的反對立場，並稱自由民局就是一個「將四百萬奴隸從原主人那裡移交到另一群監工手中」的機構（聽到這裡，群眾們歡呼並大喊「絕不」）。該局「讓黑人成日無所事事」，「大量發放配給」也導致了一種依賴文化。

詹森精心布下的種族主義棋局，並沒有幫上他的政治前途。一八六八年，他沒有獲得黨內提名連任。尤利西斯・格蘭特將軍贏得了總統選舉，這讓更為激進的重建方案（由共和黨國會議員所發起）得以繼續被執行。軍隊持續佔領南方，允許黑人男性（在原則上和事實上）參與投票、競選公職的國內法和憲法修正案相繼通過。在一八六七年，沒有任何非裔美國人擔任公職職務。在三年之間，在地方、州和國家層級的民選公職人員中，非裔美國人就佔了百分之十五。[16]自由民局持續運作，但資金短缺的問題仍然存在。它的許多職務被移交給陸軍的其他機構。[17]

四

然後，在一八七二年，自由民局局長奧利弗．奧蒂斯．霍華德（Oliver Otis Howard）將軍被戰爭部調派到亞利桑那領地。這個新的任命案背後的政治脈絡是複雜的，但調職本身的象徵意涵是鮮明赤裸的。它展現了這個國家的優先順序。這個國家已成為一個統一的整體，在實現工業化的道路上，逐步在世界嶄露頭角，它正從過去——從重建計畫各種令人不快的義務——轉向未來，轉向邊疆，一個充滿機會（而非義務）的所在。[18]

霍華德是一名基督徒，他反對奴隸制，信仰真宗教，將自由民局稱為「真正的救濟」。他藉自由民局之力，堅定不移地將安德魯．傑克森的惡夢變成了現實——聯邦政府本身成了納齊茲古道上那位聯邦事務官的完美化身。早些時候，詹森在否決延長自由民局存續期限的法案時，將霍華德形容成手握「個人權利和財產權」裁奪大權的「專制君主」。對霍華德來說，他的工作是在推進另一種對於「自由」更具社會性的理解，相對於此的，是被傑克森和詹森等人作為武器用來壓制有色人種、那種更為個人主義式的「自由」。霍華德說，該局「有義務要打擊各種形式的奴隸制」，努力幫助自由民——從缺乏監管的勞動市場和一不加以約束就會耍盡花招創造新的奴役形式（包括流浪法、勞役償債制〔debt peonage〕跟集體合約）的「老主人」那裡——真正地解放出來。霍華德堅信「個體性」

（individuality）、主動和自制的價值。但他知道奴隸制受害者們的「個體獨立」只有在政府力量協調統合的情況下，保護自由民的人身安全、保障他們的投票權、提供食物與教育機會，才有可能實現。[19]

換言之，至少我們可以說，霍華德不是傑克森主義者。但霍華德管理自由民局的方式一直備受爭議。很自然地，該局長期以來都是南方種植園主和政客嚴厲抨擊的目標，他們指控霍華德腐敗、無能又專制。人手不足且嚴重缺乏資金，再加上該局管轄幅員之廣大，霍華德無法舉出一個高效益、明確的成果來反駁這些批評。自由民局業務執掌範圍牽涉廣泛，且經常相互牴觸——包括遏制種植園主的權力，管理基本福祉，建立學校和醫院，以及重啟棉花經濟——成了爭端的導火線。該局試圖建立一個工資經濟體系，但棉花園的工資仍然低到難以為繼，導致了一些人口中的「換湯不換藥的奴隸制」，以及勞役償債制跟佃農耕作制（sharecropping）的擴散。

無論如何，霍華德的上司並沒有讓他繼續完成局裡大業，而是將他調往西部；他被派去那裡開拓自己的眼淚之路（trail of tears）。

首先，他被派到亞利桑那領地，與阿帕契人進行和平談判。他接著被調往太平洋西北地區，去對付在聯邦要求聶斯坡斯人（Nez Perce）撤出瓦洛厄河谷（Wallowa valley）為白人墾殖者騰出土地時，帶頭反抗的約瑟夫酋長（Chief Joseph）。霍華德仍因其對自由民局過激的管理模式受到抨擊，這些批判聲浪來自南方的種植園主，以及國內媒體和軍方（霍華德的對手正在調查其管理是否有濫權之嫌）。瓦洛厄的白人墾殖者一直很關注內戰和重建計畫，他們久聞霍華德的大名。儘管已經遠離南方，但他們對聯邦政權仍帶有傑克森式的敵意，這些白人墾殖者們已準備好用南方風格迎接霍華德。至於霍華德，根據其傳記，他認為若他「擅自推行有利於約瑟夫酋長的政策」，也就是若他在瓦洛厄做他試圖在自由民局做的事情——「測試法律底線，以行不受待見的義舉」——他恐將繼續淪為眾矢之的，甚至可能會葬送自己的軍事生涯。[20]

因此，霍華德決定對約瑟夫酋長採取強硬手段。他向聶斯坡斯人下達了最後通牒，要他們交出自己的家園，但聶斯坡斯人拒絕了。約瑟夫先是展開反擊，然後撤退，踏上了一千五百英里的艱苦跋涉。霍華德追擊聶斯坡斯人將近四個月，他越過洛磯山脈，橫穿蒙大拿的平原。他的軍隊殺了數十名聶斯坡斯人，而參與此次遠征的八百名士兵中，只有大約一半的人倖存。他們的屍首被裝進貨車，運到奧克拉荷馬。

與此同時，趁著霍華德人在西部，戰爭部裡自由民局的反對者們成功地關閉了該機構。在當時（一八七〇年代中期），反非裔美國人的白人民團主義（white vigilantism）日益壯大，尤利西斯・格蘭特總統甚至因此考慮要兼併多明尼加共和國，作為自由民的家園。在一八七三年路易斯安那州科爾法克斯（Colfax）大屠殺發生之前，格蘭特就著手發起這項兼併案；在這場大屠殺中，有六十二到一百五十名非裔美國人死於白人暴徒之手。在一八七六年，格蘭特最後一次在國會舉行演講，解釋他希望兼併多明尼加共和國的理由時，他肯定想到了那場大屠殺：「當遇上嚴重的壓迫和暴行，像過去十一年裡他們在各處所遭遇的那樣，所有的非裔美國人本可以在聖多明哥尋求庇護。我不認為他們全都會離開，也不希望這樣的事發生。在他們所在之處，其勞動力是我們所需要的——幾乎是不可或缺的。但是，擁有多明尼加將讓黑人得以『主控局勢』，他能夠在自己的家園，主張自己在別處無法擁有的權利。」[21]

換言之，格蘭特將多明尼加共和國視為自由民局的替代，用來實現該局原本應該要完成的業務——特別是保護非裔美國人並確保他們的勞動付出得到充分的報酬。這個提案並沒有下文。格蘭特提議另找一個自由民可能可以自主自決的地方，一方面是承認了問題的嚴重性（在這個例子中，是後內戰時期種族暴力猖獗，南方種植園經濟所提供的薪資又不足溫飽，兩者加乘之下所形成的致命後果），另一方面也是承認了這個問題在現有的政治和經濟框架下無法獲得解決。

五

為西部擴張運動所建立的官僚機器，包括農業部、《莫里爾土地授予法》（Morrill Land-grant Act）、《太平洋鐵路法》（Pacific Railroad Act）和《公地放領法》（Homestead Act），在內戰結束前甚至就已存在。歷史學家博伊德·高卓靈（Boyd Cothran）和阿里·凱爾曼（Ari Kelman）認為聯邦之所以能夠贏得內戰，全是靠某種政治交換。男人們可以「入伍為林肯和自由而戰，從而獲得更好的教育以及與鐵路和市場相連的西部土地，作為其為國家獻身的公正報酬。自由和帝國似乎有可能齊頭並進。」[22]

《公地放領法》作為自由土地運動的成果，充分體現了這種帝制自由（imperial liberty）。聯邦政府承諾要將土地分配給任何願意耕耘這些土地的墾殖者，把將近三億英畝的公有土地分給了大約四十萬個家庭。但這還不到私人利益集團所購買的土地面積的一半。在該法案通過後的十年內，大資本家和投機商已經佔有了公有「無主地」中，最為肥沃、灌溉條件最好、最四通八達的那些地區。標誌著詹森政府的腐敗和舞弊一直延續到一八七〇、一八八〇年代，但規模更大；聯邦政府有土地和政治利益要分配、有合約要授予、還有其他好處，包括關稅和補貼，要讓其盟友雨露均霑。[23]歷史學家弗農·帕林頓（Vernon Parrington）形容，後內戰時期對西部的佔領是一場「盛大的野宴」（great barbecue），其中絕大部分的土地都流入了最強大的企業和財團手中。「這是一場華麗的盛宴。」每個人都收到邀請。民主答應要餵養所有人，「到一切都吃乾抹淨為止。最後才是結清帳款。當美國人民收到帳單，他們才發現在資本家們大啖火雞時，自己卻被一些內臟雜碎草草打發了。」[24]

至此，為所有這些活動提供動力所需的能源已經自成一個經濟領域，日益升高的電力需求也在土地上留下了印記。煤炭資本家們，後面跟著石油探勘者，湧入阿帕拉契地區的河谷地，他們趕走了小農場主，並將丘陵和窪地的林木砍伐殆盡。世紀之交，一位歷史的見證者想像在不久的將來，「煉焦爐和熔爐的火光照亮了光濯濯的河谷地，植被被煙灰和煤氣燻得焦黑，油井架像骸骨一般沿溪流林立……深不見底的礦井和堆積如山的煤屑破壞了曾經賞心悅目的美景——人們曾希望這樣一個世外桃源可以免於這種蹂躪。但該種族的需求不僅無止無盡，且永無滿足的一天。這些需求必須得到餵養；大自然儲藏在隱密之處的資源必須逐一提取出來，滿足世界貿易永無止境的飢渴。」[25]

在一八七〇年代，嚴重的經濟衰退伴隨著一波罷工暴動浪潮，讓一些人開始擔心「第二次內戰就要一觸即發」，這次是一場階級戰爭，以及針對自由民更加駭人的恐怖襲擊（當時聯邦政府已經撤銷其對自由民的特別保護，專心投入最後一次的西部征討戰役之中）。在往後的十年間，於多年的經濟緊縮之後，景氣迅速復甦。長時間的蕭條後緊接著一陣絢麗奪目的繁榮，這種循環只會深化人們對「擴張」信念的執迷。在經濟蕭條期，擴張被舉薦作為一種解決方案，當繁榮最終到來，其有效性也獲得了證實：繼續向前。

隨著國外市場開放，以出口為導向的大規模農業將其節節攀高的收益再投資於技術和機械化，大規模農業因而更具競爭力，那些站在這個經濟產業頂峰的人們也得以積累更多政治權力。製造業的情況也是如此。「國內生產早已過剩，且產量急速增長，我們還要繼續對新市場的需求視而不見多久？」愛荷華州眾議員約翰・卡森（John Kasson）在一八八一年問道。卡森的問題精確反映出，於後內戰時期，擴張主義開始被延伸至海外市場的討論上。擴展領域，為這個國家不斷增長的農業和製造業產品創造一個出口，你將能避開週期性的商業危機以及伴隨這種危機而來的群眾騷亂。國將太平，民將安樂。卡森表示：「我們的大陸領土很快就要被我們利用殆盡」，「我們必須把目光轉向海外，否則他們很快就會因為不滿把目光轉向國內。」[26]

戰爭製造了死亡、揭示了腐敗，而死亡和腐敗都需要公共政策的介入。然而公共政策有可能會導致社會主義，或至少是一個更具干涉主義色彩、有權擾亂「社會生活方方面面」的政府，如同霍華德將軍所描述的自由民局的工作一般。這裡還有一個替代方案，一個把視線從內戰血淋淋的戰場上移開，從而遠離死亡和腐敗（它們共同締造了美國的現代聯邦）的記憶之機會。

伍德羅・威爾遜在一八九五年寫道：「只要正確地理解你的歷史，你就會發現這件事不至於太困難。」威爾遜表示，重新投入向外發展的「宏圖偉業」，將使「我們的青春重新煥發，確保我們不致衰敗。」[27]

弗雷德里克・傑克遜・特納大約在同一時期說道，邊疆是「一座神奇的青春之泉，美國不斷沐浴其中，重新煥發青春活力。」[28]

第七章　外緣

「這偉大的大陸，彼時荒涼而寂靜。」

一

在十九世紀末那十年間，歷史學家弗雷德里克．傑克遜．特納解放了「邊疆」（frontier）這個概念，將其從較為平庸世俗的定義——被用來指涉國界或是軍事前線——之中釋放出來，任其作為一抽象概念自由漂遊浮動。「無主地地區的存在，它的節節敗退，以及美國定居線的西進，解釋了美國的發展。」被後世的歷史學家如僧侶吟誦經文一般反覆引用的這句話，精準捕捉到特納的革命性觀點。

當特納在一八九三年於世界歷史學大會首次發表他的「邊疆假說」時，還是威斯康辛大學一名默默無聞的助理教授。那次的世界歷史學大會於芝加哥召開，舉辦於世界博覽會期間——就是艾瑞克．拉森（Erik Larson）的小說《白城魔鬼》中鼎鼎有名的連續殺人魔所出沒的那場世界博覽會。三十二位專業的史學作家和資深的大學學者齊聚芝加哥藝術學院，該地距離喧鬧的露天會場——那裡有美洲原住民的村落模型以及「水牛比爾的狂野西部秀」（Buffalo Bill's Wild West Show）[i]——還有一段距離。當天晚些時候的小組討論上，特納是最後一位報告人，他宣讀了自己一篇題為〈邊疆在美國歷史上的意義〉（The Significance of the Frontier in American History）的論文。

零星幾位觀眾可能是累了，沒有任何人提出問題。根據特納的傳記，他「帶著沉重的挫敗感」回到了寄宿處。[1]但他的論點很快就引起了人們的關注與迴響。

在芝加哥的會議中，許多學者認為，大體而言，歷史寫作是事實、日期和名字的彙總。與此相反，特納所隸屬的新生代們開始針對「過去」進行論證並修正過往的理論——用特納的話來說，即試圖去「解釋」經濟、遷徙、理念、科學、文化和政治之間的關係。然而，在特納的邊疆論之前，有一個極度知名且深受新英格蘭新教徒歷史學家歡迎的歷史學說：與細菌或感染毫無關係的「菌原理論」（germ theory）。

根據菌原理論，美國風俗中的優質與強大之處皆源自於古代歐洲撒克遜人和條頓人的聚落，聚落居民皆是尚未歸附封建領主的「自由人」（freemen）。若用於德國和英國，它是關於一種浪漫的衰落，關於一個曾經自由的民族如何被歷史的沉澱物、官僚主義、教會規範和貴族階級制度所壓垮。那「恣意徜徉在其所享有的自由之中」的「原始雅利安人」，他象徵著「世界曾經擁有，但已不再保有之物」。[2]但在北美洲，這是一個關於興盛，關於撒克遜式的自由首先傳播到中世紀的英格蘭，然後再傳到新英格蘭的理論。「舊的盎格魯–撒克遜族注定要在新大陸的荒野中植入自由建制的種子……它們將遍及廣袤的大陸」，該理論中的一則陳述如此言簡意賅地說道。[3]

菌原理論是明擺著的種族主義，它頌揚——該理論最著名的實踐者之一赫伯特・巴克斯特・亞當斯（Herbert Baxter Adams）稱之為——「血液基因」，或「偉大的條頓人種」，並肯認英國和北美的撒克遜血統（像是亞當斯們——包括約翰、塞繆爾和約翰・昆西，一直到赫伯特本人）的連貫性和優越性。如果歷史研究是關於變遷的研究，那麼美國早期的這些歷史學家肯定是反歷史的。他們口中的菌原就像是物理學的大霹靂（Big Bang）一樣突如其來且原始嶄新。在特納之前，美國其中一個最具影響力的歷史學家喬治・班克羅夫特（George Bancroft）寫道：當清教徒登陸北美時，「其典範制度早已臻於完善。」[4]與特納在約翰・霍普金斯大學一起在亞當斯門下學習的伍德羅・威爾遜主張，早期的基督教墾殖者「並沒有創造任何東西」；後來促成《獨立宣言》和憲法誕生的思想，在他們抵達新大陸時就已經完全成形。威爾遜說，美國人「只是自由發揮他們」——在歐洲形成的——「種族習慣和本能」。[5]另一位歷史學家寫道，「德國的森林」是美國西部獨立精神的起源，美國邊疆居民只是撒克遜、條頓和雅利安「獨立自由人」（independent freemen）的複製品。[6]

與此相反，特納轉移了關注的焦點。他認為美國的「善」生成於美國，是墾殖者改造邊疆荒野的成果：「無主地，以及向合適之人保持敞開的豐富自然資源，造就了美國的民主社會。」特納表示，美國獨特的民主個人主義（democratic individualism）是「美國的新產物」；美國民主「誕生於美國的森

i 編註：水牛比爾（William Frederick Cody，一八四六—一九一七）是美國西部開拓時期人物，他創辦以西部拓荒和牛仔為主題的表演節目，在美國各地巡演，相當受到歡迎，甚至遠至歐洲演出。

林，每當美國邊疆更向外推進一步，它就變得更加強大。」[7]

「邊疆」一詞的含義隨著美國的擴張也在不斷變化。如我們之前所討論到的，在十八世紀末期，這個詞幾乎僅僅被用來指涉疆界、邊界或軍事前線，然而到特納於芝加哥發表其論文時，它已經有了更多的涵義。關於「邊疆」一詞的確切涵義究竟為何多有爭議。自該詞存在以來，美國的政治邊界相當穩定地向前推進，從阿勒格尼山的山稜線到密西西比河，再到沙賓河和紅河，最後到達目前位於墨西哥和太平洋的邊界處。但白人墾殖者定居區前沿，以及用來保護那些墾殖者的軍事前線則以一種斷續、曲折的方式向前延伸，時而在邊界以東，時而在邊界以西。盎格魯社會並沒有形成一道對抗美洲原住民的統一戰線，而是以一種更加流動的方式向前推進，宛若一瓢清水被注入印第安部落和白人聚落間的縫隙之中。就這樣，「邊疆」一詞的涵義與「邊界」（border）的涵義——大體上仍用來指涉一條固定的線——開始有所分歧。「邊疆」所代表的意象越來越模糊。此時，它的涵義已擴張成指涉一種文化領域或文明間的鬥爭、一種生活方式：這是伴隨擴張而來的暴力和流血衝突所促發的一種語意轉變。

特納的天才之處是在於他接納了這個概念的不確定性，並不試圖為「邊疆」下任何固著的定義。他寫道：「這是一個具有彈性的語彙；就我們的目的來說，我們並不需要明確的定義。」接著，他在一八九三年所發表的論文中，以至少十三種不同的方式去定義「邊疆」；在其界定之中，邊疆指的是「一種社會形式而非一個地區」；是「原始狀態的回歸」；是「機會的場域」；是「浪潮的外緣——是野蠻和文明的交界」；它「存在於無主地這一邊」；對歐洲移民（尤其是那些在一八八〇年代從中歐和南歐陸陸續續湧進美國的移民們）來說，是「美國化最快速有效的路徑」；是「對人們來說太過極端」的嚴峻「環境」；以及「一扇可自過去的束縛中逃脫的大門」。邊疆又分成了「貿易商的邊疆」、「牧場主的邊疆」、「礦工的邊疆」和「農民的邊疆」。

這重重邊疆各自具有許多不同的功能。在這層意義上，特納理論之所以強大，並不是因為它可以用任何科學準則或邏輯標準來驗證或反駁，而是因為它不能。邊疆可以被假定為各種不同的事物，並被視為眾果之因。它培養了人們「對荒野自由的熱愛」；幫助「形塑了美國人民複合的民族性」，這反過來又促發了「美國政治體制的變化」；「促進了民主」；它將「粗獷和力量」與「敏銳和好奇心」結合在一起，創造出美國所獨有的人格原型，既「務實」又「有創造力」，能夠快速「靈活變通」，「缺乏藝術天賦，但諳熟有形事物的運用之道，並善於成就大業。」

邊疆的功能如此複雜多樣！此時以及此後，邊疆代表的是一種思想狀態、一種文化領域、一個社會學比喻、一種社會型態、一個形容詞、一個名詞、一個民族神話、一種規訓機制、一種抽象概念、一種渴望。但與此同時，也有如此簡單明瞭的解釋：「無主地地區的存在，它的節節敗退，以及美國定居區前沿的西進，都解釋了美國的發展。」

在特納於一八九三年發表其論文之後的十年內，若繞過特納，就很難處理美國歷史上的任何主要議題。到了一九二二年，老亞瑟・史列辛格（Arthur Schlesinger）在其廣為人知的美國歷史調查中說道，太多書都使用了特納的論點，不可能一一列出，而且無論如何，試圖去歸納總結邊疆假說根本沒有任何意義，因為它「太出名了」。[8]不僅僅是歷史學家，經濟學家、社會學家、哲學家、文學教授、精神分析學家、政治家和小說家，從販夫走卒到文人學士，誰都能引上一句特納的邊疆假說。與特納同時期的兩位西方歷史學家，狄奧多・羅斯福（Theodore Roosevelt）和伍德羅・威爾遜都成為了總統。特納離開威斯康辛大學的歷史系到哈佛任教後，美國的統治階級、無數知識份子、決策者、商人和職業外交官都曾在其門下學習。富蘭克林・德拉諾・羅斯福（Franklin Delano Roosevelt）也是他的學生之一。

二

中西部出身的特納跟著歷史學門的婆羅門祭司們（亞當斯、班克羅夫特，及他們的門徒）學習歷史，將撒克遜神話予以解構與除魅；該神話認為麥迪遜憲法的精神源起於遠古德國的迷霧之中，並由撒克遜人延續下去。相反地，特納關注的是所謂的「過程菌原論」（germs of processes），即那些在重大事件和重要人物所激起的歷史泡沫下洶湧翻攪的、物質和意識型態力量——包括貿易、立法、技術和科學、法律，以及新思潮（關於個人與國家之間的關係應該要是什麼樣態）的興起。

特納的主要論點（不管是在其一八九三年的論文或是後來的著作）十分直接了當：美國廣闊、開放的西部創造了條件，讓政治平等理想的空前擴張成為了可能，而該理想則奠基於邊疆將無限延伸下去的想像之上——「荒野似乎永無止境。」[9]拓荒者懷著對無限資源的憧憬、孤身一人前進荒野，他們將改造自然，與此同時進一步推進各種民主價值：獨立性、自發性，以及最重要的——個人主義。

另外還包括公平、誠實與信任，一種邊疆的互助主義。置身這片貧瘠險地，在國家進駐之前，拓荒者必須在自力更生和互助合作間取得平衡，以在這片土地上建立貿易關係和法律制度。隨著政府現身、在地市場發展成全國性的經濟體，邊疆的這些價值標準傳遍全國，塑造了美國的制度形貌。特納說，邊疆個人主義不僅僅存在於邊疆。在美國的城市、村落和港口，這種個人主義無所不在，「因為邊疆存在」——因為個人主義源起於邊疆，也因為邊疆抑制了其他「較無益的傾向」（包括財富再分配的訴求）。這大體上就是特納的論點。但若想知道特納觀點的顛覆性在於何處，比起「特納的觀點是什麼」，我們更必須去了解特納的論點「不是什麼」。

它不是菁英主義。當時其他的歷史學家可能會把西部的開發歸功於維吉尼亞沿海低窪地區的「紳士們」，認為是挾帶大量資本的鄉紳開墾了那片土地，而非堅忍無畏的墾殖者（如英國一篇關於西部的報導寫道，「地位卑微之人托庇於高貴之人的羽翼之下」）。早在幾十年前，特納就預見到「由下而上」紀錄歷史的趨勢，他將獵人、貿易商、自耕農譽為進步的推手。從這層意義上來說，特納同樣立基於傑克森主義頌揚平民百姓——讚揚農夫而非財主——並予以賦權的傳統。

然而，傑克森主義的頌揚和賦權都是種族主義的。特納不是，至少不是明目張膽的。不像其他人試圖尋找美國偉大之處背後的撒克遜起源，特納對於確認種族純正性為驅動歷史的關鍵要素一事並不感興趣。例如，特納的恩師之一休伯特・豪爾・班克羅夫特（Hubert Howe Bancroft）認為「偉大的雅利安人數世紀的行軍」、「元種族」（mother race）和「盎格魯－撒克遜血統」傳承發揚了美國的一切美德。[10] 參議員阿爾伯特・貝弗里奇（Albert J. Beveridge）曾說道（在特納於芝加哥發表完論文不久之後），驅使美國走出世界的是「種族」的力量。這股力量是神聖的——一千年來，上帝一直在「儲備講英語的人和條頓人」，這位參議員說道，「祂命我們成為這個世界的大組織者，去混亂橫行之處建立制度。」貝弗里奇說：「這是美國的神聖使命。」[11]相比之下，特納對宗教並沒有太多著墨，沒有將文明的成就歸功於新教的活力，也沒有將文明的衰落歸咎於天主教的腐敗。

在特納的著作之中，也不見其謳歌讚頌在美洲原住民驅逐行動中或是入侵墨西哥時所出現的那股征戰激情——懷著墨西哥人將從世上消失的幻想。特納筆下的任何一個句子都沒有狄奧多．羅斯福在一八八九年所寫下的那個句子那般殘酷無情，羅斯福援引文明的進步試圖證成針對美洲原住民的滅絕行動：「正義說到底仍是站在拓荒者和墾殖者這一方的：這片偉大的大陸可不能只被當成是那些骯髒野蠻人的獵場。」[12]與將「深刻、普遍的種族歧視」視為墾殖者暴力之觸媒的歷史學家伯納德．貝林不同，特納不再強調種族仇恨與美國擴張之間的關聯。特納對邊疆的描述中對於強姦隻字未提，儘管強姦作為一種震撼策略（shock strategy）如此頻繁地被墾殖者和士兵們使用。在他筆下沒有被火紋身的原住民奔逃出自己的村落，沒有試圖逃離火海的孩子遭到殘殺，沒有報復性屠殺，沒有傑克森要他的手下虐殺克里克人、肢解他們的屍體，並將自己變成「毀滅的引擎」，「嗜血地復仇」。特納否認強迫勞動在美國財富積累的過程中所扮演的重要角色，他寫道，「若人們能夠正確地評價美國歷史，就可以看出，奴隸制問題是一個偶發事件。」

在特納於芝加哥發表論文的三年前，第七騎兵團在北達科他州傷膝河（Wounded Knee）殺害了超過兩百五十名蘇族男子、婦女和兒童。在特納一八九三年的論文中，邊疆象徵著各種各樣的事物，但顯然不是作為某種軍事前沿存在。特納的確曾粗略地提及，每道切實起著防禦效果的邊疆——包括阿勒格尼山山稜線、密西西比河、密蘇里河和西經九十九度（該經線是從濕潤的大草原向乾燥平原過渡的分界線）——都是「透過一連串與印第安人的戰爭贏得的」。但對於這些戰爭中的暴力，他仍是輕描淡寫。狄奧多・羅斯福再次鉅細靡遺地提出說明。他於一八八〇年代出版的多卷本著作《贏取西部》（*The Winning of the West*），以菌原理論的經典陳述作為開頭，並將安德魯・傑克森征討克里克族之役視為那場戰爭——始於撒克遜人「攻克大不列顛」，進而發展成一場征服「世界荒野」的盛大聖戰——的一環。[13]羅斯福筆下的歷史讀起來就像是一部關於發現主義（doctrine of discovery）的史詩，是野蠻主義者對那些開始關注美洲原住民族滅絕行動的人的回應：「讓感情用事的人說他們想說的，善用土地之人有權驅逐任土地荒蕪之人，否則世界將停滯不前。」[14]如同特納一般，羅斯福相信邊疆創造了一種特殊的政治文化。然而，與特納不同，羅斯福認為通向這種創造的第一步是瘋狂的暴力與原始粗暴的正義。

至少從十八世紀末開始，到《贏取西部》出版後一段很長的時間內，有色人種一直受到邊疆民團主義的壓迫。羅斯福頌揚這種民團主義。當威脅來臨，「正直的人」（good men）會「聯合起來實踐私法正義以維護秩序，他們將無情嚴厲地清剿惡匪，處決絞殺窮凶極惡之徒。」他承認人們經常動用酷刑，但認為這種原始而粗暴的正義總體而言「對社會來說是有益的」，且最終將發展為更為合理的國家法律。[ii]在邊疆，每個人皆生活在「絕對的自由」之中，即便沒有拉幫結夥、加入武裝團體，他們自行其是，制定自己的道德律法。拓荒者「桀驁不馴且目無法紀」，他們藉由馴服自然與原住民，最終降服了自身的暴戾，喚醒了文明；「鄉野鄙夫們居於自力開闢的林間空地，他們嚴厲堅毅，強韌單純且善惡分明，易受暴烈激情所左右，自由之愛深植其內心。」[15]

在特納身上，我們看不到這種戲劇性。在特納筆下，不存在羅斯福所描繪的這種「半野蠻的荒野羅曼史」，該史觀認為文明誕生自殘酷、無情的戰爭之中，這戰爭在對抗的不僅僅是大自然和美洲原住民，還有各種人類基本本能。如果文明的進步是不可避免的，在特納筆下，也是一種溫和的必然。如果說他的著作是對個人主義的謳歌，也是一種自制的個人主義，其風格比起約翰・韋恩（John Wayne），更接近於詹姆斯・史都華（James Stewart）。那裡頭有鬥爭，但不是種族或階級鬥爭。根據特納的說法，是法律、法院和商業在推進邊疆的前緣。[16]羅斯福口中那如狼似虎的邊疆不是他的風格。這位威斯康辛州的歷史學家以柔和的筆調寫了一篇散文，寫到最混亂動盪的瞬間，他形容邊疆是一股「浪潮」。但在他的分析之中，邊疆聽起來更像是輕拍陸地的潮水。特納輕聲歌頌美國的生命力，但否定英雄主義。他讚頌無名小卒，比如說「獵人」或是「農夫」。是邊疆「從阿勒格尼山一躍而過」，再「飛越大平原和洛磯山脈」，而不是人。

特納書寫美國歷史時那不慍不火的筆觸背後，有個有趣的故事。特納的孩提時代在威斯康辛的波蒂奇（Portage）度過，他曾乘著獨木舟穿梭於溫尼巴哥人和梅諾米尼人（Menominee）的村落之間；特納日後向一位同事描述道，那段回憶是段「田園詩歌般」的歲月。「我記得一次我們沿著威斯康辛航行，當時乘坐的是一艘來自沃索（Wausau）附近的印第安獨木舟，我還記得當我們行經他們的村落時，印第安船伕跟印第安婦女間如二重唱般的對話——男人粗嘎的喉音配上女人甜美清澈、帶笑的高音。我記得那隻佇立於香脂冷杉林間拐彎處、低頭啜飲河水的帶角的鹿，也記得在一片寂靜之中，我們的獨木舟曾經離牠有多近。」[17]不過，這些印第安人很快就會離開，他們將遭聯邦軍隊驅逐，登上聯邦火車，消失無蹤——找來這些軍隊的正是波蒂奇的地方領袖們，包括特納的父親，一個與安德魯．傑克森同名之人。

根據當時一些人的說法，安德魯．傑克遜．特納（Andrew Jackson Turner）是個好人，也是一個正直、負責的地方領袖。他同時是一個想要摧毀溫尼巴哥人和梅諾米尼人村落的人。在他自己編輯出版的《威斯康辛州紀事報》（*Wisconsin State Register*）中，他稱這些印第安人為「一無是處的野蠻人」，他要求軍隊將他們趕出波蒂奇，因為「他們的汙穢骯髒令每個人反胃，他們駭人的外貌讓易受驚的婦女們心生恐懼，所有人都瞧不起他們。」軍隊照做了。根據特納的傳記，「一支部隊於一八七三年初抵達波蒂奇，將紅人趕往其內布拉斯加保留地。」[18]士兵們不顧印第安人們的反抗，「那整個夏天不斷將

ii 後來，總統狄奧多．羅斯福在簽署世界上最早的一些跨國法律條約時，他試圖讓一切符合國際法的規定。但在美國國內，他甚至無法遵守他早年所頌揚的邊疆正義。在《贏取西部》中，羅斯福曾說過民團主義將會轉化成法律。這最後並沒有實現。面對私刑的「氾濫」，總統羅斯福轉過頭來指責受害者：他在一九〇六年說道，「私刑之所以會存在，最大的原因是由黑人男性所犯下的駭人強姦罪。」更糟的是，白人因此被迫動用私刑，自甘墮落，淪落至「與罪犯為伍」，散播混亂。羅斯福說：「這種無法狀態受滋養而壯大；當暴徒們為懲治強姦犯開了私刑先例，對其他類型的犯罪，他們很快就會比照辦理。」

他們向西驅趕，有的人離刺刀刀口只有咫尺之遙。」有些印第安人逃進了威斯康辛的森林，但遭到聯邦軍隊團捕，軍隊押著他們穿過波蒂奇，最終「被帶上了通往西部的火車」。當時弗雷德里克十三歲，他所目睹的一切——不管是他父親的所作所為，還是那股對印第安人的「厭惡」（若他父親曾經在州志的社論中談到這股厭惡，肯定也曾成為家人間對話的一部分）——都沒有被他寫進書裡。[19]

三

在特納的描述裡，個人主義先像草原上的野草一樣在邊境地區萌芽，政府和大企業後來才出現。他寫道，「荒野催生了複雜的社會。」論及墾殖者時，伍德羅．威爾遜寫道：「他們緩步、近乎冷靜地穿越這片偉大、狂野而寂靜的大陸。」[20]但我們所認識的西部，自一開始，就是一個與大規模權力、手握大量資本的投機商、企業、鐵路、農業和礦業緊密相連的領域。西部歷史學家理查．懷特（Richard White）指出：「拓荒定居往往發生在與國內市場和國際市場的通路建立起來之後，而非之前。」這些市場是憑藉聯邦政府之力——包括聯邦政府的砲艇——所建立起來的。[21]西進運動需要一個強大的政府。美國軍隊將美洲原住民和墨西哥人從他們的土地上驅逐出去。政府所發行的債券為路易斯安那購地案提供了資金。早在墾殖者來到以前，聯邦政府的土地丈量員就已經繪製好子午線和基線，工程師也鋪設好了道路。通過公共工程（許多都是由美國工程兵團負責執行）的興修，西部旱地修築了灌溉溝渠，佛羅里達的沼澤地也建起了排水系統。戰爭部長將步槍和彈藥分配給墾殖者。

成長於印第安人遷移法所造成的政治動盪之中的特納，親眼目睹聯邦士兵在他的家鄉威斯康辛圍捕美洲原住民並將他們趕往西部，他非常清楚政府的力量。他也很清楚，政府先於邊疆而存在。特納在一八八七年所發表的一篇論文中，詳細地闡述了邊疆社會如何催生了一種「言過其實的」自由感，以及一種「異常的」反政府意識型態，他在註釋中提出了一項十分有啟發性的評論：「今天的西部無法獨立於國家政府而存在，因為是政府先於墾殖者來到西部，給予他們土地，為他們修築道路，提供治理等等。」[22]

然而，在特納的個案研究中（以及一些更加籠統的推論中），他提出了一個截然不同的順序，這個順序大致是：大自然先於一切存在，它仍是原始的、原封未動的狀態，或者僅有印第安人經過。接著來到西部的，是墾殖者跟他們的家人，他們篳路藍縷、奮力開墾，闢出自己的田地和牧場。隨著開墾進行，個別家庭開始聚在一起，形成群落和志願者團體，包括一些維持治安的民團保安組織（像羅斯福一樣，特納也頌揚這種民團主義，但以一種低調、無害的形式。）分散的聚落開始沿著印第安人留下的小路或依傍著河谷「彼此接觸」，開展出政治學家所謂的公民社會。這些聚落之間發展出新的貿易關係，創造各種邊疆價值，包括自發、樂觀、信任、合作、個人主義，以及拒絕專制。貿易繁盛，在地市場及全國性市場皆有所擴張，礦業和製造業「如魔法般」遍地開花。然後政府就來了。[23]

特納所提出的順序——自然，拓荒，勞動，社會，安全，貿易，信任，更多貿易，創造更多的安全和信任，接著是政府的來到——意義重大，它體現了一些美國所獨有的、關於經濟，權利以及主權間之相互關係的信念：勞動結合自然，創造出財產。而財產創造美德。奠基於私有財產之上的美德先於政府存在。於法來說，政府唯一的功能是保護美德，而非創造美德。這個順序只是種迷惑人心的花招戲法，因為正如特納在其論文註釋中所寫道的，「政府先於一切來到」。但是，這是（而且到現在還是）一個強而有力的宣稱，它預設自由的美德先於政府存在，並主張政府的職能僅限於保護美德。該宣稱讓美國得以持續拒絕承認社會權利或是經濟權利的正當性。個人與生俱來的自然權利——擁有、生育、移動、集會、信仰、支配財產——以及保護這些權利的政府有其正當性。藉由政府干預而實現的社會權利——衛生保健、教育和社會福利——則是違背自然的。[24]

四

在邊疆理論之後，特納並沒有太多的發表，但他經常開班授課。這些公開演說大多數都十分正向樂觀，但有時仍帶股黯然。一八九〇年，美國人口普查局宣布不再使用「邊疆」作為一個描述性範疇。人口普查局認為西部現在住滿了人，「很難說存在一道明確的疆界線。」特納知道，比起人口密度，更重要的是資本的力量——借用安德魯．傑克森的話來說就是「財力資源」——正凌駕於邊疆僅存的一切。特納認為，西部作為一個安全閥，其功能正在減弱。[25]

特納在一九一四年寫道：「那個到處都有廉價土地、廉價的玉米和小麥、廉價牲口的時代已經一去不復返。無主地不復存在，大陸被開墾殆盡，所有這些動力和能量都成了煽動的管道。」[26]彼時，二十世紀初，當越來越多的「工業巨頭們」——「煤炭大亨、鋼鐵大王、石油大王、畜牧大王、鐵路鉅子、高端金融霸主、托拉斯之王」——抓住「新的機會採取行動、行使權力，以擴張國家職能範圍以及自身的支配領域」，他們藉機宣稱自己是西部理想的正統繼承人，將自己塑造為「拓荒者」。[27]然而，對於資本家以邊疆比喻資本，試圖藉由承諾無止境的經濟擴張以平息社會的不滿，特納本身抱持否定的態度。反之，他多次使用「邊疆」來比喻政府作為。他寫道：「比起西部的『舊邊疆』，公共政策的『新邊疆』仍有待開拓，『更好的社會領域』也尚待發掘。」[28]

但該題的規模之大似乎讓所有既存的政治解方都相形見絀。特納說，壟斷企業已經完全把持了「這個國家的工業生活」。「巨額的私人財富」是有害的。[29]特納的語氣聽起來和卡爾・馬克思（Karl Marx）一樣強烈而嚴厲：「資本開始不斷大量積累，迫使自主自治的個人——他們崛起於邊疆資本主義早期的大開放階段——屈從於『系統和控制』之下。」在工廠，屈從於重複動作與流水線。在田地，屈從於機械化耕作和工業開採。在日常生活，屈從於債務。特納說，「政治民主」現在是「徒有其名」。[30]

其他社會問題包括：「壅塞的廉價公寓」，裡頭擠滿了人數日益增多、尚未被同化的移民；「工時長，死亡率高」；諸如傷寒等貧民窟常見疾病。所有這些社會弊害可能會讓美國的「工業實力和巨額資本」變成一場「社會災難」。[31]租客增加，所有權人減少。薪資下降。另一位邊疆作家，小說家歐文・威斯特（Owen Wister）也了表達了類似的悲觀心情，「一切都過去了，一切都結束了。」早些時候，在一九〇二年，威斯特在其作品《維吉尼亞人》（*The Virginian*）中將西部描述為「一個散發著水晶光澤的璀璨世界，一片沒有盡頭的土地，諾亞和亞當可以直接在創世紀裡找到的地方。」但僅僅幾年後，威斯特發表了另一本小說，小說中的邊疆並不是關閉了，而是被工業巨頭和銀行家們侵佔、挾持了。「除了標準石油公司和不滿的情緒，美國根本沒有什麼所謂聯合一致的東西。我們不再是為了偉大理想拼搏奮鬥的小民族；現在的我們是為了金錢生死搏鬥的泱泱大族。」特納在一九二五年說道，「如此巨量的財富對一個民族的經濟生活的徹底控制、如此龐大的資本積累，以及如此全面的經濟運作的系統化，都是世上前所未見的。」[32]

特納並不認為「小規模」能夠解決「巨量資本積累」所帶來的問題。[33]他知道二十世紀的社會將是一個碩大無朋的工業社會。但他希望十九世紀在廣大遼闊的西部所獲得的那些經驗，能夠「教會美國如何去處理『大規模』的問題。」[34]特納很難在企業財閥統治和社會主義之間，找到一個能夠從西部舊邊疆過渡到公共政策新邊疆的中間地帶，引領美國進入「下一個發展階段」——進入「精神的範疇、理念和立法的領域」。[35]

另外還有一個選擇：將邊疆視為一條要去跨越的線，而非一條必須止步於前的終點線。就像其他兩位邊疆理論家狄奧多．羅斯福和伍德羅．威爾遜經常做的那樣：將國內的進步改革與國外的戰爭連結起來。

一八九八年，美國開始向海外進軍。華盛頓併吞了夏威夷，並向西班牙宣戰，在那之後，美國拿下了波多黎各、關島和馬尼拉，古巴也成了美國的保護國（protectorate）。美國幫助巴拿馬脫離哥倫比亞，並建造了一條橫跨巴拿馬的通洋運河，隨後入侵、佔領尼加拉瓜、海地以及多明尼加共和國等地，也參與了當地的反叛亂作戰。同時，在菲律賓，美軍投入了一場漫長的鎮壓行動。[iii]狄奧多．羅斯福將一八九八年美國向海外派遣佔領部隊之舉稱為一場「公義之戰」，這場戰爭是為了防止美國在邊疆關閉之後過於安於現狀，避免美國陷入與亞洲同樣的倦惰狀態：「我們絕不能像中國一樣，耽溺於國界內那不光彩的安逸之中並逐步走向腐爛。」同「中世紀暴政」（羅斯福如此稱呼西班牙）作戰，能夠堅定政治領導人對抗國內現代暴政（包括企業的腐敗和壟斷）的決心。伍德羅．威爾遜（他和羅斯福皆以激進的改革風格聞名）則認為，一八九八年後美國在太平洋和加勒比海地區所發動的那些戰爭，都屬於邊疆永久革命的一環。這是「我們生命中的偉大革命」，他說，是一場「嶄新的革命，沒有一場戰爭像美西戰爭那樣如此徹底地改變了我們。」[36]將波多黎各、菲律賓和關島置於美國的佔領之下並使古巴成為非正式殖民地的軍事行動，不僅僅是「變革性的」，它還「實現」了「變革」本身（威爾遜沒有說究竟是變成了什麼，但特納曾用「帝國共和」〔imperial republic〕來形容一八九八年之後的美國。）威爾遜說：「我們在大洋之外為自己開闢了一道新的邊疆。」[37]擔任總統時，他兩次出兵墨西哥，並在一九一五年授權海軍陸戰隊佔領海地，在接下來的二十年間，這場佔領導致了一萬五千名海地人死亡、成千上萬的海地人飽受折磨；他還在這個黑人共和國實行吉姆．克勞式（Jim Crow-like）的統治，包括建立一種強迫勞動制度，逼使人們無償參與公共建設。

這些激烈而影響深遠的軍事衝突，將美國的軍事和法律邊界向太平洋推進了七千英里，往南一路

iii 美菲戰爭帶來了一個可取代英語中「邊疆」一詞、指稱「遠方」的新詞彙：「boondocks」，來自他加祿語，有「遙遠、無人居住的地區」之意，被美軍士兵（他們當時正在跟菲律賓叛軍進行一場神出鬼沒的游擊戰）拿來使用。它的使用頻率在二戰期間大幅增加，到越南時已被省略為「boonies」。

延伸至巴拿馬。上千萬人因此落入了美國的統治之下，他們之中絕大多數是使用西班牙語和他加祿語的有色人種，這給美國帶來了複雜棘手的憲法問題。[38]然而，與同時代的羅斯福和威爾遜等人相比，對於這段時期，特納僅是平鋪直敘，淡淡帶過。他在一九一〇年寫道：「在遙遠的西部建立殖民統治並充分掌握國內資源之後，這個國家在十九世紀末、二十世紀初開始涉足遠東事務，並參與太平洋地區的國際政治。伴隨著最近這場戰爭的勝利，美國在古老西班牙帝國領土上的擴張行動也劃下了一個合乎邏輯的句點，美國成了菲律賓的女主人，同時獲得了夏威夷群島，並拿下墨西哥灣的控制權。」[39]

成了菲律賓的女主人。獲得了夏威夷群島。在他筆下，這一切像夢一樣飄忽不定，彷彿美國是被迫扮演一個帝國的角色。[40]

特納不願意將其邊疆理論——邊疆作為青春之泉——衍伸至帝國擴張的範疇。然而他還是選擇了隨波逐流。當初威爾遜決定不涉入第一次世界大戰時，特納表態支持。但當威爾遜改變主意時，他也改變了主意。[41]德國人——文明火種最原初的儲藏之所——現今成了邪惡的種子。如果在國內，社會條件無法被改善以保障實際存在的個人的權益，那麼至少這種個人主義的理念可以在與其對立面——日耳曼軍國主義——的對戰之中重新獲得強化。特納在一九一八年的一系列演講公開支持威爾遜參戰的決策，他重複了他所有過去的論點，只是以一種更為誇大的形式表達。特納落入了一種少見的、外顯的種族思維之中，他甚至將德國的軍國主義描繪成一種完全對立於美國個人主義的極端存在：他寫道，「普魯士律法是戰神索爾的律法，與白袍基督的律法相違背。」[42]

五

種族主義狂熱驅動著墾殖者們的殖民主義信念，特納在抑制這股種族主義狂熱上，發揮了至關重要的作用。一八九八年，美國正站在成為世界強國的關口上。然而世界上存在著太多不同種類的人，美國無法將世界當成路易斯安那或是墨西哥割地案的放大版來處置。法律和政治制度需要一些時間才能跟上變化，並擺脫其外顯的撒克遜主義風格：一九〇九年，德州眾議員詹姆斯．斯雷登（James Slayden）說道，「大體而言，我們是盎格魯–撒克遜人，而波多黎各人……則是一個混合體……基本上是雜種。」[43]但在二十世紀頭幾年所發生的那些，不管是商業上的擴張、政治上的擴張還是軍事上的擴張，都不能僅僅被視為是條頓人南征（Teutonic conquest）的新版本或是「血統基因」的勝利。特納曾說過，那些在邊疆成為美國人的歐洲人「藉由失去自己，找到了自己」。就某種意義來說，這就是美國的「昭昭天命」（manifest destiny，這個詞誕生於一八四五年，用以描述一種信念，即上帝指引盎格魯–撒克遜人穿越大陸去佔領德州和加州，並建立一個橫跨大西洋和太平洋的統治政權。）美國藉由失去其種族和宗教特殊性，找到了它的普遍性。

白人至上主義持續存在，它存在於吉姆．克勞法、各種私刑、反異族通婚、社會排除、「次等公民」等各種法律當中，也存在於統治階級的種族主義，包括伍德羅．威爾遜總統對「健康潔淨的血液」（wholesome blood）的反覆詠嘆之中。[44]但特納口中那首輕柔的遊行聖歌，變成了美國走向世界時的官方頌歌；他們不以征服者自居，更非來自森林深處的日耳曼部族，而是以人文主義（humanity）

之名悠悠唱出。

在階級衝突加劇的時刻，特納也提出了自己版本的美國普世主義（American universalism）。隨著工業資本主義在愈來愈劇烈的興衰起伏間擺盪，加上罷工——由來自具有強大社會主義傳統的國家的移工所發起——的頻率日益增加，要求財富再分配的呼聲一天比一天激昂。實際上，一八九三年的世界博覽會（特納就是在那裡首次發表他的邊疆理論）就像是一場大規模的勞工行動：泥水匠工會、天然氣裝配工工會、木匠工會、砌磚工工會和技師工會利用這次「大會師」的機會，趁勢要求更高的工資和更短的工時。[45]同年，金融風暴導致了一波關廠潮以及不斷升級的勞資衝突。在社會主義者尤金・德布斯（Eugene Debs）和美國鐵路工會（American Railway Union）的領導之下，參與罷工的普爾曼公司（Pullman Company）的鐵路工人成功地封鎖了通往邊疆的路線，確保任何貨運列車或客運列車向西最遠僅能行駛到底特律。總統格羅弗・克里夫蘭（Grover Cleveland）從西部調派了上萬名士兵，試圖終止罷工並讓火車再次通行。德布斯的工會被解散，許多工人失去了他們的生命。

幾年之後，「進步」的伍德羅・威爾遜挾聯邦政府的龐大資源，對激進的工會組織和左翼政黨進行鎮壓；當次鎮壓是美國史上最血腥的鎮壓之一，類似的鎮壓行動在美國參加第一次世界大戰之後日漸頻繁。正如亞當・霍奇契德（Adam Hochschild）所寫，一次大戰期間及戰後初期是一段「審查制度空前發展、監禁大規模化以及反移民暴力肆虐的時期」。[46]世界產業工人聯盟（Industrial Workers of the World）和社會黨（Socialist Party）都被消滅了。威爾遜於一九一七年頒布的間諜法案（Espionage Act）鎖定了上千名社會運動者；特納認為，為了阻止德國摧毀「全人類的自由」，這種「對於個人自由的暫時限縮」是必要的。[47]菲利普・蘭道夫（A. Philip Randolph）和尤金・德布斯因反戰入獄。狂熱的愛國激情驅策著民團義警們加入追擊所有可能顛覆美國主義的行動。艾麗絲・保羅（Alice Paul）和她所領導的國家婦女黨（National Woman's Party）的其他成員在白宮前進行反戰抗議時，遭到親威爾遜派襲擊。在阿肯色州的伊萊恩小鎮（Elaine），白人民團義警在美國陸軍出兵協助下，屠殺了兩百三十七名試圖組織工會的非裔佃農。這只是自重建計畫結束以來，非裔美國人所經歷的無數種族暴力事件裡（其中牽涉到四千多起私刑）的一個案例。[48]

世界產業工人聯盟的成員中，激進派牛仔佔數眾多，這些人在西部和邊境各州從礦工、伐木工和牧場工人手中得到了廣大的支持。德布斯一直試圖提出另一種社會主義版本的邊疆假說。[iv]但個人主義神話更加成功地被運用在反社會主義和「反反戰」上，也被使用來界定、區隔美國主義和反美主義。[49]狄奧多・羅斯福拿他達科他州牧場裡的工人跟芝加哥乾草市場裡的無政府主義工人作比較：「我在達科他州的手下是勤奮的勞動者，他們的工資並不比罷工者高，工時比罷工者更長，但他們是

iv 德布斯在一九〇二年寫道：「富有階級意識的工會主義（class-conscious trades-unionism）在西部崛起並非偶然，也不是個人有意為之的結果，而是地貌嚴酷、人跡罕至之山區各州的無產階級們革命精神蓬勃發展之下的必然產物；這群人是拓荒者之集合，是美洲大陸上最具冒險精神、最勇敢、最熱愛自由的人。」一九二四年，他寫道：「在這個財富、權力高度集中且薪資奴隸制變本加厲的這個時代，拓荒者——曾經的美國『自由人』——大膽而堅定的拓荒精神將難以延續下去。在這些只有一家公司的城鎮——不管是它們是木材公司、煤炭商、石油公司或金融公司——監視系統和黑名單都是一項利器，可以用來摧毀曾經作為美國之光的自由精神。」

真真正正的美國人。」他說：「沒有什麼比起讓他們用自己的步槍處決一個暴徒更讓他們開心的了。」[50]西部小說家歐文．威斯特對此表示贊同，大舉讚揚當局從西部調派軍力出兵鎮壓芝加哥的罷工者。對於威斯特來說，派兵對付激進份子──「爬滿我們社會」的那一大群「老鼠」──具有雙重目的。一方面，激進份子遭到鎮壓，另一方面，軍力士氣也得以集中；現在已經沒有印第安人要打，這能夠避免士兵們受到國內「德布斯們」的激進理論所誘惑。對於德布斯成功讓西向的鐵路系統陷入癱瘓一事，威斯特感到尤其憤怒，因為他認為大陸鐵路是人類文明最偉大的成就之一。威斯特寫道：「警戒心──不僅是針對外患，也是針對內敵──是自由的代價。」[51]

邊疆美國主義的強大之處，在於它能夠壓制羅斯福式的種族主義（根植於美國墾殖者的現實經驗）和德布斯版本的社會民主（和美國對於平等的許諾有著根深柢固的關係），並將它們調和成一種充滿活力的、進步的、以自由普世主義之最高展現自居的理念典範。特納認為，西進經歷能夠力克地方主義和種族仇恨，導向真正的人文主義（humanism），培養能以務實、進步且負責任的政策來回應大型工業社會之宿疾時弊的開明公民。特納也認為，各州攜手合作、共享資源的西部經驗，將可成為伍德羅．威爾遜的國際聯盟（League of Nations）的參考典範。他的中庸拓荒進步主義甚至在流行文化中找到了對應的表現──《牛仔密碼》（*Cowboy Code*）中那位活躍於牛仔競技秀、收音機和螢幕上，備受喜愛的西部明星金．奧崔（Gene Autry）。一方面，根據奧崔的戒律，牛仔不得「鼓吹種族或宗教上的不寬容，或擁有類似想法」。[52]同時，牛仔也必須是名「好勞工」和「愛國者」。

誕生於無止境的擴張之中，特納的邊疆普世主義及其（存於想像中的）對各種極端的抑制，只能透過不斷的擴張來維持自身。

第八章　一八九八年的協約

「白人間的和平。」

在巴拉克．歐巴馬執政期間，爆發了一場關於邦聯的旗幟和雕像應該被視為一種「種族主義的象徵」被拆除，還是應該被視為「歷史文物」予以保留的論戰，當時，公眾的討論幾乎都聚焦於國內的歷史。美國大多數「敗局命定」（Lost Cause）[i]的紀念碑都是在自由民局關閉、聯邦軍隊撤出南方後的那幾十年間建立起來的，當時三K黨橫行四方，發生過私刑的每一株樹在大地上留下了傷痕。至於那些旗幟，大多數的報導認為可以一路追溯至二次大戰後人們對民權運動的抵制。例如，專欄作家尤金．羅賓遜（Eugene Robinson）在《會晤新聞界》（*Meet the Press*）上說，南卡羅萊納州曾在一九六一年將邦聯戰旗高掛在州議會大樓上，以示該州「反對廢除種族隔離」的立場。

i　編註：敗局命定論是美國南方在南北戰爭後興起的一種鄉愁式類史觀，奠基於歷史否定主義的神話之上。此觀點認為，邦聯雖然戰敗，但其參戰的動機與作為仍是正義的，而奴隸制度的存廢並非邦聯的關切。該觀點長時間影響了美國的南方文學和文化現象。

這些全是事實。然而，如同許多美國白人至上主義右派歷史的相關討論，這種說法忽略了對外擴張（尤其是美國為數眾多的海外戰爭）在延續邦聯象徵上所扮演的角色。從一八九八年左右開始，遠在邦聯旗成為紅脖子大老粗（redneck）的象徵之前，曾長達半個世紀，它都是持續擴張中的美利堅帝國的驕傲旗幟，被視為國家團結（而非分裂）的象徵。內戰結束之後，這支和解的軍隊開始走向世界；新的戰爭讓邦聯軍隊的士兵以及他們的後代得以重新成為這個國家的一份子。但和解不僅發生在穿著藍色制服的士兵和穿著灰色制服的士兵之間。北方法律——官僚規範、指揮控制之階層制度、工業實力、技術，和南方精神——對勇氣、責任以及榮譽等軍事理想以及美德的尊崇，也再度結成一勢不可擋的組合。[1]

一

歷史學家博伊德・高卓靈和阿里・凱爾曼寫道，在南北內戰後的那幾年間，關於是否要繼續向外擴張以獲得更多領土，北方人和南方人在看法上「並沒有太多交集」。他們幾乎沒有達成任何共識，但都認為「美軍應該起兵討平西部諸部落」。南方白人強烈反對重建計畫，即針對全軍潰敗的南方邦聯所實施的軍事佔領，但「關於昭昭天命這件事」，他們跟北方人站在同一邊。[2]

內戰的非軍事化釋放了大量資源到邊疆的軍事化中，一八七七年重建計畫到達尾聲，美軍因此得以集中火力，專心投入最後一波討平美洲原住民的軍事任務之中。成千上萬北方和南方的士兵被派往西部，投入這場漫長戰爭的最終階段；這場戰爭從一八六五年一直延續至一八九一年，與夏安人（Cheyenne）、拉科塔人（Lakota）、納瓦荷人、阿拉帕霍人（Arapaho）、蘇人（Sioux）、猶他人、班諾克人（Bannock）、莫多克人（Modoc）等族爆發過十三場戰役以及一千多次軍事衝突。

對邦聯軍隊的將軍、上校和上尉們來說，加入聯邦軍隊仍然為時過早。因此，犯下大多數暴行的部隊都是由卓越不凡的北方軍官們——像喬治．阿姆斯壯．卡斯特（George Armstrong Custer）和菲利普．謝里登（Philip Sheridan）那樣的人——所領導的。甚至在內戰結束之前，林肯就曾派約翰．波普（John Pope）將軍去鎮壓達科他州的蘇人。在第二次牛奔河之役（Second Battle of Bull Run）中敗給羅伯特．李的波普執行了「美國史上最大規模的集體處決：三十八名達科他蘇人於一八六二年聖誕節隔天被處以絞刑。」[3]另外一位參與過美墨戰爭的聯邦英雄——傳奇的拓荒者基特．卡森（Kit Carson）也曾將八千名納瓦荷人從亞利桑那州一路驅趕至新墨西哥州，這些納瓦荷人經歷了三百英里的長期跋涉以及數年的「屈辱、痛苦、死亡和挨餓」，而這只是內戰期間和其後上演過的無數齣「眼淚之路」悲劇的其中一齣，因為印第安人迫遷之旅從未真正結束。[4]

但南方退伍士兵和他們的兒子們將討伐西部視為一個洗刷名譽的機會。路德．哈爾（Luther Hare）的軍事生涯便是非常好的例子，他是一名邦聯上尉之子，也是內戰之後西點軍校錄取的第一批南方人之一。哈爾在一八七四年從西點軍校畢業後，隨隊趕赴西部邊疆，並參與了卡斯特領導下的對蘇戰爭。當時還不是懸掛邦聯戰旗的時候，在重建期間，邦聯戰旗仍然被視為違禁品。然而發出德州式的戰吼則不在此限。在小大角之役前的一場交鋒中，哈爾在身陷重圍時，「先開了槍然後發出了一聲戰吼，『如果我們必須死，讓我們死得像個男人！我是來自德州的戰鬥狗雜種！』」據說他當時這麼吼道。哈爾活了下來，他在蒙大拿州、德州、太平洋西北地區以及亞利桑那州繼續征討美洲原住民。他與奧利弗・奧蒂斯・霍華德聯手一同討平了聶斯坡斯人，接著征討蘇人，並如他所說的，討平了「最後一批阿帕契叛黨」，後以上校身分被派往菲律賓。[5]在菲律賓，他帶領著德州志願騎兵團攻打西班牙人。

一八九八年的戰爭成了邦聯再統合（Confederate reintegration）之路上的一個轉折點，當時正值重建計畫走入尾聲、南部各州皆通過了吉姆・克勞法的時期，美國派遣了數萬兵士從西班牙手中奪取菲律賓、古巴、波多黎各和關島。早些時候，當奴隸制仍在實行時，南方人曾希望將古巴從西班牙的統治中奪取過來，並將它打造成一個奴隸州（在西班牙美洲其他地方於一八二〇年代獲得獨立時，古巴和波多黎各仍然處於西班牙的統治之下）。現在，征服這個島嶼將會發揮另外一種作用：證明他們的愛國精神並與北方和解。

幾十年來，一直有人預測西班牙和美國終將為爭奪古巴開戰。主要由前奴隸以及自由民有色人種所發起的對抗西班牙統治的叛亂，自一八六八年以來斷斷續續地爆發於島上各處，創造了一種讓政治干預顯得合情合理的動盪混亂。叛軍成功地廢除了奴隸制，正進一步向西班牙要求獨立。面對此局面，西班牙出動了軍隊試圖鎮壓起義。格羅弗・克里夫蘭總統在一八九六年差點就要出兵參戰，理由是西班牙與叛軍間的軍事衝突已經對美國貿易造成了威脅，他表示，美國必須「起身捍衛美國自身以及美國公民——整體而言等同於人類與文明之福祉的利益。」[6]隨後，在一八九八年二月十五日，緬因號軍艦於哈瓦那港爆炸，造成數百名水手死亡。當克里夫蘭總統的繼位者威廉．麥金利（William McKinley）將爆炸歸咎於西班牙，並以此為藉口向西班牙開戰時，南方和北方又再度團結一致齊心對外。

維吉尼亞的《林奇堡日報》（*News of Lynchburg*）在爆炸發生兩天後表示，過去的事已經過去，內戰也不會被遺忘。但是「成千上萬的南方人已經準備好承認該脫離案」——即南方因為奴隸制企圖脫離聯邦一案——「是個錯誤」。[7]

二

國一呼，百地應。《亞特蘭大憲法報》（*Atlanta Constitution*）上登了一首詩：「是的，長官，我曾和石牆傑克森並肩戰鬥，也和李將軍共同應戰，但若聯邦要鳴角開戰，請再為我造一把槍。」《明尼亞波利斯日報》（*Minneapolis Journal*）回應道：「造兩把槍吧，老夥伴！我想和你一起再次站在那面旗子下，就像遙遠的往日一樣。我們的父輩並肩攜手，登陸下海浴血奮戰，為我們造出自由國度。」[8]喬治亞州州長則說，他將親自率領該州民兵參戰。在紐約的尼克博克劇院（Knickerbocker Theatre），約翰．菲利普．蘇沙（John Philip Sousa）在他的喜劇輕歌劇《準新娘》（*The BrideElect*）中加入了一首新的進行曲「釋放戰爭之犬」（Unchain the Dogs of War），「其中的愛國主義讓觀眾為之瘋狂」。這部輕歌劇在美國國內巡迴上演，一家報紙指出，那首歌「應觀眾要求一唱再唱。」

紐奧良、查爾斯頓和坦帕（Tampa）等南方港口，被當作是入侵古巴和波多黎各的中轉地。當北方士兵經過紐奧良，看到「頭髮斑白的老邦聯兵們」為他們歡呼打氣並向聯邦旗敬禮時，他們高興極了。南方的每一家報紙，以及南方最大的退伍軍人組織「邦聯退伍軍人聯合會」（United Confederate Veterans）都陶醉於前邦聯將軍們——包括李將軍的姪兒菲茨休・李（Fitzhugh Lee）以及阿拉巴馬州的約瑟夫・惠勒（Joseph Wheeler），他曾被視為「從今而後一國同旗的象徵」，受到麥金利總統的欽點徵召——的豐功偉業之中。[9]

惠勒在內戰時期曾官拜騎兵團司令，然後在一八七七年（重建時期結束後），被選為眾議院議員。他談到入侵古巴時說道：「這樣，也只有這樣，才能讓我們的國旗持續高揚、飛向更廣闊的天空，將這個偉大共和國的威望傳布到世界上最遙遠的角落。」[10]過渡到聯邦主義（Unionism）的過程並非完全平順無波。惠勒在指揮騎兵師團作戰時展露了南方人特有的勇氣和堅韌，當時已年屆六十一歲的他無視北方上級的命令，率兵向西班牙要塞發起進攻。根據傳說，惠勒在驅散敵軍時，口中大喊著，「男孩們衝呀！我們又把該死的北方佬趕跑了！」[11]

各地的國會代表都對資助美西戰爭一案投下了同意票，但南方的國會代表們，以及他們一心尋求免關稅海外市場的棉花農場主選民們的反應尤其熱烈。克里夫蘭總統表示，美國的利益與全人類的利益是一致的。德州眾議員瑞斯・德・格拉芬里德（Reese De Graffenreid）說：「穿著藍色制服的男孩和穿著灰色制服的男孩，在真正的兄弟情誼以及愛的偉大連帶之下和解重聚，肩並肩、心連心、手牽手，懷抱著同一個目的、同一個意圖，呼喊著同一句口號，向前進軍——災難，不可挽回的災難將降臨在那個美國弟兄的鮮血從地面滲出向我們哭訴的國家和民族。」赫爾南多・德・索託・馬內（Hernando De Soto Money），這位有著不可思議名字的密西西比州參議員，是一名邦聯退伍軍人，認為戰爭是一個可以傳授南方勇武相關德性，以及讓已成熟的資產階級文化更加鞏固的絕佳機會。他說，任何戰爭都比「侵蝕這個國家的男子氣概的核心與精神的腐敗和平」來得好。參議員繼續說道，戰爭教會了人們奉獻、自律、勇氣，並迫使各國「超克狹隘、卑鄙、自私」。但是，一場為「人類自由和人類生命」而戰的戰爭，對這個國家特別「有益」，「甚至起著洗滌罪孽的效果」。他預言美國「將從戰爭中走出，就像鳳凰從灰燼中重生並煥發出榮耀的光彩」。[12]

一八九八年六月，美軍在古巴登陸僅僅幾個禮拜之後，兩輛載滿邦聯旗的火車抵達亞特蘭大，為即將來到的南方退伍軍人聯歡會做準備。南方戰旗很快就會掛滿這座曾被聯邦將軍威廉・薛曼所燒毀的城市。在慶祝活動主會場的中心，豎立著一幅三十英尺高的邦聯旗，兩側分別是古巴國旗和美國國旗。

一場又一場的演說都在謳歌頌揚戰爭之「崇高莊嚴」，不僅僅是南北內戰，還有那些形塑了整個十九世紀的戰爭，包括美墨戰爭、征討美洲原住民的戰役以及眼前這一場跟西班牙的戰爭。一位南方老兵談到，「在聖地牙哥的大屠殺中，孩子們的無畏與英勇教會傲慢的西班牙人尊崇、敬重我們國家的旗幟，這面旗幟將永遠飄揚在由固若金湯的各州所組成、那牢不可破的聯盟之上。」邦聯退伍軍人聯合會會長約翰・戈登（John Gordon）將軍在開幕式上說道，因為與西班牙的戰爭，「我們的孩子」再次「回到美國國旗的庇蔭之下」。[13]他們的英勇「讓地域間的猜忌懷疑永遠且徹底地消解，並建立起美國人民之間遲來的兄弟情誼及團結紐帶」。[14]一年後，納什維爾的邦聯之女聯合會（Daughters of the Confederacy）在當地舉辦了一場邦聯同歡會，士兵們「在纏繞著星條旗的破舊邦聯軍戰旗下」行軍。[15]一八九八年的戰爭是一場化腐朽為神奇的戰爭。它將邦聯的「敗局命定」——保存奴隸制——轉化為爭取普世自由的人類事業（humanity's cause）。伊芙琳・斯科特（Evelyn Scott）一邊回想她在田納西豐富多彩的童年生活，一邊說道：「西班牙的枷鎖即將卸除，而且還是南方人的功勞！」[16]戈登將軍說，南方讓「美國文明的榮光和共和自由的恩澤得以傳播到兩大洋那些被壓迫的島嶼上」。[17]惠勒將軍啟程前往古巴之前，在眾議院發表了一場演講，在演講中，他將南方為爭取奴隸制所發動的武裝叛亂，形塑成一場這個國家為爭取自由所進行的長期戰爭。

惠勒說：「回望過往，然後反思。」美國歷史是一場長期戰爭：首先是對抗「野獸和野蠻的印第安人」的邊境戰爭；然後是美國獨立革命，接著是一八一二年戰爭和美墨戰爭。惠勒悄悄將南北內戰放入此一歷史進程之中；當時「一百萬名勇士被甲執兵」，與其說他們為對抗彼此而戰，不如說他們是為了自由理念而戰。[18]古巴的解放將是該歷史進程的新篇章。

在隨後西班牙戰爭退伍軍人聯合會（United Spanish War Veterans）所舉行的會議上，關於一八九八年戰爭如何統合了一個分裂國家不斷反覆地被提起。「沒有任何事件」比起美西戰爭中頭兩名死者分別是聯邦士兵之子跟邦聯少校之子一事，「更能充分說明南北重聚」，牧師亞瑟・賽克斯（Arthur Sykes）說道，「北方的血和南方的血交融一體，」從此，「美國北方和美國南方將永遠團結在一起。」[19]

在西班牙戰敗之後，麥金利在南方舉行了一場勝利遊行，他將邦聯徽章別在衣領上，大聲讚揚

「南方男人和北方男人過去三年來在古巴、波多黎各以及菲律賓所展現的無畏和英勇。」總統說，「當我們站在一塊，」北方工業力量和南方精神再次合為一體，「我們便是無敵的。」差不多這個時候，在歷經多次延期之後，國會終於批准將聯邦軍在內戰期間繳獲的邦聯旗幟交還給邦聯退伍軍人聯合會。

三

沒有什麼真正達成和解，沒有什麼真的被超克，至少從這個國家自相矛盾的立國之本（對政治自由的承諾和種族壓迫的現實）上來說是如此。戰爭的煉金術，並沒有將騎士精神的渣滓淬煉成普世的人文主義。相反地，正如南方作家威爾博・凱許（W.J. Cash）在其一九四一年的經典著作《南方之心》（*The Mind of the South*）中寫到的那般，隨著南方人在美國海外軍事行動中逐漸取得領導地位，這場戰爭中所孕生出的恐懼、怨憤和仇恨都「紛紛回流至南方內部」。

這些海外邊疆——古巴、多明尼加共和國、菲律賓、尼加拉瓜和海地——就像面稜鏡一般，將彩色光線從海外折射回美國國內。在每次軍事佔領和長期的鎮壓行動中，南方人可以一次又一次不斷重播那自相矛盾的不和諧音。他們可以打著最崇高的理念戰鬥——自由、勇氣、自我犧牲、同志情誼——同時以暴力的手段鎮壓有色人種。加勒比海和太平洋地區有許多人在戰爭中喪生。美軍在一九一五年至一九三五年的軍事行動中殺害了約一萬五千名海地人；在一九一六年至一九二四年，殺害了數萬名多明尼加人；在一九一二年至一九三三年，殺害了五萬名尼加拉瓜人；在一八九八年至一九四六年，殺害了數萬名菲律賓人。這些國家中有數十萬人死於疾病、飢荒和受凍。

一八九八年春天，美國對西班牙發動了首波攻勢，當時，媒體對於古巴人、波多黎各人和菲律賓人的膚色並沒有太多討論。光是報導美國正在解放一支飽受蹂躪的民族就夠他們寫了。但後來西班牙戰敗，開始收拾善後。突然間，眼前沒了敵人可供關注，這時候新聞媒體和士兵們才注意到他們被派去解放的人民的膚色。士兵們的信件，不管是一開始寫於一八九八年戰爭的信，還是後來從尼加拉瓜、海地和多明尼加共和國寄回的信，內容都驚人地相似，他們一派輕鬆地向家人和朋友描述自己如何射殺「黑鬼」、動用私刑處決「黑鬼」、將「黑鬼」帶進沼澤地任其死亡、對「黑鬼」施以水刑，把「黑鬼」當成靶子進行射擊練習。[20]

正如威爾博．凱許所言，這一切都回流到美國國內並和其他東西攪和在一塊。在那裡，外敵被稱為黑鬼；在這裡，內敵（勞動者、農民、民權運動組織者、有色人種和他們的白人盟友）被稱為顛覆份子和反美者。三K黨是在一八六五年由邦聯退伍軍人組織起來，但沉寂了好幾十年。一九一五年，由一八九八年戰爭的退伍軍人所領導、被歷史學家們稱之為「第二個三K黨」的組織出現了。新三K黨的創辦人之一威廉．約瑟夫．西蒙斯（William Joseph Simmons）在國會聽證會中反覆強調他的參軍經歷：「我是美西戰爭的退伍軍人。我在美西戰爭時擔任指揮官。我曾任美西戰爭退伍軍人協會全國總會副官，也曾擔任臨時師長。我曾是手下掌管五個步兵團的上校。」[21]「美西戰爭的退役英雄」，西蒙斯在國會的一位支持者如此形容他（儘管根據歷史學家琳達．戈登〔Linda Gordon〕的說法，西蒙斯是在戰爭結束後才抵達古巴。）西蒙斯甚至藉著那次聽證會，趁機挪用亞伯拉罕・林肯說的話，西蒙斯說，「對所有人都懷有愛，對任何人都無惡意，我打了一場漂亮的仗。當上帝賜我正道之啟示，我必追求正道。」

這些林肯風格式的挪用，很精準地捕捉到一八九八年的戰爭如何一方面重新正當化了邦聯的存在，同時又讓新崛起的種族主義者得以利用和解過後的國家歷史所賦予的崇高理想來妝點自己。這一切都出於愛國。在西蒙斯的想像裡，新的三K黨是超越南北的，是一個旨在「紀念」這個國家的戰爭英雄（包括邦聯英雄）的兄弟會組織，而透過向戰爭英雄致敬，將「足以消除人們心中的梅森—迪克森線（Mason-Dixon Line）[ii]」，並「促成美國的大團結，建立起一種獨特的國族意識。」[22]一八九八年的《佛州時代聯合報》（*Florida Times-Union*）改編了一首老歌：「看看遠方，看看遠方，看看遠方，自由在召喚你，狄克西（Dixie）[iii]。」「我們現在都是洋基佬，洋基佬李將軍和洋基佬格蘭特。」最終，邦聯退伍軍人聯合會和西班牙戰爭退伍軍人聯合會幾乎合而為一。兄弟們！

對於那些在一八九八年年初報名參軍的上千名非裔美國人來說，可就不是這樣了。整體而言，非裔美國人看待這場戰爭的方式，就跟他們看待美國的方式一樣帶有一種矛盾的情緒。許多非裔美國人

ii 編註：梅森—迪克森線為美國賓夕法尼亞州與馬里蘭州、馬里蘭州與德拉瓦州之間的分界線。該線在美國內戰期間成為北方自由州與南方蓄奴州的界線。

iii 編註：狄克西指美國南部各州及該地區的人民，也常指南北戰爭時期的美利堅邦聯，常與指美國北部白人的洋基（Yankee）意義相對。

士兵對於古巴叛軍——他們絕大多數是擁有深色皮膚的農場工人，很多人先前都是奴隸——都懷抱著某種認同感。其他人則將這場戰爭視為加入美國國族的門票，以及一個為他們海外的兄弟姐妹贏得解放戰爭，同時在國內爭取到「完整公民權利」的機會。[iv]即便麥金利對南方百般示好，他仍降低了非裔美國人參軍的門檻。許多人自願加入了佛羅里達的非裔美國人軍團；軍團中大多數人甫從西部歸來，他們是專門與阿帕契人、科曼奇人（Comanche）、蘇人和猶他人作戰的布法羅士兵（buffalo soldiers）。他們在佛羅里達，主要是坦帕和西礁島，等候進攻古巴和波多黎各的命令。隨著吉姆·克勞法日趨強硬，南方各地的非裔美國人長達數十年來飽受私刑、「步槍俱樂部」（rifle club，一些白人暴力組織以此自稱）、任意起訴、鐐銬苦役的折磨，他們的財產被充公、公民權被剝奪。一八七七年，重建計畫告終，公共空間轉眼間成了種族壓迫上演的場所。

也就是說，當上千名白人和上千名黑人荷槍實彈聚在坦帕，那並不是一件好事。

反撲隨之而來。白人士兵和居民群起暴動，抗議非裔美國人士兵出現在公眾視線當中。在一起事件中，喝醉的白人士兵從一名母親的胳膊中搶過她兩歲的非裔嬰兒，把他當成標靶進行射擊練習（白人士兵後來在海地也進行了類似的「遊戲」）。舊邦聯地區的報章雜誌在頌揚白人士兵的勇氣時，一開始都對膚色的差異視而不見，他們很大程度上無視於他們的南方騎士正和有色人種們同歐洲人作戰的事實。然而，隨著戰爭的進行，他們逐漸意識到在這場戰爭中，美國與之戰鬥的是歐洲白人，美國為之戰鬥的是黑人叛亂份子。當西班牙俘虜被送往佛羅里達州時，《沙凡那論壇報》（*Savannah Tribune*）對於「白人」必須蒙受「由黑鬼守衛看守的羞辱」表示「憤怒」。[23]《亞特蘭大憲法報》呼籲政府不可將非裔美國人軍團派到古巴去「攻擊古巴白人」。[24]讓他們回西部去，在那裡他們可以打打印第安人，也不那麼引人注目，《亞特蘭大憲法報》說道。

即便非裔美國人親眼見證了戰爭如何促成了北方與南方的和解，如何讓星條旗與邦聯戰旗交織一塊，他們仍然被剝奪了共享此一榮耀的機會。白人士兵，像是狄奧多．羅斯福率領的莽騎兵（Rough Riders），他們的英勇廣受讚揚；而黑人士兵的無畏則證明了他們的「不知分寸」。非裔美國人仍然是美國的外敵和內憂。民權運動的反對者們在南北內戰之後，開始擔憂衣索比亞要將她的黑手伸入美國以摧毀美國的自由。在二十世紀初，黑人被視為另一種顛覆形式——跨階級、跨種族的反帝國主義——專門使用的障眼法，正是這種跨階級、跨種族的反帝國主義在推動著抵制美國佔領古巴、菲律賓、尼加拉瓜、海地以及多明尼加共和國的運動（「那些海外歸來的黑鬼，將成為我國國內布爾什維克主義最主要的傳播渠道」，談到第一次世界大戰中的非裔美國人士兵，來自南方的伍德羅．威爾遜向他的醫生如此坦承道。）[25]

法雷迪．道格拉斯多年前曾問道，「如果白人之間的戰爭為黑人帶來了和平與自由，那白人之間的和平會帶來甚麼？」[26]一八九八年，《諾福克紀事報》（*Norfolk Recorder*）的黑人總編對此有一個答案：

iv 一些民權運動領袖和宗教領袖們敦促非裔美國人不要賭這一把——亦即如果他們證明了自己的忠誠和勇氣，就能正式成為美國的公民。亨利．特納（Henry M. Turner）是亞特蘭大非裔衛理公會的主教，早前曾與自由民局合作，他勸告人們不要「為了一個對其權利和男性尊嚴漠不關心的國家賭上性命」。特納說：「對美國效忠的黑人應該被施以私刑處決。」

「這場戰爭讓北方跟南方靠的越近，非裔美國人就越難保有其一席之地。」[v] 北卡羅萊納州威明頓（Wilmington）的上千名白人男子也以行動回答了這個問題，他們在一八九八年十一月（西班牙向美國投降後不久）發動了一場政變，推翻民選的多種族聯合政府。這群白人暴徒（其中許多人是甫從古巴返回的退伍軍人）殺死了六十名到三百名不等的非裔美國人，洗劫了非裔美國人的商店，放火焚燒非裔美國人的家園。

戰爭勝利了，南北和解了，威明頓的白人從南方重建體制的最終殘餘中解放了出來。

四

更多的戰爭帶來了更多的善意，至少對南方白人來說是如此，他們能夠更自豪地展示邦聯旗幟。一九一六年六月，伍德羅．威爾遜開始推動國會通過一系列促使國家軍事化的法律和政策方案，包括擴充陸軍和國民兵，建造硝酸鹽工廠以供應軍火生產，資助軍事研究和相關開發案，實施間諜法。同一個月，邦聯退伍軍人來到華盛頓特區，展現他們對於歐洲那場即將爆發的戰爭的支持。根據《布魯克林鷹報》（*Brooklyn Eagle*）的錯誤報導，這是政府首次允許前邦聯軍在國家首都紮營。事實上，格羅弗．克里夫蘭在更早之前就曾邀請菲茨休．李和他的手下出任其就職典禮的禮兵儀隊。但是，這是邦聯軍第一次如此大量地（根據報導，有上萬名身穿灰色制服的士兵）湧現華盛頓。「上千名身穿藍色制服的士兵」加入他們的隊伍，沿著賓夕法尼亞大道行進，接受威爾遜的檢閱。《鷹報》

如此描述了當時的場景：「隊伍中有許多年輕士兵正在軍隊服役，他們之中有邦聯軍士兵的孫子也有聯邦軍士兵的孫子。邦聯的星條旗神氣地高掛在隊伍前頭。……當長長的隊伍經過觀禮台，穿著灰色制服的老兵主動表示他們願意接受徵召。」[27]「我們願意去法國或任何你想派我們去的地方！」老兵們對著威爾遜大喊，「如果男孩們做不到，就徵召我們吧！」

同年年底，威爾遜贏得連任，其競選口號是「他讓我們遠離戰爭」。然而他後來背叛了自己的反戰盟友，因為深知背後有一個崛起中的政治聯盟（之中包括一群想要透過發動新戰爭來彌補戰敗之憾的人）作為後盾。早在總統理查．尼克森將連任壓在南方民主黨人（Dixiecrat）選票上的前幾十年，威爾遜就發展出了一套自己的南方戰略。甚至在把美國推向戰爭的同時，威爾遜再度在華盛頓實行種族隔離，他開除了非裔美國籍的聯邦雇員，合理化三K黨的存在（他更早之前還曾戲稱三K黨的成員為「頑皮的同志」，意即他們只是對平民生活感到厭倦的退伍軍人）。

v 耶魯的社會學家威廉．格雷厄姆．薩姆納（William Graham Sumner）是一名種族歧視的反帝國主義者，他對非裔美國人漠不關心，但在一八九九年的一次演講中，他精準地闡述了美國對波多黎各以及菲律賓的吞併如何以犧牲非裔美國人為代價換來了南北和解。薩姆納說，「三十年來，黑人一直蔚為流行，他們具有政治價值且備受寵愛。」但北方人和南方人因美西戰爭「團結起來。黑人的時代結束了。他已經過時了。」儘管在美西戰爭前的那幾十年裡，自由民根本就沒有「流行」過，但薩姆納的觀點非常重要：一八九八年戰爭的勝利證成了吉姆．克勞法的種族主義邏輯。征服另一個種族、並將它們劃分為臣民而非公民，這一切進一步鞏固了白人至上主義者的論調；這些白人至上主義者也想對非裔美國人做同樣的事。北方擴張主義者「口中的那套論述證明了在過去三十年間，南方人一直都是對的」：如果以波多黎各人和菲律賓人還沒準備好成為正式公民為由剝奪他們的投票權是正確的話，那麼以同樣的理由剝奪非裔美國人的投票權也是正確的。

阿靈頓國家公墓的南方邦聯紀念碑（Arlington Cemetery's Confederate War Memorial）正是由威爾遜舉行揭幕禮。一九一六年，威爾遜才剛派遣了數千名士兵（其中包括許多南方人）到海地去，揭幕典禮瞬間被他變成了一場戰爭集會。威爾遜對聚集在現場大批的邦聯退伍軍人說道，「美國沉寂了數十年的自我意識已經被喚醒了。」他徵用了南方的「敗局命定論」，將其轉化為一種新型態的普世主義。「正是這種精神，」他說，「不斷向外拓展征服，直到一盞明燈，在上帝的指引之下，在美國升起，它將把自由和正義的榮光遠遠投向每一片海洋，甚至是那些沉湎於黑暗、拒絕看見光明的土地。」[28]翌年，威爾遜在同一個場合公開表示，戰爭給了我們一個機會去「證明我們所言為真」，並「昭告世界」美國「生來就是要為人類服務」。[29]

即將到來的邊疆戰爭——在海地、多明尼加共和國和尼加拉瓜所進行的佔領和戡亂行動，加上菲律賓正在發生的鎮壓活動——讓這些南方鄉紳-官僚階級得以繼續延續一八九八年協約。他們可以向這個和解後的國家證明自身的價值，另一方面，他們也把這些戰役看作是為先人復仇的機會。維吉尼亞人（其中包括沿海低窪地區老牌奴隸商之子）在加勒比海地區戡亂行動中扮演了重要的角色。例如，利特爾頓．沃勒上校（Littleton W. T. Waller）曾在古巴、多明尼加共和國和菲律賓率兵參戰，在當地以「冷酷無情」著稱。沃勒是維吉尼亞山麓地帶的奴隸商之子，他們的祖先在一八三一年的奈德．特納奴隸叛亂（Nat Turner slave rebellion，該次起義是受到海地革命的影響）中被殺害。沃勒說：「我很懂黑鬼，我知道怎麼對付他。」「聖多明哥和這裡都應該要比照處理。」[30]受沃勒指揮的三十名士兵（絕大多數是南方人）四處橫施暴行、荼毒生民。他們可以在國外濫殺「黑鬼」，而不會受到聯邦政府和聯邦軍隊懲罰，相反地，人們大肆頌揚其「豐功偉業」，並以隆重儀式和盛大遊行歡迎他們的歸來。

跟著回到家園的，除了被戰火磨礫得益發堅固的種族主義，還有尚未被診斷出的創傷和還未消化完全的罪惡感。一等兵埃米爾・托馬斯（Emil Thomas）在一九二〇年代晚期從維吉尼亞的匡提科（Quantico）乘船前往尼加拉瓜，他寫信給他的未婚妻說道，他很期待「殺幾個黑鬼」，希望能帶一些「黑鬼腳趾」跟「黑鬼頭皮」之類的戰利品回來。[31]托馬斯寄回家的信流露了一種純粹的仇恨：「我想打斷那些西班牙佬的鼻子、脖子、頭、腿」，作為「害我淪落此地」的報復。托馬斯自承一年內可能已經殺了十幾個人，在寄回家的信件中，他也隱晦地提到自己曾參與足以構成戰爭罪的殘酷暴行。大部分的時間裡，他在信中都以一種得意洋洋的口吻講述自己的經歷，但常常一個轉眼語氣就變得陰鬱晦暗。「我很懷疑我是否能夠忘記我在尼加拉瓜的所見所為。你覺得我辦得到嗎？有的時候，我可以躺著一整天想都不想，但有的時候，我就是沒辦法將這些事情趕出我的腦海，它們讓我瘋狂和痛苦到我沒辦法忍受跟自己待在同一張床上。」

像托馬斯這樣的士兵做著自己的專屬噩夢的同時，美國的歷史轉眼間成了一場公開的、無止境的戰爭展演。南北和解伴隨而來，這意味著那面「被征服者之旗」（conquered banner）可以懸掛在任何地方而不會受到非議。[32]這面旗幟在一八九八年後飄揚在每一場戰事中，甚至有「整個師」在他們的軍裝上縫上「邦聯徽章而不是聯邦徽章」。在第二次世界大戰佔領沖繩一役中，經過了八十多天的戰事後，來自南卡羅萊納州的海軍上尉帶進沖繩的邦聯旗，成為了第一面攻佔日本皇軍軍事司令部後升起

的旗幟。[vi]

根據全國有色人種協進會（NAACP）的期刊《危機》（*The Crisis*），邦聯旗的銷售量隨著韓戰的進行，從一九四九年的四萬面，猛增到一九五〇年的一千六百萬面，大部分是由駐紮在德國和韓國的士兵所購買。《危機》表示，他們衷心希望旗幟日益受歡迎一事與正在崛起的「反動的狄克西主義」（reactionary Dixiecratism）無關。[33]

他們希望這一切「就像在汽車上掛狐狸尾巴一樣」，只是「一時的潮流」。[34]

五

如同無數場演講、無數篇社論、無數個詩人所主張和宣揚的那樣，一八九八年戰爭的本體就是一部協約。這場戰爭讓南方人將邦聯戰旗帶到「世界上各個角落」，同時洗刷他們過去犯下的叛亂罪行。

這場戰爭以及隨後的許多場戰爭，將傑克森共識更新升級成二十世紀世界的版本，在這個世界，非裔美國人已是名義上的自由公民，也沒有更多土地可以從美洲原住民手中奪走，供白人工人階級使用。海外戰爭帶來全國的統一，這一次舉國齊心對外，地域間的衝突已不復見。

作為戰爭的工具，軍方將美國的海外邊疆一路向外推進。但作為一個理性化的官僚組織，軍方自身也成了一道待開拓的邊疆。不同的軍事分支取代了「軍功授地」成為社會流動的主要管道，讓白人士兵和黑人士兵（在一八九八年後逐年增加）免於資本主義市場的荼毒，同時獲得受教機會、醫療服務以及像樣的收入。即便是在此之前曾強力反對將種族和階級衝突外化為海外戰爭的杜波依斯，也覺得必須要給這種透過軍事化完成社會整合的可能性一個機會，而短暫地支持過威爾遜的戰爭。「當戰爭還在持續，讓我們忘掉自身的不滿與憤恨，與我們的白人同胞和為民主而戰的盟國們並肩齊心戰鬥。」杜波依斯說道。[35]

一八九八年的協約包括兩部分。第一，南方人可以將他們的「敗局命定論」融合轉化為爭取自由的人類事業，與此同時仍然保有優越霸權的象徵與實踐。第二，透過為美國而戰，非裔美國人可以在這個國家佔得一席之地。但是，只有當有色人種不公開質疑他們的從屬地位時，該協約才得以延續下去。因為，當他們這麼做時——如同一八九八年坦帕的非裔美國人士兵遭遇的事件所預示的那般——將提醒南方人們，他們「追求的事業」已非美國的志業，而只是一場「敗局命定」。韓國將是最後一站，那是邦聯戰旗作為一面和解錦旗可以迎風飄揚的最後一個地方。因為隨著民權運動的發展以及黑

vi 帶領美軍入侵沖繩的是來自肯塔基州的陸軍中尉小西蒙．玻利瓦爾．巴克納（Simon Bolivar Buckner, Jr.），他的父親是曾參與過美西戰爭以及南北內戰的西蒙．玻利瓦爾．巴克納將軍。在來到沖繩之前，巴克納是阿拉斯加軍事防務的總指揮，他當時十分反對加派非裔美國人士兵到阿拉斯加，他寫信給他的上司，表示他擔心這些士兵在戰後會繼續滯留阿拉斯加：「若任其自然發展，他們必然會與當地的印第安人和愛斯基摩人雜交，繁殖令人厭惡的混血雜種，這會成為一個問題。」當邦聯旗幟在沖繩升起時，絕大多數在場的海軍陸戰隊士兵們都歡呼了起來：「耶～！」據說，在巴克納的大力支持之下，這面旗幟就這樣飄揚在沖繩的天空中好幾天：「我的父親曾在這面旗幟下戰鬥過，」巴克納說道。

權運動（Black Power Movement）出現、越戰取代韓戰，邦聯旗的意義回到了最初的原點：令人厭惡的白人至上主義之旗。後來，南方在峴港（Da Nang）發現了自己。

第九章　邊疆上的堡壘

「一切都得從邊界講起。至今它仍在原處屹立不搖。」

人們喜歡研究邊界，對它進行調查、攝影，歌詠它，為它創作詩歌與故事，甚至開闢於邊界的玩笑，因為邊界象徵著人類致力將抽象概念具體化的荒謬性，即按人類理想中的形象改造世界原本的模樣。墨裔美國詩人阿爾弗雷德・阿特亞加（Alfred Arteaga）將邊界描寫成「一條線——一半是水，一半是金屬。」邊界本身就代表著支配與剝削，更不用說是一堵牆了。然而，它們也顯露了權力的恐慌，這種恐慌戰勝了國家（political state），就像是一個人被恐懼襲擊時，他發現自己的心理狀態不是自身所能控制的，而是在對外在事物作出反應時業已形成。約莫是弗雷德里克・傑克遜・特納提出「邊疆理論」之際，西格蒙德・佛洛伊德（Sigmund Freud）寫道：「恐懼症矗立在焦慮的前頭，就像是邊疆上的堡壘。」佛洛伊德此言的核心意象：「邊疆上的堡壘」暗示了一個被堡壘保衛的社會，就如個人的自我（ego）一樣不穩定，且持續身處被摧毀的危機當中。相較於主要問題，邊疆防禦只是枝微末節。佛洛伊德認為：只治療外在的恐懼症而不處理其根本原因，這麼做是不夠的。

相同道理也適用於美國之於墨西哥的邊界，前者執著於建築防禦工事抵抗邊界以外的事物，這種執著其實只是內部問題的病徵。

羅伯特・佛洛斯特（Robert Frost）寫道：「世上有一種不喜歡牆的東西。」但人們確實從破壞圍牆中得到樂趣，特別是當它們被用來標記國界時。就算顛覆行為只是暫時的，像是墨西哥索諾拉州（Sonora）納科鎮（Naco）與美國亞利桑那州納科鎮的民眾在邊境圍籬兩側進行一年一度的排球比賽、聚在一塊嚼舌根，或是夫妻透過圍籬間空隙結為連理。要不是人們持續想出地底隧道、斜坡、彈射器、土製大砲（將成捆大麻發射至圍牆彼端）、睿俠（Radio Shack）無人機等方式征服圍牆，美國也用不著一直找新方法強化邊界。當前亞利桑那州州長、歐巴馬時代的國土安全部主任珍妮特・納波利塔諾（Janet Napolitano）說出「有五十英尺的圍牆，就會有五十一英尺的梯子」時，她其實是在提出一種歷史理論，假設科技與抵抗之間存在相互依賴的關係。

正如納波利塔諾的評論：邊界無法阻止歷史變遷，但它們確實凸顯在某些時刻，歷史是以特定的方式（而非另一種方式）進行。就像美墨戰爭的結果，終止了美國向外（或至少是向南）擴張的步伐。或者說某樣東西，從此被一分為二。在二十世紀，儘管圍牆在原地屹立不搖，邊疆概念卻持續推進。

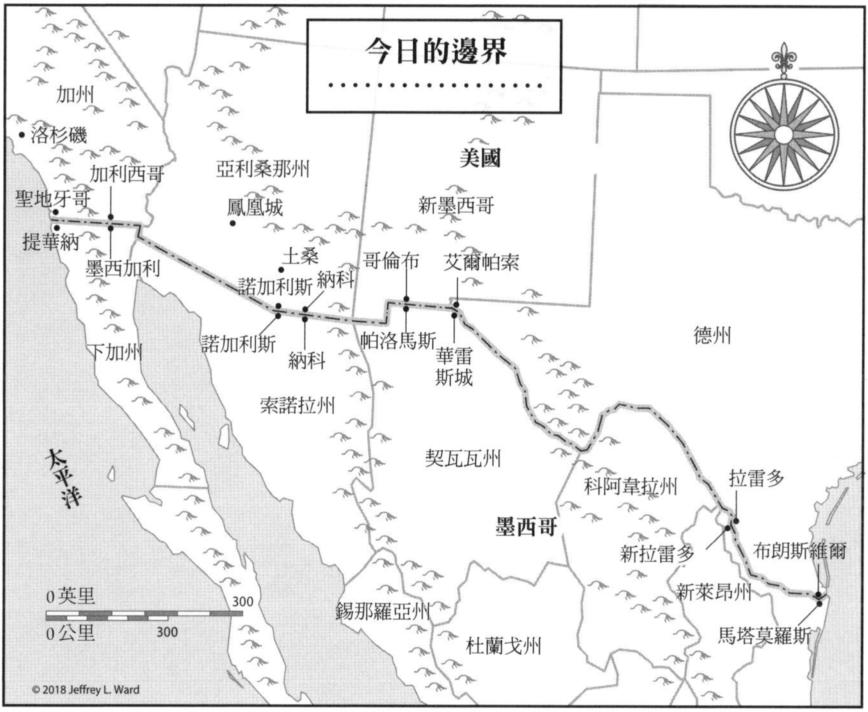
今日的邊界
加州
洛杉磯
亞利桑那州
美國
新墨西哥
加利西哥
聖地牙哥
鳳凰城
提華納
土桑
哥倫布
艾爾帕索
墨西加利
諾加利斯
納科
諾加利斯
納科
帕洛馬斯
華雷
斯城
德州
下加州
索諾拉州
太平洋
契瓦瓦州
科阿韋拉州
拉雷多
墨西哥
新拉雷多
布朗斯維爾
新萊昂州
0英里
300
0公里
300
錫那羅亞州
杜蘭戈州
馬塔莫羅斯
© 2018 Jeffrey L. Ward

一

起初，界線是根據美墨戰爭結束時的《瓜達盧佩—伊達爾戈條約》建立的。邊界沿著蜿蜒河流向西並一路延伸至出海口，穿越乾燥的沙漠與灌木叢，最後抵達太平洋海灘的海岸地區，經過的河岸與河流因為要供應水源給城鎮、牧場、礦場，以及自一九六〇年代起持續冒出的工廠，而不斷曲折變化。一路向西的邊界，沿路分割了數十個原住民社區，包括托赫諾奧哈姆人、亞奎人以及阿帕契人；小農場與大牧場；牛群、沙漠鹿群與成批的灰狼；考古遺址；鳥類與蝴蝶保留地、城鎮、溪流、運河、峽谷、道路、小徑、墓地與城市街道。原本的墨西哥城鎮「諾加利斯」（Nogales）被劃分為亞利桑那州的諾加利斯與墨西哥的諾加利斯；「拉雷多」（Laredo）也被分成德州的拉雷多鎮與墨西哥的新拉雷多鎮。

從東部的布朗斯維爾到西部的提華納（Tijuana），這條漫長邊界沿途的防禦工事細節也因地而異，不過仍有一個普遍樣式。起初，美墨邊界聯合委員會（United States–Mexico boundary commission）在一八五〇年代完成任務時，僅以石頭標記而還沒有柵欄。人類、動物、水流與貨物如過去數百年那樣往返於邊界，創造了一個完整的生態系統。儘管多數時刻都很艱難且毫無浪漫可言，墨西哥人、墨裔美國人與美洲原住民仍堅忍不拔地生存了下來，不亞於羅斯福、特納、威爾遜與其他邊疆抒情詩人對於盎格魯墾殖者的讚嘆。劃定界線的委員通常只關心地形，而忽略地區裡頭的人民。一位美國測量員寫道：「這個國家的大部分地方都是不毛之地，除了設立屏障或是自然分界之外，別無其他價值。」[1]要不是委員們被心懷敵意的阿帕契人威脅時，皮馬人（Pima）等當地人民提供了庇護，他們可能會繼續忽略住在邊界地帶的人們。

與墨西哥的邊界建立之際，美國仍持續西進，而隨著美國在加勒比海地區、中美洲、太平洋與東南亞投入戰爭，新的邊疆也將不斷產生。然而，有部分人士難以接受美國的南部界線是永恆不變的。美墨戰爭期間，前德克薩斯共和國（Republic of Texas）總統山姆．休士頓（Sam Houston）在一八四八年二月代表全墨西哥運動（All-Mexico Movement）於紐約市舉辦集會。他說：整個墨西哥都是盎格魯撒克遜人「與生俱來的權利」。《紐約先驅報》寫道：「拿走吧！」墨西哥人將如「薩賓處女」一樣「學會如何愛上強暴自己的人」。[2]時任密西根州參議員、在傑克森執政期間擔任戰爭部長並負責原住民遷移任務的劉易斯．卡斯寫道：試圖阻止「美國人民」佔領墨西哥全部土地，就像是「嘗試阻攔尼加拉瓜大瀑布的湍流」。[3]更早之前，在德克薩斯建立盎格魯殖民地的史蒂芬．奧斯丁，也用了類似的意象形容減緩向西的移民的努力，就像是「試圖用稻草大壩攔截密西西比河」。

不過，全墨西哥運動最終未能實現該主張。將墨西哥全部佔為己有並且統治數百萬名西班牙語人口的預期負擔，令該運動無法在國會中獲得足夠支持。但部分人士仍繼續推進這個想法。越過邊界進入墨西哥，在索諾拉建立農場與礦場的墾殖者們，持續要求華盛頓併吞他們的土地。他們主張，邊界是人為恣意決定的，將一個出口導向的經濟體切成了兩半，而這個出口導向的經濟體本應該共享道路、港口、統一財產權和可靠的軍事保護。[4]威廉．沃克（William Walker）在一八五四年從墨西哥的太平洋海岸登陸，接著宣布恩森那達（Ensenada）是下加利福尼亞共和國（Republic of Lower California）這個短命國家的首都。像他這樣的傭兵也不斷嘗試擴張邊疆，但是邊界仍在原處屹立不搖。一八五七年，首批測量員中的其中一位成員表示：這條線設置得「恰到好處」，阻止了最初看似「難以避免」的「盎格魯團體與人民擴張勢力」一路橫掃至巴拿馬。[5]

盎格魯資本則無需面對這樣的限制。

二

墨西哥能在十九世紀後倖存下來真是一項奇蹟。在它仍是西班牙殖民地的時候，一些美國人甚至在盎格魯墾殖者陸續抵達德哈諾（Tejano）北部地區之前，就已經覬覦這片土地。阿龍・伯爾（Aaron Burr）在決鬥中擊敗亞歷山大・漢彌爾頓之後，於一八〇六年被指控企圖「在阿勒格尼山脈以西建立一個帝國，由伯爾本人出任元首，紐奧良作為商業中心，之後更將入侵並徹底改革墨西哥。」[6]伯爾是農場主的代表。這些人在安德魯・傑克森尚未就職總統之前的共和國初期，就認為聯邦政府不夠支持其奴隸制與房地產投資事業（傑克森也被懷疑參與其中）。伯爾的謀叛失敗了，但是墨西哥自從一八二〇年代初期脫離西班牙後，就接二連三遭逢災難，包括一連串的宮廷政變與內戰。墨西哥獨立後，喪失了中美洲，它過去一直是墨西哥的一部分。一八三六年，它喪失了德州。一八四七年，它在馬雅農民的激烈反抗中幾乎失去猶卡坦（Yucatan）。一年後，美國奪取其北方領土，不久後的一八六二年，法國的拿破崙三世以墨西哥無力支付外債為藉口入侵。拿破崙佔領墨西哥城後，在墨西哥保守派天主教菁英的支持下任命奧地利大公斐迪南・馬克西米連（Ferdinand Maximilian）及其妻卡洛塔（Carlota）為皇帝和皇后。墨西哥人起身反抗。不同於之前反抗美國失敗的經驗，自由派的反抗者展開為期五年的游擊戰，驅逐了法國人，隨後處決了馬克西米連。

馬克西米連統治墨西哥的短暫期間，以一種奇特且兩相對立的方式，與美國奴隸制以及帝國政治產生交集。一方面，反抗法國佔領的戰爭，是更廣泛的、對抗新大陸奴隸制戰鬥中的南方戰線。對抗馬克西米連的自由派軍隊自認是林肯聯邦的盟友，共同對抗反動勢力；馬克西米連政府方面，則購買南方棉花、為南方軍隊提供物資，甚至招募邦聯難民加入其軍隊。[i] 如果不是自由派叛軍有能力向馬克西米連政府施壓，這位天主教皇帝可能會更積極地協助邦聯。

另一方面，美國內戰末期，即北方即將勝利之際，邦聯與聯邦官員各自提出暫時休戰，如此一來北方與南方軍隊便能聯手入侵墨西哥。一八六五年二月，邦聯副總統亞歷山大・史蒂文斯（Alexander Stephens）向亞伯拉罕・林肯直接提議：既然奴隸問題已經解決（當時南方已經接受即將到來的失

i 在內戰的最後幾個月，一八六五年，邦聯士兵與南方奴隸在聯邦軍持續推進前逃到墨西哥。前往墨西哥城的人數之多，令華麗的伊圖爾維德飯店（Hotel Iturbide）成為邦聯流亡政府的首都。一些人曾經加入一八四七年美國佔領行動的軍隊，因此曾經去過墨西哥。現在他們逃離「重建時期」與自由民局的統治。馬克西米連同情邦聯士兵，將維拉克魯斯州（Veracruz）附近的五百英畝土地贈與他們，讓他們建立聚居地。儘管墨西哥廢除了奴隸制，但是一些南方人將他們的奴隸一起帶入墨西哥，像是德哈諾墾殖者在幾年前所做的那樣。一名邦聯人抱怨，「我們所有的黑人在抵達之後就離開我們了。」這片聚居地也在一八六七年馬克西米連被處決後消散。

敗），雙方應該聯手捍衛在「這片大陸上所有人民的自治權」。林肯反對了。史蒂文斯以國外戰爭「和平融洽」解決國內衝突的想法，此時尚不夠成熟（直至一八九八年，北方與南方才攜手，在一場「高尚」的討伐中，將君主制趕出新大陸）。[7]

北方確實自行資助了墨西哥自由派。紐約、波士頓、費城銀行延長其貸款，讓他們可以購買毛瑟槍、大砲，與其他必要裝備，新英格蘭軍火商則允許反法國勢力以賒帳的方式購買槍枝。在法國被擊敗後，美國債權人開始要求付款，但因眾多戰爭而破產的墨西哥則無力支付。在接下來的幾年，美國內戰後經濟快速成長，幾乎所有產業的公司都向墨西哥開口索求。金融公司收回了貸款；軍火商追討帳款；邊境農場主抱怨墨西哥城未採取足夠措施防範竊賊；商人宣稱在運送過程中遺失貨物；船公司提出戰時損失；房地產與礦業公司要求墨西哥承認馬克西米連皇帝頒發的土地許可。[8]自己就是下加州房地產投機客的凱萊布・顧盛，則代表上述許多原告出席了美國－墨西哥索賠委員會（United States-Mexico General Claims Commission）。[9]

墨西哥的自由派在擊敗法國後控制了政府，他們拒絕了大部分的索求，也不願承認馬克西米連的債務與發放的特許權。尤利西斯・格蘭特總統的國務卿漢密爾頓・菲什（Hamilton Fish）因而向墨西哥施壓。位高權重的人物要求付款，呼籲華盛頓「處理」墨西哥，在那裡建立一個「保護國」，或乾脆完全佔領該國，帶領它「邁向更高層次的文明」。[10]

然而，最後令墨西哥屈服的並非併吞或戰爭，而是債務的財務槓桿，以及更多貸款和投資建設鐵路的承諾。由於無路可選，墨西哥的領導階層幾乎將國家經濟拱手讓給了外國投資者。於是，在歷史上聲名顯赫的美國企業巨頭——包括J.P. 摩根（J.P. Morgan）、約翰・洛克斐勒（John Rockefeller）、標準石油、愛德華・哈里曼（Edward Harriman）、阿斯特家族（the Astors）、古根漢家族（the Guggenheims）、約翰・黑德利・杜勒斯（John Headley Dulles，約翰・福斯特・杜勒斯〔John Foster Dulles〕的曾祖父）、威廉・藍道夫・赫茲（William Randolph Hearst）、菲爾普斯・道奇（Phelps Dodge）、聯合太平洋公司（Union Pacific）、嘉吉（Cargil）——的長驅直入下，美國資本徹底改變了墨西哥。「徹底改革」（revolutionize）成為那時期美國報章媒體上的流行語（相當於今日的「顛覆」〔to disrupt〕），用來表示瓦解舊生產方式以便創造新市場）。如同一八九九年一份報告所指出的那樣，美國農業公司「穿越邊界進入墨西哥」，「正在且將徹底變革這個國家的農業方式」。[11]在往後的五十年內，美國的利益幾乎完全控制了石油生產、鐵路、公共事業、牲畜、農業與港口。幾乎所有墨西哥的出口——小麥、牛肉、墨西哥龍舌蘭麻（henequen）、礦產與石油——都輸入至美國，而美國生產的貨物，也有很大一部分出口至墨西哥。從義肢到手術用品，從油漆、鋼琴、護具到保險箱、爐具、排水管，從重機具到酸類產品、油品，所有想得到的成品都出口到了邊界以南。[12]

投資導致邊界地區發生劇烈變化，約自一八七〇年起，長期生活在此的居民被企業與相關人士剝奪了大量財產。在邊界以北的加州、亞利桑那州、新墨西哥州，礦業、牧場與鐵路公司利用「興訟、狡辯、搶劫、詐欺與威脅」等方式，從原住民社區與前墨西哥公民（「前」是因為在一八四八年的《瓜達盧佩—伊達爾戈條約》之前，他們及其家人都居住在墨西哥邊界以內）奪走了數百萬英畝的土地。[13]華盛頓主辦了「盛大的野宴」（弗農・帕林頓以此術語形容內戰後政府如何將公共資源拱手讓人），國會通過多項新「家園」法案（如一八七三年的《木材文化法》〔Timber Culture Act〕和一八七七年的《沙漠土地法》〔Desert Land Act〕），從沒有土地所有權或集體持有土地的墨西哥人與美洲原住民手中移轉財產。被剝奪財產的受害者們向美國法院提出訴訟。但是幾乎在所有案件中，法官都判定他們敗訴。法官援引十多年前支持傑克森遷移政策的判決來為掠奪辯護，包括贊同「發現理論」的判決——「法院無法否認征服賦予征服者的所有權。」[14]

在邊界以南，迅速擴張的出口導向農業，需要額外數百萬英畝的土地。數萬名亞奎人從索諾拉的家園，被驅逐至南方的猶卡坦與瓦哈卡（Oaxaca），驅逐行動之殘暴，堪比傑克森的原住民遷移政策。在猶卡坦與瓦哈卡，他們被迫在糖、菸草與龍舌蘭痲農園中工作（儘管墨西哥廢除動產奴隸制已久，內戰後出口導向的資本主義擴張，強化了包括基於勞役償債制與流浪法的各種強迫勞動機制）。上萬人在驅逐行動中喪命。婦女與孩童淪為奴隸。亞奎人在索諾拉的財產被沒收並落入赫茲、菲爾普斯·道奇與嘉吉等大公司手中，他們將竊取得到的土地轉換成出口導向的農園，使索諾拉搖身一變成為美國在墨西哥投資獲利第二高的州（僅次於產油的維拉克斯〔Veracruz〕）。[15]

十年前，傑克森主義者以墾殖者主權之名合理化遷移原住民的行為。[16]現在向前擴張的主要是資本與一小部分的墾殖者。

三

一九一〇年，美國在墨西哥推廣五十多年的經濟發展模式垮台。墨西哥走向「徹底改革」了，但卻不是美國金融與商業界原本所想的那個意思——農民、學生、中產階級與民族資本家發動了一場激烈、狂暴、多重戰線的起義。農民對抗農場主，世俗主義者對抗天主教會，工人對抗老闆。田地被點燃，工廠被掠奪，礦場被淹沒，鐵路也被徵用。石油鑽井與種植園遭到收歸國有。轟轟烈烈多年的墨西哥革命歷經了許多階段，正如歷史學家約翰・梅森・哈特（John Mason Hart）所描述的：「這是第三世界首次起義反抗美國經濟、文化與政治擴張。」

早在革命之前的五十年間，盎格魯民兵便在西南部以私刑殺害數不清的墨西哥人與墨裔美國人，即便是保守估計也高達上千人。[17]美國法院系統則助長了這種暴民暴力：在這段期間，由西南部法官下令、執行官與警長執行，處決了超過兩百名墨西哥人與墨裔美國人。執法人員與「槍騎兵團」（Mounted Rifles）、「白鴞」（White Owls）、「獵狼人」（Wolf Hunters）等夜間巡邏隊參與邊境地區鎮壓的程度不相上下。他們強迫墨裔美國人接受次等地位，剝奪他們的投票權、突襲他們的家園、阻撓罷工，強化了按照種族劃分階層、至少分為三個薪資級距（白人、墨西哥人和移民）的勞動市場。[18]

然而，由於革命的緣故，暴力事件持續增加。為了逃避戰爭，難民前往北方，進入華雷斯城（Juárez）等邊境城市，然後穿越邊界進入艾爾帕索（El Paso），抵達的人數足足有四千人之多，是該城市盎格魯人口的將近兩倍。伴隨而至的謠言聲稱叛亂份子正在組織「種族與人民解放軍」，企圖重新征服西南部，建立一個「社會共和國」。[19] 一九〇二年，已晉升為州正式執法部門的德州騎警隊（Texas Rangers）與副警長們聯手執行「大規模處決」作為回應。他們對數十名墨西哥人及墨裔美國人處以私刑，並將許多人逐出家園。最近，千里達．岡薩雷斯（Trinidad O. Gonzales）、約翰．莫蘭．岡薩雷斯（John Morán González）、索尼婭．耶南德茲（Sonia Hernández）、班雅明．強森（Benjamin Johnson）與莫妮卡．穆尼奧斯．馬丁尼茲（Monica Muñoz Martinez）等學者發起出色的反記憶（counter-memory）計畫「拒絕遺忘」（Refusing to Forget），記錄了那段時期墨裔美國人所經歷的恐怖統治：

> 死者不分男女老少，有久居於此的居民，也有新住民。他們被陌生人、鄰居、民團，以及當地執法人員或德州騎警隊所殺害。有些人在被俘後隨即遭處決，或是以企圖脫逃為藉口被槍殺。有些人的屍體被扔在空曠處任其腐爛，還有些人被燒死、斬首羞辱，或是嘴巴被塞入啤酒瓶的方式被虐待。[20]

正如該計畫報告所指出的那樣，墨西哥人與墨裔美國人的屍體數量不斷向上積累，「社會與政府最高層甚至煽動、鼓勵大屠殺」。一家德州報紙提出與早先遷移印第安人時期的類似訴求：「有必要消滅嚴重過多的人口。」「拒絕遺忘」的作者群寫道：高層政治人物「提議將所有這些墨西哥人的後裔送入『集中營』，並殺掉拒絕從命的人。十年間，人們會在德州的草叢發現人類骸骨，頭骨後方有槍決留下的彈孔。」

第一次世界大戰前的動員令問題雪上加霜。在邊境議題上，伍德羅．威爾遜以國家安全之名鼓勵鎮壓行動，並派遣騎兵隊前往艾爾帕索等城市。對抗德國人的戰鬥，在許多美國政客及知識份子心中留下一個印象，即自己的國家正面對同一個敵人，它既在遙遠的萊茵河兩岸（Rhineland），也在美國的邊境（弗雷德里克．傑克遜．特納認為，威爾遜沒有認真對待德國人影響力滲透墨西哥的問題，儘管威爾遜已經派遣了軍隊）。新墨西哥州的參議員警告，美國可能失去煤礦與銅礦等重要戰略資源，並擔心南方鐵路的運作過度依賴移民：「自邊界向北足足八百英里長的美國鐵路，完全掌握在舊墨西哥的墨西哥人手中」，而「這群墨西哥人大部分都曾是匪徒」。[21]

如今，由戰時菁英「忠誠騎警隊」（Loyalty Rangers）率領的德州騎警隊，與像是艾爾帕索的「郡防禦委員會」（County Council of Defense）及「捍衛家園聯盟」（Home Defense League）等私人民團聯手監控反戰行動。騎警對自己的任務妄下定義，只要凡是嘗試組織工會或投票，都被界定為「反戰行動」。根據「拒絕遺忘」報告，一九一八年，騎警大幅減少了德州南部墨裔美國選民的數量，羞辱並解除了墨裔美國政治人物的武裝，同時威脅他們的家人：「新的、更殘暴的白人至上主義已來到邊境。」與世界產業工人聯盟結盟的激進份子們提出替代方案，希望取代這種霸權，因而淪為被打擊的目標。邊界經常發生勞資衝突，但是礦場主與農場主可以依靠民團與執法人員來干涉。數以千計的罷工者遭圍捕並驅逐出境，包括馬里科帕郡（Maricopa）警長辦公室（後來因為成為喬．阿爾帕約〔Joe

Arpaio」ii的總部而聲名大噪）在內的執法官員，也洗劫邊境各州的世界產業工人聯盟辦公室。

四

有別於前述的私刑正義（vigilantism），邊境的維安隨著時間逐漸演變，不過有時因為戰爭和經濟危機，而出現爆炸性的進展。美國在十九世紀晚期開始管制邊境移民，擴大海關規模並設置檢查站，主要是為了防止中國工人從墨西哥進入。自從一八八二年起，中國工人就是許多排除法案的目標。然而，直到一九〇七年總統狄奧多・羅斯福下令在整條邊界樹立六十英尺高的柵欄以阻止走私以來，邊界線上再也看不到灌木叢。

第一次世界大戰前，邊境是相對自由的。正如歷史學家艾明如（Mae Ngai）指出：戰前美國「邊境實際上是開放的」，唯獨中國移民明確被法律排除在外。「你不需要護照，」艾明如表示，「也不需要簽證。更沒有所謂綠卡這種東西。如果你出現在埃利斯島（Ellis Island），腿沒有瘸，口袋有錢，只要以母語通過非常簡單的（智商）測驗，你就獲准入境。」

當時世界大部分的地方都是如此。直到突然間「戰線似乎逼近」，「幾乎無處喘息」，一如查爾斯・伊舍伍（Charles Isherwood）小說中的角色描述世界大戰如何在歐洲引發移動限制令。一九一七年四月，美國參戰的當月，威爾遜簽署了一系列全面限制移民的法案，包括識字測驗、入境稅，以及總量管制。

立法的主要目標是歐洲人與亞洲人，墨西哥移民工則不受總量管制，因為西南部的農田與礦場需要勞動力。（歷史學家凱莉・萊特爾・埃爾南德斯〔Kelly Lytle Hernández〕寫道：「西部農民完全仰賴墨西哥移民工」）。然而，他們還是得通過設立的檢查站，在那裡接受健康檢查和除蝨。[iii]這是一個奇特的制度，既是強制性的，又不是那麼絕對，「一半是水，一半是金屬。」邊境城鎮成為等候室，每天都有上千名墨西哥人接受新的入境程序。[22]根據移民紀錄，在一九二〇至一九二八年間，將近五十萬名墨西哥人合法入境美國。[23]但也有至少相當數量的人們，悄悄地穿過提華納無人看守的叢林，或者橫渡格蘭河，用這樣的方式每天往返於冶煉廠、礦場、農田與家務的工作崗位。其他人停留的時間更久，在艾爾帕索搭乘岩島線鐵路前往芝加哥。

第一次世界大戰結束後數年，經歷了經濟繁榮與急速衰退，美國也交相出現勞動力短缺與過剩問

ii 編註：喬・阿爾帕約（一九三二—）為亞利桑那州馬里科帕郡的前警長，他積極倡導嚴打非法移民，對非法移民——特別是拉丁裔實施嚴厲懲罰措施和歧視行為而臭名昭著。阿爾帕約因為拒絕遵從法令，停止旨在辨認非法移民的警察勤務（如交通巡邏），而被判蔑視法庭罪。二〇一七年他被川普特赦。

iii 一九一七年一月二十八日，家務工人卡梅莉塔・托雷斯（Carmelita Torres）在艾爾帕索的渡口率領一群移民臨時工，拒絕脫光衣服使用冰晶石的除蝨洗浴，後來演變成為期三天的示威。一年前，艾爾帕索類似的「洗浴」引發火災，導致數十名墨西哥人喪生。歷史學家大衛・多拉多・羅莫（David Dorado Romo）寫道：在一九二〇年代，「聖塔菲橋（Santa Fe Bridge）的美國官員以除蝨為由，將齊克隆B（Zyklon B）噴灑在墨西哥人的衣物。」齊克隆B後來被用於納粹集中營，而美國官員則在被稱為「毒氣室」的房間使用它。羅莫也引述一九三八年一篇發表在德國科學期刊的文章，該文「讚許了艾爾帕索使用齊克隆B熏蒸墨西哥移民的方法」。

題。在一九二〇年代，白人社會對於墨西哥移民有兩個截然不同卻又相互依存的觀點。艾爾帕索與拉雷多等邊境城鎮的商業社群、西南部及加州農民，以及東北部工業家，這些政治與經濟菁英希望墨西哥人繼續不受入境限制。與此同時，「拒絕遺忘」計畫作者群們筆下致命的種族歧視事件卻不斷增長。墨西哥人壓低盎格魯人工資的認知滋生了仇恨，而這種仇恨粉碎了團結為更好的勞動條件而鬥爭的可能性，使得工資得以持續被壓低。

一九二〇年代早期，隨著三K黨開始影響關於移民問題的全國辯論，反墨西哥的恐怖行動也隨之激增。到了一九二〇年代早期，成員超過一百萬人（德州有二十萬名成員）的三K黨，開始協助選出阿肯色州乃至於加州的州政府官員。

三K黨對於民主黨的影響力之大，令一家報紙諷刺地將一九二四年的民主黨全國大會稱為「三K黨炮製大會」（Klanbake）。[24]「隱形帝國」（invisible empire）（三K黨領袖對於自己組織的稱呼）與第一次世界大戰後歐洲的法西斯主義在同時間興起，又極富美國特色。[25]

三K黨是邊疆的法西斯，也是種族主義的回歸，這種種族主義是墾殖者殖民主義的內核，也是弗雷德里克・傑克遜・特納在三十年前所試圖抑制的。一九二一年，三K黨成立艾爾帕索分部，他們自稱是「第一百號邊疆三K黨」。「我們的先驅都是新教徒與斯堪地納維亞人。」三K黨至尊巫師（Imperial Wizard）[iv]海勒姆・韋斯利・埃文斯（Hiram Wesley Evans）在一九二〇年代時如此說道。[26]一位喬治亞的三K黨領袖則說：「我的同胞都是莊稼漢。」特納將西部理想化，三K黨也是。無論是來自喬治亞的內陸地區、中西部、紐約北部、西南部，或是西部，三K黨人通常也是兄弟會成員，包括一些編造的邊疆社團，像是世界樵夫組織（Woodmen of the World）、美洲林務員（Foresters of America），以及紅人改良組織的十一個部落（Eleven Tribes of the Improved Order of Red Men）。一名奧克拉荷馬州的支持者表示，新三K黨誕生的驅力與「西部邊疆的民團委員會一樣，透過繩索來遏止犯罪」。這位奧克拉荷馬人跟現在的「法律與秩序」種族歧視者同樣反對納稅，他說三K黨保護了「被苛捐雜稅壓得喘不過氣來」的公民，不致增加公共支出。[27]

三K黨人將目標鎖定在「咆哮的二〇年代」（Roaring Twenties）的威脅：爵士樂、道德低落、猶太人、高額稅金，以及非裔美國人。但它的目光也逐漸轉移至邊境，其騷擾移民的行徑甚至遠至奧勒岡州。[28]埃文斯說，「上千名墨西哥人之中，許多都是共產黨人，他們伺機穿越格蘭河，導致西南部的勞動力市場供過於求。」禁酒令讓許多邊境城鎮搖身一變淪為低俗酒吧，充斥酒精、大麻與來自墨西哥的毒品。一名浸信會牧師以「艾爾帕索的污水池」形容該城市的舞廳、地下酒吧與妓院，許多清教徒將這些場所的出現怪罪於信奉天主教的墨西哥人與墨裔美國人。[29]艾爾帕索的第一百號邊疆三K黨誓言：「將致力令白人至上主義生生不息」。邊境的三K黨滲透了兄弟會與清教徒教會，接管學校董事會，並在當地警察與國民警衛隊中建立勢力，協助鎮壓墨裔美國人投票，強化了少數白人的統治。[30]

時至一九二二年，邊界暴力之嚴重，令國務院這個通常處理外交政策的部門也認為有必要介入。

iv 編註：三K黨的全國性領導人。

國務卿查爾斯・埃文斯・休斯（Charles Evans Hughes）致信德州州長，態度之殷切，彷彿後者是一位主掌流氓政府執行非法佔領的外國領導人。「我迫切地向您請求，」休斯表示，「立即採取足夠措施提供墨西哥公民完整的保護。」令休斯擔憂的是發生在布雷肯里奇（Breckenridge）這個新興石油城鎮的一場意外。當年十一月，一群暴徒以「白鴞」之名對一名墨西哥移民施行私刑，接著在鎮上遊行並威脅所有有色人種。這場白人勢力的展演導致墨西哥人、墨裔美國人與非裔美國人「驟然離境」。《紐約時報》（*New York Times*）如此描寫這場事件：「這麼說一點也不誇張：格蘭河沿岸那些警察不管事的地方，正值開放射殺墨西哥人的季節。」根據墨西哥駐華盛頓大使整理的私刑正義的犧牲者清單，單單在一九二二年，就有「五十至六十名墨西哥人」慘遭殺害（儘管警察射殺事件時有所聞）。「無緣無故殺害墨西哥人非常普遍，」《紐約時報》寫道：「以至於幾乎無人關注。」[31]

五

兩年後，一九二四年《移民法案》（1924 Immigration Act）授權的美國邊境巡邏隊（The United States Border Patrol）正式成立，之後立即成為最政治化的執法部門，甚至超越約翰・埃德加・胡佛（J. Edgar Hoover）的聯邦調查局。法案通過前夕的辯論相當激烈，本土主義者警告美國正因開放邊界的政策犯下「種族自殺」，將自己陷入「雜種化」（mongrelization）的危機之中。四萬名三K黨人於華盛頓遊行要求入境管制。一九二四年的法案，將根深柢固於美國歷史的仇外情緒編入移民政策。亞洲的移民數量幾乎降至為零，來自中歐與南歐的移民也銳減。大多數國家受到移民總量管制，其中西歐國家獲得的份額最高。

然而，墨西哥卻被豁免，因為支持管制者不敵商業利益。「德州需要那些墨西哥移民」，該州商會表示。[32]其他跡象表明，儘管一九二四年的法案通過了，盎格魯撒克遜人卻正在失去對美國政治與法律機構的控制。最高法院宣布了波多黎各人為公民，而在一九二四年九月，國會也投票賦予了美洲原住民公民身分。懷有種族偏見的威爾遜也反對移民管制。儘管其繼任者沃倫·哈定（Warren Harding）與卡爾文·柯立芝（Calvin Coolidge）都強烈支持管制，哈定卻是美國二十世紀首位發表演說特別強調公民權的總統（傳言他既有一部分的非裔美國人血統，同時也是三K黨成員）。一九二一年，他在阿拉巴馬州伯明罕市（Birmingham）發表演說，呼籲賦予非裔美國人「完整的公民身分」。哈定的呼籲無疑是顛震撼彈，連伯明罕警方都駁斥這位二十世紀的總統「不合時宜且考慮欠周」；一位密西西比州參議員則表示，如果「將總統的理論付諸實踐，那是否意味著黑人努力也可以成為美國總統？」[33]高加索人的民主開始崩潰。

白人至上主義者在限制墨西哥移民的全國辯論中屈居下風，加上害怕自己在捍衛盎格魯撒克遜至上主義（Anglo-Saxonism）這場更大的戰役中失敗，他們控制了新成立的美國邊境巡邏隊，將它轉變成種族私刑正義的先鋒隊。巡邏隊招募的首批成員是白人男性，通常擁有從軍經驗，或是曾擔任警察或騎警，他們的前一兩代已離開農場過活。他們的政治觀與渴望廉價勞動力的邊境大農場主南轅北轍。[34]與商會不同，他們不認為德州、亞利桑那州、新墨西哥州與加州需要墨西哥移民。早在十九世紀中期，美墨戰爭便在全國引發了針對墨西哥人廣泛且普遍的種族歧視。在一九二四年之後的幾年內，這樣的種族歧視昇華、凝聚成一條愈形明確的路線。無論全國移民法案的具體條文為何，那些負責巡邏邊界的人員以及海關檢查員，才是決定誰可以從墨西哥合法進入美國的人。他們手握權力，將每日或每季的例行事務（穿越邊境）轉化成一套酷刑儀式。衛生檢查變得更普遍，也更加羞辱人。移民遭到剃光頭，被迫接受由巡邏隊員恣意提出的要求，包括識字測驗與入境費。

連結華雷斯城與艾爾帕索的橋梁成為某種舞台，或是夾道鞭打的廊道；當墨西哥人穿越橋梁時，他們被美國政府的聯邦雇員吐口水、咒罵種族歧視的字眼。邊境巡邏隊時常毆打、射殺、吊死移民。巡邏隊一開始還不是大型機構，面對一條長達兩千英里的邊界，它的能力範圍有限。但是隨著編制人數增加，暴力事件也節節攀升。移民缺乏權利，因此巡邏隊員得以逍遙法外。兩名曾是德州騎警隊的巡邏隊員被指控將移民的腳綁在一起，然後將他們反覆拖入河裡再拖出，直到他們坦承自己非法入境美國。一些巡邏隊員是再次崛起的三K黨人，活躍於德州至加州之間的邊境城鎮。一位軍官回憶道：「幾乎每一位」艾爾帕索國民警衛隊成員「都是三K黨員」，而且有許多在草創期就已加入邊境巡邏隊。[35]

一九二九年，在股市崩盤以及大蕭條開始前，總統赫伯特．胡佛（Herbert Hoover）簽署了一項法案，根據歷史學家凱莉．萊特爾．埃爾南德斯的說法，該法案提議「將未經正當程序跨越邊界的行為定為犯罪」。提案人是南卡羅萊納州白人至上主義者、參議員柯爾曼．布萊斯（Coleman Blease），在他擔任州長期間，曾公然鼓勵對非裔美國人施加私刑，認為這「必要且良善」。布萊斯促成了埃爾南德斯稱之為雇主與支持移民管制者之間的妥協；既然墨西哥移民豁免於全國總量管制已成事實，那麼新法案就將未經官方口岸入境定為犯罪。[36]

隨著華爾街崩盤與失業問題蔓延，胡佛試圖將反墨西哥的本土主義政治化，以求在一九三二年贏得連任，但以滑鐵盧告終。他雇用了更多人員並啟動了先前未嚴格執行的移民法規定，藉此施壓墨西哥社群。與此同時，像是加州與德州等州對移民與墨裔美國人採取嚴厲措施，美國數一數二的知識份子也將墨西哥人與危險、疾病和威脅連結在一起（包括一名卓越的動物學教授在《北美評論》上表達對於「種族替代」〔racial replacement〕的擔憂）。[37]聯邦政府鼓勵設立邊境巡邏隊，以削減勞動力的方式應付失業問題。胡佛的失業救濟局洛杉磯辦公室主任查爾斯．維塞爾（Charles Visel）向聯邦政府發送電報表示，美國「有四十萬名可被驅逐的外國人」，「而我們需要他們的工作」。維塞爾建議警方與警長辦公室「大張旗鼓地發起掃蕩行動」，「盡可能公開、拍照」，利用「心理戰」來「嚇阻成千上萬名可被驅逐的外國人」，逼他們離開美國。白宮同意了。[38]當工作機會與農場工資銳減，許多移民與墨裔美國人確實離開了，要麼是因為被驅逐出境，要麼就是被威脅後決定出走。根據各種估算，離境人數從三十萬至兩百萬不等。[39]

《新共和》（*New Republic*）雜誌在一九三一年評論道，「當前政府對外國人推行的整體政策，將令最狂熱的三K黨人感到欣慰。」

因此，一九二四年的《移民法案》帶來震撼性的影響。一方面，它限制歐洲與亞洲移民入境美國的數量，加強了墨西哥作為美國擴展中經濟的便宜勞動力來源的重要性。另一方面，它創造了美國邊境巡邏隊這個機構，將有毒的本土主義機構化，並將這樣的仇恨指向墨西哥移民。

要理解美國當前危機，特別是反移民的本土主義如何成為目前被稱之為「川普主義」（Trumpism）的接著劑，我們必須理解：在漫長的歷史過程中，邊境實際上已經否定了邊疆的概念。邊疆理論家們表示：在邁向未來的過程中，種族主義與殘酷暴力也被遺留在邊疆，如今分隔墨西哥與美國的漫長邊界則成為它們的儲藏室。稱邊疆「邊緣化」了極端主義不只是隱喻或是一種說法，盎格魯撒克遜至上主義確實被推至邊緣，即德州至南加州長達兩千英里的邊界。其他極端種族主義在全國各地發生，包括私刑、吉姆．克勞法，以及北方的種族隔離。[40]在這個國家一連串的戰爭中，種族優越主義也活躍如昔。然而滋養今日本土主義復甦的重要潮流，卻是自邊境流淌而出。

有一個例子能夠充分說明所謂邊境蠻橫主義的國家化，或是國家政治的邊境化。一九三一年，拉雷多邊境巡邏隊員之子哈龍．卡特（Harlon Carter），射殺了一名墨裔美國青少年——年僅十五歲的拉蒙．卡西安諾（Ramón Casiano），聲稱是後者頂撞了他。之後，卡特追隨其父腳步加入巡邏隊，成為最殘酷的隊長之一。正如《洛杉磯時報》提到的，卡特在一九五〇年代負責主持「濕背行動」（Operation Wetback，譯按：濕背意指非法入境的移工），將巡邏隊轉型為「傾全力將成千上萬名非法入境的移工扔回墨西哥」的「軍隊」。[41]卡特在殺害卡西安諾時已經是全國步槍協會成員，在他任職邊境巡邏隊的期間，也一直是該組織的高階官員。接著在一九七七年，當他自巡邏隊退役後，他向相對溫和的全國步槍協會領導階層發起了一場評論家稱之為「極端主義的政變」，將該組織改造為「新右派」（New Right）這個「個人權利絕對論」（即擁槍權）堡壘的關鍵機構。二〇一五年，就在川普宣布競選總統的幾天後，一位邊境巡邏隊員邀請川普參觀拉雷多的入境處。

「一且都得從邊界講起。至今它仍在原處屹立不搖。」這是「路過的卡車司機」樂團（Drive-By Truckers）歌曲《拉蒙·卡西安諾》的頭兩句歌詞。這首歌的最後一句是：「拉蒙還沒死透呢。」

第十章　心理轉折

「征服社會荒野。」

一

最初，弗雷德里克・傑克遜・特納想像「邊疆理論」作為一種關於廣袤概念的社會理論，用它解釋看似無限的無主地如何創造出獨特且充滿活力的政治平等。後來政治人物們將它修正為一種崇尚無限制的意識型態，並用它合理化遠至菲律賓在內的戰爭。然而，從一九二〇年代開始，評論家們開始反省這個理論。特納與其追隨者一度使用「邊疆」解釋美國成功避開的所有壞事——君主專制、軍國主義、集體主義與奴役。現在，「邊疆」這個相同答案則被用來解答為什麼美國缺乏社會權利、和一個有能力回應社會問題的政府，或是不會無病呻吟的文化等問題。

特納特別看重個人主義，並視之為一種國家美德。但是那些翻轉特納的人，如今將個人主義或至少是其極端形式視為某種缺陷，並視之為諸多美國弊病的肇因。《新共和》雜誌上有許多類似批評，其編輯沃爾特・韋爾（Walter Weyl）在一九一二年寫道：

拓荒者西進令美國人的心理發生轉折，這種心理轉折將阻礙社會化民主的發展。寬廣的大陸令美國人陶醉。它令美國人自視甚高。但它也貶低了公共精神。它令美國人只在意自己那一點點的主權，卻忽視了忠誠與其他義務。它創造一種自信、短視、缺乏紀律的個人主義，然而隨著孕育它的無限機會主義最終碰到限制，它也將會失敗。[1]

韋爾同意特納的假設。「原始、粗獷的」邊疆民主強而有力，並且創造了國家財富。但是它卻留下「遺毒」——下意識的反政府心態，令國家許多問題無法獲得充分解決：財閥統治、種族主義（「整體而言，我們國家的千萬名黑人是被剝削得最嚴重的一群人」）、階級統治與貪腐。邊疆浪漫主義者宣稱資源無盡且前景無限，韋爾卻警告「新的土匪」（new preëmptor）將會出現，他用這個詞來形容那些耗盡國家原料並壟斷經濟的企業。「就像拓荒者，但是規模更大」，這些土匪「濫用資源、蹂躪土地，而且四處縱火」。他寫道：「廣大的森林被機械以野火燎原的速度迅速摧毀。」韋爾表示，資本主義創造了財富的「社會盈餘」，國家應該將它收歸國有，並以教育、醫療與其他經濟安全形式分配。為了拯救大自然，韋爾主張新形式的合理保育。在都市「貧民窟」（slum，韋爾使用該詞彙的頻率之高，與特納使用「邊疆」不相上下）問題上，他主張以政策協助居民擺脫貧窮與疾病。

第一次世界大戰前，此時仍是樂觀主義者的韋爾寫道：他相信隨著陸上邊疆的關閉，「超個人主義」的「揮霍無度」也將終結。現在的公民必須發展應對當代生活危機的工具。他自稱為社會主義者。然而，對於韋爾而言，社會主義不僅是一種經濟狀態，也是一種心理狀態，即對於極限的情緒認知，該認知抑制了毫無節度的本我，而這種本我則常以渴望無限邊疆的懷舊情懷呈現。特納說：美國人必須迷失在樹林中才能找到自我。韋爾則認為：在抵達路的盡頭並看見太平洋時，美國人在依靠自己與依賴他人的過程中發現自我，並理解到自己確實是一種社會存在（a social being）。「我們民主的真正精神不在於『生命權、自由權與追求幸福』這些不可剝奪的權利——關於這些權利的詮釋往往是消極且自由心證的——而是當它們擴及他人並被賦予社會解釋。」

另一位翻轉特納的評論家是劉易斯．芒福德（Lewis Mumford）。芒福德說：樹林裡不會發生好事，也不會產生良善。一九二六年，他在一篇名為〈黃金時代〉（The Golden Day）的長文中寫道：「拓荒者的生活是貧瘠且匱乏的；他從未真正面對大自然，只是在逃避社會而已。」人類是社會動物，任何個人、文化或民族都無法正常地承受邊疆生活的「原始野蠻」，以及發生在邊疆的戰爭、屠殺，乃至「對待原住民的野蠻行徑」。「拓荒者粗俗的性生活」將性愛昇華為暴力的創傷，並且體現在「對抗自然的冷血戰爭，包括砍伐森林及殺害裡頭的生物」，這種「莫名的憤怒」之後卻被美化，在想像中添上一種略帶憂鬱的情調。拓荒者剝下一名印第安人的頭皮，接著一本被翻爛的朗費羅（Henry Wadsworth Longfellow）的《海華沙之歌》（*Song of Hiawatha*）[i]從他的口袋中掉出。「女人，」芒福德寫道，

i 編註：美國十九世紀詩人朗費羅的長篇史詩，再現了早期美洲原住民的歷史與文化，被視為美國文學經典。

因為打斷了這種浪漫，「她成了拓荒者的主要敵人。」她提醒著男人們，世界不僅是由「他們、自然與印第安人」組成，還有被稱之為「社會和責任」這樣的東西。[2]

韋爾希望美國人將開始發展理性、社會民主式的政治文化，這種政治文化建立在對於階級關係的清晰理解。芒福德則不這麼認為。「當漫長旅途結束」，拓荒者走出樹林，他所能做的僅是以「秘密且病態的方式」來面對社會問題，包括各種無效、歇斯底里、恐慌的禁令，例如禁菸、禁酒，甚至是對「酒店床單長度」訂定限制。

韋爾與芒福德讓我們知道現代主義者對於邊疆理論的反撲樣貌，以及該理論如何設定辯論前提：向西部荒野的擴張創造獨特的個人主義形式，並且形塑了美國的例外式民主。絕大多數人都同意邊疆功用與安全閥類似，緩和激情並化解階級衝突，在十九世紀晚期，當人口密度達到臨界值，而且已缺乏「無主地」可供分配的時候，這個安全閥有時候也會關閉。不過，邊疆個人主義代表的意涵為何，則取決於個人的政治信念。特納及其追隨者認為，我們應該肯定邊疆個人主義，但韋爾這樣的社會主義者則不這麼想。

曾是富蘭克林・德拉諾・羅斯福「智囊團」一員的經濟學家斯圖爾特・蔡斯（Stuart Chase）寫道：「烏托邦在四十年前便已關閉。」蔡斯寫下這段話時，正值一九二九年股市崩盤、經濟大蕭條開始之際；他的著作《新政》（*A New Deal*），後來被一九三二年競選總統的羅斯福拿來描述其改革議程。蔡斯說道：「我們的未來並非是無邊無際的，這種體悟在正朝我們逼近。」「我們無可逃避，必須在自己的家園打這場經濟戰。」他繼續表示：「無拘無束地駕駛篷車是不錯，但在輸送帶和水泥馬路上還這麼做就不太好了。北美大陸之廣大，令我們的開國先父深信自己的未來是無盡的。」但是「邊疆已經崩潰」，而且這個國家「永動機」——即不斷向前逃逸以避免直面心理矛盾——的齒輪已損壞。[3]

二

一九〇四年，富蘭克林・德拉諾・羅斯福曾在哈佛上過弗雷德里克・傑克遜・特納的課，儘管他似乎在學期中就蹺課去加勒比海航行了。不過羅斯福確實在「泰德叔叔」的（Uncle Ted，即狄奧多・羅斯福）圖書館讀過特納的論文集。[4]羅斯福也受到其他闡釋美國擴張意義的重要文集之影響（包括約翰・昆西・亞當斯之孫布魯克斯・亞當斯〔Brooks Adams〕的《文明與衰落的定律》〔*The Law of Civilization and Decay*〕與《新帝國》〔*The New Empire*〕）。不過，羅斯福和其他眾多改革者還是最常援引邊疆理論來解釋危機，以此將較抽象的學術分析轉化為易懂的語言。

一九三二年九月，正在競選總統的羅斯福在舊金山聯邦俱樂部（Commonwealth Club）發表演說，公開談論特納對於自己的影響。[5]特納在幾個月前才剛逝世，羅斯福一開頭便誦念一整套邊疆理論的「誓詞」，諸如無主地、個人主義、機會云云，連接特納的精神世界。羅斯福表示，回望當時，儘管經濟時而蕭條，但因為人們只花部分時間賺取工資，如果工資下滑或完全發不出薪水，人們總是能撤退回自己的農場。那段時期的國家歷史是「悠久且輝煌的」，「幾乎不可能」發生飢餓與混亂。

在最糟糕的情況下，人們仍可以爬上篷車西進，那裡有尚未開墾的草原，為那些在東部無法掙得一席之地的人們提供避風港。……傳統上，發生經濟蕭條的時候，西部總是有新的土地供我們使用；而我們暫時的不幸最終亦會照亮我們的昭昭天命。

然而，工業化以及通訊、交通與農業機具的快速進步接踵而來。結果資本主義的步伐開始超越拓荒者，政治與經濟勢力也結成一體。羅斯福表示：這種生產模式一度帶來巨大好處，並創造了前所未聞的財富。美國及其人民在全球範圍內崛起了。他說：「機械時代的優勢如此明顯，以至於美國無所畏懼、甚至欣然地擁抱其優缺點，而我認為這是正確的。」不過，進入二十世紀後，時移勢易——美國已經抵達「最後的邊疆」。再也沒有新的無主地。這樣的情勢打破了政治勢力的平衡，使其往「工業集團」的一端傾斜。羅斯福說道：「西部草原再也不是安全閥，能讓那些被東部經濟機器拋棄的人重新再起。」

羅斯福並未利用這個論點（邊疆安全閥的關閉將令美國招牌的自由放任經濟更容易陷入危機）推出一個替代性的、首尾一貫的經濟政策。正如他的傳記作家寫道：他是一名思想過於跳躍的政治家，也是一個突發奇想的政策制定者。

羅斯福反而用這個論點，提出了一種理解個人與政府的關係的新構想。一名作家指出：正如羅斯福在聯邦俱樂部所做的那樣，他經常提出邊疆理論的「縮小版草圖」，以解釋為什麼長久以來鮮少實施管制的民主政府，會被主張大幅管制的政府所取代。[6]例如，一九三六年，羅斯福在阿肯色州的小岩城（Little Rock）提供了一幅這樣的草圖，他特別花了些時間頌揚安德魯．傑克森開墾了密西西比河谷，接著又用幾句話推翻剛剛說過的話：「今日這樣的生活不復存在。這種樸實已經消逝，如今我們既是個人也是整體，無論我們喜歡或不喜歡，都是這個日益複雜的社會文明的一份子。」[7]羅斯福在說明社會安全法案時又說：「我們必須掌握事實，即經濟法則並非由自然決定，而是由人類所制定。」[8]羅斯福說：「我們這個由人類打造的社會」傳達了一種新的社會團結的道德觀。[9]

大蕭條不僅是經濟危機，也是生態危機，而邊疆理論有助於新政推動者理解兩者之間的關聯。[ii]一九三五年，農業次長雷克斯福德．特格韋爾（Rexford Tugwell）在〈不要再有更多的邊疆〉（No More Frontiers）這篇石破天驚的論文中表示：幾百年來，美國在大陸的任意擴張已導致「不受約束的農耕方式」。[10]特格韋爾說：這個遷徙與向前進的「民族史詩一度非常浪漫」，但是它也令美國農民習慣使用不可持續的技術，因此產生了廣泛的土壤侵蝕問題。在十九世紀，《公地放領法案》（Homestead Act）將肥沃土地分配給權貴人士，也有木材大亨將地上樹木砍伐殆盡後，將充滿岩石、位置邊緣的土地分給了窮人。這種行為對土壤下達了「死刑令」，並助長農民耕作至土壤枯竭後就遷移至新農地的做法。美國參與第一次世界大戰，進一步惡化了這個問題。此前狄奧多．羅斯福曾經成功保留一部分公共土地。然而，根據特格韋爾所寫，如今農民卻被要求「種小麥，打勝仗」，而戰時需求也迫使

ii 一九三六年，羅斯福在科羅拉多州視察乾旱情況時，在火車後方平台發表即席演說時解釋道，「二十五年前，當我們擁有全世界的土地時」，政府還沒有必要介入。「如今，邊疆無盡土地的舊日子已經不復存在了。」他在為了防洪而呼籲合理運用土地時如此說道。

農民加速生產，導致羅斯福的許多保護措施都被取消了。

特格韋爾將危機怪罪於邊疆傳統，造成了美國人忽略像是可持續的「密集農業」等耕作方法。由於假設土地無限，美國農田比露天礦場還少，而持續無視上限，也令美國人最終在大蕭條時觸底。引進拖曳機與打穀機等技術，只是進一步將浪費的農耕習慣傳播至更廣大地區——一如特納本人寫道：「砍伐並燒毀濃密而廣大的森林」，令南方的森林倒下、北美大平原以前所未有的速度被摧毀，同時也令農民勞動力處於閒置狀態。[11]直到一九二〇年代，沙塵暴捲起東部土壤表土並形成巨大陰雲，將城市籠罩在黑暗之中，「在全國其他地方則下起泥巴雨……飼料作物枯萎、水道乾竭，飢餓的牲畜等待救援」，「數百萬名經濟難民」絕望地在土地上找尋食物。羅斯福的新政應對這場生態危機的方式令人驚豔，它對於集體公共利益的眼界之深遠，是自由民局後所前所未見的：政府重新安置家庭、提供工作、植樹、復原壤土、重新植草、擴大國家公園、歸還土地給美洲原住民放牧，以及夯實沙土。

其他改革者也運用邊疆理論，提出新的社會道德觀。[12]羅斯福的勞工部長弗朗西絲・珀金斯（Frances Perkins）同樣主張，廣泛的邊疆擴張導致土壤甚至是人類價值等各方面的侵蝕：即「人命貶值與通貨緊縮」。過剩的人口在農地上勞作直至早逝，之後他們的孩童也重複同樣的過程。她同意國家繁榮是在邊疆創造的，但這並不源於「無主地」的分配創造了價值。相反地，一九三四年，珀金斯在一本名為《工作中的人們》（*People at Work*）的書中指出了邊疆理論的性別化基礎，即財富是由家庭生產的「免費勞動」所創造（因為無償所以免費）。婦女與孩童的無償勞動，令「國家財富淨利」增加。[13]換句話說，拓荒者的「自由」與其說是能隨時逃逸至無盡邊疆，不如說是能夠控制家庭勞動。珀金斯呼籲新一波的「良心覺醒運動」，至少提供足夠的報酬、有尊嚴的勞動條件並限制童工，而這也是一九三八年《公平勞動標準法案》的目標。

對於人們思考如何理解危機，「邊疆」是很好的起點，它提供了一個方式，以通俗語言解釋經濟理論，包括蕭條是由工業過度生產所造成等主張；人們相信陸上邊疆的終結導致供給大幅超過需求，因此令經濟跟不上腳步。特格韋爾、珀金斯與其他人也認同援引邊疆可能是鑑往知來、超越歷史的一種方式。特格韋爾表示，「未來」必須「攫取過去的成效」。他希望最終評論家與政治家將放棄使用「邊疆」一詞來形容人類的願望。

然而，對於許多新政推動者而言，邊疆不只是修辭工具，更是活生生的記憶。幾乎所有羅斯福的顧問及其數百萬名支持者，都出生在邊疆宣告關閉的一八九〇年代之前（像是羅斯福的首席經濟學家阿爾文．漢森〔Alvin Hansen〕等人就是出生在邊疆），而他們也親眼目睹了邊疆與危機的關係。[14]一些「邊疆州」直到最近才被承認加入聯邦，例如一九〇七年的奧克拉荷馬州。一九三三年，羅斯福政府的全國復興總署（National Recovery Administration）署長休．約翰遜（Hugh Johnson）造訪塔爾薩（Tulsa）時表示該署是「美國偉大邊疆」的繼承者，其作用是「對抗蕭條的安全閥」。約翰遜成長於一八九〇年代的奧克拉荷馬領地（Oklahoma Territory），因此，當他表示自己認為長期以來該州為逃離經濟危機的難民提供了避難所時，他非常清楚箇中意涵。「再也沒有像奧克拉荷馬這樣的地方了」，約翰遜說，「再也沒有更多的邊疆了。」（阿拉斯加則是例外，作為聯邦公共工程計畫的一部分，羅斯福政府在此興建道路與公園，並且時常稱它為「最後的邊疆」。）[15]

新政推動者希望將美國社會主義化，將「社會的」、「社會主義化的」這些形容詞貼在特納的範疇之上。進步的教育家發起一本名為《社會邊疆》（*The Social Frontier*）的期刊。一位社會學家寫道：「非社會的個人主義對我們的進步有害；因此應以社會個人主義取代非社會個人主義。」一九三四年，羅斯福政府的農業部長亨利・華萊士（Henry Wallace）表示：「新邊疆召喚了有意義的冒險。」「我們必須發明、打造，運作新的社會機器。」當然，還有「社會共和國」推動「社會安全」在內的計畫，將「社會盈餘」當作一種「社會工資」發放。[16]我們也可以將這個形容詞套用在這些評論家身上，與其說他們是特納的反對派，不如說他們是「社會的特納派」。羅斯福在小岩城告訴聽眾：「我們既是個人也是整體，無論我們喜歡或不喜歡，都是這個社會文明的一部分。」

華萊士則說：「為了征服社會荒野」，我們需要的「不是新大陸，而是新的心理狀態」。

三

新政將邊疆理論社會主義化，令改革者們得以拒絕種族主義與白人至上主義者。本土主義運動的領袖們正想像著盎克魯人、撒克遜人與北歐的莊稼漢在邊疆上朝著偉大邁進。然而，新政推動者們未將邊疆視為某種神話，而是一種病理，象徵在追求國家獨特性的過程中所表現出來的社會失序。這種看法為包容與開放性開啟了新的空間。羅斯福本人是哈德遜河谷荷蘭裔仕紳，是美國最神聖的撒克遜系譜中的一員（「這是一個清教徒國家」，他曾經對一名經濟顧問說道，而這名顧問是愛爾蘭移民的兒子，「天主教徒與猶太人在這裡都得接受苦難」）。羅斯福政治生涯的永恆污點，是他在戰爭期間下令拘留日裔美國人，以及為了取悅南方的民主黨人，將非裔美國人排除在新政改革政策之外。

然而，羅斯福的顧問們仍是提出文化多元主義等概念的先鋒，即所有人在這個國家都有一席之地。[17]「你們這一代，」雷克斯福德．特格韋爾向一九三五年新墨西哥大學的畢業生們（包括那些姓氏為蒙托亞〔Montoya〕、桑其士〔Sánchez〕、查維茲〔Chávez〕與萊恩沃特〔Rainwater〕的學生）表示：「你們將獲得完整的美國人身分」，國家將承認你們的「根」，「以及陽光、空氣、水、土壤作為你們的領域。」「你們是這個國家的一部分，而這個國家也是你們的一部分。」特格韋爾如此說道，並承諾聯邦政府將「保護他們免受反動勢力的侵害」。談到聯邦政府有意讓原住民社區回歸集體耕作時，特格韋爾表示，美洲原住民可以「再次做回自己」。特格韋爾也用「詭辯的迷霧」來形容那些貫徹盎格魯撒克遜至上主義的法律。至於弗朗西絲．珀金斯，她在成為勞動部長前，就已經在批評邊境巡邏隊的暴力。在位期間，她盡其所能地限制移民官員濫用職權、減少未經授權的拘捕，並允許被拘留的移民打電話（直至一九四〇年，美國邊境巡邏隊仍受勞動部管轄，之後才納入司法部旗下）。珀金斯也嘗試令欺辱移工的勞動契約更加公平。[18]

將邊疆理論社會主義化，也意味著將美國歷史去例外化或相對化。特納認為美國的發展是獨一無二的，其基礎是不多也不少的「無主地」，及個人、資本與政府之間的巧妙平衡。他是國際主義者，支持威爾遜的國際聯盟。但他認為只有當其他國家了解如何複製美國獨特的歷史，新的世界秩序才會成為現實。相比之下，新政推動者們則強調共通性，即各國被壓迫與政治鬥爭的歷史。以魯伯特．萬斯（Rupert Vance）的《另一半的人是如何居住》（*How the Other Half Is Housed*）以及亞瑟・拉珀（Arthur Raper）的《農民序言》（*Preface to Peasantry*）等研究為代表的新鄉村社會學，不僅提供聯邦政府農業政策的相關資訊，也揭示了美國與另一個國家的共通點：墨西哥。這個國家經歷的種族統治、勞役償債制、破敗的住房，以及農場主的巨大勢力，反映了美國一大部分地區、特別是南方與西南方的歷史。

時至羅斯福競選之際，力圖戰勝壓迫歷史的墨西哥革命，其各個陣營已經團結成為一個穩定的政府，並在一九一七年實施了全球首部社會民主憲法，保障公民教育與醫療權利、合理工資與組織工會的權利。墨西哥總統拉薩洛・卡德納斯（Lázaro Cárdenas）在一九三四年勝選後，加速了一項包括土地改革的經濟改革計畫。當他在一九四〇年卸任時，卡德納斯已經把將近四千五百萬英畝的土地（許多土地都被美國企業強佔）分配給八十一萬戶家庭。重新分配土地的計畫，包括將一大部分原本屬於亞奎人家園的土地恢復為單一原住民集體農場（ejido）——集體持有、經營與管理的土地（卡德納斯的行動相當於羅斯福將原本屬於契羅基人的喬治亞土地歸還給他們，或是將田納西西部歸還給克里克人）。墨西哥也將大量美國持有的財產國有化，包括標準石油的財產。[19]

此前，自威爾遜政府起的美國國務院與企業界都聯手譴責墨西哥憲法曲解個人權利的理念，特別是財產權方面。[20]不過，羅斯福政府內閣成員卻前往墨西哥朝聖，將其土地改革視為模範，且有可能在美國嘗試。他們研讀其憲法，思索是否能將類似的社會權利放入美國憲法。[21]特格韋爾與華萊士、以及比新政推動者更左傾的人士，如社會主義者傾向的南方佃農聯盟（Southern Tenant Farmers Union）紛紛造訪墨西哥，尋求可供國內運用的經驗。羅斯福的農業安全管理局局長表示：美國可以從墨西哥公共農場制度「學到很多」。[22] 當時一位試圖超越特納的狹隘視野的歷史學家寫道：墨西哥「社會革命」的目標是「為普通人爭取權利」，而他希望「盎格魯美國人開始習慣」這個口號。[23]

墨西哥與美國政府彼此欣賞。墨西哥革命家們指出自己的農業政策與羅斯福致力將「北美農民」自「勞役償債制」等「社會弊病」中解放的相似之處。一名卡德納斯的盟友表示：兩國的改革者都在為「促進人類進步的共同社會理想」而努力。[24]

四

新政翻轉了邊疆理論，讓那些精力充沛、戮力奉獻的官員們得以對社會病灶提出全面性診斷，以及一種對自由放任的個人主義的批評途徑。他們提出一種新的、普遍的道德觀，即在複雜的工業社會中，有必要以政府介入的方式保障自由，用羅斯福日後時常提起的一句話就是：「貧困的人沒有自由。」

實際上，新政的經濟政策並非連貫一致。在美國參與第二次世界大戰之前，羅斯福政府歷經長達八年的摸索過程。他的新政蹣跚地向前，時而左傾，突然右轉，接著再度靠左，嘗試這個計畫（監管銀行）後，接著又再演練另一個計畫（公共工程），或是在嘗試新的計畫（社會安全局與農業安全管理局）前，又被最高法院告知前一項計畫（像是全國工業復興法案〔National Recovery Act〕）違憲）。大部分施政為工人和農民提供巨大的紓緩，而且有助於在鄉村重建一個可行的家庭農業式經濟。然而，與此同時，無論是立即紓困、賦予工會政治權利、為小農提供技術與金融援助，這些政策的重要性仍不及協助創造大型出口導向的工業和農業來得重要。

一九四一年的珍珠港遭襲事件，令美國匯集其集體能量，聯邦政府開始增稅、配給物資、徵兵、控制價格，並徵用底特律與迪爾伯恩（Dearborn）幾乎所有的工廠來生產所需的軍備物資。而戰爭的逼近，也讓「邊疆」一詞逐漸回復至其原始意涵，指涉防禦前線或警戒線。隨著美國將拉丁美洲國家整合進共同防禦條約當中，分析家們也開始將整個西半球的邊陲地區視為美國的「邊疆」：「理論上，整個西半球因此被納入美國防禦前線」，美軍也致力保護「自加拿大北方荒地乃至於阿根廷火地島（Tierra del Fuego）的整個美洲大陸」。[25]更早之前，當德國開始對法國展開行動時，一名共和黨參議員向媒體透露，羅斯福在參議院軍事委員會上表示：「美國的邊疆是萊茵河」。但羅斯福否認上述言論；當時輿論還沒準備好支持美國參與歐洲的戰爭。然而，美國的防禦線確實向前推進至前所未有的地步（作為回應，義大利表示將推進邊疆至巴拿馬運河）。

羅斯福是否認為萊茵河是美國的邊疆？答案不得而知。但是他確實憑藉向外擴張，成功地建立一個嶄新且穩定的政治聯盟（這是就經濟上而言，不過這也意味著將外交與軍事力量拓展至亞洲，以便與日本日益壯大的勢力競爭）。新政的持久性仰賴兩大支柱。首先，羅斯福政府盡全力打開外國市場，此舉有助於鞏固由高度資本化產業構成的強大經濟部門。這些產業包括銀行、化學、石油、製藥、電力以及底特律汽車企業，大部分都支持新政聯盟在未來三十年的兩個目標：資本主義向外擴張，以及允許公民權等政治自由主義在國內逐步擴展。[26]

第二個支柱與美國農業部門有關，即有必要維持勞動力成本的低廉，以及打開外國市場以便出口。[27]通常農業部門的成員——南方棉花與蔗糖農場主、中西部與加州農民，以及西南部牧場主，很難稱得上是新政改革的盟友。例如南方農場主，他們在一八七〇年代重建時期、也就是北方撤軍後恢復了勢力。這些人視特格韋爾與珀金斯為別有用心的推手，甚或是革命份子。此時，墨西哥政府沒收大量私人財產，接著將它們贈予美洲原住民與其他團體等類似新聞不斷發生，加上對於自由民局的記憶猶新，即便是最溫和的農業改革也會引起他們的撻伐。全國棉花協會（National Cotton Council）主席奧斯卡・約翰遜（Oscar Johnson）就將農業安全管理局與其他協助佃農購買土地的計畫，形容為「執行國家土地社會主義的巨大官僚」。[28]

對於新政機關的反對，如同針對自由民局一樣，更多是不滿它們所代表的價值觀而非其實際作為。聯邦機關的影響力仍相當有限，特別是在南方。在那裡，農場主掌控了民主黨。[29]白宮為了取悅南方民主黨人，下放許多計畫的行政權，令當地的白人至上主義者實際經營這些計畫。這也意味非裔美國人無法享受到許多政府福利。新政通過的最重要的立法之一——《全國勞資關係法案》（National Labor Relations Act）提升了工人籌組工會與集體協商的權利，但是為安撫南方農場主，該法排除適用於鄉村工人，而這些人中有許多都是非裔美國人。

「真的很糟糕，」一九三七年，特格韋爾致信羅斯福抱怨，認為聯邦政府對農民的援助實在過於畏縮，「通過的佃農法案不允許集體與合作行為。」他說道：「如果我想看到新政目標付諸實現，就得去墨西哥一趟。」「你看到卡德納斯對那些反對自己財產被沒收的大農場主做了什麼嗎？」[30]

羅斯福無意像卡德納斯那樣對待農場主：即藉由沒收財產的方式瓦解其政治勢力。很快地，兩國改革運動中最有活力且最富實驗性的時期將要告終。卡德納斯的繼任者相對保守，而到了一九四〇年代初期，全神貫注於戰事的羅斯福將採取措施，確保農場主持續有工資低廉的農場工人可用。

墨西哥季節性移工計畫（Bracero Program）始於戰事最嚴峻的一九四二年下半年，此時德國國防軍包圍史達林格勒，美國在太平洋對日本展開反擊，距離諾曼第登陸的D日則還有一年多的時間。在接下來的二十年，將近五百萬名墨西哥工人將持旅遊許可合法入境美國。穩定供應的低工資勞動力是美國農民的夢想，特別是那些位於加州、佛羅里達、西南部與太平洋西北地區的農民，如同某位農民說的：「便宜、缺乏組織的工人大軍，就這樣源源不絕地由政府送至自家門口。」[31]還有數百萬名計畫以外的工人，在未持有文件的情況下入境。

某方面而言，「季節性移工計畫」是柯爾曼．布萊斯一九二九年邊界法案的升級版，進一步將墨西哥移民分為兩個不同的群體。一群是該計畫以外的移民，他們仍然非法，面臨著囚禁與起訴。邊境巡邏隊在邊界建立更多拘留中心，並設置前線驅離基地，以攔截移民並加速驅逐出境程序。被逮捕的非法移民激增，到了一九五二年，被驅逐出境人數將近一百萬人。[32]另一群人，也就是「季節性移工計畫」的工人，雖然合法但基本上不受勞動法保障。絕大多數居住在髒亂的環境、超時工作，且缺乏許多基本的公民權利，甭論新政強而有力的勞工保障了。「我們曾經擁有奴隸，」一名佛羅里達蔗糖農場主被揭露虐待季節性移工計畫在內的農場工人時表示：「如今我們租用他們就好。」[33]

五

美國理應沒有奴隸。在一九四四年，美國的實力臻於頂峰，即將贏得一場許多人形容為在自由前線對抗新極權主義勢力的戰爭。羅斯福在一九四四年的國情咨文表示，這是「對抗人類奴役的最偉大戰爭」。他的新政可能早已背離早期激進主義，推出了代表大企業利益的政策。但它仍基於廣泛的社會民主概念提出了公民權。許多人認為，對抗法西斯的戰爭不僅關乎自由理想如何恢復，更關乎自由應該受限制。「我們必須清楚明白，如果缺乏經濟安全與獨立，真正的個人自由也無法存在」，羅斯福在一九四四年的談話中再次說出自己最喜愛的短句：「貧困的人沒有自由。」

大多數其他國家也同意這點。這個世界需要的是「真正的社會民主」，德國小說家湯瑪斯・曼（Thomas Mann）在一九四五年四月流亡至加州時如此表示，「即在社會主義與民主之間取得平衡」。[34] 七個月後，《波士頓環球報》（*Boston Globe*）刊登如下標題：「德國完蛋了，共產黨人難獲信任，大多數人想要的是社會主義」，根據該文的現地記者，大多數人指的是「絕大多數」。[35] 舊世界被動員起來的法西斯以及無節制的自由放任態度所摧毀。在廢墟中，「普通人接管了政治權力，他們還打算獲取經濟與社會權力。」英國、法國與斯堪地那維亞半島的人民已投票支持社會民主，「荷蘭與比利時很快將跟上步伐」，《波士頓環球報》表示：「義大利也將接受。」當佛朗哥下台後，西班牙也走上了同一條路。一九四八年十二月，在愛蓮娜・羅斯福（Eleanor Roosevelt）的推動下，聯合國正式通過《世界人權宣言》（Universal Declaration of Human Rights），這份宣言加入了政治與社會權利，並呼籲終止一切形式的種族歧視。而在拉丁美洲，每個國家都仿效墨西哥，批准了納入社會權利的戰後憲法。[36]

未來的美國領導者將帶領國家取得前所未有的政治與經濟權力，然而無論他們的個人意見為何，都明白《世界人權宣言》的承諾有助於對抗蘇聯，因為它在意識型態上，提供了共產主義以外的替代方案。因此，盟軍最高司令道格拉斯・麥克阿瑟（Douglas MacArthur）才會「指示」日本首相鼓勵工會化，同時日本憲法起草委員會也將工作權、工會權以及集體談判權等社會權利納入新憲法（一名評論家表示：這樣的保障比美國「先進了二十年」）。[37]哈瑞・杜魯門（Harry Truman）特使約翰・福斯特・杜勒斯在華盛頓與日本的多國和平協議中加入了一項承諾，即簽署國將「努力實現《世界人權宣言》的目標」。杜勒斯也在條約中承諾將致力尊重聯合國規定的那些權利，「無論種族、性別、語言或宗教」。

然而在美國國內，「人權」卻遭遇強烈反彈，無論它意味著終止種族隔離的民權，或是促進經濟民主的社會權利。羅斯福在一九四四年的演說提議通過第二部《人權法案》，這是一部「經濟權利宣言」，包含了墨西哥自一九一七年以來保障其國民享有的所有權利：醫療、教育、生活工資、體面的住房以及社會安全等權利。[38]此時羅斯福距離死亡仍有一年多的時間，剛從感冒中復原的他，因病重無法親自前往國會發表演說，只能透過廣播朗讀部分文字。他在廣播的影像紀錄裡面如枯槁。一九四四年，儘管羅斯福贏得第四個任期，卻在執政不到一年後離世。他提議美國通過的社會權利法案，不久後也不了了之。

第十一章　金黃大豐收

「在新的道德水平上重新開放西方經濟邊疆。」

第二次世界大戰結束時，「邊疆」一詞已開始擺脫與它相關的負面意涵。美國重拾信心，挾著前所未有的經濟實力走出戰爭。與此同時，邊疆的意涵回歸至一條線——在這條線之前，人們不應駐足，而是應該跨越過去。邊疆象徵著挑戰與機會。

在未來的十幾年中，邊疆的概念幾乎被納入所有學科，包括經濟、農業科學、政治學、社會學，甚至是心理學——「邊疆」被用來辨識自我（ego）形成的領域，以及不受拘束的本我（id）被釋放的範疇。作為隱喻，它在文學、電影與政治演說中產生巨大影響。羅斯福在去世前，開始用它來暗示一個不復存在的過去，以及一個可能實現的未來。他在最後一次競選總統不久之後說道：「新的思想邊疆正在我們的眼前。」[1]一九四一年，一名物理學家形容原子核分裂這項即將成功的研究，將使我們能在「新的邊疆」展開密集攻擊。四年後，美國在廣島和長崎投下原子彈，其中一名原子彈製作者向哈瑞·杜魯門提交名為《科學，永無止境的邊疆》（*Science, the Endless Frontier*）的報告，將研究與發展形容為「拓荒者尚未探索的內陸」。

正如弗雷德里克・傑克遜・特納於半世紀前所寫道的那樣：「社會變得原子化。」儘管他想指出的是另一件事情：邊疆如何讓個人不向複雜性屈服。[2]

一

隨著對抗法西斯的戰爭勝利，未來將發起冷戰以對抗共產主義聞名的領袖們發現，將邊疆概念與新的擴張政治掛鉤並不難。一九五一年，《生活》雜誌（*Life*）編輯約翰・諾克斯・傑蘇普（John Knox Jessup）在一篇名為〈西方人與美國思想〉（Western Man and the American Idea）的長篇論文中如此寫道：如今美國邊疆位於分割西歐與東歐的易北河（Elbe）。傑蘇普是亨利・魯斯（Henry Luce）[i]的重要顧問，魯斯是舉足輕重的出版商，旗下雜誌包括《時代》（*Time*）、《生活》與《財富》（*Fortune*），他在一九四一年創造了「美國世紀」（American Century）一詞。在第二次世界大戰仍如火如荼之際，魯斯便委託製作一系列報導，描述戰後世界的可能樣貌。傑蘇普那篇冗長論文的目的，便是要總結貫穿這系列報導背後的哲學。

對於傑蘇普來說，邊疆不是防禦邊界，而是區分自由與奴役的文明區域——亦即將蘇聯的奴役定義為美國戰後使命的挑戰。在戰爭的某一時刻，他說到，美國接受了「其祖先土地的命運與歷史責任」[3]，這是「無庸置疑」的使命：「美國幾乎獨力承擔開啟歷史之門以對抗邪惡勢力的重責大任，直至自由重新降臨在全世界。」大量援引特納的傑蘇普表示：美國豐富的邊疆經驗，產生了一種新型人類，即能將國際主義「兄弟之情」傳播出去的「橫向人」。當歐洲的「直向人」在巴黎咖啡館爭論存在主義而陷入鑽研教條與複誦教義的泥沼時，美國人正不受抽象概念的束縛，徒步穿越平原和登上山岳。他不會「停下來製作百科全集」。一如特納早前寫道：「美國民主並非誕生自理論家的夢想之中。」[4]

事實上，美國的安全邊疆很快就不只涵蓋易北河。時至一九五〇年代晚期，這條邊疆自太平洋北部的阿拉斯加，一路延伸至日本、南韓與台灣，跨越東南亞（一九六四年，印尼在美國中情局支持的政變爆發後隨即被納入），抵達澳洲、紐西蘭、拉丁美洲、非洲南部（隨著脫離歐洲殖民的過程持續，越來越多非洲國家也被納入），接著往上至波斯灣（特別是伊朗與沙烏地阿拉伯）、土耳其、巴基斯坦，然後跨越易北河來到斯堪地那維亞半島，最後折返回加拿大。在羅斯福與杜魯門政府期間，華盛頓簽署各種共同防禦條約來守護這條半徑漫長且成本高昂的邊疆。然而，這個範圍的大部分也向美國資本開放，其投資在二戰後的數十年間，獲得可觀的利益回報。

魯斯在戰後的一項調查中，引用了傑克森主義者常用來形容美洲大陸無窮潛力時的一句話，呼籲華盛頓「擴大人類自由的實踐領域」。確切來說，調查作者們指的是投資與榨取的自由。該調查繼續

i 編註：亨利・魯斯的漢名為「路思義」，一九六〇年代他為了宣揚福音並紀念父親亨利・溫特斯・路思義傳教士（Mr. Henry W. Luce），捐助興建了台灣東海大學內的教堂，東海大學將其命名為路思義教堂。

說道，「個體企業家依然是財富的真正泉源，應該大大擴展他們的領域。」[5]早先，羅斯福表示世界對抗法西斯主義是為了保護四個自由——免於匱乏的自由、免於恐懼的自由、言論的自由，以及信仰的自由。如今魯斯的團隊提議加入第五個自由：「個體企業」的自由。彷彿是在強調世界就是美國的西部，杜魯門政府讓內政部——即負責監督印第安事務局和管理國內公共土地資源開採的機構——負責協助美國勢力範圍內的第三世界政府開採礦產與抽取石油，供給全球市場。[6]

在一九五〇年代早期，統治美國、由民主黨與共和黨組成的多數聯盟，基本上都接受新政的國內外議程。該議程可以總結為下列八點：

1. 強大的聯邦政府，監督以大規模工業與農業生產為重點的經濟；
2. 推動公共福祉，包括令盟國接受社會權利與社會民主；
3. 在國內，致力於（緩慢地）拆解種族隔離的體制與法律機器；
4. 在海外則推動去殖民化，終結歐洲帝國主義；
5. 遏制蘇聯，包括在核武競賽中維持優勢，並平定與蘇聯結盟的第三世界社會主義與民族主義政府；
6. 在聯合國與北大西洋公約組織（NATO）等區域與國際條約及組織的框架下進行廣泛（且昂貴）的外交；
7. 將歐洲與日本重建至戰前的工業實力；
8. 向其他更貧窮的國家提供財政、技術與軍事協助，以促進經濟發展並確保政治穩定。

這個新的國際秩序有各種名稱，其中一個就是自由多邊主義。[7]

二

像是魯斯與傑蘇普這樣的人，並不認為他們稱之為「完全自由貿易」（即降低關稅並消除美國在盟國投資的障礙）與新政合作主義之間存在著矛盾。他們設想在一個強大國家的指導下，一個富饒的戰後世界將會實現。這個國家與一小撮有權有勢的企業密切合作，在國內提出激烈的改革議程，在國外則推動同樣具侵略性的外交政策。他們的願景是擴大外交官僚以拓展全球邊疆、擴大軍事官僚以遏制蘇聯、擴大民權官僚以推進種族正義，以及擴大管制官僚以合理化企業活動。

但與此同時，許多自由意志主義（libertarian）作家，包括蘿拉・英格斯・懷爾德（Laura Ingalls Wilder）之女羅斯・懷爾德・萊茵（Rose Wilder Lane）也開始以邊疆作為隱喻，發起「反對政府官僚繼續擴張」的運動。一九四三年，萊茵在自由意志主義宣言《發現自由》（*The Discovery of Freedom*，比佛烈德利赫・海耶克〔Friedrich von Hayek〕的《通往奴役之路》〔*The Road to Serfdom*〕還早一年出版）寫道：「邊疆居民」是首先「打破限制其精力的經濟『控制』之人」。他們為那些希望逃離新政國家的現代人提供了一個自我解放的範例。萊茵說：「社會安全制度（Social Security）是國家社會主義」。[8] 另一個號召動員的自由意志主義作品是一九四三年出版、伊莎貝爾・帕特森（Isabel Paterson）的《機器之神》（*The God of the Machine*），該書或許未曾暗示種族恐怖行動與崇拜小政府之間存在相互依賴的關係，然而，它仍然精準掌握了傑克森主義者的世界觀：「在邊疆居民看來，唯一的好印第安人就是死掉的印第安人。不過，邊疆居民對於政府也沒有太多的好感。」

後來被稱為自由意志主義的原則並非新事物，而且確實可以追溯至傑克森時期。根據安德魯・傑克森的定義，聯邦政府應該維持「純樸簡單」；或是追溯至更早的麥迪遜，他相信「多樣性」是美德與財富的泉源。[9]現代的自由意志主義者更新了這些理想。隨著杜魯門整合軍隊，以及最高法院裁定學校種族隔離違法，一些人擔心聯邦權力的擴張似乎已勢不可擋。因此，自由意志主義者試圖運用市場的懲罰性力量來阻擋這波潮流。而邊疆的概念再一次證明了十分管用。經濟學家詹姆士・布坎南（James M. Buchanan）的事業始於一九五〇年代，其關於個人選擇的理論在日後為他贏得一座諾貝爾獎。他很欣賞邊疆瓦解集體認同的作用。[10]布坎南在一篇名為〈古典自由主義的靈魂〉（The Soul of Classical Liberalism）的論文中問道：「邊疆為什麼重要？」他的答案是：「它保證了退出的選項，因而極大地避免了人與人之間的剝削。」如果市場能在不受政府干預的情況下運行，它會「以和邊疆完全相同的方式」運作，提供一個擺脫強迫關係的「退出鍵」，從而削弱「保姆國家」。邊疆正是自由的靈魂。

在國會與法律專業人士中，也有一小群迂腐守舊的人，在外交上，他們對國際主義持懷疑態度，在國內則完全敵視改革，特別是將種族平等與社會民主的議程視為雙重威脅。由南方的民主黨人與個人權利至上主義者率領的部分國會議員，汲汲營營阻止任何可能為經濟權利或消除種族隔離鋪路的立法或國際條約。這一小群人特別畏懼杜魯門政府會利用其所簽署的國際協議與加入的多邊聯盟來規避國會。保守派擔憂，國際條約會給聯邦介入國內社會生活的藉口，進一步促成種族與經濟民主。他們說，國際主義授權聯邦政府「掌控與管制所有的教育，包括公立與教區學校」、介入「所有影響公民權、婚姻與離婚的事務」，還有在經濟上「管制勞動力與僱傭條件」的權限。[11]

一九四八年十二月，當聯合國投票支持通過《世界人權宣言》（該宣言要求會員國保障其公民的政治、社會與公民權利）時，保守派開始動員反對。美國律師協會（American Bar Association）代表稱，該宣言是「社會主義的藍圖」。[12]其實，檢視戰後抵制新政國際主義的現象時，細究反對者究竟是出於種族仇恨或是捍衛階級秩序的慾望並不重要。畢竟那些害怕國際主義會帶來更平等的社會的人，往往將消除種族隔離或是追求社會正義的「威脅」混為一談。

名為「布瑞克修正案」（Bricker Amendment）的運動，則力圖用修憲的方式，限制總統引用國際法完成國內改革的權力，該運動這得名於其主要發起人——俄亥俄州參議員約翰．布瑞克（John Bricker）。美國律師協會大力支持該修正案。其中一名代表告訴國會：社會權利將「從方方面面摧毀我們自由企業制度的重要元素」。[13]布瑞克修正案的其他擁護者則把焦點放在「種族平等」。其中一人擔憂「杜魯門的民權委員會」因為無法在國會通過消除種族隔離，將「藉由國際條約，也就是走後門」的方式完成。這也是早先對於自由民局的恐懼——一個超級官僚將施行、擴展、最終踰越自由多邊主義的機構，強迫讓「黑人獲得社會平等」。[ii]

保守派尤其敵視國務院等機構，即便它們是由約翰．福斯特．杜勒斯這類堅定的反共人士所掌控的。例如，布瑞克修正案聯盟就試圖破壞杜魯門與日本最終的和平協議，該協議授予美國相當大的權力來繼續管控太平洋地區，但它也承諾簽約國「努力實現《世界人權宣言》的目標」。由於參議院尚未批准這份聯合國宣言（美國只是在聯合國投票支持），保守派指控美國與日本的條約是對憲法的「偷襲」，正如《芝加哥論壇報》（*Chicago Tribune*）所說：是讓美國簽署通過社會權利、消除種族隔離與其他反種族主義原則的「迂迴手段」。該報接著指出，「換句話說，只要聯合國的『權利』登堂入室進入美國，憲法與權利法案就會改寫，以服膺於杜魯門等政客。」[14]

國會的保守派輸掉了這場戰役。在他們推動修憲的運動失敗後，杜魯門政府與日本的條約也獲得批准。然而，某種程度上，雙方在更大的一場戰役中打成了平手。未來幾年，自由派利用在自由邊疆作戰（主要是冷戰）的壓力推動了國內改革，美國也陸陸續續消除種族隔離，但是社會權利從未入法。

三

一個涉及波多黎各的事件，尤其能說明社會民主無法在美國獲得法律立足點，即便是以迂迴、「走後門」的方式亦然。毫無疑問地，佔領波多黎各是早期（一八九八年美國對西班牙發動戰爭）擴張運動的未盡之業。到了一九五〇年代，波多黎各人已被授予公民身分，但是島嶼本身的地位仍待釐清。具戰鬥力的民族主義運動成員與部分居民希望獨立，其他人則希望以半自治區或是成為聯邦一州的形式，繼續保持與美國的關係。

無論人們對於這個問題的立場是什麼——獨立、自由邦聯（commonwealth）或是獲得州地位——

所有人，或至少絕大多數的人都渴望社會民主。一九五二年，波多黎各選民以壓倒性票數通過新憲法，承認「人人都有獲得工作的權利」，以及「在失業、生病、年老或是殘疾時享有社會保障」的權利。然而，由於波多黎各是殖民地（或說是保護領地〔protectorate〕），其憲法仍須美國國會批准。

在看到波多黎各的憲法草案後，共和黨人和南方民主黨人（也是推動布瑞克修正案的同一群人）遲疑了。印第安納州眾議員查爾斯·哈勒克（Charles Halleck）表示：「這與我們的《權利法案》是天壤之別。」他擔心如果同意「保護領地」的憲法出現這些文字，那麼美國會被自己的承諾所束縛。「這是有害的，最終將掏空並令授予個人的保障無效」，一位眾議員如此表示：「如果我們批准這部憲法，那將是有史以來對於人類自由最大的打擊之一。這意味政府將成為公民的監護人。」在聽證會上，國會議員質詢波多黎各憲法的起草者，想要知道後者是否認為醫療、就業、教育、食物、衣服與住房等社會權利，「乃是美利堅合眾國所負有提供上述一切福利的義務？」質詢的議員們因「社會權

ii 布瑞克修正案的支持者尤其擔心一九一九年一項最高法院的裁定，即外國條約（在該案例中，加拿大與美國簽訂一項保護候鳥的協議）可能凌駕各州權利之上，並且授予聯邦政府在憲法中未明確訂定的權力。部分保守派聲稱，「各州是管制候鳥的唯一權力單位」，這種解讀憲法的方式乍看之下很荒謬，卻也揭示了關於「州權」的法律論證，如何地似是而非，也開啟了對於聯邦權力擴大解讀的大門。作為一種生動的形象，候鳥成為了嘗試創造多邊機構的新政推動者，以及擁護傑克森之各州神聖主權的保守派之間的交鋒點。候鳥近似於移民及資本這兩個現代經濟必要元素的地方是：鳥類不僅無法受邊界控制，而且在經濟上的重要性也令它無法交由各州管制。在一九二〇年代，在關於是否豁免墨西哥不受移民限額管制的辯論中，正反雙方常以「遷徙的鳥類」稱呼墨西哥工人。反對配額限制的人主張，移民工像是鳥類來去不留痕跡。而那些想將「貧窮」移民阻擋在外的人則說，「不要讓墨西哥人與遷徙的鳥類進入美國。」

利」盛怒，令憲法起草者措手不及，他們並未正面回應，而是回答稱：這個想法是要建立一套文化期望，即：在一個自由社會裡，沒有人應該挨餓、失業，或是因為缺乏醫療而死亡。但是這些「期望」是國會議員們最不想要創設的。內華達州參議員喬治．馬龍（George Malone）抱怨「所謂的權利」，「並不是憲法裡頭的法定權利，而是可能招致危險的社會與經濟目標」。[15]

在哈勒克眼中，波多黎各憲法不過是另一個企圖合法化社會民主的「迂迴手段」，他成功集結保守派與自由派組成的國會多數，在批准波多黎各新憲法的同時，刪除了所有與社會權利相關的條文。那些樂於引用國際法或利用國際壓力在國內爭取消除種族隔離運動的自由派，也加入保守派的行列，避免在法律層面上承認社會權利。[16]在未來幾年，是《美國軍人權利法案》（*G.I. Bill of Rights*）而非羅斯福的《第二權利法案》（*Second Bill of Rights*）為數百萬名「最偉大世代」成員提供公共補助教育、住房、醫療與其他福利。只不過它們不會被稱為社會權利——退伍軍人是因為他們為國服務才得到這些福利，而不是因為這些是他們身為公民的權利。

四

此外，也有一些人支持美國創建一個可以不斷擴展其行動範圍的戰後世界體系，只不過他們認為不應再以無膚色偏見的普世主義妝點它。在一九四〇年代早期，亨利．魯斯的妻子克萊爾．布思．魯斯（Clare Boothe Luce）寫了一封長信給她的丈夫，對於「美國世紀」提出自己的獨特願景。她主張華盛頓應致力建立一個毫不遮掩、按種族分級的全球秩序，確保盎格魯撒克遜人控制世界的石油、橡膠、鐵、錫、煤、棉花、礦產、糖與其他資源的供應。克萊爾後來成為艾森豪的巴西與義大利大使，明確地將自己的現實主義與邊疆的關閉聯繫起來。她在一九四二年寫道：全球已被「瓜分殆盡」，並駁斥丈夫「波麗安娜式」（Pollyannaish）的信念，即認為所有人都能和平合作並享有世界上無盡的資源。世界有限而且已達到極限，「最後一丁點資源、一畝地、溪流與山脈，甚至是『南極荒地』」都已經被人們所擁有。她說：「美國只有在維持其種族與文化霸權的情況下，才能存活下去」，方法是「設置嚴格的壁壘，防止棕色、黑色與黃色人種進一步移民。」她也想將「南歐、黎凡特東部和亞洲俄羅斯的人渣與垃圾」阻擋在外。[17]克萊爾說：盎格魯撒克遜人必須建立一個世界秩序，以便在世界上「較黑暗」的地區獲得源源不絕的廉價勞動力和便宜資源。

克萊爾的丈夫在「美國世紀」其中一篇文章寫道：「白人的和平」不能強加於一個「白人僅占一半」的世界，有必要剪斷「白人帝國主義殘餘的臍帶」，平等對待所有的人民和民族。[18]克萊爾怨難同意——在一個「白人就占了一半」的世界裡，「白人的和平」正是唯一可以強制施行的和平。克萊爾敗給了亨利的「美國世紀」，後者至少是以沒有種族偏見與普世主義的方式論理，並且依然相信仍存在著充滿可能性的邊疆。不過，其他人則和克萊爾一樣滿腹疑慮。外交官喬治．凱南（George Kennan）認為，戰後秩序應該立基於一條更清晰的盎格魯撒克遜路線，尤其要確保世界較貧窮地區對美國的起重機、推土機、挖掘機與收割機保持開放。「我們擁有全球百分之五十的財富，但是人口卻只佔百分之六點三」，凱南在一九四八年的政策備忘錄中寫道，「我們在未來真正要緊的是發明一種關係模式，讓我們既能維持這種居高臨下的地位，又不會引發國家安全的確切危害。要做到這點，我們必須停止多愁善感與做白日夢。」[19]

即便是那些深信普世多邊主義的人也憂心忡忡。戰後政策制定者仍被大蕭條所困擾，害怕重回物資匱乏的時代。羅斯福的戰爭部長亨利・史汀生（Henry Stimson）出生於一八六七年，經歷過繁榮與蕭條的他，感染了一九四七年時瀰漫的樂觀情緒，他表示美國在海外促進繁榮的同時，也將確保國內的昌盛。但史汀生也傳達了他的擔憂，即成功並非唾手可得：「我們所有人都必須避免落入懶散、恐懼與不負責任的深淵。」他說，「我們必須」（「必須」一詞暗示了潛在的焦慮）達到「和平時期生產的新水平」。[20]一九四四年，時任羅斯福助理國務卿、後來協助杜魯門制訂外交政策的迪安・艾奇遜（Dean Acheson）向國會戰後計畫委員會表示：「我們不能再次經歷另一個像是一九二〇年代末十年的時期。」而除了打開「外國市場」，幾乎沒有其他選項來避免混亂再臨。「你或許可以修正它，」艾奇遜說道，「這樣所有美國本土製造的東西」也會在國內「被消費」。但他也引述美國主義的根本前提，清楚地指出：這樣的制度需要政府大量干預，以至於「完全改變我們的憲法、我們與財產的關係、人類自由，以及我們根本的法律觀念。」[21]其他人則用不大精確的詞彙表達不安。一份由物資政策委員會發布之報告的作者寫道：「我們和美國人民一樣相信增長原則」，該委員會的設立目的是確保美國持續獲得全球資源。[22]然而，該委員會承認無法提出「堅持這份信念的任何一個理由」，僅表示「對我們這些用西方思維思考的人來說」，增長「比停滯和衰退等相反的東西更好」。

而對於這個「相反的東西」，出生於布達佩斯、在柏林接受訓練的精神分析家弗朗茲・亞歷山大

（Franz Alexander）勾勒出它的可能模樣。一九四二年，亞歷山大在著作《我們這個非理性時代》（*Our Age of Unreason*）中預示了一個日漸流行的社會學流派，該流派批評現代社會過度內化，產生了迷失的人格——個人成為大眾消費者與娛樂文化的一員，一如大衛．理斯曼（David Riesman）在《寂寞的群眾》（*The Lonely Crowd*）中所寫道的那樣：「處處是家卻無以為家」。在此之前，一些新政推動者認為，邊疆的終結將創造更健康的社會化形式。然而，身為芝加哥精神分析研究所所長的亞歷山大卻說，邊疆的關閉製造了一種新的奴役。早期的英雄式資本主義讓個人躍居自由理想的中心位置，如今亞歷山大發現身旁盡是支離破碎的靈魂，他們漫無目的地奔跑，既寂寞又孤單：「他們全都想停下腳步，但是心中那看不見的奴隸驅趕者卻揮舞著隱形鞭子迫使他們繼續。」「經濟領域已經接近飽和點，無法再為開創性的野心提供足夠的出口，而淪為惡性競爭的競技場。」亞歷山大寫道。他問道：「是否仍存在新的邊疆，一個值得讓偉大民族投注個人主義與生產力的新領域呢？」

曾任羅斯福和杜魯門的拉丁美洲最高特使的納爾遜．洛克斐勒（Nelson Rockefeller）想要相信這樣的地方確實存在。「儘管我們的邊疆已經關閉，」一九五一年，他告訴眾議院外交事務委員會：「世界上還存在其他邊疆。」[23]他說，與他交談的年輕人都懷有「挫折感」，害怕無法滿足傳統的個人能動性：

> 這些年輕人正在尋找新的機會，一個出走至世界其他地方的機遇。我們國家有許多懷有動力與渴望的人在尋找新的機會，之前他們已在國內尋覓多年。如今機會看起來在世界其他地方。這

個國家的年輕人自然而然地認為我們是世界舞台的一部分，而且想要積極參與這個世界舞台。我認為他們不只想為自己國家的利益而努力，還想為全世界人民的利益而奮鬥。我認為這是一個非常重要的心理因素。我自己也有同感。

洛克斐勒告訴國會：戰後國際主義——美國領導下的全球經濟開放——可以創造新的邊疆，給予下一代大展鴻圖的機會；相信自己是良善的，追求自我利益的同時也是在追求更好的世界。

撇除異見、懷疑與挫折感不論，戰後科技特別是農業生產的進步令人驚嘆。許多老一輩的新政推動者並未預料到，「增長」的承諾將會違背自己推動社會團結的努力。一九四〇年代早期，羅斯福的副總統亨利．華萊士曾與納爾遜．洛克斐勒合作，在墨西哥建立農業研究計畫。之後，他因民主黨在戰後轉向反共主義而與黨決裂，並組建第三政黨角逐白宮。該計畫大幅地改善墨西哥玉米與小麥產量，之後擴展成更加廣大的綠色革命，令亞洲穀物產量增加至三倍。[24]華特．惠特曼多年前的預言：美國將「餵養世界」，似乎已經成真，這樣的進步並不是憑藉發動階級戰爭來改變財產關係，而是憑藉創新、科技與嘗試來增加生產。歷史學家阿諾德．湯恩比（Arnold Toynebee）在一九六四年表示：「我們眼前的任務，是在新的道德水平上重新開放西方經濟邊疆」，並且利用美國「早一步成熟的科技」協助全世界達成「金黃大豐收」。[25]

哈瑞．杜魯門時常援引美國邊疆的歷史來對抗麥卡錫主義的反動派，主張美國砸大錢在冷戰軍備計畫的同時，仍可繼續挹注經費在新政社會計畫。[26]他說：在海外對抗壓迫並在國內推動進步的雙重挑戰，是邊疆傳統的一部分。美國願意接受這項使命，杜魯門在贏得一九四八年總統大選後不久如此說道，「相較於緬懷過去，現在——或說總是如此——有越來越多美國人將目光放在前方廣闊的天際線。」杜魯門表示：美國已經跨越新的頂點。「它從經驗學習到，不能放任巨大且複雜的經濟力量自行其是。」只要謹記這個教訓，創造一個持續進步，包括「生活水準穩定成長」、「經濟自週期性危機中解放出來且不斷擴張」的戰後世界便是有可能的。那些持相反意見的保守派評論家仍活在過去。無盡的創新和永無止境的增長開闢了新的道路，而「今日的邊疆需要同樣的拓荒者遠見、同樣的機智與勇氣，就像一個世紀前挑戰地理邊疆的男男女女們所表現出來的那樣。」

儘管如此，美國在其黃金年代所領導的國際主義卻被嚴重誤解了。亨利．魯斯贏得了政治（或說公共關係）的辯論，但是克萊爾如今被稱為「種族現實主義」的地緣政治白人至上主義，則更貼近世界資源如何被分配的實際情形。根據一項分析，美國「人口佔全球不到百分之五」，卻消耗「世界三分之一的紙張、四分之一的石油、百分之二十三的煤、百分之二十七的鋁，以及百分之十九的銅。」[27]在一九〇〇年至冷戰結束期間，美國消耗的資源增加了十七倍，大幅超越發展中國家人民的速度。要維持這樣的數字，需要美國大量的暴力，包括在東南亞、非洲、中東與拉丁美洲所發起的一連串政變，而所謂「普世主義」或「多邊主義」的偽裝，也只有在無止境的經濟成長這個前提仍然可信的情況下才能存續下去。

「我們的格言不是『堅持下去』」，杜魯門說道。「我們的格言是：『增長』、『擴張』、『進步』……邊疆的日子並未離我們遠去。」

第二次世界大戰結束時，冉冉上升的美國擺脫戰場的沙塵，宣稱自己將成為不同以往的世界霸權。對於許多人而言，這似乎意味美國將克服自身對於自由放任的癡迷，開始擁抱現代的公民權概念；即便這不是某種社會權利或是社會民主，但仍接近新政的改革精神。在國外，美國的戰後重建證明了它願意灑熱血拯救潛在商業對手（英國與法國）的經濟，並傾其國庫重建敵國（德國與日本）的經濟。馬歇爾計畫提供數十億美元來恢復歐洲經濟，這項計畫成為妝點美國外交政策的門面，並為其對外行徑提供了一個藉口，可以說既自私又無私。杜魯門在總統任期結束前夕表示：「這是人類有史以來第一次可以消除貧窮、無知以及地表上的苦難。」[28]

亨利．魯斯與哈瑞．杜魯門贏得了戰後辯論。邊疆的概念重生，而美國將致力於創造一個開放的世界，並拆除一切壁壘。然而，在一九四五年，也就是戰爭結束之際，墨西哥邊界上出現第一個巨大的實體屏障：加州加利西哥（Calexico）的「長四千五百英尺、高十英尺，以六號鐵絲編織而成的鎖鏈柵欄」。[29]柵欄的柱子與鐵絲網，是回收自二戰期間用來集中日裔美國人的加州克里斯特爾城拘留營（Crystal City Internment Camp）。[iii]

iii 譯註：此處應是作者筆誤，克里斯特爾城拘留營實際位置在德州聖安東尼奧南方一百八十公里處，距離美墨邊界僅約八十公里。二戰期間，約有十二萬名日裔美國人被逮捕並移轉至克里斯特爾城等拘留營。

第十二章　魔鬼的吸管

「你無法用正常方法來確認末日來臨的日期。」

接著，支持者與批評者口中的「又一場邊疆戰爭」——越戰爆發了。約翰．甘迺迪（John F. Kennedy）反覆使用這個隱喻來描述一個先發制人、充滿侵略性的外交政策，特別是在第三世界國家推動反叛亂行動。甘迺迪表示：美國必須確保越南的安全，因為中國正從「邊疆上方」逼近。隨著越南戰事不斷升級，戰場上的士兵將空中與地面的行動取名為「山姆．休士頓」、「丹尼爾．布恩」（Daniel Boone）與「瘋馬」（Crazy Horse）[i]，並割下陣亡的越南人的耳朵作為戰利品。一名士兵說，「你知道的，就像是印第安人的頭皮。」[1] 歷史學家理查．德林農（Richard Drinnon）指出：「彷彿美國入侵者唯一知道的遊戲就是牛仔與印第安人。」[2] 記者麥可．赫爾（Michael Herr）在其越戰報導文學作

[i] 編註：丹尼爾．布恩（一七三四—一八二〇）是美國歷史上著名的拓荒者、探險家；瘋馬（約一八四五—一八七七）則是美洲原住民蘇族的酋長，以勇猛善戰著稱，投降後死於美軍之手。

品《戰地快報》（*Dispatches*）中描述一位上尉邀請他一同巡邏時表示：「來吧！我們帶你去玩牛仔與印第安人的遊戲。」赫爾不禁思考這場戰爭究竟何時開始。他寫道：「你無法用正常方法來確認末日來臨的日期；越南是眼淚之路的終點，也是道路折返點，人們不斷返回越南，最後足跡形成一個循環的圓。」

一

美國持續深入越南的前夕，馬丁・路德・金恩就已經發聲譴責邊疆理想是根深柢固的疾病，為軍國主義、陽剛暴力以及經濟不平等提供神話般的藉口。當時民權運動正在立法上取得巨大的成功。然而，金恩指出了一個無法透過法律矯正的問題。他說：美國困在自己的神話裡——美國「是一個崇拜邊疆傳統的國家，我們的英雄都是透過暴力報復來捍衛正義的人」；復仇被認為是「美國男子氣概的最高標準」。[3]

為了回應甘迺迪不斷援引邊疆意象，自一九六〇年代初期，金恩也開始使用「邊疆」作為隱喻。[4]當時他已自我認同為社會主義者。金恩警告：「如今資本主義在美國出現一些問題」。他說：「頑固的個人主義」是國家認同的錯誤基礎，因為它在過去幾年分散人們的注意力，使人們忽略政府正在「向上」重新分配財富的事實。金恩說：「這個國家對富人實施社會主義，對窮人卻要求個人主義」；在慷慨「補助」特定人士之際，卻吝於給予另一群人「福利」。這種個人主義是易於召喚和觸發的，它令人們陷入人生就是無止境的牛仔與印第安人遊戲的幻想，也導致疏離、與社會格格不入，以及毫無節度的侵略。他說，「這是摧毀個人的個人主義」。[5]

金恩利用邊疆的概念，發展出一套關注資本主義如何控制人心的批評，並提出一個抵抗其價值觀的結構，作為美國歷史與道德的替代性觀點。他說：非裔美國人正面臨的現實，「與拓荒者在未開拓邊疆上所遭遇的同樣殘酷與苛刻」。[6]這種殘酷塑造了性格，也除去了愚昧；它砥礪了一個人的「知識與紀律……，勇氣與自我犧牲」。詹姆斯・莫瑞德斯（James Meredith）即是一個榜樣，他在一九六二年成為第一個註冊就讀密西西比大學的非裔美國人。莫瑞德斯面對一群嘲笑他的暴徒時，心懷著「崇高的目標」並忍受著「典型拓荒者生活那種折磨人的寂寞」。[7]對當時的金恩來說，非暴力抵抗不只是一種戰術而已。他說道：在「社會邊疆」上奮戰，意味著走出一條穿越「種族隔離荒野」的道路，拒絕陷入自怨自艾的迷霧，也不止步於憤恨的情緒；這種能力蘊含了嶄新社會的胚胎，能夠協助國家揮別過去、克服對於邊疆暴力的癡迷，進而創造一個友愛、合群的社會。[8]

在一九六〇年代早期，金恩便已質疑核武競賽的邏輯，而他的妻子科麗塔・史考特・金恩（Coretta Scott King）與和平運動關係密切。（在科麗塔仍是安蒂奧克學院的學生時，她便支持亨利・華萊士的第三黨以及其以反冷戰為號召的總統競選。）金恩與甘迺迪及民主黨結盟，同時持續寄望華盛頓能避免戰端，甚至在一九六二年甘迺迪派遣上百名美國陸軍特種部隊前往東南亞後仍是如此。他明白戰爭代價的高昂，特別是對於非裔美國人而言。他說，「黑人需要一個緩和冷戰的國際政策」。[9]侵略性的外交政策只會召喚出社會最糟糕的一面，包括種族主義。而金恩也擔心，推動進步的社會立法的資金將因此流失。無論熱戰或冷戰，戰爭都將強化南方種族隔離主義者在國會的勢力，因為他們可以藉由威脅凍結軍費來否決民權法案。

一九六四年八月，在甘迺迪被暗殺以及北部灣事件（Gulf of Tonkin incident，即華盛頓誣賴北越襲擊一艘美國海軍艦艇）發生後，國會授權林登・詹森（Lyndon Baines Johnson）升級在越南的軍事行動。隔年，即便民權領袖們宣布從阿拉巴馬州的塞爾瑪（Selma）遊行至蒙哥馬利（Montgomery），詹森仍下令執行「滾雷行動」（Rolling Thunder），按日轟炸東南亞。一九六五年三月七日，當約翰・路易斯（John Lewis）與何西阿・威廉斯（Hosea Williams）率領示威者從塞爾瑪出發，抵達埃德蒙・佩特斯橋（Edmund Pettys Bridge）時，警長吉姆・克拉克（Jim Clark）下令警察痛毆他們（後來引發的全國憤怒也導致一九六五年《投票權法案》〔Voting Rights Act〕的簽署）。隔日，三千五百名海軍陸戰隊隊員登陸峴港。八月，在洛杉磯瓦特暴亂[ii]導致三十四人死亡的同時，金恩施壓詹森，要求停止轟炸北越。當時的金恩正在尋求一種戰鬥方法，既要對抗種族主義，又要爭取經濟公平的社會。而他知道越戰是這兩個目標的威脅。[10]

不過，與民主黨結盟的金恩，並未對外交政策出言批評。一九六六年，當學生非暴力協調委員會（Student Nonviolent Coordinating Committee）抨擊越戰時，引起了非裔美國人報紙《亞特蘭大世界日報》（*Atlanta Daily World*）的斥責：「黑人必須繼續忠於美國，特別是他們正處於獲得法律上完全平等的門檻前。」[11]然而，時至一九六七年初，金恩對美國士兵與武器如何摧殘越南孩童的影像感到震懾，「血肉之軀被燒夷彈與白磷彈撕裂、粉碎的骨頭，小小臉龐和身軀被燒灼烤焦」，之後他再也無法保持沉默。[12]

二

一九六七年四月四日，馬丁．路德．金恩在曼哈頓的河濱教堂（Riverside Church）向上千名群眾發表「超越越南」（Beyond Vietnam）的演說。[13]他說：是時候「打破昧於良心的沉默了」。金恩不只譴責美國在東南亞的戰爭，他還譴責了美國擴張的悠久歷史，「種族主義、物質主義與軍國主義」的三腳鼎，以及「由利益驅動且把財產權視作比人民更重要」的政治文化。

金恩的演說是一種穿越歷史的呼喚與回聲，回應了一八三六年約翰．昆西．亞當斯對於安德魯．傑克森及其同僚的譴責。亞當斯問道：誰會為美國的邊疆戰爭付出代價？金恩說：窮人。亞當斯問：戰爭能提供社會凝膠，黏合構成美國人口的「各色人種」嗎？金恩說：能，但是只有在殺戮持續的時候，這樣才會形成「殘酷的團結」。亞當斯問：「仇恨還不夠多嗎？」「你們消滅的印第安人還不夠多嗎？」金恩說：美國是世界最大的「暴力供應商……這種用燒夷彈焚毀人類的生意」是「深層腐敗

ii 譯註：一九六五年，二十一歲的非裔美國人馬奎特．弗萊（Marquette Frye）因酒醉駕車遭白人警察攔下，之後因警察執法過當，引發為期六天的大規模暴亂。瓦特是位於洛杉磯南部的黑人社區，儘管在前一年通過的《民權法案》禁止種族歧視，但是加州仍禁止非裔美國人在特定地區購置地產，導致非裔美國人被驅趕至居住環境較差的洛杉磯南部。除了加州的種族隔離政策，洛杉磯警察的軍事化等原因，也是導致瓦特暴亂的背景。

的病徵」，而共和國的內心早已病入膏肓。

如同亞當斯觀察到的，傑克森主義者利用在邊疆的永恆戰爭扭轉自己的「進步以及持續內部改造」的政策（他在日記中如此寫道），金恩也看到越戰如何破壞以正義為目標的鬥爭：「對於貧窮的黑人與白人而言，扶貧計畫似乎一度為他們帶來希望。實驗、希望與新的開篇曾經存在。然後部隊開始在越南集結。」而他看著這個計畫「被破壞、肢解，像是某種漫無目的的政治遊戲，而社會卻因為戰爭狂熱起來。」

他在別的地方說道：「我們被迫面對一個被自己的野蠻行為所吞噬的世界。」

金恩的異議不只打破冷戰期間自由派的共識，即：以支持海外反共行動為前提，有條件地支持國內民權運動。他的反對立場進一步駁斥了一個更古老的原始前提，即：為了達到並維護社會進步，擴張有其必要性。這個國家就是建立在此概念之上。幾世紀後，這個理念一而再、再而三地透過戰爭被付諸實踐。將投票權擴及白人工人階級，與遷移印第安人同時進行；聯邦軍擊敗邦聯不僅終結奴隸制，也標誌著平定西部最終進程的開始，征服的邊疆始終是高加索民主的重要基礎。百萬英畝的土地被分配給了退伍軍人。一八九八年戰爭時，非裔美國人開始大量進入軍隊，此時已經沒有多餘的邊疆土地可以發放。然而服兵役仍是美國社會流動最有效的機制之一，對於非裔美國人以及一般工薪階層而言，《美國軍人權利法案》為退伍軍人提供了教育、醫療以及住房所有權。

因此，金恩的異議，象徵著美國政治的一次分裂，足以與其同名、十六世紀的馬丁・路德與教會決裂相提並論。「超越越南」不只是藉由提出自東南亞撤軍的要求，與新政聯盟決裂。它也意味著打破與魔鬼的交易，這個交易甚至誘使杜波依斯相信，社會進步可以藉由支持海外擴張與軍國主義的方式交換達成。金恩非常明白，戰爭雖然可能促成進步，但它同時也威脅了進步，激勵了反撲勢力、復仇者，以及充斥整個美國歷史的種族主義者。一八九八年的戰爭開放更多的非裔美國人加入軍隊，賦予他們在國家獲得一席之地的機制。但也是同一年，北卡羅萊納州的威明頓市發生返鄉的白人士兵殺害非裔美國人，並將他們驅離公家職務的情事。儘管戰爭將改革變成某種交換條件（例如部分婦女選舉權支持者支持伍德羅・威爾遜的戰爭，以換取他支持其投票權），儘管戰爭起到安全閥的作用（協助將極端主義向外宣洩），它也創造了金恩所批評的那種具侵略性、對安全與秩序偏執的政治文化。[14]

金恩為自己的反對付出了代價。那些支持海外戰爭以換取國內進步的自由派白人，與把希望寄託於自由派共識的黑人盟友都同聲斥責他，包括傑基・羅賓森（Jackie Robinson）、羅伊・威爾金斯（Roy Wilkins），甚至是貝亞德・魯庭斯（Bayard Rustin）。全國的報紙幾乎口徑一致攻擊金恩。《華盛頓郵報》基本上告訴金恩：他們不再需要他了。該報編輯稱：「他貶低了自己的用處」，並形容他的言論「只是毫無根據的幻想」。《洛杉磯時報》在頭版刊登了標題為〈金恩博士的錯誤〉（Dr. King's Error）的問答式文章，文中以說教的口吻表示：「將這些困難而複雜的問題聯繫在一塊，不但不能得出解方，反

而造成更多困惑。」iii

金恩持續批評這場戰爭，形容越戰是「具破壞力的惡魔吸管」，將資源、承諾與注意力向外汲取，同時加劇國內兩極分化的問題。在國外殺死棕色人種的種族主義者變本加厲，而反對種族主義的人們為了回應殺戮也更加好鬥。當一九六七年都市暴動持續一整年時，金恩再三指出，耗費在戰爭上的金錢可以用來緩解國內的貧窮，而政治精力應該用來打造更正義的國家，而不是浪費在又一個「神聖、以救世主自居的聖戰」上。當黑人與白人士兵殘酷地團結起來殺害外國人時，戰爭不僅惡化也誘發了最具毀滅性的激昂情緒。然而，金恩說，美國正加速迫近一個再也無法避免自我清算的時刻，屆時美國再也無法將種族仇恨中最具毀滅性的元素丟到外頭。他說：「我們的國家正同時打兩場戰爭，一場在越南，一場則是與貧窮作戰，而這兩場戰爭都面臨失敗。」「確實可能『為時已晚』，」他在河濱教堂的演說中警告美國就算嘗試改弦易轍，也可能無法避免自我毀滅。「在嶙峋白骨與各種文明殘骸上寫著可悲的一句話：『太遲了』。」

其他同代人也紛紛發表類似主張，即戰爭在惡化國內種族主義的同時，也將其大部分的惡意向外排放。在一九五〇年代，歷史學家威廉．艾普曼．威廉斯因為對美國外交政策過於唯物主義的解釋而招致批評。按他的見解，美國的擴張是由尋找新市場的需求所驅動。然而，越戰卻把他變成狂熱的佛洛伊德信徒。「美國人，」他寫道，「將暴力投射在那些他們認定為劣等的人身上，藉由這樣的方式否認、理想化暴力。」

三

早在金恩發出異議之前，邦聯戰旗與其他象徵白人至上主義的符號，像是三K黨的帽兜與燃燒的十字架，就已經在越南現蹤了。舉例而言，在一九六五年的聖誕節，保守派的喜劇演員鮑伯・霍伯（Bob Hope）正在邊和空軍基地（Bien Hoa Air Base）內上演勞軍節目，一群白人士兵在觀眾前揮舞著邦聯旗幟；軍官則站在旗幟旁拍照。[15]一九六七年金恩發表演說後，邦聯戰旗越來越常見。一九六八年二月，駐越南的三十三歲非裔美國人中尉艾迪・基欽（Eddie Kitchen）致信母親時寫道：「我們正在一場本來就不太受歡迎的戰爭中作戰、死亡」，他抱怨「人們以為自己還在打南北內戰」。[16]自一九五五年開始服役的基欽報告了邦聯旗快速滋長的情況，包括插著旗幟的吉普車穿越基地。兩週後，他死了，官方將他的死因認定為「陣亡」。但他的母親相信他是被白人士兵謀殺的，目的是報復他拒絕那個旗幟。

基欽只是眾多舉報者之一。一份非裔美國人報紙《芝加哥捍衛者》（*Chicago Defender*）報導：南方白人的種族主義正在感染「越南人」。該報寫道：從「西貢街角販售的旗幟」判斷，「在越南，邦聯旗似乎比其他許多國家更加歡迎」。反抗這種狄克西主義的黑人士兵遭到白人軍官報復。有些人被扔

iii 最近一部受歡迎的電影《塞爾瑪》（*Selma*，台灣譯為《逐夢大道》）將這點牢記在心：最好將國外的戰爭與國內的社會正義鬥爭分開，免得大家感到困惑。這部電影仔細地重演了金恩與詹森就投票權展開談判，而避免提及或做出任何有關越戰的暗示，以及戰爭如何「肢解」金恩的計畫。

進軍事監獄。[17]當上等兵丹尼．弗雷澤（Danny Frazier）向上級抱怨一位來自阿拉巴馬州的士兵將「該死的旗幟」丟到他的營房時，他們將他降級，還命令他做低下的工作。

接著，就在「超越越南」演說發表的一年後，金恩在田納西州曼非斯市被暗殺。當全美各城湧入示威者暴動時，白人士兵在越南揚起邦聯旗慶祝。指揮官放任旗幟飄揚數日。在金蘭灣軍事基地（Cam Ranh Bay Naval Base），一群人穿上白袍舉辦三K黨遊行。在峴港與其他地方，則有人焚燒十字架。類似事件發生後，國防部試圖禁止基地與戰場上出現邦聯旗，卻被掌控總統詹森的戰爭開支所需選票的南方民主黨政客打回票。五角大廈踩剎車，撤回了禁令。[18]

戰旗飄揚，十字架燃燒，美國在東南亞的戰爭變成另一種種族戰爭，不只針對越南人，也發生在美軍部隊裡。一八九八年曾發生在佛羅里達州的暴力重演，只是規模更大。據報，一名非裔美國人士兵為了報復軍官們每晚酒醉後展示邦聯旗，炸毀了基地裡的軍官俱樂部。

南部工人階級的士兵，無論白人或黑人，在美國戰爭中服役的比例比其他地方更高，因此由南方種族主義者符號引發的打鬥升級，實際上標誌了一八九八年協定的終結。該協議令南方與北方達成全國和解，而它建基於兩個元素。首先，一八九八年的戰爭與接下來的一系列戰爭，讓南方人在不拋棄白人至上主義的前提下被納入美國。因而象徵白人至上主義的邦聯旗，在美國不斷擴大的戰場上飄揚。許多人甚至以為這張旗幟代表的不是種族支配與奴隸，而是榮譽與膽識，以及協助推進民主的戰鬥精神。其次，一八九八年的戰爭開啟了非裔美國人藉由為國作戰來獲得公民身分的進程，軍隊成為美國階級與種族流動最有效的場所，以及教育與福利等社會服務的分配者。這份協定並沒有壓制或超越種族衝突，而是將衝突從這場戰爭拖延至下一場戰爭。然而，越戰失利結束了這種拖延。

越戰對國內的影響比金恩想像的更糟糕，反對民權運動的種族主義勢力與敵視反戰運動的力量結合，要令邦聯旗成為國家的象徵。這面旗幟不只出現在邊緣的三K黨聚會與約翰伯奇協會（John Birch Society）[iv]，在底特律、芝加哥、加州、賓州以及康乃狄克州等南方以外的全國各地，也越來越常見。一九七〇年六月十四日的美國國旗日，支持戰爭的示威者帶著一大面邦聯旗在匹茲堡的自由大道上遊行，要求「華盛頓參戰並贏得勝利」。[19]

對許多人而言，這面戰旗仍是種族主義反對聯邦政府促進平權與種族融合的標誌。然而，旗幟的意義已滲入更廣泛的美國社會。種族、軍國主義與階級衝突融合成更廣大的「文化戰爭」，結果在新崛起的新右派裡頭，一些人聚集在聖安得烈十字（St. Andrew's Cross）[v]周圍，要為南方與南越報仇。當南方軍事傳統人士加入北方建制派，邦聯旗停止飄揚，取而代之的是和解的三角旗，把美國主義傳播至國外。現在，邦聯旗屬於那些覺得建制派「暗箭傷人」犧牲了南方軍事傳統的人。這面戰旗不再只是敗局命定論的旗幟，更代表了白人至上主義所有失敗的理念。

例如，出身佛羅里達工人階級的中尉威廉．卡利（William Calley）是參與一九六八年美萊村大屠殺（My Lai Massacre）的士兵中，唯一被定罪的人，他後來成為這種憤恨不平的象徵。卡利在全國各地

iv 編註：約翰伯奇協會是一個美國極右翼政治組織，成立於一九五八年，主張反共主義、社會保守主義和小政府思想。

v 編註：聖安得烈十字是呈X形的十字符號，相傳耶穌門徒安得烈被釘在X形十字架殉道，故而得名。蘇格蘭國旗、美利堅邦聯戰旗等旗幟均以此符號組成。

都很受歡迎，特別是南方；他的支持者手舉邦聯旗集會，理查・尼克森在競選連任時更是欣然接受了卡利。結果，屠戮超過五百名越南平民的大屠殺，從戰爭罪行轉變成壁壘分明的文化議題，用來將南方的憤怒擴大至全國，同時將戰時粗俗的仇恨轉化成獲得競選優勢的武器。[20]對於卡利在美萊村的行徑，尼克森如此說道：「絕大多數人才不在乎他有沒有殺了他們。」路易斯安那州參議員亞倫・艾蘭達（Allen Ellender）附和：「那些村民得到了他們應得的」。[21]

隨著越戰失敗，長久以來被戰爭壓制的種族與意識型態衝突趨於惡化。金恩的惡魔吸管轉向：風開始往國內吹，助長反動的火焰。金恩曾說過，戰爭是國內議題。一九六九年，離開白宮的詹森也認同地表示：如果美國戰敗而南越淪陷，「我們將在國內遭遇嚴重反撲」。[22]

至於邦聯旗，它仍被帶到包括波斯灣在內的戰爭。但是隨著其他種族主義的符號競相興起，它承載的意義已經不復以往鮮明。越南、伊拉克、阿富汗、敘利亞、利比亞……，當美國所有的軍事入侵開始融合在一塊，它所傳達的只不過是無止境的怨恨，這種怨恨合法化了對他人施加痛苦的權利。[23]根據惡名昭彰的阿富汗巴格拉姆戰區拘留所（Bagram Theater Internment Facility）的一份報告，一個被稱為「睪丸酮幫派」（Testosterone gang）的軍排涉嫌虐待被拘留者，軍排成員都是「健身狂」，且被公認為是該拘留所最殘酷的審問者，而他們的帳篷內就這麼剛好的掛了一面邦聯戰旗。[24]

四

長久以來的戰後共識破裂，這個故事後來已廣為人知：在東南亞戰敗，長達十年的種族衝突與都市暴動、暗殺、水門案，以及能源價格的持續高漲。冷戰期間，美國未能「擴大自由地區」，即便這種「自由」只意味著企業榨取、投資與擴大支配的能力。在第二次世界大戰後的二十年內，華盛頓協助在世界各地執行數十場反共政變，從一九五三年的伊朗，到一九六四年的印尼，再到一九七三年的智利，一切的目的都是替美國資本撬開第三世界。結果適得其反，反共政變掀起了前所未有的經濟保護主義浪潮——堪稱是墨西哥革命的擴大版——藉由工業國有化與高關稅，將美國資本拒之於門外。

一九七五年，丹尼爾・貝爾（Daniel Bell）寫道：「今日，美國例外主義的信仰已經隨著帝國的終結、權力的消退，以及對國家的未來失去信心而消逝。」[25]而在十五年前，貝爾曾經發表深具影響力的著作《意識型態的終結》（*The End of Ideology*），宣稱美國已經超越意識型態，而新政的激進主義已被戰後對於官僚主義改革的信仰所取代。在自由美國，智慧在民主結構中被制度化；引導漸進式進步的是政策，而不是社會衝突，更不用說意識型態了。然而，如今的貝爾對自由主義技術官僚瘋狂地將國家推入不受理性約束的戰爭嘖嘖稱奇，而對當年觀點提出了一些修正。他納悶：為什麼一個相信自己不會被過去束縛的國家卻一直讓歷史重演，特別是「邊疆暴力」的創傷？為什麼牛仔與印第安人仍然是這個國家唯一會玩的遊戲？

貝爾嘗試回答。他認為，美國認同已經不再重要，即美國已經擺脫歷史責任，並認為自己將永垂不朽。沒有任何障礙能阻礙成長，甚至包括死亡。基督教的公義概念神聖化了向外擴張的「美國使命」，並且賦予美國「特殊的形而上命運」。然而，在東南亞的失利令美國變得務實。貝爾寫道：「昭昭天命或美國使命已不存在」。這場戰爭、以及用來合理化與發動戰爭的謊言，已證明「我們也難以倖免於權力腐敗。我們一直都不是例外。我們的死亡就在眼前。」美國「深陷歷史重演」的悲劇中。

無限神話造就了美國特有的困境。一方面，如同我們一直以來所討論的那樣，向全球擴張的能力確實有助於穩定社會。即便是援引邊疆關閉、主張需要一個強而有力的管制型國家（regulatory state）管理複雜社會的新政，也依賴開放的國外市場。這樣的市場有助於鞏固一個支持國內改革議程的高科技、資本密集的企業部門。另一方面，對於永無極限的盲目信仰也驅使美國超越界限（奧克塔維奧．帕斯在一九七〇年形容美國是「一個巨人，在越來越細的繩索上走得越來越快」），直到他撞到越戰這堵牆，這場戰爭將極度不信任散布至整個社會，惡化了國內的種族與階級衝突，並導致統治的正當性崩壞。[26]

貝爾寫道：美國例外主義的終結，或許能夠促進我們更誠實地評估國家正遭遇的問題，並且創造一個更自覺的社會狀態，同時「擴大」我們的政策選擇，其中也包括類似歐洲的社會民主。然而，貝爾認為戰爭所製造的不穩定性將延續下去。越戰導致的各種「議題政治」或是現在稱之為文化「爭端議題」（wedge issues），包括種族、戰爭、犯罪、毒品、性、天然氣與取暖用油價格，為「零和的煽動遊戲」敞開了一扇大門。

當然，貝爾心中想的是理查．尼克森這樣的政治人物。尼克森著名的「南方戰略」操弄種族仇恨。不僅如此，他在更遙遠的南部還有一個策略，即「邊境戰略」（border strategy）。[27]正如歷史學家派翠克・提蒙斯（Patrick Timmons）寫道，一九六八年尼克森競選總統時，承諾對非法藥物採取強硬手段，也就是他口中來自墨西哥的「大麻問題」（marijuana problem）。而在贏得總統大位不久後，尼克森的確實施了短命的軍事行動「攔截行動」（Operation Intercept），誇張地在邊境展開鎮壓。這項行動由喬治・哥頓・利迪（G. Gordon Liddy）與喬・阿爾帕約這兩位右翼人物執行，此一事實突顯了尼克森延續了貝爾所預告的煽動遊戲，而這種煽動遊戲也成為美國政治的主要產品。利迪繼續運作尼克森「防堵小組」（Plumbers），即闖入水門飯店的竊賊，後來引發了尼克森的垮台。阿爾帕約是亞利桑那州馬里科帕郡的種族主義警長，在他的管轄之下，囚犯絕大多數都是拉丁裔。他無端令這些人處於恥辱、殘酷甚至往往是致命的環境，他後來也成為川普早期支持者之一。

貝爾認為，美國將越來越被尼克森在邊境玩弄的把戲所支配。他寫道：保守派的煽動家最擅長操弄爭端議題。然而，隨著「帝國終結」向內收縮，他們再也無法利用這個優勢，也就是說，他們無法透過外交政策達成「關鍵的政黨重組」（critical realignment）[vi]，提出一套新的道德理想來重振國家，以便延續他們的總統任期。保守派利用分化勝選，但是這麼做也惡化了分化問題，創造出永恆的不安定狀態。

貝爾只答對了一半。他沒有預料到隆納・雷根正在崛起。

[vi] 編註：意指政黨間的社會支持力量，發生尖銳且持久的重組。通常是一場關鍵的選舉標誌了選民結構的改變。

第十三章　多，還要更多！

「沒有什麼是不可能的。」

如果要闡釋美式自由與追求無極限的權利，應該沒有任何一位政治家比隆納·雷根更簡潔與接地氣了吧？一九八〇年代初期，雷根在位於俄亥俄河畔的一個鋼鐵城鎮競選造勢——彼時是西貢淪陷進入第五年，伊朗正挾持美國公民作為人質，而尼加拉瓜的革命份子正挑戰美國在西半球的勢力，才在幾個月前，吉米·卡特（Jimmy Carter）還在呼籲民眾放棄不必要的假期以節省天然氣——雷根在造勢場上說道：「不久之前，如果一個美國人在世界某處身陷革命或戰爭，他只需要在領口上別起小小的美國國旗，便可安然走出戰場與革命現場，沒有人敢動他一根汗毛。他不會受到任何傷害，因為世界尊重美國，知道我們為了保護自己的公民，直到天涯海角也在所不惜。」[1]

一八五一年，亨利·大衛·梭羅（Henry David Thoreau）的散文〈散步〉（Walking），描寫漫無目的地在大自然閒晃以及沉浸在「全然的自由」之中的那種喜悅，而雷根似乎正將梭羅的散文改寫成一則冷戰寓言。美國升級了在越南的戰爭，並透過引發動盪的經濟政策與鎮壓改革者的安保政策，推動尼加拉瓜與伊朗社會「激進化」。然而雷根故事的寓意是，美國不必為自己在邊界外製造的動亂負責或縛住手腳，甚至主張製造更多混亂的權利。雷根故事中的漫遊者，衣領上別著小國旗徽章，就這麼平靜地緩緩步出砲火。

一

隆納·雷根反對吉米·卡特關閉政府建築物內恆溫器的行政命令，認為這道命令就像是英國皇家公告禁止白人墾殖者到阿勒格尼山脈以西。競選初期，雷根告訴賓州阿勒格尼郡科里奧波利斯鎮（Coraopolis）的一群鋼鐵工人：卡特希望我們「活在悲慘之中」。一九八一年，剛就任總統的雷根，幾乎即刻取消卡特的恆溫器命令，雷根說這道命令背負的「監管責任過於沉重」。他也拆除了卡特安裝在白宮屋頂的太陽能板。雷根的能源轉型團隊領導人是一名來自休士頓的石油與天然氣商人，他如此形容接下來即將發生的事：「多，還要更多！」[2]

美國前一個政治聯盟是新政，它以「限制」為口號贏得全國政權，富蘭克林·羅斯福也藉由「邊疆關閉」的意象，提出了一個新的政治常識。四十年後，這個聯盟在下台之際再度呼籲限制。一九七九年，卡特在大衛營著名的「委靡」演說（malaise speech）中表示：「我們一度相信自己國家的資源是無窮的」。某種程度上，卡特此言正是韋爾、蔡斯、特格韋爾、華萊士、甚至是富蘭克林·羅斯福說過的話。我們曾認為不存在極限，這種思維創造了某種心理狀態（用卡特的話來說，就是「對於自由產生了錯誤概念，認為我們有權為了自己佔他人便宜」），現在我們需要承認社會依賴性，調整並發展新的自由概念。新政推動者可以勾勒出清晰的因（邊疆關閉）果（大蕭條的許多弊病）關係，並且據此行動——出台各種形式的政府干預。如果某種干預方式行不通，那就嘗試其他路徑。

相形之下，卡特身陷更大的泥沼，他的選項受到越戰失敗與能源價格飆漲所限。他的大衛營演說反映了某種普遍的認知，即世界的「富足已經到了盡頭」，無論是人口成長還是不可再生能源的過度消耗，資本主義都已經達到「增長的極限」。[3]然而，卡特的演說簡直是一團亂。他無法釐清國家問題的來由與結果：石油危機、通貨膨脹、越南、水門案、「特殊利益」，還有馬丁・路德・金恩、約翰・甘迺迪與羅伯特・甘迺迪（Robert F. Kennedy）被暗殺、「癱瘓、停滯以及搖擺不定」、「奢侈與消費」文化。而且，卡特也無法將問題向外轉移出去。美國在東南亞的失利、尼加拉瓜與伊朗的革命，以及逐漸高漲的經濟民族主義，使第三世界關閉了美國行動和投資的大門，而在冷戰最高峰期間，第三世界曾是華盛頓安全區域的一環。[4]

與世人的記憶相反，儘管該演說的分析混亂，仍因其坦率而獲得許多人的肯定。卡特的民調數字上升了。[5]但他後續卻無法提出一個清晰的政治哲學，去闡釋認知極限是建立更好的社會不可或缺的第一步，一如羅斯福在數十年前所做的那樣。這給了雷根登台的機會。正如某位共和黨民調專家所說：該演說也創造了自己的「對立面」——多，還要更多！[6]

二

無論從哪個角度看，雷根與他前幾任的總統尼克森一樣醜陋，他們都利用種族仇恨以及越戰造成的反撲來獲取競選優勢。一九八〇年，雷根在密西西比州鄉間的尼肖巴郡（Neshoba）開始他的競選造勢活動，正是十六年前，三名民權工作者在附近被殺害。他在這裡宣布支持「各州權利」，幾乎是公然表明自己贊同南方維持某種事實上的種族隔離。他說：「我相信各州權利」，包括讓學校回歸地方的掌控之下。當雷根抱怨福利制度存在「普遍的官僚主義」時，他聽起來就像安德魯．詹森在抱怨自由民局。[7] 他在別的地方表示：「是時候告訴世界其他地方，我們才不在乎他們喜不喜歡我們」，「我們希望被尊重」。他還操弄丹尼爾．貝爾所說、有助於右翼民粹主義的「議題政治」競選——反對墮胎權、槍枝管制、福利、規管，也反對規範石油鑽探的環境限制，並承諾大力打擊犯罪，矢言阻止家庭的崩壞。他說：「家庭單位正在分崩離析。」一九八〇年代初期，《洛杉磯時報》寫道：雷根填補了阿拉巴馬州種族主義者喬治．華萊士離開全國政壇所留下的「空白」。言下之意就是：雷根訴諸白人至上主義。[8]

雷根的新右派革命實現了貝爾的預測，即煽動家將利用新政秩序的崩壞。然而，貝爾的誤判是認為關鍵的政黨重組不可能發生。他認為「議題政治」本質上是分裂與種族歧視，它雖然將雷根推上權力大位，但只會導致負面政治與怨恨動員。確實，新右派本質上是負面的，並以拒絕主義（rejectionism）為核心組織起來：拒絕聯邦控制公共土地、拒絕規管、拒絕賦稅、拒絕工會權、拒絕政府落實種族與性別及性傾向的平等、拒絕槍枝管制、拒絕環境管制、拒絕第三世界民族主義，以及拒絕校園性教育。然而，關於無限的許諾：「多，還要更多！」將這種負面性轉化為正面意象，並重組了意識型態，再次宣稱不負責任、無所限制以及永生不死是美國美德。雷根提出了一個具前瞻性的美國主義，就像他曾經說過的那樣：不左也不右，而是向上拓展「最大限度的個人自由」。

無約束的自由作為一種自由的理想再度捲土重來，既是一種有效的煽動策略——當雷根在密西西比州承諾聽眾免受聯邦監督的自由時，便使用了這種策略——也是一種追求更大福祉的道德訴求，一種召喚更具包容性、更無限度的美國主義的方式，這樣的美國主義是以無窮範圍（邊疆）為核心而組織起來的。「增長沒有極限，」雷根表示，「沒有什麼是不可能的。」

在雷根執政的八年期間，他經常引用那些拓荒者意象，例如「把我們帶向未來」、「推動我們邁向更遙遠的邊疆」，意圖克服所屬政治聯盟內的歧異，並期待這個國家能在一個例外的歷史中團結。[9]雷根針對尼加拉瓜、薩爾瓦多與安哥拉這些「自由邊疆」國家的政策，可能相當野蠻霸道，但當面對家鄉的群眾時，他則扮起開朗的警長角色。他還帶著一點布萊希特式的諷刺神情，承認牧場「生活不是那麼容易」，且「神話」與「現實」還是有差別的。就像一位作家很久以前就指出的那樣：「邊疆開始意識到自己。」[10]不過這並不重要。一如雷根引述自由派歷史學家亨利．斯蒂爾．康馬格（Henry Steele Commager）的話表示：「美國人對西部的信仰不在於它是否為真，而在於他們認為這應該是真實的。」[11]

三

雷根首次競選後幾年，新右派為自由市場與道德主義的亮眼回歸開闢了道路。許多人覺得，這個使命在越戰後已經永久地去神聖化，如今新右派再度把它神聖化了。正是在外交政策與外交領域中，新右派投入了大量精力將之重新合法化，在這裡他們可以採取行動重建世界權威，也可以排練思想來合理化行動。早期進入政府的保守派知識份子，正努力矯正越戰後的主流想法，即：美國權力是不道德的。而許多事情都證實此言不虛，例如：美萊村與肯特州立大學（Kent State）的大屠殺；美國在柬埔寨的非法戰爭；針對全球秘密行動的調查，美國涉入了伊朗、瓜地馬拉與智利的政變；謀殺剛果領袖帕特里斯·盧蒙巴（Patrice Lumumba）；乃至於針對馬丁·路德·金恩等美國公民的國內監視與心戰計畫。

懷疑論調與犬儒心態的蔓延，產生了極度不信任的文化，這種文化比有組織的抵抗力量更具威脅性——時而憤怒，時而冷漠且帶有偏見，而且準備好相信美國很糟糕。這要麼是出於華盛頓幹下的骯髒勾當——秘密轟炸柬埔寨多年，或在拉丁美洲及其他地方推翻民主選舉產生的領袖；要麼是認為華盛頓以前幹過這些事，導致政治陰謀論氾濫成災。

因此，雷根副國務卿威廉·克拉克（William Clark）在一九八一年一份在政府間廣為流傳且深具影響力的政治備忘錄中寫道：美國可能需要「對蘇聯採取軍事回應」，但也需要在「意識型態上做出回應」。克拉克表示：「我們是為了政治自由而鬥爭」。[12]他認為，卡特擔任總統期間開始推動、強調

「人權」的政策，可能有助於這項意識型態計畫，不過需要修改一些地方。在戰後幾年，保守派成功阻擋美國國內（以及透過波多黎各這種殖民主義後門「迂迴方式」進入）的社會權立法。但在世界其他大多數地方，「人權」指的就是社會權。因此新右派知識份子致力重新定義人權，希望回歸更純粹的「美式」意涵，也就是「個人權利」（individual rights）。雷根的國家安全顧問理察德·艾倫（Richard Allen）附和道：「經濟與社會權利弱化且扭曲了人權的原本定義。」[13]艾倫說，「生命、自由、財產」才應該被視為人權的三種概念。

然而，克拉克認為「人權」一詞的定義已無法挽回。他建議國務院「盡可能避免」使用該詞，改以「個人權」、「政治權」以及「公民自由」取代。克拉克等人想要的是安德魯·傑克森於人權的定義：在印第安人遷移期間，傑克森支持政府權力最小化（「幾乎感覺不到」），以便最大化地保護個人權，其中便包括在遷移印第安人後奪取其財產的權利。與「自由」一樣，「個人權利」作為一種概念，可以是一種放諸四海皆準的訴求，用來代表被暴政蹂躪的人民[i]，但是也可以作為召喚種族主義者的狗哨（dog whistle）。事實是，不可能將擁槍權以及要求州當局保護這些「個人權利」，抽離產生這些權

i　克拉克作為一名自由意志主義牧場主，向雷根施壓，要求他採取更具侵略性的立場對抗蘇聯。「我偏好談論個人或個體權利。」克拉克在一九八一年一次會議上如此說道。召集會議的原因是為了討論如何借用「權利」的語言來批評革命伊朗，同時避免肯定社會權利的原則。會中部分人士指出，過於強調「個體性」將限縮政府為「蘇聯裡頭的猶太人」與「土耳其裡頭的亞美尼亞人」爭取權利的能力。然而，一位雷根政府的官員表示：「重點是對外宣傳個體權利。這是對抗共產主義的有效方式。強調個體是展現強勢的最好方式。」

利的血腥歷史——墾殖者及奴隸販子在迫遷有色人種後獲得了這些權利。一九八四年，特倫特・洛特（Trent Lott）承認：「個人權是傑佛遜・戴維斯及其支持者所相信的玩意兒。」[14]

重申個人權利的理念，呼應了企業、保守派基金會與自由意志主義捐獻者發起的更廣泛的意識型態運動。大家都知道這個故事：包括經濟學家海耶克以及小說家暨哲學家艾茵・蘭德（Ayn Rand）等許多知識份子與行動家在教育、文化機構、大學與出版社建立據點，培養數代追隨者們來推進他們的反國家主義革命，對抗各種形式的集體主義。[15]當他們的時機來臨——一九七〇年代爆發危機時，他們已經準備好協助推動去管制化、私有化和減稅。這場革命經常被描述為奧地利學派的勝利，因為當中許多最知名的經濟學家都來自維也納，像是海耶克與路德維希・馮・米塞斯（Ludwig von Mises）。但是當代自由意志主義運動的創始人，包括先前提到的萊茵、帕特森，還有詹姆士・布坎南都明白，自己的使命是將「邊疆概念」應用在公共政策上。[16]自由意志主義革命的結果非常成功（其成就之一是賦予企業言論自由的法律裁定），並在經濟、法律、教育、勞資關係與哲學領域造成了巨大變革。

日漸政治化的菁英開始投資大量金錢在知識份子、律師、經濟學家或是哲學家身上，只要他們願認同自己也是新拓荒者，相信個人才是美德的唯一源泉與價值的唯一創造者，相信世界可以劃分為開創者與接受者，且相信市場是唯一的有效解方，而永遠有新的經濟邊疆等待征服。就像數十年前，特納口中的「工業巨頭們」自居為拓荒者，並挪用西部象徵來掌握「新的行動與權力途徑」和「拓展其支配領域」。如今他們再度登場，以執行長之姿唱著「別把我關在圍籬裡頭」。[ii]

不過，解放的執行長們並不足以成為合理化雷根大幅增加軍事開支以及支持第三世界反共叛亂的

「意識型態答案」。當大部分的新右派下定決心要摧毀公益的概念時，要想提出公益的願景就不是那麼容易了。新右派政策的知識份子們一點一滴侵蝕福利、攻擊公共教育，以及削弱工會，結果就是富者越富、貧者越貧。如今，一個回歸帝國大位的總統嘗試在道德基礎上重建美國權力，還有一群由保守派行動家組成的忠誠幹部樂於將「社會」一詞從字典中刪除，正是在這樣的背景下，雷根支持移民改革。

四

一九八〇年九月，雷根在德州的競選活動中表示：「你不能在兩個友好的國家之間的邊界打造九尺的柵欄。」他希望藉由批評卡特政府計劃在交通繁忙的邊境建造圍牆，來尋求德州拉丁裔選民的支

ii 例如，科赫兄弟在一九八〇年代開始涉入全國政治，大衛・科赫競選自由黨副總統候選人提名，推動比雷根更極端的去管制化議程，並動員其支持者參與所謂的鼠尾草叛亂（Sagebrush Rebellion）。鼠尾草叛亂是為了反對一九七〇年代國會通過的為了更好地管理「瀕危」的西部公共土地法案，其中也包括《瀕危物種法案》（Endangered Species Act）。鼠尾草叛亂獲得大農場主、土地開發商、礦場主、伐木公司以及特立獨行的石油領袖們的資助，基本上是一個人為的運動，目的是削弱環境管制與聯邦控制，這些「反叛人士」將自己形塑為頭戴牛仔帽、對聯邦專制宣戰的傑克森之流。雷根也支持鼠尾草叛亂，在位期間，他提升了開放給天然氣和石油鑽探的公共土地數量。幾年來，科赫兄弟持續資助所謂明智使用運動（wise use campaign），贊助旨在私有化聯邦土地或將其轉讓給州政府所有的政客和團體（還有削減受保護的自然保留地與聯邦紀念遺址的規模，就像川普縮減猶他州熊耳國家遺址〔Bears Ears〕土地那樣）。

持。四年前，這個社群百分之八十四的選票都投給卡特。雷根說：「給予無證工人文件，也給他們簽證讓他們入境」，然後「他們想待多久都行。」[17]

此時，一九六〇年代的政策變化已令移民辯論越來越激烈。一九六三年，華盛頓終止了季節性移工計畫。過去二十年來，該計畫開放數百萬名低技術墨西哥工人來到美國農場，賺取季節性薪資。[18]一九六五年，國會通過《移民和國籍法案》（Immigration and Nationality Act）。該法案基本上是自由化改革，今日備受本土主義者抨擊，因其取消了一九二四年起開始實施的那種顯而易見的種族主義配額制度。不過，新法首次限制了墨西哥移民的入境人數。接著在一九六八年，國會建立獨立的治安法院系統來審判非法入境的移民，導致被起訴、拘留以及驅逐出境的人數大增。這些政策修正進一步將墨西哥移民視為罪犯。「合法」的移民潮人數大幅衰減[19]，「非法」移民卻隨著對墨西哥勞動力的需求增加而湧入。[20]根據歷史學家安娜・拉寇兒・米尼安（Ana Raquel Minian），因為非法入境美國而被逮捕的墨西哥人數量，從一九六五年的五萬五千人，大舉躍升至一九八六年時的一百五十萬人。[21]

某種程度上，那些年邊境幾乎是門戶大開，上百名工人聚集在聖地牙哥以南，等待入夜時闖關。在一九七二年至一九七七年間擔任移民及歸化局局長的雷納德・查普曼（Leonard Chapman）警告，「移民大軍」正領導一場「寧靜入侵」。但他也相信移民法「窒礙難行」。作為一位退役的四星上將，查普曼說：「警察國家不是答案」。「沒有人想看到我們的國家被柏林圍牆包圍。而且我們不能讓一大群移民官在街上攔下人們，只為了檢查他們是否是公民。」[22]與此同時，穿越邊境變得越來越危險，從墨西哥前往美國的遷徙過程與組織犯罪、人口販運、毒品及槍枝走私扯上關係。夜賊在聖地牙哥南部的峽谷中跟蹤貧窮的移民。一九七八年，聖地牙哥市警成立了便衣單位，喬裝成移民來追捕犯罪者。但該單位最後被迫解散，因為便衣員警太常遭到其他警察與邊境巡邏隊槍擊。

移民的工作性質在那些年也有了改變。他們除了在農田、工廠與餐廳找工作，更多人聚集在市區街角，希望獲得臨時的家務活、修整庭園，或是一次性的修繕工作，而越來越多的中產階級家庭雇用無證婦女住進家中當傭人，其待遇通常堪比償債的奴工。在整個邊境地區，勞資關係變得更加親密——動產奴隸制底下的那種「親密」：一些婦女的人身自由被限制，甚至遭到性侵和精神虐待。[23]農場工人與為墨西哥裔美國人爭取權利的行動家則越來越鬥志高昂，例如艾爾帕索的高中生爭取講西班牙語的權利，但也遭到白人至上主義者的反擊。[24]

在雷根曾任州長（一九六七至一九七五年）的加州，衝突特別尖銳。隨著聖地牙哥都市蔓延（sprawl）現象向農田擴張，針對移民的種族主義襲擊更頻繁了。在大聖地牙哥地區，有民團開車行駛在僻徑之間，從皮卡車的後車廂上射擊墨西哥人；數十具屍體在淺墳中被發現。[25]從越南回國、憤怒的退伍軍人助長了反移民暴力，他們踐行了他們口中的「掃蕩吃豆佬（beaner raids）」的行動，破壞移民居住的營地。還有一些埋伏在邊境的狙擊手，瞄準著越過邊界的墨西哥人。[26]一九七七年，二十七歲的大衛・杜克（David Duke）為首的三K黨在加州的聖思多羅（San Ysidro）入境點成立了「邊防守衛隊」，此舉獲得許多邊境巡邏隊員的支持。[27]其他三K黨組織在德州南部成立類似的巡邏隊，刻意在拉丁裔居民的家門口放置印有骷髏頭的傳單，意圖令「外來者」與聯邦政府畏懼三K黨。[28]與此同時，有巡邏隊員報告：在邊境的民團稱為「小越南」的提華納沼澤河口，發現了模仿越南人為擒獲美國士兵而設的尖竹釘樁陷阱。

不久前美國才剛在越南輸掉戰爭，主因是無法控制分割南越與北越的邊界。事實上，國防部長勞勃·麥納馬拉（Robert McNamara）為了阻止北越人滲透至南越，耗資了五億美元購買兩千捲鐵絲網與五百萬根柵欄柱，目的就是打造一條從南海延伸至寮國的「防線」，這條線日後也被稱之為「麥納馬拉防線」（McNamara Line）。[29]但這條防線失敗了。原本開闢的六英里寬的廊道很快就被叢林所覆蓋，而根據《紐約時報》報導，防線上的木造瞭望台也「立刻被燒毀」。[30]

身為總統的雷根必須小心翼翼地取得平衡。畢竟，他之所以入主白宮，很大原因是出於越戰造成的反撲。然而，現在保守派的行動家們開始疾呼在家園設置類似的壁壘。[31]他們要求沿著邊界築起一道圍牆，甚至是一條「護城河」。其他人則提出申訴，這些申訴成為移民辯論的主要爭論點。他們希望修改憲法，阻止在美國出生的移民孩童獲得公民權，並要求軍隊「全副武裝」在邊界維持治安。[32]一九七〇年代末成立的美國移民改革聯盟（Federation for American Immigration Reform），以及加州人口穩定組織（Californians for Population Stabilization）等團體就反對任何「特赦」的立法，即給予美國的無證移民合法的公民身分，並要求美國普查局不能將無證居民納入統計。

然而，與此同時，共和黨的戰略家在一九八三年表示，黨必須採取更強而有力的立場支持包容。他們說：「如果雷根想在一九八四年競選連任，那麼西班牙裔選票將是不可或缺的，這些選票對於黨自身的未來也同樣重要。」[33]

雷根採取了折衷方案。為了取悅排外主義者，他的政府展開「工作行動」（Operation Jobs），派遣聯邦官員進入工作場所逮捕並驅逐無證移工。那些被逮捕的人抱怨殘暴的掃蕩行動，埃佛拉德．萊瓦（Everardo Leyva）向一份墨西哥報紙表示：「這些官員拘留我們，並把我們成堆地塞進營區」，「他們給我們像垃圾一樣的食物，而我們只有回家一途。」[34]雷根還任用強硬派人士擔任重要職位。例如，哈洛德．埃澤爾（Harold Ezell）組織了「美國人支持邊境巡邏隊」（Americans for Border Patrol），要求對移民採取更強硬立場，而他自己則擔任移民及歸化局西部地區的行政官。[35]埃澤爾在任職移民及歸化局之前，曾是「維也納炸肉排」（Der Wienerschnitzel）這間速食連鎖店的主管。他曾經下令邊境巡邏隊，要三千名無證工人沿著聖地牙哥郡北部的五號州際公路排排站，藉此警告其他移民。他說：「他們應該害怕我們」，「那些非法入境的人不應該愛我們。」[36]一九八四年，邊境巡邏隊「經歷了成立六十年來最大規模的人員擴充」，新雇用的隊員高達上百人，並在西南部的道路與高速公路上設立了全年無休的檢查站。

雷根或許已經放棄卡特興建柵欄的計畫，但是他的政府開始推動邊界應該「封閉」的想法，並採用紅外線瞄準器、地面感測器與夜視鏡等「高科技」設備來有效控制邊界。一名邊境巡邏隊官員稱之為「新玩意兒」的地面感測器，其實是越戰遺留的剩餘物資。[37]與一九八〇年相比，雷根在競選連任時採取更消極的立場。他在一場辯論中如此表示：「我們的邊境已經失去控制。」[38]一名雷根任命的聯邦檢察官甚至發動一場針對「選票詐欺」的調查，要求加州各郡官員舉報所有要求雙語選票的選民，這也成為打擊有色人種投票的行動雛形。[39]

不過在選戰方面，雷根放眼未來，他採取行動抑制共和黨各階層的本土主義者。即便評論家認為雷根政府在工作場所實施的突襲，足以與一九五〇年代的「濕背行動」相提並論，他仍將黨的未來寄託在拉丁裔選票。雷根曾經表示：「西班牙裔是共和黨人」，並認為他們天生就是保守派，「只是自己還不知道罷了。」[40]冒著招致保守勢力反擊的風險，雷根致力移民改革，包括以美國無證居民為對象的特赦計畫。

但是，該怎麼應付越來越多的激進化退伍軍人加入白人至上主義組織，以及出沒在邊界的「看守人」（watchers）與民團呢？

五

隆納・雷根以重啟冷戰作為解方，特別是在尼加拉瓜和阿富汗援助反共叛亂的秘密行動。這些戰爭令新右派裡頭吵鬧的宗教保守派、新保守派和舊保守派忙得不可開交，否則他們可能會將注意力放在雷根與民主黨建制派在國內議題上達成的許多妥協，例如移民問題。白宮授權了奧利佛・諾斯（Oliver North）領導的一群跨部門男人們營運外交政策，看起來就像是「水牛比爾的狂野西部秀」重新上演。他們自稱為「牛仔」。而當這群牛仔們涉入的各個醜聞曝光時，伊朗門事件（Iran-Contra）既是犯罪，更是一則傳奇故事：雷根將賭注押在中美洲及其他地方的反叛亂行動，希望藉此打開邊疆，同時轉移其競選時動員的極端主義者的注意力，這個行動曾一度是成功的。最顯著的例子是托馬斯・波西（Thomas Posey）與他的民兵團體「平民物資援助」組織（Civilian Matériel Assistance，簡稱CMA）。

波西是典型的反撲者（backlasher），與詹森所警告的復仇者類型一模一樣。波西浸淫於約翰伯奇協會與三K黨人的右翼政治，越戰令他變得更加激進，在美國撤軍後則顯得無所適從。他說：「和平時期真悲慘，只能無所事事。」[41]雷根號召將共產黨趕出第三世界，等於給了波西一個再次出馬的機會。他從弗林特市（Flint City）開始行動，在當地雜貨店與槍枝店擺出大玻璃醃罐來募款，呼籲「遏止活躍的共產黨人，並將他們送回俄國」。波西屬於越戰退伍軍人與國民衛隊的鬆散網絡，他們之中的許多人也是三K黨人與約翰伯奇協會成員，或是受《金錢戰士》（*Soldier of Fortune*）雜誌吸引、參與白宮在非洲或亞洲籌劃之秘密行動的傭兵。這個網絡的主要目標是另覓蹊徑，繞過國會禁止向尼加拉瓜康特拉（Contras）[iii]輸送軍事援助的命令——這支反共叛軍不斷試圖顛覆桑定民族解放陣線（Sandinista）政府。該禁令是越戰後緊縮權力政策的一環，以避免白宮不負責任地就發起戰爭。

之後波西與三K黨人、越戰老兵一同創建了平民物資援助組織，該組織在接下來幾年與中美洲軍隊及他們的中情局主使人發展出緊密的關係。平民物資援助組織負責募款資助雷根在中美洲的行動，並向宏都拉斯的康特拉以及薩爾瓦多的右翼敢死隊輸送武器與其他物資。該組織成員也訓練、與尼加拉瓜的康特拉共同作戰，還協助康特拉在哥斯大黎加建立了第二條戰線。到了一九八五年，與奧利佛・諾斯的牛仔們合作的平民物資援助組織，成員膨脹至上千人，絕大多數都是越戰老兵。該團體在

iii 譯註：Contras是la contrarrevolución的縮寫，意為「反革命」，是一九七〇年代至一九九〇年代尼加拉瓜親美反共的右翼反叛勢力的統稱，受美國支持和資助。

南方的喬治亞、路易斯安那、阿拉巴馬、田納西、佛羅里達與密西西比等州都設置了辦公室，並透過這些地方眾多的軍事、國民衛隊基地，以及海外作戰退伍軍人協會（VFW）的會議廳迅速壯大。[42]

然而，平民物資援助組織不僅集中火力於中美洲。到了一九八〇年代中期，每年都有數十萬名中美洲人為了逃離雷根在尼加拉瓜、瓜地馬拉與薩爾瓦多發動的戰爭而前往美國，進一步驅動了像是平民物資援助組織這類反共的白人至上主義團體。三K黨人、約翰伯奇協會成員與納粹可不認為中美洲的共產黨人與未持文件入境的移民之間有什麼不同。因此，當平民物資援助組織向薩爾瓦多與宏都拉斯輸送教官與物資的同時，也開始在亞利桑那州組織民團在邊界巡邏（並騷擾屬於教會團體網絡的「庇護」運動者，他們援助了因雷根在中美洲發動戰爭而逃離的難民）。[43]正當國會執行雷根的移民改革之際，這種邊境行動主義開始引發全國關注。一九八六年七月四日，約二十名來自平民物資援助組織，身著迷彩服、手持AK-47步槍的「邊境天使」，在J．R．哈根（J.R. Hagan，一名外號「討債人與軍事迷」的越戰老兵，吹噓自己殺了很多越南人）的命令下，在諾加利斯東邊捕獲十六名穿越邊界的移民，他們用槍口抵著這些移民，直到交給邊境巡邏隊為止。[44]諸如《紐約時報》等全國性報紙都報導了這則新聞，引發了對民團的廣泛譴責。

波西於是終止了平民物資援助組織在邊境的行動，這很可能是他跟雷根政府內的聯絡人協調後下的決定。他在阿拉巴馬州的平民物資援助組織總部撇清與該行動的關係，解散了「邊境天使」並驅逐哈根——哈根後來被聯邦檢察官以非法持有武器起訴。然而，與此同時，平民物資援助組織在中美洲的行動也變多了，其成員忙碌地來回在德古斯加巴（Tegucigalpa）、瓜地馬拉市與聖薩爾瓦多等反共首都。在哈根的邊境巡邏行動引發全國憤怒的同月，平民物資援助組織派遣了約一百名越戰老兵組成的分遣隊前往宏都拉斯，訓練康特拉。[45]

讓我們盡可能概要式地複習海外戰爭與國內激進化之間的依存關係：越戰失敗激進化了一整個世代的退伍軍人，驅使許多人加入白人至上主義組織。隆納．雷根作為冉冉升起的新右派掌門人，充分地利用了這股激進勢力，幫助他在一九八〇年代贏得總統大選。雷根上任後旋即升級冷戰，令他得以抑制這股激進化的風潮過快地蔓延至國內政治。雷根在他稱為「我們的南方邊疆」的中美洲執行的反共行動，尤其有助將這種逞兇鬥狠移轉至海外。[46]但是雷根的中美洲戰爭（包括支持尼加拉瓜的康特拉以及薩爾瓦多、瓜地馬拉與宏都拉斯的敢死隊）催生了數以百萬計的難民，其中有許多乃至絕大部分的人都逃往了美國。當他們穿越邊界，他們也激怒了雷根為了發動戰爭而動員的一群選民，正是這些戰爭讓他們淪為難民。至於白宮則繼續將復仇主義向外反彈、發洩至中美洲以及第三世界的其他地方，例如阿富汗。可以這麼說：雷根及其牛仔們正在玩一場變化劇烈的遊戲，這個遊戲只有在邊疆持續開放的前提下才能玩得下去。

無論無何，反撲已經影響到外交政策。白宮得以繼續推動《移民改革與控制法案》（Immigration Reform and Control Act），該法案加強了執法力度，要求雇主確認員工的公民身分，此舉受到「美國移民改革聯盟」等保守派團體的歡迎。但它也為無證居民創造了一次性獲得五年公民身分的途徑，包括支付費用、進行身體檢查、學習英文、通過歸化測驗、進行兵役登記，以及證明自己沒有重罪與兩項以上輕罪的紀錄。

許多移民權益倡議者都明白該法案溯及既往、一次性的特赦存在嚴重缺陷。[47]該法案也創下一個先例，以不可能實現的承諾作為改革條件，即可以透過警察擴權來封閉邊境。儘管如此，該法案已集結足夠多的共和黨與民主黨議員力壓持反對意見、呼聲高漲的本土主義議員團來通過立法，而雷根則在一九八六年十一月六日簽署通過法案。[iv]結果，估計有兩百七十萬的無證居民成為了公民。[48]

正如雷根在他的告別演說中所說：美國仍是一座「燈塔」，「一塊磁石，吸引著所有熱切渴望自由的人，吸引著所有那些陷於迷途的朝聖者，他們正在穿越黑暗，奔向家園。」[49]

一九八九年柏林圍牆倒塌以及一九九一年蘇聯瓦解，令美國成為全球唯一的超級大國。這經歷了一段漫長的時光。湯瑪斯・傑佛遜在一八一三年寫道：「美國獨自擁有一個半球」，也就是「半個地球」。國務卿迪安・艾奇遜在冷戰開始之際，反覆思索如何「將半個世界打造為一個自由的世界」。雷根的繼任者喬治・布希，則得到了全世界。擁有全世界，意味著國內與海外不再存在任何分別，甚至也沒有動搖、反覆與猶豫。「當我與外國領袖討論美國產品的新市場時，這究竟是外交還是國內政策？」[50]布希自問自答：兩者皆是。現在到處都是邊疆，卻不再存在象徵極限的邊界。一九八九年六月，布希表示：「我們在群星之外看到了邊疆，而那仍是屬於我們的邊疆。」「前方的邊疆並不存在界線。」[51]

六個月後，也就是一九八九年十二月，為了推翻曼紐・諾瑞加（Manuel Noriega）這位已成為敵人的昔日盟友，布希揮師入侵巴拿馬。此時離柏林圍牆倒塌才過了一個月。八個月後，布希派遣數十萬軍隊前往波斯灣解放科威特，他將這場戰爭定義為以「自立」為目的的介入。一九九一年三月，他告訴返回美國的士兵們：「你們要明白自己不只協助解放科威特，也協助美國掙脫了古老的幽靈與猜疑。」他說：「全世界再也沒有任何人懷疑我們。」「你們所做的，幫助我們重振了舊日希望與夢想的美國。」布希說，戰爭「不只是外交政策」，將伊拉克逐出科威特「重燃了美國人的信心」。[52]

一九七〇年代令人抑鬱的殘留影響似乎已經結束，新右翼重新神聖化使命的計畫大獲成功，而將惡魔吸管再度朝外的「雷根革命」，也取得關鍵政黨重組。到了一九九〇年代早期，「自由」已經成為新道德秩序的關鍵字。事後回顧，這種政黨重組是脆弱的。舉例而言，雷根儘管贏得了他的移民改革法案，但它也反過來對共和黨造成不利影響，因為該黨無法說服絕大部分的拉丁裔選民，其去工業化、削減社會服務以及推動右翼文化議題的計畫與他們的生活有什麼太大的關聯。絕大多數的拉丁裔選民繼續把票投給了民主黨。事實上，或許是雷根「特赦移民」的結果，共和黨甚至開始輸掉「雷根國家」（Reagan Country）。一九八八年的布希，是最後一個贏下加州的共和黨總統候選人。

共和黨發現自己陷入兩難。儘管繼續輸掉加州很糟糕，但是輸掉人口與加州差不多的德州與佛羅里達州則是災難一場。部分共和黨人仍相信可以憑藉反墮胎和反同志權益等議題，贏得拉丁裔選票。不過其他人則開始推動嚴苛的反拉丁裔政策，例如一九九四年加州的一八七號提案（Proposition 187），

iv 在同一天，一家黎巴嫩報紙刊登了「伊朗門事件」的報導，該醜聞幾乎導致雷根被拉下總統職位。簽署法案的雷根在回應記者要求確認該報導是否屬實時，則表示「不予置評」。

即是拒絕向無證居民提供社會服務。該提案通過了，加州的反移民勢力也在皮特．威爾遜（Pete Wilson）擔任州長期間集結起來。但它最後也引發反撲。威爾遜無法將本土主義轉化為全國運動，而加州後來成為美國最支持民主黨的州之一。與此同時，共和黨人持續分裂，黨的領導層幻想該黨的未來繫於至少贏得一部分拉丁裔選票，而基層則用盡全力將美國打造成一個對移民不友善的國家。隨著共和黨的行動份子開始在亞利桑納等州實施以種族為目標的壓制選民計畫，以及「出示文件」法案，他們也特別指出雷根「特赦」是不應重蹈覆轍的錯誤。[53]

作為意識型態重組的雷根主義，鼓足馬力地承諾將克服極限。但它最終在移民的文化政治中碰壁。不過，在那之前，雷根的繼任者將接棒兌現這項承諾：多，還要更多！

第十四章　新土匪

「掠奪時分裂，佔領後團結。」

在二十世紀絕大部分的時間裡，美國與墨西哥之間的邊界一直是該國邊疆普世主義的黑暗面，極端種族主義都被驅逐至這條長兩千英里的邊緣。「從一開始，世界就是他們的邊疆。」伍德羅·威爾遜在一八九五年描寫這個焦躁不安的國家望向世界時，看到了一整片的自由土地。然而逐漸地，在二十世紀最後十年，邊境，而不是邊疆，象徵了這個國家的基調，並且凝聚了它的想像。越來越多的墨西哥人入境了，卻連季節性移工計畫所提供的最基本保障也沒有。為了逃離雷根的戰爭，數十萬名中美洲人民也加入前者的行列。自從墨西哥革命以來，首次有政客和名嘴（主要是右翼）指出邊境是國安問題。雷根恢復了邊疆的概念，但是他也警告「共產黨人正將混亂與無政府狀態輸往美國邊境」。在一九九〇年代早期，移民還不完全是劃分民主黨與共和黨的議題。例如美國勞工聯合會（American Federation of Labor）與聯合農場工人（United Farm Workers）等民主黨基層組織，就擔心無證工人將壓低工資。[1]眾議院人口專責委員會的民主黨籍主席、紐約的詹姆斯·舒爾（James Scheuer）表示：「我們主張堅定且嚴格封鎖邊境。」[2]然而，有毒的本土主義正在共和黨內快速蔓延。

同時間，越來越多產業外移，並將組裝工廠設置在墨西哥。跨越邊界的行動，被許多人認為是一種逃離邊界的方式，也是評論家剛開始稱之為經濟全球化的一部分。「無邊界的革命」，喬治·布希如此形容自己的目標：「從北極圈到麥哲倫海峽，在整個西半球建立一個自由貿易區」，一個共享開放，而且「自由、和平與繁榮」的社群。[3]評論家甚至主張（今日已成為政治爆點的）《北美自由貿易協議》將使仇外份子與極端主義者屈膝臣服。比爾·柯林頓表示：「這個新的全球經濟是我們的新邊疆」，並宣稱與墨西哥的自由化貿易將再次提升民權。「我們的國家命運取決於我們是否持續向外擴張。」[4]柯林頓政府其中一位成員表示：「在道德意義上，《北美自由貿易協議》相當於十九世紀的邊疆。」[5]

然而，《北美自由貿易協議》無助於美國征服邊界，反而鞏固了邊界，將這條界線——以及與之相伴的所有仇恨與執著——轉化為國內政治的永久性設施以及民族主義怨恨的恆久來源。

一

一九九二年，柯林頓獲得百分之四十三的選民投票支持，贏得總統大選。他運用麥迪遜的理論，秉持著當時看起來十分堅定的「拓展西半球就可以獲得和平與繁榮」信念，將這個鬧烘烘的國家凝聚起來。柯林頓其實是雷根最大的成就。他結合了「管制不可能、撙節無法避免、預算必須平衡，以及犯罪是根源於文化條件而非經濟政策」的後工業宿命論，以及看似親切的後現代樂觀態度，提出只要無止境增長，「包容政治」這種看似樂觀的陳腔濫調就可以實現。為了確保華爾街的「狂野西部」不被阻礙，柯林頓拒絕管制失控的衍生性金融商品。柯林頓也是布希政治遺產的好管家，他維持高軍事預算並延續布希在波士尼亞、蘇丹、阿富汗與科索沃等地擴大使用武力的做法。柯林頓還對伊拉克發動空襲，提高了美軍涉入波斯灣的程度。截至二〇〇〇年，柯林頓政府耗資超過十億美元，以平均每週三次的頻率轟炸伊拉克。[6]

不過，《北美自由貿易協議》才是貫穿三位歷屆總統最清晰也最重要的路線。該協議由雷根在一九八〇年提出、布希接力在柏林圍牆倒塌後談判，柯林頓則在就職幾個月後推動國會通過。這應該是一個充滿國家自信的時刻。美國在冷戰中勝利，蘇聯不只戰敗而且瓦解，消失於地圖之上。美國還成功在巴拿馬與波斯灣發動戰爭，無論在政治、經濟和最重要的意識型態方面都已經失去挑戰者。然而，在協議通過前的辯論期間，一股不安全感湧現。柯林頓作為少數派總統，是在第三位候選人羅斯．裴洛（Ross Perot）瓜分反自由貿易選票的情況下才贏得大選。與此同時，墨西哥總統卡洛斯．薩利納斯（Carlos Salinas）正從拉薩洛．卡德納斯之子庫特莫克．卡德納斯（Cuauhtémoc Cárdenas）手中竊取選舉勝利[i]，後者的競選政見是反對經濟自由化，企圖率領墨西哥重拾父親的激進主義。[7]對柯林

i 編註：一九八八年，卡洛斯．薩利納斯代表執政的革命制度黨參加墨西哥總統大選，與卡德納斯競爭。該選舉被外界認為執政黨從中舞弊，最終選舉委員會宣布薩利納斯勝選。

頓與薩利納斯來說，推動《北美自由貿易協議》，可以使他們獲得大金融公司的支持，藉此抵銷其政治弱點。薩利納斯實際上將高盛變成墨西哥政府其中一個部門，令這間金融企業的顧問為墨西哥經濟做好加速通過《北美自由貿易協議》的準備工作。

在柯林頓看來，推動通過《北美自由貿易協議》是在他在民主黨基層確立宰制地位的機會，而他也「全心全意」投入戰鬥。湯馬斯・佛里曼（Thomas Friedman）在寫到這位總統對於《北美自由貿易協議》的決心時指出：柯林頓在「與傳統民主黨人角力時」最能展現其特質。反對該協議的不只是美國勞工聯合會和產業工會聯合會（AFL-CIO），國會黑人小組也持相同態度。為了駁斥反對意見，柯林頓宣稱自由貿易是一次文化更新的機會，正如他的一位顧問所說：「是在美國內心持續進行的」，關於機會、流動性與責任的「潛意識辯論」。特別的是，他將《北美自由貿易協議》與他任職總統期間將再三提及的議題聯繫在一起——種族。

一九九〇年代早期，特別是在洛杉磯暴動之後，種族關係特別緊張。犯罪率與市中心貧民區的槍擊案數量上升，共和黨的十二年執政，嚴重削弱了一九六〇年代與一九七〇年代聯邦積極打擊種族主義與貧窮的政策。像是柯林頓等所謂「新民主黨人」，則越來越頻繁地引用文化來解釋社會問題，特別專注非裔美國年輕男性的「病理」，像是他們破碎的家庭、槍枝暴力、貧窮與失業。例如，就在國會投票是否通過《北美自由貿易協議》的幾天之前，柯林頓前往田納西州的曼非斯，並在馬丁・路德・金恩最後一次佈道的教堂，發表了如今已惡名昭著的演說。柯林頓不僅模仿金恩的韻律，還模仿他的聲音說話，斥責觀眾必須為犯罪、槍枝以及自己的孩子負起個人責任。柯林頓一邊想像金恩一邊演說道：「我不是為了黑人濫殺其他黑人的權利而戰鬥的。」柯林頓在該趟旅途的其他地方更直接推銷《北美自由貿易協議》；彷彿經濟擴張，而不是旨在摧毀種族主義結構基礎的聯邦介入，才能團結社區與家庭，並提供治癒「貧民窟病理」（ghetto pathology）所需的財富。[8]

柯林頓在曼非斯的發言，並不是為了贏得黑人領袖對於《北美自由貿易協議》的支持。一週後，國會黑人小組絕大多數成員都投票反對該協議。但是柯林頓將全球化用於批判黑人男性的文化，給了共和黨與民主黨保守派一個投票支持協議的理由。官方的說詞是，全球增長將有助於美國克服貧窮與種族主義。然而，檯面下的說法，也就是「潛意識」的訊息卻相當清楚：全球競爭將規訓黑人底層，並幫助民主黨打破對國會黑人小組等團體的依賴。如果柯林頓能在《北美自由貿易協議》上取得勝利，他就能在議程上其他項目有所斬獲，包括撤銷一九三五年富蘭克林．德拉諾．羅斯福所建立的福利制度、強化警權，乃至擴張監獄系統。[9]

工會、民權領袖，以及環保組織與拉爾夫．納德（Ralph Nader）[ii]類型的公共利益團體，都基於進步理由反對《北美自由貿易協議》。他們擔憂該協議將導致失業、壓低工資、放任產業規避汙染防治及其他政府規定。但是國內支持協議的政治階級，包括民主黨與共和黨人、自由派與保守派，都樂於讓派屈克．布坎南（Patrick Buchanan）等本土主義者以及偶爾瘋瘋癲癲的裴洛充當反對自由貿易的代

ii 編註：拉爾夫．納德（一九三四—）是美國著名的政治活動家、作家和律師，他因為發起消費者保護運動、環保運動和政府改革事業而聞名。

表人物。

在一九九二年共和黨總統候選人初選時，布坎南對布希發起出乎意料的強勁挑戰，期間他要求沿著美墨邊界建立一道圍牆，或是他稱之為「布坎南溝」（Buchanan Trench）的溝渠，以及修憲禁止在美國出生的移民子女獲得公民資格。布坎南欣然表露雷根大部分時刻隱而不宣的種族主義，挑動雷根所煽動、對於福利受助人、第三世界社會主義者、同志權益倡議者，以及環保主義者的仇恨。他鼓吹遏止「國家自殺」或「種族自殺」的政策，並且捍衛美國猶太教−基督教傳統。布坎南「美國優先」的口號失敗了。但他確實令共和黨把在邊界建造某種「結構」的承諾納入政見。

當時，《北美自由貿易協議》被包裝成一種打敗黑暗的方式。藉由自由貿易拓展西半球，不僅將弱化極端主義者（例如裴洛與布坎南）的勢力，也將賦予共和國意義。《新共和》雜誌寫道：國家的「道德品格」危在旦夕。[10]本世紀初期，該雜誌曾是知識份子的總部，例如將特納理論社會化的韋爾表示：擴張不是所有問題的解方，是時候專注國內問題而不是永遠將它們反彈至邊疆。到了一九九〇年初，其編輯團隊已完全變成特納信徒。他們說布坎南與裴洛代表「罪惡的根源」，因為他們阻礙擴張。如今冷戰已經結束，《北美自由貿易協議》得以讓美國持續執行「不可能的任務」，結合現實主義與理想主義，並將其野心包裝成美德：「每十年過去，國內政策與對外政策之間的界線就越來越模糊。」貿易協議象徵著集「道德願景」與「國家切身利益」於一身的「國際主義」。

《北美自由貿易協議》自由化了美國與加拿大及墨西哥的貿易與投資條款，但是爭論主要集中在與墨西哥之間的協議，像是亨利・季辛吉（Henry Kissinger）等自由貿易鼓吹者就將該協議包裝成冷戰的延伸，是一種完成冷戰未竟事業的手段。

墨西哥可不只是一個普通的第三世界國家。作為二十世紀第一場反對美國資本的社會革命的誕生地，它是一切的起點，革命民族主義的進程不但令全球擁抱社會權利，還確立了一九七〇年代時將美國投資阻擋於門外的經濟保護政策。雷根在第三世界的強硬路線扭轉了這個局勢，《北美自由貿易協議》則是完全擊退該浪潮的機會。自由貿易將令美國像南北內戰之後那樣，再次「徹底改革」墨西哥，並接著徹底改革美洲其他國家。季辛吉談到薩利納斯「抵抗國家主義左翼傾向」的經濟改革時表示：「墨西哥一直是席捲西半球的革命先鋒。」[11]

柯林頓說，該協議「只是第一步」。[12]

二

《北美自由貿易協議》的故事背景始於三十年前的一九六五年，該年墨西哥城與華盛頓修改了兩國之間的關稅表。此後，位於美墨邊境的墨西哥組裝廠得以免稅優惠自美國進口原料，前提是完成部分組裝的成品必須再出口至美國，美國方面則不會依據進口物品的總價值，而是僅依據在海外新增加的物品價值來開徵關稅。[13]這些悄悄完成的修正，令生產過程開始瓦解，將墨西哥的邊境土地變成出口組裝廠座落的帶狀地區。根據新條款，紐約裁剪的衣料可以在墨西哥縫製成服裝，只要最終成品進口回美國，企業就只需支付在墨西哥完成工作之價值的關稅。[14]相比於美國工人，墨西哥工人的工資低上許多，因此企業外移產線所省下的錢相當可觀。

精算後的企業決定採取行動。一九六八年，墨西哥邊境只有七十四間工廠，到了一九六九年，已成長至一百四十七間，一九七五年更高達四百五十四間。其中包括快捷相機與儀器（Fairchild Camera and Instrument）與雷神（Raytheon）等先進科技企業的製造廠。起初，這些位於「泥土路盡頭的無招牌棚屋」的工廠很難找到，因為它們不想受到太多注目而被視為「叛逃者」。[15]但隨著外國在墨西哥的投資增加，便沒有什麼好隱瞞的了。很快地，宛若監獄一樣宏偉的工廠興起。冷戰結束之際，該處共有一千九百二十五間工廠，雇用五十萬名工人縫製衣服、組裝電子設備，以及製造汽車；在美國需要八點二九美元購買的勞動力，在墨西哥只需要不到一美元。[16]《北美自由貿易協議》要在許多年後才會簽訂，但是墨西哥邊境已轉變成一個帶狀工業區，裡頭有數以千計看似廢棄、洞穴般的煤渣磚建築，這些建築被鐵絲網與監視塔所包圍，其中大多數集中在提華納、華雷斯城、新拉雷多、雷諾薩與諾加利斯等城市。[17]如今，這樣的工廠已超過三千間，裡頭的工人製作的產品無所不包，從T恤、電視、藥品，乃至於休旅車等等。

在一九六五年，墨西哥官員還沒有意識到將邊境工業化將是對墨西哥革命遺產的背叛。相當程度上，組裝廠並不是要與象徵革命的農業改革決裂——當年的改革不僅將土地分配給農民社區，更為他們提供補助，同時以關稅保護他們，抵抗來自美國的便宜玉米與其他進口食物。[18]倒不如說，墨西哥的政策制定者最擔心的是季節性移工計畫的中止，以及美國採取移民上限或配額如何影響國內就業。突然之間，墨西哥人所知的「válvula de seguridad」，也就是往北方遷徙的「安全閥」被關閉了。因此，墨西哥打算放鬆投資與關稅規定，鼓勵在邊境建立組裝廠，希望其所創造的工作崗位能夠抵消在邊疆以北喪失的就業機會。許多政策制定者主張：組裝廠也會令生產技術與知識在國家經濟中普及，帶動更強勁的工業化，並藉由增加出口來削減墨西哥長年的貿易赤字。[19]

林登・詹森在一九六五年同意修改美國貿易法規時，也沒想到他正在破壞新政所創造的經濟秩序。長久以來，新政國家致力維持關鍵產業的工資低廉，這也是詹森政府包裝關稅修正的方式。[20]一位艾爾帕索的勞工運動家詹姆斯・紀文斯（James Givens）表示：「過去我們將廉價的墨西哥勞動力帶來我們的國家，如今我們將工作帶去墨西哥給他們。」[21]

然而，一九六五年也是詹森升級越戰的一年。B-52轟炸機很快就會在北越、寮國與柬埔寨丟下比二戰更多的炸彈。正如金恩所說，這些炸彈將在國內引爆，引發改變北美大陸的連鎖反應。

三

美國在東南亞投擲炸彈的成本，加上部署軍隊與其他物資的價格，持續對美元造成壓力，延長了以通貨膨脹與低成長為特徵的經濟危機。一九七九年，美國聯邦準備銀行以大幅提高利率作為回應。得名於美國聯邦準備理事會主席保羅・沃爾克（Paul Volcker），為後世所知的「沃爾克衝擊」（Volcker Shock），最終結束了通貨膨脹，但是也幾乎瓦解了其他一切東西。在美國，高利率政策導致美元估值過高，提高了出口的價格，並且使現代化所需的信貸過於昂貴，進而對東北與中西部工業區產生嚴重衝擊。企業利用這波衰退關閉工廠，將資本大舉往南方遷移，要麼前往保障就業權與低賦稅的西南部，要麼跨越邊疆至墨西哥。在一九八一至一九八四年間，美國工業損失約兩百萬的工會工資（union wage）[iii]工作。雷根政府實際上支付了遷徙所需的貨車費用，盡可能維持高利率，並提供其他誘因，將經濟從鋼鐵與汽車等歷史悠久的製造業，轉向高科技武器、金融與服務業。[22]

高利率導致工廠關閉，也擊潰了小農。昂貴的貨幣增加他們既有債務的價值，並導致種植作物所需的新貸款過於昂貴。十年內，美國失去了高達一百萬個家庭農場。如同記者喬爾・戴爾（Joel Dyer）在其著作《憤怒的收穫》（*Harvest of Rage*）所記錄的那樣，這場「農業危機」的結果是「極度貧窮與絕望」，以及自殺、疾病、犯罪與政治極端主義的湧現。[23]甚至在危機全面衝擊之前，聯邦政府基本上就已經放棄支持小農，而把支持大型農業持續擴張視為當務之急。銀行家與贈地大學（land university）[iv]裡頭的農業學家告訴農民：「要麼想辦法做大，不然就等著出局」。[24]曾經的新政維持了家庭與企業農業的共存，如今政府更青睞大型、工業化、高效率的經營模式。農業經濟學家約翰・伊克德（John Ikerd）寫道：「農場變得更大，由少數經營者擁有。」[25]許許多多的政策——聯邦補助作物保險、貸款、減稅、政府資助研究以及向購買美國作物的國家提供信貸，都鼓勵大型、標準化農業與行業整合。隨著農場合併，北美大平原上的大片土地杳無人煙；零星的荒廢小鎮，還有被木板封閉的歇業店家，散落於綿延數英里的巨大機械化農場之間。[26]今日的堪薩斯州西部有三十九個農村，每平方英里居住不到十人。

高利率除了開啟了美國的去工業化，摧毀了小農，也被用來撬開墨西哥的經濟。就和美國農民類似，墨西哥的貸款也是以美元結算。由於利率衝擊導致美元價值增加，墨西哥的債務也因此變多了。直至國際貨幣基金組織介入前，墨西哥已逼近債務違約的邊緣。為了換取新貸款來償還債務及支持其貨幣，墨西哥政府同意私有化國有企業、減少開支、鬆綁外國投資的限制、削弱勞動法的保護，以及放緩農業改革。與其他任何措施相比，這項政策有效地終結了墨西哥革命所建立的民族主義模式，並使該國走上《北美自由貿易協議》的道路。

四

一九九三年簽訂《北美自由貿易協議》時，美國農業危機已持續十年，因此該協議的影響，更像是進行式中的變革。在墨西哥，《北美自由貿易協議》是一記重大打擊。該協議在一九九四年一月一日生效前夕，墨西哥政府仍持續為小農提供大量補助與關稅保護。《北美自由貿易協議》沒有一次就全部清除這些保護機制，但是逐次取消的程度也很可觀，最後墨西哥農民像是在神祇面前一絲不掛那樣，面對嘉吉（Cargill）與阿徹丹尼爾米德蘭公司（Archer Daniels Midland）等美國巨獸。

在這之前，一九六〇年代的墨西哥官員並未想過邊境工業化會是對於該國農民的一次重擊。然

iii 編註：由工會和雇主談判議定的工資，一般比非工會工人的工資來得高。

iv 編註：在聯邦政府劃撥的公共土地的基礎上建立起來的大學。

而，時至一九九〇年，一批新的墨西哥技術官僚階級看著近三千個「ejidos」（集體農場）——其中許多都是由原住民社區所經營——他們只看到一堆廢墟，以及一群沉溺於歷史泥淖、阻礙國家前進的人民。《北美自由貿易協議》是掃除上述一切的機會，讓墨西哥可以晉身現代國家的行列。一位前墨西哥外交部長曾說：「我們不是法國，我們不能為農民作保，只因為他們看起來可愛迷人。」為通過協議預做準備，薩利納斯政府著手修改墨西哥憲法，撤銷其中最激進的條文。[27]農業改革宣告結束，此後政府再也不會徵收財產再分配給農民。集體農場可以將持份出售或出租給私人資本，或是將公有土地以私人財產形式分配給其成員。那些打著改變旗號，聲稱「農民可以成為小業主或是完全進入僱傭關係」的說詞，更像是寫著「滾開」的迫遷通知。[v]如果農民的土地肥沃，就會被農業資本家併入大型農場，生產草莓與酪梨等非穀物作物供給美國市場。[28]反之，如果土地貧瘠，或是需要大量精力和時間才能收成玉米，該農地就會被遺棄。反正現在只需購買便宜的美國進口玉米，然後在墨西哥的沃爾瑪銷售。

相比之下，根據《北美自由貿易協議》的條款，美國能繼續對農業補助。舉例而言，二〇一四年的《美國農場法案》（*U.S. Farm Bill*）在未來十年內預計撥款九千五百九十億美元（將近一兆美元），其中一大部分將補助一小群德州農民（在二〇一六年，鄰近墨西哥邊境的努埃賽斯郡〔Nueces County〕就獲得將近兩千一百萬美元）。[29]而墨西哥菁英們則歡欣鼓舞地以本國農民為犧牲品，來吸引資本、技術與工業崗位，為此他們幾乎取消所有的補助與關稅，開放本國市場讓美國農業進入。

墨西哥的官員承諾，流離失所的農民將在邊境快速擴張的組裝部門找到工作，情況卻非如此。邊境的組裝部門最終僱用了約一百萬名墨西哥人，但是在《北美自由貿易協議》生效後的幾年內，卻有四百七十萬戶農民家庭喪失土地。小玉米、乳製品與豬農被機械化的美國農業消滅殆盡。[30]很快地，美國愛荷華州數十萬名農民所生產的玉米量，超過了約三百萬名墨西哥農民生產總和的兩倍，並以一半的價格銷售到市場。[31]

然而，便宜的玉米並沒有使墨西哥的糧食價格更低廉。一旦當地農民生產被摧毀，進口食物的架上價格就會調漲至全球市場的標準。墨西哥一度擁有蓬勃的乳製品部門。但就在《北美自由貿易協議》生效後不久，該國成了奶粉進口的第一大國。隨著免稅的汽水與垃圾食物湧入墨西哥，營養不良和肥胖問題也同時上升。（最近，墨西哥在全球肥胖排名中位居第二。）[32]與此同時，越來越多的墨西哥玉米、糖以及非洲油棕被用來生產生質燃料（因華盛頓持續補助導致供應價格被維持在高點），佔用了原可用於生產當地食物的土地。

由於墨西哥競爭不過美國，《北美自由貿易協議》產生的難民要麼前往墨西哥城，在非正式經濟中，從事毒品交易等來勉強維生，要麼往北方遷徙，希望在美國找到工作。在一九九四至二〇〇〇年間，墨西哥每年前往美國的人數增加了百分之七十九。

多年來，美國的移民除了來自墨西哥，還有越來越多的中美洲人民加入行列。中美洲國家歷經一

v 墨西哥為北美自由貿易協議進行的修憲，可以比做美國一八八七年的《戴維斯法案》（Dawes Act），後者將美洲原住民的共有土地持份私有化：「在不到五十年的時間內，約一點五億英畝、相當於一八八七年時四分之三的原住民土地（而且這些土地通常是最具生產力的）都隨著小農出售或是被迫轉讓其所有權而喪失了。」

九八〇年代雷根升級的冷戰而倖存下來，接著在一九九〇年代被華盛頓逼迫開放國內經濟，讓大規模生質燃料生產和跨國農業企業進入。今日，饑饉蔓延在這片土地。超過一半的瓜地馬拉兒童長期營養不良，「自由貿易」的一代出現認知與肢體障礙。世界糧食計劃署（World Food Programme）繼續將瓜地馬拉列為全球營養最差的國家之一。[33]

五

《北美自由貿易協議》解放了投資與商品，允許它們恣意跨越邊界。但是卻未賦予工人相同的自由。該協議的內容甚至不包含外籍勞工計畫。事實是，若增加工人的流動性，將破壞《北美自由貿易協議》的核心，讓墨西哥失去對投資者的主要吸引力：廉價的剩餘勞動力。與《北美自由貿易協議》同步進行的，是邊境的快速軍事化——充當了系統邪惡的反安全閥，限制墨西哥工人的移動範圍，以確保墨西哥對美國經濟的競爭優勢不變：低廉工資。

柯林頓政府明白，《北美自由貿易協議》將導致無證移民激增，也據此制訂了因應計畫。[34]政府大幅提高了邊境巡邏隊員的人事預算，配備更先進的設備：紅外線夜視鏡、熱成像裝置、動態感測器、生物掃描、地面感應器，以及能對所有被捕移民進行生物掃描的軟體。[35]戶外照明燈亮起，照亮了提華納。儘管政府不想承認這就是圍牆，一個帶狀的東西仍被建立起來。某位政府官員表示：「我們稱之為圍籬，『牆』有一種負面意涵。」其中一段自太平洋向東延伸十五英里，它是以越戰時期直升機的鋼製降落坪製成，其邊緣非常尖銳，導致試圖攀越的移民經常切斷自己的手指。[36]

影響特別深遠的，是一系列以「封鎖」（Blockade）、「守門人」（Gatekeeper）、「堅守底線」（Hold-The-Line）以及格蘭河為名的「行動」，將艾爾帕索、聖地牙哥，以及拉雷多等城市裡頭相對安全的跨越路線軍事化。[37]現在，移民被迫穿越更危險的地方進入美國，要麼通過德州南部危險的平原，要麼行經亞利桑那州沙漠的峽谷與高原。過去只需要幾天的旅途，如今則需要好幾個星期，一路上是乾燥的沙漠與炙熱的太陽。柯林頓的移民及歸化局專員桃樂絲・邁斯納（Doris Meissner）表示：「地形」是我們的「盟友」，意思是折磨人的沙漠將發揮遏止作用。[38]沒有人知道《北美自由貿易協議》生效後，多少人在嘗試進入美國的途中喪生。絕大多數人死於脫水、體溫過高或過低。還有一些人在格蘭河中溺斃。自從一九九八年左右以來，邊境巡邏隊報告稱有近七千人死亡，總部位於土桑的「人權發展聯盟」（Coalición de Derechos Humanos）則估計至少發現了六千具遺體。這些數字只是實際死亡人數的一小部分。[39]正如一名移工權利工作者提到精確統計的困難處在於：「沙漠很大。」

但是人民的絕望更巨大。他們持續進入美國，而現在有更多人選擇留下。旅途的艱難結束了長久以來的季節性移民。一旦進入美國，工人就會繼續留在這兒。永久性無證居民的數字不斷呈倍數成長，到了柯林頓卸任時，人數已超過一千萬人。

柯林頓不只強化邊界，他還與共和黨一起討好本土主義者，強化反移民的公共輿論。在《北美自由貿易協議》投票之後的國會期中選舉，許多曾經投下贊成票的民主黨人都被淘汰，為紐特・金瑞契（Newt Gingrich）晉升眾議院院長鋪平道路。共和黨多數幾乎都支持《北美自由貿易協議》，但也開始將無證移民議題政治化，並將焦點放在他們拒絕同化與拉丁裔的犯罪問題。共和黨討論如何剝奪「定錨嬰兒」（anchor babies）[vi]的公民身分、通過僅以英文撰寫的法律、不讓無證孩童就讀公立學校，乃至拒絕他們在公立醫院就醫的權利。柯林頓藉著這種極端主義讓自己看起來像個溫和派，同時繼續推動自己的強硬路線。「所有美國人，」他在一九九五年國情咨文中表示，都應該「因為大量外國人非法入境我們的國家，而感到不安。」

柯林頓承諾加速遣返因犯罪被逮捕的非法外國人，並簽署通過許多極具懲罰性的犯罪、恐怖主義與移民法案，創造了存續至今的遣返制度。[40]這些法案取消了移民獲得法律地位的各種方式、撤銷司法審核制，且規定不得保釋的拘留。基本上，整個移民官僚機構——包括其人員、法庭與拘留中心——被改造成為加速遣返的機器，而被遣返人數也大幅增加。連擁有合法居留權的移民，現在都可能因為輕罪等任何違法行為被遣返，即便是數十年前的違法行為或已經在法院上和解的也一樣。柯林頓的各種犯罪法案是這場反移民運動的基礎，而這些法案削弱了共和黨在「法律與秩序」議題上的優勢。柯林頓的顧問拉姆．伊曼紐爾（Rahm Emanuel）敦促他鎖定「工作場所」的移民，設定令特定產業「不存在非法移民」的目標，並打破遣返非法外國人的紀錄。[41]甚至是柯林頓簽署的終止福利的法案，也是以無證移民為目標，禁止他們獲得許多社會福利，也不讓地方司法管轄區向無證居民提供「庇護權」。社會學家道格拉斯．梅西（Douglas Massey）與凱倫．普倫（Karen Pren）寫道：「在一九九六年之前，國家在針對移民的執法上還沒有起到非常重要的作用；之後，這些行動的強度卻提高到大蕭條遣返運動後從未見過的水平。」[42]

當柯林頓卸任時，企業已經擁有新的邊疆。多虧像是《北美自由貿易協議》之類的條約，它們像從前一樣自由。然而，與一九七〇年代相比，如今墨西哥的工資並沒有提升多少。達拉斯聯邦儲備銀行估計，一九七〇年代，不熟練的墨西哥工人每日平均工資是二點八四美元。[43]在將近半個世紀後的今日，在利盟（Lexmark）這間由中國擁有、總部位於美國的電子組裝廠，裡頭的員工（絕大部分都是女性）每天工作九個半小時，薪水卻只有約六美元。利盟工人蘇珊・普列托・特拉薩斯（Susan Prieto Terrazas）說：「靠這些工資過活是不可能的。這並不人道，他們創造一代又一代的奴隸。」[44]墨西哥的工資低落反過頭來壓低美國的薪水，過去幾十年來，美國的薪資成長持續持平甚至衰退。經濟學家勞倫斯・米雪爾（Lawrence Mishell）寫道：「自一九七〇年代晚期以來，最底層百分之七十的工資勞動者的薪資基本上停滯不前，而在二〇〇九至二〇一三年間，工資分配最底層的百分之九十的人，實際薪資都減少了。」

同時，邊境巡邏隊的規模成長至三倍，成為全國第二大的執法機構，僅次於聯邦調查局。

在二十世紀初期從事寫作的進步派評論家會認為，《北美自由貿易協議》是鍍金年代的延續，是另一場沒收土地與資源、將北美大陸的最佳部位賞賜給富人的「盛大野宴」。正如沃爾特・韋爾在一九一二年所描述的，那些利用法律推翻地方控制的菁英，是重新組成的「土匪」。企業特別喜愛《北

vi 編註：因美國採取「出生公民權」，只要在美國出生的人都能自動成為美國公民。這一詞用來形容那些沒有美國國籍的父母，藉由在美國生子來為嬰兒和自己獲取公民身分，具有貶義。

美自由貿易協議》這樣的條約，因為它們包含了允許企業控告國家的條款，一旦後者通過可能侵犯「可預期之未來利潤」的環境和公共衛生法規的話。當墨西哥城出於社區的反對，拒絕向加州一間有毒廢棄物掩埋場管理公司發出營建許可，並企圖將該公司擁有的掩埋場轉化為生態保育地時，該公司興訟並贏得數百萬美元的和解金。[45] 截至二〇一五年，類似訴訟已令墨西哥支付給外國投資者數十億美元，另外還有價值數十億美元的訴訟等待處理。[46]

正如韋爾在一個多世紀前寫道：「掠奪時分裂」，這些企業在「佔領後卻團結起來」。掠奪與佔領在邊界兩端都曾發生，雖然方式不同卻互相關聯。掏空現象在美墨兩端發生。在空蕩蕩的堪薩斯州西部，百分之九十九的玉米被送往墨西哥；在墨西哥的瓦哈卡州與普埃布拉州（Puebla）農村，或是瓜地馬拉高地，這些地方原本種植足夠的玉米餵養人民，如今卻人事已非。這些地方村落的人口也在流失，在瓦哈卡的聖安娜澤加奇鎮（Santa Ana Zegache），剩下的居民大部分都是女性或老人，達工作年齡的男性都已前往北方尋找工作。[47]

毒品、犯罪、槍枝、憂鬱、自殺、營養不良、肥胖……，這些柯林頓口中的美國「病理」，墨西哥與中美洲一項都不缺，而這些問題是由華盛頓的政策所造成或惡化的。「薩爾瓦多幫」（Mara Salvatrucha），也就是「MS-13」，正是美國本土主義者煽動下誕生的「中美洲」幫派，由一九八〇年代時逃離雷根戰爭的難民在美國洛杉磯監獄中所成立。[vii] 同樣地，墨西哥猖獗的販毒集團不只是由美國對其產品的需求所推動。[48] 他們也是華盛頓在哥倫比亞斥資數十億美元的軍事遏制政策的結果，該政策將原本控制在安地斯山北部的毒品暴力擴散至中美洲與墨西哥。

美國在其邊界以南實施的政策，也預示了後來它在更廣泛的中東所造成的破壞，該地區也產生了激化區域政治的難民潮。在北美，美國的經濟政策引發史上最大的移民潮之一，其規模不亞於十九世紀穿越阿勒格尼山脈向西遷徙的移民。然而，今日的美國移民不再擁有自然法作為後盾，迎接他們的也不再是光明而明確的命運，套句邊境巡邏隊隊員形容《北美自由貿易協議》造成的第一波難民潮：「就只是一大批人」——遷移至一個正以其所仇恨的對象來定義自己的國家。[49]

vii 在古巴與尼加拉瓜移民被視為「政治難民」（逃離左翼政府因此獲得良好待遇）的同時，薩爾瓦多人與瓜地馬拉人卻遭遇粗魯的對待。許多人被收押在監獄。被當作罪犯對待的他們，後來也真的成為罪犯，並被幫派吸收，包括後來為人所知的「MS-13」，而他們在被遣返回母國之後也繼續保有幫派成員的身份。（尼加拉瓜未受幫派問題所苦的一個原因是：其難民並沒有被送往監獄然後被遣返回國。）

第十五章　跨越血色子午線

「鬥爭轉向內部……，隨戰爭而至的是獵巫行動。」

一

簽訂《北美自由貿易協議》前的邊境並不如一首田園詩。一個多世紀以來，它給了本土主義者縱情幻想的自由，各種民團在這裡橫行無阻。一九九〇年，某個自稱為「邊界控制聯盟」（Alliance for Border Control）的加州團體成員，召集了高達五百輛汽車，將車頭朝向南方，一起將車頭燈打向墨西哥來「照亮邊界」。同年，一群聖地牙哥的高中生組織了新納粹民兵團體，自稱為「金屬民兵」（Metal Militia），在邊境發動追捕與搶劫移民的「戰爭遊戲」。一個新的廣播電視網《福斯》（Fox）的節目〈記者〉（The Reporters）當時報導了這場騷亂，而引人注目。[1]

當年，種族主義與本土主義尚未成為《福斯》的謀生之道。〈記者〉的主持人是前《新聞日報》（*Newsday*）調查記者鮑伯．德魯里（Bod Drury），他將該集標題取名為「人形獵物」（Human Prey），希望藉由譁眾取寵來吸引觀眾，同時也不忘對移民表示同情。德魯里訪問了一位民團成員，根據該成員的估計，在聖地牙哥郡約有十個類似的軍事組織在當地以「獵捕、追蹤、尾隨」移民為樂。拍攝團隊跟拍了其中一個團體，他們抓到一個家庭，包括一名嬰兒以及一名嚇壞的老祖母。德魯里將邊境極端主義的高漲歸咎於早前越戰的人員縮編：許多民團成員都是退伍軍人。還有一些成員是青年甚至是青少年，他們會模仿越戰老兵的戰略，例如設置越戰電影中出現的詭雷陷阱。德魯里報導中最令人不安的一段是他訪問了幾位民團成員，這些裝扮得難以認出的成員們表達了純粹的仇恨。其中一人談到他恐嚇移民時最喜歡的方式：「抓住一個小孩，其他人就不敢輕舉妄動。」

在節目播出前的兩年內，有一百名移民在聖地牙哥郡被殺害。二十二歲的希拉里奧・卡斯塔尼達（Hilario Castañeda）與十九歲的瑪蒂爾德・馬賽多（Matilde Macedo）走在該郡一條僻徑時，身穿黑衣的青少年肯尼茲・科沃茲拉夫（Kenneth Kovzelove）從呼嘯而過的皮卡車後車廂上跳下來，科沃茲拉夫一邊喊著：「去死！去死！去死！」一邊用半自動步槍射殺了卡斯塔尼達與馬賽多。這兩名受害者都是擁有簽證的農場工人，換句話說就是合法居民。「你們專挑墨西哥人殺害嗎？」審問時，科沃茲拉夫被這樣問到。他回答：「是的，長官。」[2]科沃茲拉夫被判謀殺罪，但大部分的案件懸而未決。有三分之一被殺害的移民，甚至從未被指認身分。

邊境巡邏隊則持續發揮自創立以來的作用：充當白人至上主義勢力在邊疆的工具。巡邏隊員時常涉入毆打、謀殺、虐待，以及強暴犯行，被強暴的女孩之中，最小的甚至只有十二歲。部分的巡邏隊員甚至在隊伍裡頭「違法」經營自己的民團組織。[3]有些則與三K黨保持聯繫。[4]巡邏隊員也利用移民孩童作為誘餌，或是施壓逼供的策略。當邊境巡邏隊員碰上一個家庭時，他們通常會在其他人逃離前先逮捕最年輕的成員，這樣他的家人就會為了不被拆散而出面自首。一名巡邏隊員告訴記者：「這聽起來可能很殘酷」，但通常很管用。[5]

過去數十年間，拆散移民家庭並非官方的政策。但是邊境巡邏隊員經常恣意從家長手中帶走孩童，威脅他們將「永遠」分離，除非他們承認非法入境美國。一名巡邏隊員表示，母親「總是會崩潰」。[6]一旦獲得自白，孩童可能會被安置在寄養家庭，或是被丟入聯邦監獄受盡折磨。有些人在墨西哥被釋放，孤伶伶地遠離家庭；根據公設辯護律師的說法，他們被迫「拿著空罐乞討，住在屋頂之類的地方維生」。[7]十歲的希維亞．阿爾瓦拉多（Sylvia Alvarado）在入境德州時與祖母分離，然後被關在小小的空心磚牢房長達三個多月。在加州，十三歲的茱莉亞．佩雷茲（Julia Pérez）遭威脅將被逮捕且不會供給她食物，結果明明是美國公民的她，在崩潰後告訴訊問者她是墨西哥人。邊境巡邏隊在墨西哥釋放佩雷茲，此時的她身無分文，也沒有家人的聯絡方式。[8]

約翰．克魯森（John Crewdson）在《紐約時報》的調查報導，揭露了類似的暴行並非偶發事件，而是指揮鏈中官員們鼓勵甚至親身犯行的模式。[9]暴力既是無來由的也是系統性的，包括後來在伊拉克戰爭聞名的「施壓」技術。移民被剝光衣服，棄置在極為寒冷的房間內長達好一段時間。有些人被送回墨西哥，他們被銬在車上，接著被命令往邊界的方向奔跑。有的邊境巡邏隊員將「非法入境者推下懸崖」，一名巡邏隊員向記者透露，「這樣看起來就會像是一場意外。」[10]

在巡邏隊所屬的移民及歸化局，官員們將在邊境抓到的墨西哥女性交易至美式足球洛杉磯公羊隊，藉此換取季票，或向美國國會議員與法官提供墨西哥妓女，支付的金額則被用來補償線人。巡邏隊員們也與德州農場主密切合作，將墨西哥移民工人送往他們的農場（包括林登・詹森在白宮期間擁有的農場），接著在發薪日前夕突襲農場，將工人驅逐出境。克魯森寫道：「農場主獲得免費收割作物的服務，移民及歸化局官員獲得在農場釣魚與打獵的特權，墨西哥人則什麼都沒有。」

巡邏隊員提醒被捕者必須向自己臣服：「在這裡你什麼權利也沒有。」[11]邊境巡邏隊制度化了有罪不罰現象，其運作也很少受到監督。多數的邊境地區偏遠且地形嚴峻、巡邏隊的工作橫跨國外與國內界限，加上許多巡邏隊員自己就是參與國外戰爭的退伍軍人（或是來自包括邊境地區在內的種族關係緊張區域），上述原因都造就了一名官員所說的「堡壘心態」（fortress mentality）。[12]巡邏隊員很容易將他們孤立的據點想像成位居險惡、將野蠻人阻擋在外的邊疆堡壘。[13]他們在無助的絕望人民面前舞弄大權。絕大多數被捕的移民（在被毆打或被威脅將遭毆打之後），都簽署了「自願離境協議」，「迅速被遣返」。[14]在一九八二至一九九〇年間，墨西哥政府就墨西哥人被邊境巡邏隊員傷害或殺害的議題，向美國國務院提出了至少二十四次抗議。[15]

正如在海外戰鬥的士兵會給敵人安上種族主義的綽號，邊境巡邏隊員也有一個詞來稱呼他們的敵人：「噹」（tonks）。在某個濫權案件中，律師要求邊境巡邏隊員回答這個詞的意思，他們一個個都宣稱不知道。最後，一名目擊證人承認，「噹」是「拿手電筒敲擊某人頭部發出的聲音」。[16]

在無證居民佔多數的社區，巡邏隊員像是佔領軍一樣橫行霸道。「少管閒事，女士！滾回妳家裡頭！」一名巡邏隊員命令加州史塔克頓郡居民，當時她走出陽台看到這位隊員正在「踹擊一名戴著手銬、面部朝下的墨西哥男子」。[17]沒有一條憲法條文能夠限制巡邏隊員。巡邏隊員可以搜索任何地方，奪走移民的任何財產。[18]只要逮到的是可憐的墨西哥人，他們就有權殺害他。一九八五至一九九〇年間，聯邦官員在聖地牙哥郡就對四十名移民開槍，殺死其中二十二人。例如在一九八六年四月十八日，巡邏隊員艾德華．科爾（Edward Cole）在邊界鐵絲網的美國這端毆打二十四歲的艾德華多．卡利略．埃斯特拉達（Eduardo Carrillo Estrada），當時他已攔下艾德華多的弟弟溫貝多（Humberto）並從其身後射殺他。溫貝多當時正站在圍籬另一側的墨西哥土地上。法院判決科爾有理由擔心生命受到溫貝多威脅，因此有合法使用武力的權利，儘管此前科爾已有開槍射擊圍籬對面的墨西哥人的先例。[19]

不只是聯邦邊境巡邏隊，地方執法部門也參與了這種殘忍的施暴行為。一九八〇年，一名隸屬於美國農場工人聯合會（United Farm Workers）的德州律師取得了七十二支審訊移民的影片，這些影片是過去七年內於德州麥卡倫郡（McAllen）警察局內所拍攝。影片中的畫面令人坐立難安：警察輪流毆打一名被上銬的墨西哥男子，將他的頭往水泥地板猛砸，並在他求饒時拳打腳踢及咒罵他。[20]這些錄影帶是為了娛樂而製作的：當警官們「夜復一夜」聚集在一塊時，他們就會一邊喝啤酒，一邊欣賞這些審訊過程的「回放」。參與其中的一名男子表示，這是新成員加入時的一種團結儀式。[21]

這就是一九八〇與一九九〇年代邊境的情況，一個世紀以來，這裡已經成為違法暴力與有罪不罰猖獗氾濫之地。然而，在絕大多數的時候，邊境地帶以及其憤怒的種族主義、軍事化和準軍事化的暴行，仍是距離美國核心地區相當遙遠的世界。隨著雷根再一次發起美國橫越邊疆的行動，以及柯林頓宣稱沒有任何一條界線能將美國與世界利益分開的同時，來自邊境的新聞，無論再怎麼血腥，都沒有被這個國家所察覺。

二

但是，暴力事件在二〇〇〇年左右突破邊境一角。關於私刑正義的報導存在已久，卻長期被忽略，如今逐漸獲得全國關注。

開始有目擊者表示，看見身著迷彩服、駕駛民用汽車的男子開槍射殺移民。[22]一名身分不明的男性屍體被發現其脖子上繞著燒過的繩子，彷彿被私刑處決。民團逮捕墨西哥人然後將他們綑綁在一塊，在遊街示眾後交給邊境巡邏隊。《基督教科學箴言報》（*Christian Science Monitor*）刊出了「美國農場主拿起武器」的頭條新聞。[23]

很快地，西南部的野營地出現匿名傳單，邀請外來者駕駛自己的露營車，帶上槍枝與鹵素聚光燈，藉由參與「社區農場觀察」活動「在陽光的沐浴下找樂子」。到了二〇〇一年初，邊境吸引了更多白人至上主義者、納粹份子、本土主義者，以及第一次波灣戰爭後擴散至中西部與西部的民兵團體成員。

接著，九一一事件突然中斷了這些群體的聚會。全國被動員加入戰爭，起初是阿富汗，接著是伊拉克。與此同時，私刑正義減少了。在歷經許多人認為是冷戰後自我放縱的十年後，對於五角大廈與世貿中心的攻擊，喚醒並賦予了美國全新的使命感。此前，許多自由派與保守派宣稱《北美自由貿易協議》提供類似的使命感、延續美國邊疆普世主義，拒絕了孤立的誘惑。然而，當協議簽署生效後，一種洩氣感開始作祟。儘管仍有許多協議需要支持，包括創立世界貿易組織（World Trade Organization）的協議。然而自由貿易本身，或者其協議的生效，終究只是思想狹隘、功利主義的玩意兒。經濟協議的條款——舉例而言，建立時間表這樣的瑣事，或是定義纖維素與澱粉酒精之間的差異，無法賦予國家生命意義。十年的自由貿易，並未創造繁榮和諧的國際社會，或是克服國內政治分歧。在二〇〇〇年競爭激烈的總統大選後，美國比以往更加兩極分化了。

因此，在恐怖攻擊的幾個月後，宣稱通過《北美自由貿易協議》在道德意義上的重要性等同邊疆的同一批政治階級，如今用同一套話術來包裝入侵阿富汗與伊拉克。美國在九一一之後發動了所謂的「全球反恐戰爭」，抓住了一個離開邊疆、展望全新世界的機會。這個使命又重新神聖化了。喬治・沃克・布希在二〇〇四年夏天誓言：「我們將拓展自由的邊疆。」

當時，這場災難的程度開始變得顯而易見。

如果佔領阿富汗與伊拉克沒有錯得那麼離譜，也許小布希還能藉由發起至中東征戰的方式，來引導和抑制共和黨各階層持續滋長的種族主義，就像一九八〇年代的雷根，藉由移轉最好戰的本土主義民團之注意力至中美洲的方式，來瓦解他們一樣。自安德魯・傑克森以降的一個多世紀以來，美國政治領袖享受著將其最躁動與憤怒的公民（就是在九一一事件前一年開始在邊境聚集的那類人）丟到外頭的福利，利用他們對付墨西哥人、美洲原住民、菲律賓人，以及尼加拉瓜人等敵人。

但是佔領確實出錯了。小布希與其新保守主義顧問發動美國歷史上最昂貴的戰爭之一，此前他們才推動通過美國史上最大規模的減稅。他們追隨雷根設下的先例，後者在一九八〇年代赤字飆升的同時一面減稅、一面增加軍事預算。[24]然而，來自巴格達（Baghdad）、費魯傑（Fallujah）、巴斯拉（Basra）、安巴爾省（Anbar Province）與其他地方的新聞，顯示小布希創造了一場空前災難。政客與政策知識份子開始辯論什麼是、什麼不是酷刑，並堅持無論「強化審訊」（enhanced interrogation）是什麼，美國都有權利這麼做。來自阿布格萊布監獄（Abu Ghraib prison）的照片廣泛流傳，顯示美國人員愉快地嘲弄並虐待伊拉克人，之後報導也指出美軍對囚犯施加其它形式的酷刑。許多人漸漸明白這場戰爭不僅在概念上是違法的，其理由也是謊話連篇，而且執行面不道德、管理面充斥腐敗。

雷根之後的每位總統都提出了道德賭注，堅持他們所謂的「國際主義」在道德上有所必要，儘管，它可能意味著在貧窮的第三世界國家發動殺人戰爭或是企業貿易條約。然而，小布希的反恐戰爭所造就的幻滅，以及一連串事件暴露整個行動不過是場騙局的速度之快，都是非比尋常。其所創造的不和諧也是。戰爭，特別是為了將民主帶到伊拉克的這場戰爭，據說標誌了美國使命的新時代。為此，有必要發起一場欺騙行動（美國最受尊敬的新聞記者也是共犯，共同參與了這場行動）來確保民眾支持。副總統迪克・錢尼（Dick Cheney）表示，推翻薩達姆・海珊（Saddam Hussein）將「易如反掌」，而美國士兵將以「解放者之姿受到迎接」。然而錢尼堅持，為了確保贏得反恐戰爭，必須設置一個遍及全球的秘密酷刑網絡。隨著上千人死亡與數十億人失蹤，這場戰爭與整個後冷戰擴張計畫（多，還要更多！）的自負心態也必然劃下句點。

當邊疆關閉後，一些人回到邊境。零星的暴力升級（例如二〇〇四年一名白人至上主義者在尤馬郡（Yuma County）「追捕墨西哥人」之際殺害了一名移民），成為有組織的民兵極端主義。[25] 戰爭復仇主義通常在戰爭結束後發生，例如第一次世界大戰後的三K黨，或是越戰之後白人至上主義的激進化。然而，如今在戰爭仍在進行之際，它便已經成形。邊境民兵主義吸引著從這場戰爭歸來的士兵，以及從昔日戰役退下的退伍軍人，他們擔心的不只是當前的戰爭，也擔心其餘所有的戰爭都將導致移民的湧入。

例如越戰老兵吉姆．吉爾克里斯特（Jim Gilchrist）回想起，當阿布格萊布監獄醜聞爆發時，他萌生了創立一個保護邊境的志願組織的想法。吉爾克里斯特表示：「這樣的念頭已佔據我腦海多年，這是恐懼的結晶。」他問道：「這些人是為了什麼原因在第二次世界大戰、韓戰與越戰中犧牲？」絕非為了開放邊境，讓這麼多移民入境美國，令美國淪為「混亂國度」。[26] 有了這番領悟，吉爾克里斯特在不久後的二〇〇五年初，協助成立「義勇軍計畫」（Minuteman Project），開始在沙漠巡邏搜尋無證移民。該計畫在接下來三年快速茁壯，並分裂成不同團體，包括「美國邊境巡邏隊」（American Border Patrol）、「山林義勇軍」（Mountain Minutemen），以及「加州義勇軍」（California Minutemen）。

「追捕墨西哥人」是古老的美國遊戲，至少可以追溯至《瓜達盧佩—伊達爾戈條約》簽署後，墨西哥官員就用了完全相同的描述，向華盛頓抱怨「武裝男性委員會」在德州搶劫並殺害墨西哥人。[27] 如今追捕行動擴展至全國。義勇軍組織開始在距離邊境相當遙遠的地方，例如長島東端，騷擾聚集在城市街角的臨時工。[28] 其中一支中西部的分遣隊，則鎖定城市公園內的拉丁裔。堪薩斯市「美國之心」（Heart of America）義勇軍民防軍團創始人表示：「邊境已經不在沙漠中了，而是遍及全美。」根據一項統計，截至二〇〇六年底，共計有一百四十個義勇軍分部在三十四州內成立。[29]最高峰之際，單單義勇軍計畫就擁有一萬兩千名成員，其中許多人是退伍軍人、邊境巡邏隊的退休隊員，或是執法人員。約莫在阿富汗與伊拉克戰爭惡化之際，馬里科帕郡警長喬·阿爾帕約也將注意力從一般維護法律與秩序的強硬路線，轉向特別針對墨西哥裔美國人社區與移工。在全國各地，針對拉丁裔的暴力一發不可收拾。[30]

三

隨著小布希輸掉佔領行動，他也喪失了對共和黨的掌控權。共和黨人如願以償獲得減稅與戰爭後，如今正為兩者的後果所苦。當時許多人認為當代保守主義正在式微，其原因在於它在意識型態上毫無節制，例如對於軍事化國安國家與自由主義經濟的矛盾信仰、崇拜個人自由，以及煽動包括種族仇恨在內的文化戰爭。小布希在二〇〇四年贏得連任。但是該政黨的許多領袖在觀察亞利桑那州、德州與佛羅里達州的人口結構後，從勝選中汲取的教訓仍是：如果共和黨要在全國選舉生存下來，就必須贏得拉丁裔的選票。為此，白宮希望複製雷根對移民的讓步策略。它提出進一步軍事化邊境的立法，但同時也提出了讓符合資格的無證居民獲得公民身分的一次性方案。

政府擬議的改革激起民團動員反對這項立法。而這又回過頭來復甦了疲弱的保守派運動。這一波本土主義的狂熱避免了運動因為既存的狂熱盲動而瓦解，更注入了新的凝聚力與活力，拒絕讓數百萬無證居民獲得公民身分。歷史學家理查・斯洛特金（Richard Slotkin）想像著美國不再具備藉由邊疆暴力重生的時刻，他寫道：「鬥爭轉向內部，隨戰爭而至的是獵巫行動。」[31]

民團是更廣大的反移民聯盟的核心，這個聯盟在州議會與美國國會有許多盟友：阿拉巴馬州的參議員傑夫・塞申斯（Jeff Sessions）、無證移民犯罪受害者的親戚、行動中被殺害士兵的家屬、返回家園的退伍軍人，以及包括邊境巡邏隊員在內的執法人員。[32]義勇軍計畫領袖們時常出現在《福斯》新聞與電台談話節目中，要求小布希在邊境部署國民警衛隊，並且沿著整條邊界興建圍牆，而非推動「特赦」。

小布希進一步強化邊界，試圖安撫這個跨階層的反抗行動。二〇〇六年的《安全圍欄法案》（Secure Fence Act）挹注數十億美元購買無人機、「虛擬圍牆」、飛艇、雷達、直升機、監視塔、監視氣球、刀片刺網、填埋峽谷、邊界護堤、因應不斷變化的沙丘的調整式路障，還有一個測試圍籬樣品的實驗室（位於德州農工大學，並與波音公司合作經營）。邊境人員倍增，邊境圍籬長度也延伸了四倍。「流線行動」（Operation Streamline）拘捕、起訴、審判了大批移民，並加速了遣返流程（絕大多數援引柯林頓在一九九六年批准的移民改革法案）。美國移民及海關執法局（Immigration and Customs Enforcement，簡稱ICE，這是九一一事件後邊境巡邏隊的新名稱）人員從校車上抓走孩童，還深入紐約的漢普頓（Hamptons）及麻薩諸塞州的新伯福（New Bedford）等自由州追蹤無證居民。小布希在位八年期間總共驅逐了兩百萬人，卻無濟於事。二〇〇七年，共和黨內的本土主義勢力扼殺了他的移民法案。

「警察國家不是答案。」尼克森與福特政府的移民及歸化局局長雷納德．查普曼將軍，在三十年前就警告過政策制定者追求完全關閉邊界的幻想的後果。本章開頭出現過、報導許多邊境暴力事件的《紐約時報》記者約翰．克魯森也問道：「有誰認為美國需要一個克格勃（KGB）？」[33]查普曼和克魯森不約而同地指出，如果美國出現專制政權，那並非如左派或右派所解釋的那樣，為了對付漸成威脅的工人運動，或是保姆國家的擴張。這毋寧是美國邊界特殊化的結果，以及它想要確保邊境安全卻不可能達到的慾望；這條邊界被管制並不是因為出於國家安全，而是因為「它是貧窮無望與巨大財富之間的分界線」。[34]

自那之後，查普曼與克魯森的警告已經證明了是預言。一九七六年，查普曼說：「我們無意拆散已經在這裡的家庭。」[35]但是隨著移民政策在過去數十年間越來越強硬，拆散家庭與孩童淪為目標的狀況也越來越頻繁。但對於邊境的殘暴份子而言，這還不夠。

在小布希擔任總統的最後幾個月，原本聚集在邊境的草根憤怒擴散至全國，此時美國正深陷阿富汗與伊拉克的泥淖，住房與信貸市場也開始崩潰。銀行失靈。抵押房屋被取消贖回權的案件以及迫遷數目都大幅攀升。不平等與個人債務問題惡化，社會服務卻捉襟見肘。此外，無論政府在邊境配置多少巡邏隊員，或是小布希執行多少次遣返，墨西哥與中美洲人民仍持續入境美國。正如歷史學家戈登．伍德如此形容傑克森時期：一切看起來都在分崩離析。不過，主要差別在於傑克森主義者望向墾殖線之外，他們只看到了可能性；無主地的願景令美國能夠自我縫合。如今美國向外眺望，只看到了危機。

接著，美國選出一位黑人總統。

四

巴拉克·歐巴馬任職的八年期間，他面臨從邦聯、美墨戰爭、德州分離運動一路累積的惡意，這樣的惡意可以上溯至帕克斯頓之子的事件。許多歷史學家指出，厭惡歐巴馬的同一群人，也喜愛安德魯·傑克森——不只一位學者將傑克森描述為第一位「茶黨總統」。[36]這言之成理，因為這種強烈情緒有著共同來源：邊疆。兩位總統都來自浪潮外緣、美國最邊緣的管轄區域：傑克森來自坎伯蘭峽與西部地區，歐巴馬則來自夏威夷與（冷戰期間無疑位於美國勢力範圍內的）印尼。然而，差別在於傑克森作為文化象徵，代表了驅動邊疆向前推進的墾殖者，他藉由剝奪與奴役有色人種獲得更大的自由，而這種自由是以被剝奪奴役的人民為對立面來定義的。歐巴馬作為美國首任非裔總統，令人想起的是其受害者，因此他的反對者認為他就算不是在界線之外出身，也是在那裡成長的外來者。

正如歷史學家丹尼爾·羅傑斯（Daniel Rodgers）所說：歐巴馬的當選充滿了「情感衝擊」。然而，他的政府只提出「發牢騷般的政策」，以慣常的法條而非激進的方案嘗試解決前任留下來的爛攤子。重要的法案，包括成功立法的《平價醫療法案》（Affordable Care Act）與金融管制，以及未通過的碳排放上限與交易計畫，這些在不久之前，都仍在共和黨人可接受的範圍之內。[37]共和黨本可以完全同意歐巴馬在八次國情咨文中所提出的任何一項議程，不過這也難以改善數百萬名窮人所處的不穩定狀態。最令人震驚的是，歐巴馬政府不願跳脫一九九〇年代自由貿易的思考模式。就連保羅・克魯曼等昔日《北美自由貿易協議》的鼓吹者也變得猶疑，並開始注意到美國的薪資長期停滯。《紐約時報》承認：「全球化的戰利品不成比例地流向了富人。」[38]然而，歐巴馬還是推動了與巴拿馬、哥倫比亞和南韓的貿易協議。[39]他持續追求一個不復存在的中心，而他似乎認為可以憑藉能言善道與無窮的耐性，使它恢復往日榮光。

與此同時，本土主義右派持續合流。在小布希任內，各種邊境民團擴張至全國，並協助制定聯邦政策。在歐巴馬上台後，他們與其他右翼組織合併成後人所知的茶黨。[40]異花受精在各個層面發生，反移民的共和黨人將自己重新包裝成自由派，反拉丁裔的組織則以財政「責任」之名動員。邊境義勇軍加入邦迪家族的民兵（後者因為公共土地議題兩次與聯邦當局武裝對峙），同時民兵成員則和義勇軍一同進行邊境勘查行動。在亞利桑那州柯奇斯郡（Cochise County）這類長期以來都是右翼農場主私刑正義的保留地，義勇軍與茶黨合併了。[41]在二〇一〇年的鳳凰城集會中，一名主講人揚言：「建一堵牆然後開始射擊吧。」他說道：「命令他們排成一列。我會親自拷打他們。」殘暴行徑至此已成為支配外國人的象徵儀式，也是藐視政治建制派與其領袖及機構的徽章。

戰爭仍在持續，擁有超多預算的軍方，仍是美國最有效的社會動員工具，以及醫療與教育的供應者。然而，相較於小布希仍將軍國主義視之為一種意識型態鬥爭，歐巴馬認為它關乎效用與能力。[42]當歐巴馬這樣行事的同時，美國失去了將極端主義向外釋放的能力，美國在波斯灣製造的混亂，逐漸反映在國內，聖戰大屠殺、校園大規模槍擊案、白人至上主義者與男權主義者的猖獗暴行持續呈螺旋上升。[43]

五

時至二〇一〇年，美國喪失的不僅是排解極端主義的能力。一個多世紀以來，外交關係一直是如何組織社會的規範性思想，以及各國領袖協調個人與社會、道德與野心之間潛在衝突的場域。他們可以指向邊疆以外的地方說：我們將在那裡克服彼此的差異。[44]當柯林頓開始推動《北美自由貿易協議》時，隨著蘇聯煙消雲散，世界仍相當開放，這令他堅持自由貿易將再一次提升民權的說法聽起來相當可信，而他宣稱該協議「在道德意義上相當於十九世紀的邊疆」的主張也很難反駁。

歐巴馬的手腳則被綁住了。美國的道德價值與軍事權威的崩潰，以及自由貿易增長模式的破產，意味著他無法利用外交政策的任一方面來表達此乃關乎共同利益的更大願景，他在國際關係上也沒有著力點，能克服撕裂國家的兩極化；戰爭、人道主義介入與貿易都做不到，甭論《跨太平洋夥伴協議》（Trans-Pacific Partnership）這個被某位評論家形容為「超級《北美自由貿易協議》」的巨型貿易協定了。[45]當歐巴馬開始推動《跨太平洋夥伴協議》時，其繼任者的競選活動也正在進行中，這也驗證了左翼與右翼評論家們的觀點：中間派除了差不多的東西，沒有什麼拿得出手的。

由於美國無法再想像一個不斷向外擴展的未來，針對那些企圖入境國內的人民的爭論也越來越激烈。對此，歐巴馬嘗試向對手妥協。他簽署一項名為《童年抵達者暫緩驅逐辦法》（Deferred Action for

Childhood Arrivals，DACA）的行政命令，向入境美國的未成年無證居民提供保護。但是他也增加了美國各邊境、海關與移民機關的資金和人員。此時的白宮提出與小布希相同的賭注，落入數十年前「執法優先」的陷阱裡頭，堅信必須先達到「封鎖」邊界這個不可能的前提，才能通過改革。歐巴馬希望強化邊境安全能開啟妥協的空間，然而情勢卻未如他所願。在二〇〇九至二〇一四年間，抵達邊境的中美洲孩童「蜂擁而來」，每年都數以萬計，其中絕大多數來自薩爾瓦多、宏都拉斯與瓜地馬拉。[46]這些國家先前已被雷根的中美洲戰爭嚴重影響，如今再次被華盛頓支持的貿易、反毒與安全政策打擊。這些孩童之所以單獨前來，是因為邊境軍事化封閉了相對安全的越境路線，導致家庭結伴同行過於危險。

結果，白宮調度更多資源來保護邊境，並以擴大遣返來因應。[47]至二〇一六年，美國在邊境與移民執法部門的支出，比其他所有聯邦執法機關的總和還多。然而，正如小布希任職期間所發生的那樣，移民改革失敗了。

隨著美國移民及海關執法局與邊境巡邏隊的權力擴增，其有罪不罰的現象卻有增無減。自二〇〇三年起，邊境巡邏隊員殺害了至少九十七人，其中包括六名孩童。很少有人員被起訴。[48]根據美國公民自由聯盟（ACLU）的一份報告，年輕女孩遭受肢體暴力與強暴威脅，邊境巡邏隊逮捕的無陪伴者孩童經歷了「肢體與精神虐待、不衛生與不人道的居住環境、與家庭成員隔離、長期拘留，且無法獲得法定的醫療服務」。[49]約翰．克魯森三十年前記錄的那種施壓酷刑，包括將移民長時間安置在極為寒冷的房間的作法，仍在使用著。[50]二〇一四年，一名七歲的薩爾瓦多女孩嘗試抵達長島，與父母團聚，她徒步跋涉十天後於德州被逮捕。她被關在「冰庫」裡十五天。她作證時表示：「真的非常、非常冷。」「燈一直亮著，地板也很硬。我睡不著……我一直感到很餓。」[51]

這一連串虐待事件很難處理。恐怖故事交融在一起，彷彿邊疆的關閉導致時間感的崩潰。那些向外擴展至世界各地的暴力，一度給人已擺脫問題的假象，如今這些暴力不斷累積。「我們劃開他們的水瓶，把水倒到乾涸的土壤上。」一名邊境巡邏隊員描述他與同事們瞧見移民藏匿了一堆物資後做了什麼。「我們傾倒他們的背包，把裡頭的食物與衣服堆起來，然後碾碎、在上頭撒尿、踐踏，最後丟到沙漠中放把火燒了它們。」[52]

與此同時，歐巴馬第二任任期屆滿之際，右翼仇恨持續輪迴，從移民到健保，從賦稅、戰爭、槍枝到邦聯旗、墨西哥販毒集團以及環境管制，從伊斯蘭教法、能源政策、性別代稱到中美洲幫派與黑命關天運動（Black Lives Matter）。這股怨氣最終還是回到移民身上，回到那些《童年抵達者暫緩驅逐辦法》的收容者與中美洲孩童。對於數十年來災難政策的反撲一個接一個向上累積，直到對於「反撲」的反撲來襲。

在小布希任內聚集在邊界的本土主義，到了歐巴馬在位八年期間，表現為幾乎是針對他的極度精神仇恨，最終具體化成為所謂的「種族現實主義」（race realism）：拒絕自由主義多邊秩序的合法前提，特別是所有人都有權享受世界豐沛資源、應該盡可能以開放方式安排世界經濟，以及用「多元性」而非盎格魯撒克遜至上主義作為政治社群基石的這些想法。[i] 正如克萊爾・布思・魯斯在半世紀前寫道：邊疆已經關閉、資源有限，而政治制度應該依據這些既定事實運作。

種族現實主義的世界觀通常呈現為某種本能而非健全的哲學，在美國以多種形式展現，包括對於執法機關的反身性同情以及種族的仇恨。但是過去幾十年內，邊境令這種仇恨逐漸凝聚起來。例如，在二〇一四年七月，加州穆列塔市（就位於聖地牙哥北邊）居民上街抗議數日，他們揮舞著美國國旗與加茲登旗（Gadsden flag）[ii]，叫囂種族主義罵詞，試圖攔阻載著中美洲孩童前往附近聯邦設施的巴士。一名示威者表示：「如果我們不能照顧好自己，就沒辦法照顧其他人。」這一席話言簡意賅地說明了之後被稱之為「川普主義」的思維。巴士被迫調頭，孩童們被分送到其他聯邦拘留中心，兩年後的大選，穆列塔市居民大多數都投給了川普。

美國例外主義誕生於被認為是無窮盡的邊疆。如今，隨著一個又一個退伍軍人前往邊境地區，排演著那些本該勝利卻失敗的戰爭，唯一無止境的事情就是歷史無止境的回歸。義勇軍計畫創始人之一的吉姆・吉爾克里斯特在一九六八年自戰場返回家園。他說：「我沒有一天不想著越南。」[53] 另一名民團成員表示：「我們兩人一組出勤，然後像是四十年前在越南那樣揍他們。」[54] 巡邏邊境的退伍軍人，還包括了在伊拉克參與第一次或第二次波斯灣戰爭、阿富汗戰爭，或是自二〇一五年起美國在其他七十四個國家執行軍事行動的人員。

弗雷德里克・特納認為，草原與乾燥平原交接的第九十九條經線，就象徵意義上，是標記邊疆的好地方。在這條線之外，頑強而有創意的男人們想出了灌溉旱地的方法，並視歷史為一種進步、持續朝更豐裕的未來邁進的過程。正是在這裡，美國成為了自由派與國際主義者，學習如何「扶養世界」。[55]小說家戈馬克．麥卡錫稱這條經線為「血色子午線」，認為這條線象徵一種不同的界線，跨越它之後，對於進步的幻想將被地獄般的永恆所取代，那裡「充斥著被戰爭遺棄的暴戾孩童」，士兵與墾殖者困在苦行僧式的旋舞之中，不斷原地打轉，無處可去。那樣的地方曾經位在邊疆以外，但是美國多次越界以至於抹除了這條線。

如今血色子午線遍布各地，最具代表性的就是邊界本身，在這裡，歷史上所有戰爭都化為一場戰爭。民團時常形容自己是一八四六至四八年美墨戰爭的殿後部隊，正在對抗意圖奪回那場戰爭中失土的敵人。[56]一位義勇軍創始人表示，「墨西哥移民正試圖重新征服」，憑藉的不是武力，而是遷徙。[57]「收復失地」（reconquista）是一個響亮的字詞，並經常被民團所引用。最初，西班牙人使用這個詞來形容他們自七二二年開始、一四九二年結束的征途（無庸置疑是一場漫長的戰爭），目的是自阿拉伯

i 根據《華盛頓郵報》二〇一八年三月二十日的報導，社群媒體資料搜集公司「劍橋分析公司」（Cambridge Analytica）在二〇一四年期中選舉前進行的焦點團體訪談結果，與「種族現實主義」相關的主題，包括打造「禁止非法移民進入的圍牆」的提案，在疏離、「傾向保守的美國白人」之間獲得很高的評價。

ii 編註：加茲登旗由美國軍事家克里斯多夫．加茲登（Christopher Gadsden）設計而得名，它曾是「大陸海軍陸戰隊」的格言旗幟，也是美國革命中美國海軍陸戰隊所展示的第一面旗幟。這面旗幟在美國常被用作右翼自由意志主義的象徵，和茶黨等右翼運動連繫在一起。

與柏柏爾穆斯林（Berber Muslims）手中奪回伊比利亞半島。如今，邊境的義勇軍幻想這些穆斯林的後裔來到北方。他們說經常發現「蓄鬍的中東人」，甚至在沙漠中發現阿拉伯語－英語字典。[58]一名義勇軍告訴研究員：「這是我們的加薩。」[59]

在歐巴馬總統任期最後幾年，隨著伊拉克戰爭的餘波惡化以及中美洲孩童入境，私刑正義以更加侵略性的形式重新崛起。與前一代相比，其隊伍充滿更年輕、更憤怒的男性，他們身著軍事設備與沙漠迷彩服，意圖阻擋「該死的吃豆佬」，同時也為伊斯蘭國、中美洲幫派、墨西哥販毒集團，以及黑命關天運動所糾纏困擾。[60]絕大多數人在阿富汗與伊拉克多次服役。「對我來說，來到這裡並加入退伍軍人夥伴有療傷的作用。」一名在伊拉克服役四次、腦部受傷並有壓力疾患的退伍軍人如此表示。

他告訴一名記者：沙漠安撫了他的惡夢，保衛邊境有助於創造「新的回憶」。[61]

後記

圍牆在美國歷史上的意義

重要的不是有沒有建造「圍牆」，而是持續宣告將建造圍牆。唐納・川普在推特上發文表示：「我們開始建造我們的圍牆。我以此為傲。我們開始了。」「多麼美好的事物。」但是，除了自杜魯門總統任期間持續延伸的防禦工事之外，沒有圍牆正在興建。川普的八個「圍牆樣品」，確實在聖地牙哥以東的沙漠、奧塔伊梅薩（Otay Mesa）的邊境地帶拔地而起。其中一個設計理應被選作圍牆，川普也表示將親自挑選出線者。然而，美國國土安全部（Department of Homeland Security）近日宣布，這些奧塔伊梅薩的模型將不會成為日後建築的基礎。相反地，這些分別斥資五十萬美元的實體模型，目的是為未來的實體模型提供靈感：「這八個不同的樣品將成為未來圍牆設計的標準。」[1]然而，當本土主義政客們想要攻擊國會沒有興建圍牆，或是以移民被控犯下的罪行來妖魔化他們時，這些實體模型恰好為政客們提供一個好用的背景。前聖地牙哥的共和黨眾議員鄧肯・杭特（Duncan Hunter）於這些圍牆樣品前舉行了一場反移民集會，他說：「葉門人、伊拉克人、巴基斯坦人、中國人，隨便說出一個前蘇聯衛星國家，他們都是從墨西哥入境的。」這些巨石碑的確象徵某種恆久性，給人一種它們永遠會在那裡的感覺，無論川普主義的政治未來將何去何從。

無論如何，考慮到現在被稱為「邊境」的東西就像是過去的「邊疆」一樣幾乎無所不在，興建邊境圍牆的念頭已錯過最佳時機。移民與國防官員隨後表示：美國真正的邊境不在亞利桑那州與德州，而是在墨西哥南邊與瓜地馬拉相交的邊界。[2]在那裡，由華盛頓資助的墨西哥人員管理多層邊境的第一道防線，阻止中美洲移民向北前進。事實上，根據一名國防分析家的說法，整個南美洲都是我們的「第三道邊界」，五角大廈則說：第三道邊界還包括加勒比海地區。

同樣地，在全球各地激增的移民哨站，美國國鐵（Amtrak）與灰狗巴士路線以及國內機場進行的隨機檢查，也被視為是美國邊境的一部分。聯邦人員在所謂的「邊境地區」裡頭擁有「超越憲法的權力」，只要是國界內一百英里的範圍都被定義為邊境地區，裡頭涵蓋多達兩億公民（相當於美國百分之六十五的人口，以及百分之七十五的拉丁裔居民）。[3]

整個密西根州、夏威夷和佛羅里達州都是「邊境地區」。一名政策分析家指出：「這裡真的是無憲法地區。」邊境巡邏隊員可以在這些地區的任何地方扣押車輛、進行檢查，並要求查看文件。[4]一名美國公民自由聯盟發言人說，這些距離真實國界數英里並設置在美國內陸的檢查站「本身就是邊界」，意思是，它們設置的目的是為了拆散家庭與社區。二〇〇八年，一項獲得德州部分資助的網路計畫開始允許任何人在任何地方擔任邊境巡邏隊員，將兩百多台邊境攝影機的現場畫面放到網路上。有數十萬人登入，不只是為了舉報可疑活動，更是為了在社交媒體上成立一個虛擬民團。[5]「究竟美國『家園』的邊界在哪裡？」一名美國企業研究院的分析師問道。「整個美國。」堪薩斯城邊境監視站的創辦人表示。

無論邊境地區在哪裡設立，這個長久以來令邊疆神話引以為傲的地方已不再特別。每個國家都有邊境與邊界線，如今許多國家甚至擁有圍牆。[6]自從柏林圍牆倒塌後，圍牆在各地出現：無論其用途是保護里約的富人、控制約旦河西岸的巴勒斯坦人，或是分割印度與孟加拉、希臘與土耳其、貝爾法斯特的天主教徒與新教徒。歷史學家沃爾特・普雷斯科特・韋伯指出，柯特沃克左輪手槍（Walker Colt revolver）的發明有助於墾殖者在「無需下馬的情況下與科曼奇人及墨西哥人戰鬥」，德州平原嚴峻的邊疆環境刺激新科技的進步，而全球「邊境圍牆」產業的繁榮也激發了高科技安全的創新。亞利桑那州在二〇一〇年通過全美最嚴格的反移民法案《參議院一〇七〇號法案》（SB 1070），搖身一變成為「防禦圍牆」商品的市集，其舉辦的國際博覽會充斥新型態的邊境實業家：公共資金補助的工程師、向「被圍攻國家」推銷其產品的業務員，以及支持他們的高科技專家。記者托德・米勒（Todd Miller）在參加一場充滿上述裝置的會議後寫道：「在鳳凰城那座寬敞明亮且如同科幻小說的大教堂中，最令我感到吃驚的並不是那些槍枝、無人機、機器人、固定監視塔與軍事化假人」，而是「瀰漫在會議中的驚人能量與熱情」令他印象深刻。[7]離開會場後的米勒領悟到，自己剛目睹了「一個價值高達數十億美元的新興產業。該產業不只想擁有邊境，更要將整個世界佔為己有。」

不久之前，歷史學家與經濟學家才將美式民主的擴散形容為「偉大的世界邊疆」。如今我們在全世界都有圍牆。

一個多世紀以來，邊疆是美國普世主義的強力象徵。它不僅傳達美國正在前進的概念，更承諾在前進過程中發生的暴行將轉變成高貴的事物。邊疆的擴張打破了各種悖論，調和像是理想與利益、美德與野心之間的各種矛盾。「擴展領域」就能確保和平、保障個人自由、減少黨派鬥爭；同時創造一群好奇、活潑、足智多謀的人民，不向既有教條屈服，超越地域主義，傳播繁榮，同時克服種族主義。隨著視野不斷開展，我們對世界人民的愛也不斷擴大。當邊界持續拓寬，我們的包容度和對於「人道即國家」的理解力也跟著延展。所有擴張引發的問題，都可以藉由更多的擴張來解決。戰爭造成的創傷可以推延至下一場戰爭；貧窮可以被更多的增長緩解。

如今邊疆關閉，安全閥也閉合了。無論你想要用什麼隱喻，美國神話已經終結。在邊疆象徵常年重生與春暖花開的地方，奧塔伊梅薩的八個樣品像墓碑一樣陰魂不散。在逃往血色子午線的幾個世紀之後，所有那些擴張理應保護的東西都已被摧毀，而所有應當被摧毀的東西卻遺留了下來。我們擁有的不是和平，而是永無休止的戰爭。我們擁有的不是具批判能力、有韌性與進步的公民，相反地，陰謀論的虛無主義、拒斥理性與畏懼變革大行其道。不同黨派為了贏得全國選舉而暫時團結起來。

以《北美自由貿易協議》為代表的那類條約與協議，賦予了企業無限前景，讓部分人士得以進入似乎仍是邊疆的地方。最近，世界銀行評估全球財富極端集中現象、新興科技減少對人類勞動力的需求，以及任意跨越邊界投資的能力之後，給予世界貧窮國家如下建議：你必須擺脫「累贅的」規定令雇主感到滿意。擁有「較高的基本工資、不必要的僱傭與解僱規範，以及嚴格的合約形式，都會令工人比技術更昂貴」，讓企業較不願投資。[8]然而，邊疆的民主本應具有的效用應該是：無限的範圍為廣大人民提供了前所未有的自由，有助他們抵制「制度與控制」，不向其屈服，如今這樣的效用完全被顛倒過來。現在企業將特納的「逃逸之門」寫入了國際法，用它來削弱民族國家的監管野心。

超級富豪擁有的幻想，就和他們的財富一樣無邊無際。他們想像自己是海上家園建造者（seasteaders），在政府掌控之外建立漂浮村落，或是資助延長生命的研究，希望能夠避免死亡或將自己的意識上傳至雲端。有人說，火星很快將成為人類的「新邊疆」。一位避險基金的億萬富翁、同時也是川普的支持者相信，「人類除了自己賺的錢之外沒有任何內在價值」，而依賴公共援助的人擁有「負價值」。這位仁兄是如此地反社會，以至於他從不正眼看人，當別人嘗試與他交談時總是吹起口哨。該富翁在昔日的新墨西哥州採礦小鎮有機會擔任志願警長，因此還被允許在五十個州攜帶槍枝。[9]可以說從未有過一個時代的統治階級，享受著今日這般的自由，完全自其所統治的人民中解放出來。

對其他大多數人而言，自由的領域縮得越來越小了。一整個世代的人，即那些出生於一九八〇年代的人，可能永遠無法自二〇〇七至二〇〇八年金融風暴後的經濟大衰退中復原。[10]經歷那場風暴後，失業率下降了、股市復甦了，貧窮問題卻變得根深柢固。根據聯合勸募（United Way），有將近五千一百萬的美國家庭，其賺取的金錢不足以「在現代經濟中存活」。這些家庭的每月預算，無法負擔像是住房、食物與醫療等基本需求。與其他高收入國家相比，美國擁有最低的預期壽命與最高的嬰兒死亡率。隆納·雷根說，沒有什麼是不可能的。而對許多人來說，諸如獲得體面的教育、有尊嚴的退休金（如果有的話）的可能性都越來越渺茫。[11]

幾乎所有的工業國家，都推行了類似美國自農業危機後制定的「自由貿易」政策，該政策結合外包、私有化以及金融自由化。然而，卻沒有一個富裕國家經歷美國經常上演的那種疏離、不平等、公共醫療危機與暴力。[12]那是因為，作為越戰後重建的一部分，美國不只是重組而且是對社會機構展開了攻擊，特別是公共服務與工會，而這些機構本可以緩和重組的衝擊。雷根告訴那些拚命解除新政的新右派前線運動家：「你們是軍隊，你們正在自由的邊疆。」

除了伊拉克戰爭與金融風暴引發的動盪，人們也意識到世界很脆弱，而我們被困在一個早已無法持續或是合理的經濟系統中。隨著西部大片土地燃燒、數以百萬計的樹木因全球暖化引發的枯萎而死亡、宏都拉斯與波多黎各的洪水，海洋酸化，大量的蝙蝠、青蛙與飛行昆蟲的消失……，戈馬克·麥卡錫《長路》（*The Road*）中的每一個句子都可以被引用作為報紙標題。「大地焦黑，漫天煙塵」——《紐約時報》如此報導加州野火。

戰爭也許永無止境，但美國的使命，無論假借何種形式，都不再神聖了。

人們很容易會認為「川普的邊境圍牆」是對世界運作方式更貼切的評價，特別是與邊疆神話做比較的時候。邊疆終究是海市蜃樓，也是如今已消耗殆盡的普世主義的意識型態遺跡，它曾經天真或不誠實地承諾，一個無限的世界意味著各國不再需要依循統治界線來組織。所有國家都能獲益；所有國家都能崛起並享有地球的財富。相比之下，這一堵牆是理想幻滅與殘酷的地緣政治現實主義的紀念碑：種族主義從未被克服；沒有足夠多的資源可供分配；全球經濟會有贏家與輸家；不是所有人都有坐上談判桌的權利；而政府應該接受這些事實並當作前提來籌劃政策。

接受增長有其極限的事實——基於仰賴持續「向前逃逸」來解決社會衝突的舊政治模式已不再可

行——將導致各種不同的政治反應。在美國，新政承認邊疆已經關閉，並在此之上建立了一個新的、人道的社會公民倫理。該願景儘管某種程度上因為新右派而黯然失色，它仍代表美國所殘留的一絲正直。

但是，在美國這樣一個以物種免疫的神話信仰（與其說是美國例外主義，不如說是豁免主義，堅信這個民族能豁免於自然、社會、歷史甚至是死亡）為建國基石的國家而言，意識到它無法永遠這樣下去必然是令人痛苦的。這種認為自由無疆的理想，只有在以統治非裔美國人、墨西哥裔美國人與北美原住民為前提才有可能實現；正是奴隸與廉價勞動力將竊取的土地轉化成資本，並在斬斷拴繩後將美國經濟發射至平流層。如今，當我們下落至荒涼的地球時，有色人種的存在本身就像是一種不受歡迎的「勿忘你終將死亡」（memento mori）的警語，提醒著人們極限之所在，那是歷史所施加的重擔和生命必須承擔的社會義務。

因此圍牆提供了自我幻覺，一種既承認又拒絕限制的幻術。一方面，川普主義煽動了怨恨，認為美國在這個短缺的世界中顯得太過慷慨，就像穆列塔市居民抗議中美洲孩童抵達時所說的：「如果我們不能照顧好自己，就沒辦法照顧其他人。」另一方面，川普主義也鼓勵恣意的享樂主義，它不禁止與限制任何事物——沒錯，除了擁槍權，還有被稱之為「軋煤」（roll coal）的這種重新改裝卡車引擎以便燃燒驚人數量的柴油的權利。根據這些愛好者的說法，卡車排放出的一縷黑煙，既是「美式自由的公然展示」，也是他們自二〇一六年來表達支持川普的方式。[13]一如許多人所指出的那樣，退出巴黎氣候協定（Paris Climate Accord）幾乎無法提升企業獲利，但是關鍵在於表現出美國不會屈服於限制。

在一個脆弱如我們的世界裡，展現這種自由變得越來越殘酷，直到殘酷本身也成為一種「美式自由的公然展示」，例如解除不得殺害冬眠中的熊的禁令，或是赦免喬・阿爾帕約與頌揚酷刑。

川普的暴力行徑有多種形式，唯一不變的是以墨西哥人與中美洲移民為打擊目標。[14]我們可以將他的圍牆，想像成將國家重新打造為中世紀堡壘的進程，完成於崇拜烈士的狂熱之中。川普在競選時，與無證居民犯罪的受害者（或受害者家屬）站在一起，利用他們的悲傷來煽動憤怒。當他當上了總統，他最優先的作為之一是建立一個政府辦公室來為「可驅逐外國人犯罪下的受害者」提供支持服務。

沒有一項簽證計畫，無論它對受苦人民的協助多麼渺小，是氣焰囂張的川普不能取消的。一個協助數千名尼加拉瓜人的計畫，還有協助宏都拉斯人的類似計畫都被廢棄了。川普的公民及移民服務局（Citizenship and Immigration Services）局長宣布該局將開始「取消人民的國籍」，也就是在移民申請成為公民的過程中挑錯誤，以此剝奪公民身分，即便他也承認這樣的錯誤極為罕見。在邊界附近，越來越多人的護照被拒絕，理由是懷疑他們出生文件是偽造的、他們實際上出生於墨西哥。根據《華盛頓郵報》，在川普執政下，「擁有美國官方出生證明的護照申請者，被監禁在移民拘留中心，並進入驅逐程序。」[15]川普還想要更進一步：他承諾將簽署命令終結出生公民權，這將導致憲法第十四條修正案大幅限縮。

然後，在二〇一八年夏天，隨著期中選舉的逼近，川普在一番計算後認為，他可以把對移民兒童的暴行轉化為取勝的政治議題。他的司法部長傑夫・塞申斯宣布，抵達邊境的家庭將被分開，小孩將被帶走，而父母將入監並以兒童走私犯被起訴。突然之間，彷彿所有數十年間被忽略的邊境殘暴主義爆發，一連串令人難受的故事、照片、影片與聲音片段流出：被關在籠子裡的嬰兒嚎啕大哭要找父母、孩童被注射強迫睡眠藥物、廢棄的沃爾瑪改建為拘留中心。公眾的憤怒迫使川普撤回其拆散家庭政策中最糟糕的措施。但他仍利用大眾注意力堅持其「零容忍」政策，並藉由反對其政策的示威煽動美國移民及海關執法局與邊境巡邏隊員的不滿。他說：這是一個「好議題」，並引述了一個不存在的民調，證明大眾對於其政策的支持。[16]直至二〇一八年年中，美國邊境拘留中心拘留了將近一萬三千名移民孩童，其中絕大多數來自墨西哥與中美洲，與前一年相比，數量增加將近十倍。[17]

川普憑藉違抗戰後秩序的全部遺產而勝選，包括那些在邊界以南國家與中東地區製造無數難民（可以想見，同時增加的還有罪犯數量）的政策：永無止境的戰爭、撙節、「自由貿易」、毫無節度的企業權力，以及極端不平等。[18]他上任後兩年，戰爭擴張、轟炸行動升級，而五角大廈的預算也增加了。同時間，賦稅減少、去管制的力度增強，其行政團隊充斥著想要進一步去管制化的理論家。

公共土地與資源被私有化、減稅延續了對窮人的階級戰爭，而司法與行政機關的人事任命將強化壟斷統治。川普主義除了急速推動既有議程之外，無法提出替代方案，因此滋養了對於「限制」的嚴正拒絕，但是他要求建造邊境圍牆，卻仍是以「世界確實有極限」的想法為基礎。正如川普本人所指出的那樣，對於許多人而言，他的魅力在於他犯罪卻不用被懲罰。

無論圍牆是否建成，它是美國的新象徵。它代表一個國家仍相信「自由」的意義是不受限制的自由，但在這個處處受限的世界裡，它已不再假裝人人都可以是自由的，而是透過殘酷、支配與種族主義來強化這個事實。

或許川普下台後，所謂的政治「中間派」會重整旗鼓。但這似乎令人存疑。政治看似朝兩個相反方向發展。其一是本土主義的召喚，而川普是其掌旗手。另一條道路則是社會主義的號召，背負著債務和面臨暗淡勞動市場的年輕選民們，正以前所未有的人數支持社會權利。未來世代將面臨嚴峻的抉擇——儘管被邊疆普世主義的感染力量長期推遲，但在近期事件中已躍上檯面的抉擇：選擇野蠻或者社會主義——或至少是社會民主。

致謝

湯瑪斯·傑佛遜認為「大自然賦予了全人類一種權利」——包括他的祖先——「離開他們偶然降生、而非主動選擇的國家，去追尋一個新的居所，在那裡建立新的社會，立基於他們認為最能促進公共福祉的法律和規範。」首先我想感謝上百萬名被迫行使此項基本權利的人，以及參與像是「不再有死者」（No More Deaths/No Más Muertes）、科樂比人權中心（Colibri Center for Human Rights）、南德州人權中心（South Texas Human Rights Center）、無證遷移計畫（Undocumented Migration Project）、Las Patronas、沙漠天使（Desert Angels）等組織，幫助這些人實現目標的前線鬥士們。也十分感謝許多朋友和同事，以及那些曾耐心答覆我的問題或閱讀本書部分章節的人，多年來，他們花費了時間和心力與我討論現在大家眼前這些論述的不同版本，包括內德·薩布萊特、康斯坦斯·薩布萊特、班·強森、莉茲·奧格斯比、保羅·克蕭、艾明如、辛克萊·湯姆森（Sinclair Thomson）、克里斯蒂·桑頓（Christy Thornton）、埃內斯托·塞曼（Ernesto Semán）、科里·羅賓（Corey Robin）、芭芭拉·溫斯坦（Barbara Weinstein）、阿達·費勒（Ada Ferrer）、沃爾特·拉費伯（Walt LaFeber）、勞埃德·加德納（Lloyd Gardner）、丹·登維爾（Dan Denvir）、道格·亨伍德（Doug Henwood）、派翠克·提蒙斯、尼基爾·辛格、亞歷杭德羅・維拉斯科（Alejandro Velasco）和瑪麗蓮・楊（Marilyn Young），我非常想念他們。布蘭登・喬丹帶給我非常大的幫助，他悉心鑽研各種天外飛來一筆的發問，並為草稿進行了事實核查（書裡的錯誤都是我的。）保羅・克蕭和艾明如回答了一些關於《北美自由貿易協議》和移民政策的關鍵問題。羅克珊・鄧巴—奧爾蒂斯非常好心地協助我找到適用的地圖。莉茲・奧格斯比閱讀了手稿的部分內容，並不吝與我分享她對柯林頓時代「懲罰性威懾」（punishment as deterrence）政策和中美洲政治經濟的寶貴知識。羅賓・瑞內克在科樂比人權中心工作之餘仍不惜撥出寶貴的時間回答我的問題。感謝大家，也感謝《國家》雜誌以及編輯卡特里娜・範登・霍維爾（Katrina vanden Heuvel）、羅恩・凱里（Roane Carey）、理查・金（Richard Kim）、莎拉・倫納德（Sarah Leonard）和利茲・拉特納（Lizzy Ratner），本書一些論點便是首度在該雜誌上發表。也感謝湯姆・恩格爾哈特（Tom Engelhardt），讓我在他的網站上（tomdispatch.com）發表本書第八章的早期版本。謝謝米格爾・廷克—薩拉斯（Miguel Tinker-Salas）和雷・克雷布（Ray Craib）分別邀請我到波莫納學院的伊娜・湯普森講座（Ena H. Thompson Lectures）和康乃爾大學的卡爾・貝克系列講座（Carl Becker Lecture Series）發表本書論點的早期版本。

到目前為止，我已經和薩拉・伯施特爾（Sara Bershtel）合作過五次，而每一次我都有新的驚喜。她擁有過人的能力和驚人的耐心，能夠將一團亂麻般的混亂思路整理成手稿，然後再將它變成一本不那麼混亂的書。沒讓她先過目過，有時候我會連一封電子郵件都無法動筆。格里戈里・托夫比斯（Grigory Tovbis）這次提供了許多寶貴的幫助，讓文稿編排和論證結構臻於完善。也非常感謝我的朋友和家人，尤其是塔尼亞・戈斯瓦米（Tannia Goswami）和多熙・戈斯瓦米（Toshi Goswami）。尤其感謝摩努（Manu）和埃莉諾（Eleanor），感謝他們讓每一天都充滿歡樂。願埃莉諾和她這一代人能夠生活在一個更好的世界。

資料來源與延伸閱讀

種族現實主義與圍牆

豪爾赫・路易斯・波赫士（Jorge Luis Borges）在一九五〇年出版的短篇故事〈長城與書籍〉中，講述了秦始皇下令建造長城，並且焚毀國內所有書籍的情形。正因為是波赫士，他對於秦始皇所擁有的「創造」與「毀滅」這兩個看似矛盾的慾望，提出了一個又一個解釋，並自行推翻。最後波赫士認為，築城與焚書都是由始皇帝希望「阻絕死亡」的慾望所驅動。根據波赫士的說法，活在死亡恐懼之中的始皇帝，禁止別人在他面前提到「死亡」，並拚命尋找長生不老藥。波赫士猜測，始皇帝或許是為了永保疆土而下令築城，焚書則是為了壓制沒有事物能夠永存的想法。因為書裡的歷史如果教導了我們什麼事情，那就是我們在世上的時間是短暫的。始皇帝對任何試圖保存書本的人，判處在他的城牆上終身勞役。「也許長城是一個隱喻，」波赫士寫道，因為其興建「懲罰了那些崇拜往昔的人，去做一件像往昔一樣浩繁、乏味且無用的工程。」

至於在美國，加州大學聖巴巴拉分校終身教授加勒特・哈丁（Garrett Hardin）則是第一批要求在美墨邊境興建圍牆的人。一九七七年，哈丁在《生態學家》（*The Ecologist*）雜誌上發表的論文〈人口與移民：同情心或責任？〉中如此寫道：「我們可能真的會建造一堵牆。」哈丁是今日被稱為「種族現實主義」的早期支持者，該概念認為，由於世界資源有限且白人生育力持續下降，因此需要強化邊界。哈丁在一九七一年《科學》期刊（*Science*）名為〈民族與文明的生存〉的社論中解釋：

一個由男人組成的政府是否能說服女人，像兔子一樣繁殖是她們的愛國義務？甚至是強迫她們？如果我們放棄征服與過度繁殖，那麼在一個充滿競爭的世界裡，我們的生存將取決於我們身處於哪種世界：大同世界或由各民族領域組成的世界。如果世界是一個廣大的公地（great commons），所有食物平等分享，那我們就輸掉競爭了。那些繁殖更快的人將取代其他人……在一個不完美的世界裡，如果要避免毀滅性的繁殖競賽，就必須捍衛基於領土的權利分配原則。文明與尊嚴不可能在所有地方生存，但是在某些地方存活總比完全絕跡好。

兩個世紀前，班傑明．富蘭克林（Benjamin Franklin）與湯瑪斯．傑佛遜（Thomas Jefferson）滿懷期待地思考新大陸的富饒：增長，包括人口迅速增長，很快就會使「人類的數量，當然還有生存與幸福的總量」翻倍。自封為「現實主義者」的哈丁等人，直白地闡明了傑佛遜與富蘭克林話中隱而不宣的道理：這種幸福專屬於盎格魯人口增長。哈丁接著將自己的立場形容為「救生艇倫理」（lifeboat ethics），亦即槳不只是划行的工具，更是攆走想爬上船的其他人的武器。後來他提倡「貝爾曲線」

（The Bell Curve）的「種族科學」。

在過去數十年內，隨著反移民本土主義振興了保守派運動，右派也建立了一個呼籲進一步行動的宣言文庫。一些早期的出版品誕生於越戰後的「富足終結論」（end of plenty）文學，揭示了環保主義者、人口控制論者、英語捍衛者與反移民本土主義者的關懷彼此重疊。除了哈丁，約翰・坦頓（John Tanton）也是這種重疊性的例子，他在一九七〇年代時所寫的一篇論文中主張優生學，並催生了本土主義團體「美國移民改革聯盟」。艾琳娜・古鐵雷斯（Elena R. Gutiérrez）的《生育之重要：墨西哥裔女性生殖政治》（*Fertile Matters: The Politics of Mexican-Origin Women's Reproduction*，二〇〇九年）探討了坦頓等「移民限制論者」日漸執著於墨西哥生育率。另見勞拉・布里格斯（Laura Briggs）的《所有政治如何成為生殖政治》（*How All Politics Became Reproductive Politics*，二〇一七年）。

一九八一年，《猴子歪幫》（*The Monkey Wrench Gang*）作者、小說家暨環保主義者愛德華・艾比（Edward Abbey）已經對人口成長、有色人種出生率不斷上升、美國的「拉丁化」（Latinization）表達關切，要求興建「實體柵欄」並擴增邊境巡邏隊至兩萬名人員（該數字在當時被認為是激進的提議，卻是今日邊境巡邏隊與美國移民及海關執法局工作人員總和的一半）。「這些是嚴苛甚至殘忍的提議。」艾比如此說道。但是他在一九八一年十二月十七日致信給《紐約書評》（*New York Review of Books*）時呼應哈丁，寫道：「美國這條船如果不是超載，也已經飽和；我們無法再承受更多的大規模移民。即便我們的『領袖』寧願忽視，美國大眾也明白此一事實。我們知道他們不會承認的事。」隨著仇外心理成為保守右派的核心元素，無論主流或激進的環保主義者紛紛避免將自身的社會批判與對移民的擔憂聯繫在一塊。默里・布克欽（Murray Bookchin）在一九八八年稱艾比是種族主義者。另見路易斯・阿爾貝托・烏爾里（Luis Alberto Urrea）在《無人之子：一位美國人的筆記》（*Nobody's Son: Notes from an American Life*）中的批評〈與愛德華・艾比兜風〉（*Down the Highway with Edward Abbey*，一九九八年）。

在一九九二年時於共和黨內與布希競選總統提名的派屈克・布坎南，在推廣於南部邊境興建柵欄一事上可說居功甚偉。如今，像是安・庫爾特（Ann Coulter）等絕大多數的保守派人士，都公開發表過一次以上的武裝動員反移民的言論。此類的早期文稿包括：帕瑪・史黛西（Palmer Stacy）與韋恩・魯頓（Wayne Lutton）的《移民定時炸彈》（*The Immigration Time Bomb*，一九八五年）；韋恩・魯頓的《開放邊界的迷思》（*The Myth of Open Borders*，一九八八年）；勞倫斯・奧斯特（Lawrence Auster）的《通往國家自殺的道路》（*The Path to National Suicide*，一九九〇年）；羅伊・霍華德・貝克（Roy Howard Beck）的《反移民的案例》（*The Case Against Immigration*，一九九六年）；彼德・布里姆羅（Peter Brimelow）的《外國人國度》（*Alien Nation*，一九九六年）；約翰・坦頓與喬瑟夫・史密斯（Joseph Smith）的《移民與社會契約》（*Immigration and the Social Contract*，一九九六年）；薩繆爾・弗朗西斯（Samuel Francis）的《滅亡的美國》（*America Extinguished*，二〇〇一年）；布坎南的《西方之死》（*The Death of the West*，二〇〇二年）；以及維克多・戴維斯・韓森（Victor Davis Hanson）的《墨西福尼亞》（*Mexifornia*，二〇〇三年）。同樣值得一提的是哈佛政治學家山繆・杭亭頓（Samuel Huntington）備受推崇的《我們是誰：美國國家認同面臨的挑戰》（*Who Are We? The Challenges to America's National Identity*，二〇〇四年）。丹尼爾・丹維（Daniel Denvir）即將問世的《全美本土主義》（*All-American Nativism*）對於反移民極端主義的崛起，提出了重要概述。

共和黨之所以著力打壓拉丁裔與其他有色人種投票，是根據一項簡單不過的計算：如果選民登記與偏好趨勢持續維持現狀，那麼共和黨就有輸掉德州、亞利桑那州、佛羅里達州，甚至是其全國性政治組織地位的風險。關於選民壓制以及其如何針對拉丁裔，請見桂格理・唐斯（Gregory Downs）於《談話要點備忘錄》網站（*Talking Points Memo*）上的〈今日選民壓制的策略已有一百五十年的歷史〉（Today's Voter Suppression Tactics Have a 150 Year History，二〇一八年七月二十六日），以及阿里・伯曼（Ari Berman）於《紐約時報》上的〈川普選民詐欺偏執症的影武者〉（The Man Behind Trump's Voter-Fraud Obsession，二〇一七年六月十三日）。里克・佩爾斯坦（Rick Perlstein）與莉維亞・葛森（Livia Gershon）紀錄了自一九六一年起共和黨如何致力於壓制少數族裔的選票，包括亞利桑那州目前惡名昭彰的馬里科帕郡，後來任職最高法院首席大法官的威廉・芮恩奎斯特（William Rehnquist）在這裡執行鷹眼行動（Operation Eagle Eye），強迫「每個黑人或墨西哥裔選民」參加識字測試，並要閱讀憲法中的一段條文，這個做法幾乎得到各州警長的協助，因而在貝利・高華德（Barry Goldwater）於一九六六年競選總統時得以擴展至全國。見佩爾斯坦與葛森於《談話要點備忘錄》上的〈遭竊的選舉，投票的狗與其他共和黨選民詐欺神話的絕妙預言〉（Stolen Elections, Voting Dogs and Other Fantastic Fables from the GOP Voter Fraud Mythology，二〇一八年八月十六日）。

然而，這種滿溢的仇恨所針對的人群，卻體現了本土主義者宣稱珍視的那些理想。在整個美國，拉丁裔一直在重振社區和落腳城市鬧區，開設各種店家，投資那些歷史悠久的小企業。如果不是墨西哥人與中南美洲人將空蕩蕩的店家變成「塔可攤、肉攤與厚煎餅攤」（taquerías, carnicerías, pupuserías）及其他企業，單排商店（strip-mall）座落的美國地區就會變得更加荒涼。右翼試圖將拉丁裔逼入陰影當中，彷彿是要完成數年前企業全球化的空心化過程。我認為，這種仇恨也根源於對於死亡的某種恐懼，正如波赫士指出始皇帝也擁有著相同的恐懼那樣。簡而言之，美國對有色人種勞動力的依賴，確認了社會基礎的存在，因此也證明了社會權利的合法性。在一個視個人權利為神聖不可侵犯的政治文化裡，社會權利是比異端更邪惡的東西。它們暗示限制，而限制破壞美國獨有的前提，即一切都將永遠持續下去。

拉丁美洲的許多沃爾瑪都已成立工會的這個事實，應該能終結雷根最愛的一句老生常談：拉丁裔都是共和黨人，只是他們還不知道而已。在巴拉克．歐巴馬二〇一二年連任後，許多保守派發現，對拉丁裔選民來說，訴諸文化爭端議題或移民改革承諾，兩者都不一定有利於共和黨。《國家評論》（*National Review*）的希瑟．麥克唐納（Heather MacDonald）寫道：拉丁裔對民主黨人忠誠，並不是因為其移民改革的承諾，而是他們重視「更慷慨的安全網、政府強力介入經濟以及進步的徵稅方式」。美國企業研究院的查爾斯．默里（Charles Murray）同意拉丁裔本質上並不保守。默里指出，與其他團體相比，他們沒有更篤信宗教、更恐同，此外他們與整體人口相比，只是略為更反對墮胎（儘管默里曾表示照管他家的拉丁裔勞動者似乎「勤奮且能幹」，而他將此視為保守的同義詞）。

這樣的領悟發揮了關鍵性的作用，使共和黨進一步向川普主義的勢力傾斜。在小布希災難般的總統任期結束之後，運動保守派（movement conservatives）因毫無節制的意識型態作繭自縛，並察覺自己正輸掉一場更廣泛的文化戰爭，於是透過妖魔化移民（以及已歸化的墨西哥裔與中美洲裔公民）來解釋失敗的原因，而不是自我節制。右翼行動家、思想家與政客認為，雷根一九八六年的移民改革，為約三百萬名無證居民提供了獲取公民身分之途徑，這不僅導致民主黨掌控加州，也須為歐巴馬的勝選與連任總統負責。根據這種思路，雷根的特赦令導致選民名冊上增加了一千五百萬名的新公民（因為已歸化公民可以為其他也想獲得公民身分的家人作保）。眾議院裡頭著名的本土主義理論家、共和黨眾議員史蒂夫·金（Steve King）認為，這個假設性的增長「導致歐巴馬勝選」。二〇一六年大選前，絕大多數共和黨人相信數百萬名「非法移民」參與了二〇〇八年與二〇一二年的投票，並計畫在二〇一六年時再次投票。這些主張缺乏證據，卻為壓制有色人種投票的做法提供了藉口。最近，《福斯》新聞頻道的塔克·卡森（Tucker Carlson）用這種說法來淡化俄國介入美國國內政治，他指控墨西哥「經常塞滿我們的選民，藉此介入我們的選舉」。

邊疆

以美國邊疆為主題的文獻以及與邊疆理論相關的學術成果相當可觀。除了本書引述的研究，下列書籍在不同方面特別有幫助：派翠西亞·利梅里克（Patricia Limerick）的《征服的遺產》（*The Legacy of Conquest*，一九八七年）與由詹姆斯·格羅斯曼（James Grossman）編輯的《美國文學裡的邊疆》（*The Frontier in American Literature*，一九九四年），裡頭收錄理查·懷特與利梅里克的論文。理查·斯洛特金從《通過暴力再生》（*Regeneration Through Violence*，一九七三年）開始，一系列對於邊疆暴力如何創造與重塑美國文化的多卷研究是不可或缺的。針對該概念的演進，請見約翰·尤里切克（John Juricek）在《美國哲學學會會刊》（*Proceedings of the American Philosophical Society*，一九六六年）上的〈「邊疆」一詞的美國用法：從殖民時期至弗雷德里克・傑克遜・特納時代〉（American Usage of the Word 'Frontier' from Colonial Times to Frederick Jackson Turner）。另見：華倫・蘇斯曼（Warren Susman）的《文化作為一種歷史》（*Culture as History*，一九八四年）；莎拉・多伊奇（Sarah Deutsch）的《沒有單獨的避難所：一八八〇至一九四〇年美國西部盎格魯—西班牙邊疆的文化、階級與性別》（*No Separate Refuge: Culture, Class, and Gender on the Anglo-Hispanic Frontier in the American Southwest, 1880–1940*，一九八七年）；理察・懷特的《這是你的不幸，與我無關：一部新的美國西部史》（*It's Your Misfortune and None of My Own: A New History of the American West*，一九九一年）；喬治・羅傑斯・泰勒（George Rogers Taylor）編輯的《特納理論：關於邊疆對美國歷史的影響》（*The Turner Thesis: Concerning the Role of the Frontier in American History*，一九七二年）；艾美・格林伯格（Amy Greenberg）的《昭昭天命的男子氣概與南北戰爭前的美國帝國》（*Manifest Manhood and the Antebellum American Empire*，二〇〇五年）；克溫・李・克萊因（Kerwin Lee Klein）的《歷史想像的邊疆》（*Frontiers of Historical Imagination*，一九九七年）；亞當・羅斯曼（Adam Rothman）的《奴隸國家：美國擴張與深南部的起源》（*Slave Country: American Expansion and the Origins of the Deep South*，二〇〇七年）；華特・強森（Walter Johnson）的《闇夢河流：棉花王國的奴隸制與帝國》（*River of Dark Dreams: Slavery and Empire in the Cotton Kingdom*，二〇一三年）；沃爾特・普雷斯科特・韋伯的《大邊疆》（*The Great Frontier*，一九五二年）；以及亨利・納什・史密斯（Henry Nash Smith）的《處女地》（*Virgin Land*，一九五〇年）。利梅里克在〈特納的全部：在一個可理解的世界中夢想有用的歷史〉（Turnerians All: The Dream of a Helpful History in an Intelligible World，

刊於《美國歷史評論》，第一百卷第三期，第六九七至七一六頁，一九九五年）指出，特納理論內含著她稱為「邊疆反面理論」的元素，任何想要超越特納的努力，都會因為這樣的嘗試已經包含在特納的邊疆理論中而碰壁。

邊境

關於美墨邊境、更廣闊的邊境土地、《北美自由貿易協議》，以及移民政策軍事化的學術成果。在此，我不一一列舉本書引用的著作或文章，而是想要由衷感謝那些對本書影響深遠的學者：麗茲・奧格斯比（Liz Oglesby）、艾明如、達拉・林德（Dara Lind）、凱莉・萊特爾・埃爾南德斯、約翰・克魯森、安娜・拉奎爾・米尼恩（Ana Raquel Minan）、安娜貝爾・赫爾南德斯（Anabel Hernández）、道格拉斯・梅西、卡爾・雅各比（Karl Jacoby）、羅賓・瑞內克（Robin Reineke）、瑞秋・聖約翰（Rachel St. John）、奧斯卡・馬丁尼茲（Oscar Martínez）、亞當・古德曼（Adam Goodman）、娜塔莉亞・莫里納（Natalia Molina）、薩姆爾・特魯特（Samuel Truett）、艾略特・楊（Elliot Young）、大衛・培根（David Bacon）、保羅・克蕭（Paul Kershaw）、托德・米勒（Todd Miller）、雷貝嘉・米娜・施萊伯（Rebecca Schreiber）、保羅・歐提茲（Paul Ortiz）、艾麗西亞・施密特・甘馬曹（Alicia Schmidt Camacho）、約瑟夫・尼文斯（Joseph Nevins）、派翠克・提蒙斯、提摩西・鄧恩（Timothy Dunn）、以及「拒絕遺忘」回憶計畫的學者群：班・強森（Ben Johnson）、千里達・岡薩雷斯、莫妮卡・穆尼奧斯・馬丁尼茲、索尼婭・耶南德茲，以及約翰・莫蘭・岡薩雷斯。馬丁尼茲的《不公義從未消失：德州的反墨西哥裔暴力》

（*The Injustice Never Leaves You: Anti-Mexican Violence in Texas*）在本書完成後出版，對德州騎警隊的聖徒傳提出可敬的挑戰，正如作者所展示，在該部門營運的大部分時間裡，它就像其他國家的行刑隊。

安全閥

自一八〇〇年代早期開始，就有許多主張認為，自由資本主義式的民主需要擴張才能生存。十九世紀早期的英國保守派宣稱，美國之所以能將投票權擴展至白人勞工，是因為有廣大的西部作為「安全閥」，因此削弱了他們會投票贊成社會主義的威脅。在此後的幾個世紀裡，其他作家們強調不同類型的擴張（土地、經濟、意識型態、政治，以及武力），以及擴張可以解決的各種社會弊病（工業產品的過度生產或消費不足、人口壓力、階級衝突、威脅財產權的激進主義、資本主義異化、現代主義倦怠、公民社會衰敗與其他弊病）。

一如許多歷史學家所指出的那樣，弗雷德里克・傑克遜・特納受到格奧爾格・威廉・弗里德里希・黑格爾（Georg Wilhelm Friedrich Hegel）的影響。在《獨立宣言》簽署的六年前，黑格爾出生於斯圖加特，他是相信「依賴」（個體的意識在肯認他們對於周遭人們的依賴時進入更高的層次）與「逃避」的哲學家。黑格爾認為，「過剩的財富」與「過剩的賤民」沒有內在解決方案。因此，儘管這位哲學家曾經以被困在心靈衝突的主人與奴隸，作為通往真正自由之路的寓言，現在卻呼籲現代經濟人向自身的「內在辯證」屈服，並向前逃逸以避免衝突。特納的公民社會與國家概念，也許其靈感來自黑格爾。黑格爾認為，美國是世界上唯一將擴張嵌入其建國前提的共和國。黑格爾在一八二〇年代初寫道：沒有「鄰國」的美國，不斷且廣泛開放拓殖的途徑，而一大群人持續湧入密西西比州平原，確保「不和諧」的來源被驅散。隨後啟發了特納的黑格爾形容，密西西比河谷是公民社會的理想狀態，在國家抵達之前，美德已存在於那個廣大且完整的貿易與信任網絡。

黑格爾提出了主人與奴隸的寓言，馬克思則將資本主義理論化為社會異化的歷史，個人和家庭失去了對於生存手段的掌控，越來越依賴工資且被迫支付地租。在美國內戰前曾考慮移民至德州的馬克思，就和黑格爾及特納一樣，都意識到美國在資本主義歷史上的重要性。他在一八六七年出版的《資本論》中寫道：「地租在愛爾蘭不斷積累著，而愛爾蘭人則在美洲以同一步伐不斷積累著。」而他們都無法繼續待在波士頓。馬克思一度認為邊疆有助於群眾免於無產階級化，他引用一名法國作家的說法：在加州，工人像是甲殼動物一樣，可以抵抗固著於任何事情，「當採礦的報酬不足，我離開前往城鎮，在那裡我接連成為打字員、石板瓦工、水管工等等。結果我發現我勝任任何類型的工作，我感覺自己不是軟體動物，而更像是一個人。」

黑格爾與馬克思之後，包括羅莎・盧森堡（Rosa Luxemburg）、列寧（Lenin），以及漢娜・鄂蘭（Hannah Arendt）也強調擴張的「內在辯證」。另見：保羅・巴蘭（Paul Baran）的《增長的政治經濟學》（*The Political Economy of Growth*，一九五七年）；巴蘭與保羅・斯威齊（Paul Sweezey）的《壟斷資本》（*Monopoly Capital*，一九六六年）；加布里埃爾・考可（Gabriel Kolko）的《美國外交政策的根源》（The Roots of American Foreign Policy，一九六九年）；以及哈里・馬格多夫（Harry Magdoff）的《帝國主義的時代》（*The Age of Imperialism*，一九六九年）。越戰前後的幾年間，在解釋自由資本主義的擴張如何由內在矛盾所驅動，沒有任何一位學者的貢獻比得上威廉．艾普曼．威廉斯。人們經常記得威廉斯是一位外交歷史學家，但是他更應該被認為是一位意識型態的評論家與自由主義的理論家；他最重要的貢獻（令他的作品持續具有生產性卻也經常被誤解）是指出，外交關係作為一個場域，如何形成組織社會的規範性概念。威廉斯主張在美國漫長的歷史過程中，自由主義的主要矛盾（社群與私有財產、個人主義與社會、美德與自身利益之間的緊張）被持續的擴張所調和——先是領土擴張，然後是經濟方面的擴張。他在一九七六年寫到：帝國是「同時向貪婪與道德致敬的唯一途徑，也是同時成為好人與富人的唯一方法」。

同樣地，邁克爾．保羅．羅金（Michael Paul Rogin）的《父與子：安德魯．傑克森與征服美國印第安人》（*Fathers and Children: Andrew Jackson and the Subjugation of the American Indian*，一九七六年）出色地結合佛洛伊德的精神分析與特納的社會歷史研究，主張向西擴張與驅逐原住民對資本積累與自我形成的重要性，而兩者皆仰賴持續不斷的擴張。羅金創造了「美國人的一八四八年」（the American 1848）一詞，用來解釋一八四八年革命後興起、歐洲越來越社會主義化的政治文化，與源於邊疆擴張和種族戰爭的傑克森共識之間的差異。自一九七〇年代起，社會歷史學家在「反對文化」與熟練及非熟練勞動者組織、勞工共和主義者的激進主義，以及廢奴主義者的戰鬥精神中發現傑克森共識以外的選擇（這種差異不僅限於傑克森與威廉．亨利．哈里森等個別傑克森主義者之間的對立，或是自我認同為輝格黨人卻與白人至上主義者、擴張主義者、好戰的傑克森主義者抱持相同主張的人）。但羅金建議不要將這些反文化「誤認」為是「思考周延的政治反對」。基於階級立場、都市生活或是出生地區，都可能會產生反對的認同。邊疆上的永恆戰爭，也許不是都市工人認同國家的主要方式。不過，羅金指出，「南北戰爭前的工人階級條件，卻也沒有催生一個受到廣泛支持且持續的政治替代方案。」傑克森共識並非無懈可擊，但是確實堅持了下來，直到它破裂為止。

不過，丹尼爾・沃克・豪（Daniel Walker Howe）在《上帝的所作所為：一八一五年至一八四八年的美國轉型》（*What Hath God Wrought: The Transformation of America, 1815–1848*，二〇〇七年，第七〇五頁）也提出不同意見：「美國帝國主義並不代表美國共識，它激起國家政體內部的強烈異議。」另見弗雷德里克・默克（Frederick Merk）的《重新解讀：美國歷史中的昭昭天命與使命》（*Manifest Destiny and Mission in American History: A Reinterpretation*，一九九五年，第二一六頁）解釋了儘管在缺乏共識的情況下，擴張仍然團結了民族主義。在當代作家中，蘇珊・法露迪（Susan Faludi）在《僵局》（Stiffed，一九九九年）與《恐怖之夢》（The Terror Dream，二〇〇七年）等書中繼承了新左翼的批判精神，將男子氣概的轉型與更廣泛的歷史變化，諸如資本主義政治經濟的改變以及無止境的軍國主義的崛起，聯繫在一塊。

「嗨，加州！嗨，阿拉巴馬州！」：為什麼美國沒有社會主義

為什麼美國如此抗拒社會權利，更不用說是社會主義了？多年以來，許多人回答道：「邊疆」，認為無論是土地上還是意識型態上的邊疆，都發揮了移轉或吸收階級衝突的作用，並創造了對於個人化的自由概念之堅定信念。但是，里昂・參孫（Leon Samson）在一九三三年的文章，為邊疆理論提供一個精彩的反閱讀來作為該問題的解答。首先，參孫說，該問題的假設是錯誤的。美國人並不厭惡社

會主義。他們是社會主義者。參孫說，在邊疆創造的那種美國主義，確實實現了社會主義的所有承諾：當社會主義者渴望沒有異化勞動的未來，屆時個人將可以成為一個完整的人時，美國人「堅持自己已經是『人類』，是完全自由且終極的個體。」當社會主義者說，在公平經濟關係下的國家將「消亡」時，美國人在一種邊疆製造的非正式儀式中，每天「獨自」執行這種消亡：「『嗨，加州！』——『嗨！阿拉巴馬州！』美國人與政治家攜手摧毀國家。」所有社會主義的概念：克服過去流毒的需求；勞動是價值來源的概念；對於資產階級道德的懷疑；甚至是社會衝突與意識，都可以在邊疆塑造的美國主義中找到「大量反概念」。

作為一名反戰行動家與知識份子，參孫因為反對美國投身第一次世界大戰，在一九一七年被一群愛國主義暴民逐出哥倫比亞大學校園，之後又淡出在世人的記憶之中。他在一九三三年出版《邁向聯合陣線》（*Towards a United Front*）之後，有關他的生平的資訊非常稀少。甚至連保羅．布勒（Paul Buhle）也不知道。無論如何，參孫在嘗試解釋美國勞工階級為什麼似乎對社會主義的魅力免疫時，其大致論點是邊疆取消了意識型態，並將這種取消轉化為意識型態。邊疆帶來的結果是，美國不斷地追求又遠離資本主義，與此同時逃避卻又被「資本主義的力量與型態」克服。他寫到，「這種雙重運動」，「是美國歷史的主要動力」，產生了參孫稱之為「社會主義神經過敏症」（social neuroticism）的「心理不和諧」。邁克爾．丹寧（Michael Denning）在《文化前線》（*The Cultural Front*，一九九八年，第四三一頁）中討論了參孫的主張。

我們的邊疆理論家總統

狄奧多・羅斯福、伍德羅・威爾遜與隆納・雷根對於邊疆理論的貢獻是相當著名的。關於以下總統的評論則較少：

林登・詹森：一九六九年後，詹森從一個備受磨難的總統任期退休，他曾承諾擴展新政，卻釋放了壓垮他的力量。他經常逃到位於墨西哥契瓦瓦州（Chihuahua）的大型農場拉斯潘帕斯（Las Pampas），這裡有七十五英里長、四十五英里寬，裡頭滿是德州牛群。資本積累與帝國主義戰爭的密集輪迴，經常喚起同樣強烈的懷舊情緒，而在墨西哥的詹森不再受到越戰重擔的束縛，可以幻想自己重新投身於社會改革。他享受「這個地方的完全隔離與粗獷之美」，「他被一些農場工人的貧窮所感動，這些人總是擁有一個大家庭。」詹森透過一名翻譯，向這些家庭講授節育的道理。他說，「如果我是世界的獨裁者，我會給世上所有窮人一個小木屋，還有避孕藥，而我絕對會確保他們接受這兩個東西，否則別想拿到任何一個。」然而，這些工人想的可不一樣。他們宣稱詹森非法持有拉斯潘帕斯，那片土地仍屬於詹森好友、前墨西哥總統米格爾・阿萊曼（Miguel Alemán）。在《北美自由貿易協議》前，墨西哥法律禁止外國人擁有如此巨大的農場，因此農民要求根據土地改革的條款充公它，並將它轉變為集體農場（關於拉斯潘帕斯，請見李奧・亞諾什〔Leo Janos〕在《大西洋月刊》〔一九七三年七月〕的〈總統的最後時光：退休的林登・詹森〉〔Last Days of the President: LBJ in Retirement〕；理查・賽維羅〔Richard Severo〕在《紐約時報》〔一九七二年十二月三十一日〕的〈墨西哥農夫稱詹森非法持有農場〉〔Mexican Farmers Say Johnson Holds a Ranch There Illegally〕。）詹森是德州人，並與多位墨西哥總統結識為朋友，長期將邊境土地視為整體經濟區。約翰·克魯森在《黯淡之門》（一九八三年，第一五四頁）中指出，雖然季節性移工計畫已經終止，詹森仍持續安排，「定期將非法墨西哥農場工人送往詹森的農場，而其主人則住在白宮。」

老布希：曾經居中推動蘇聯的終結、侵略巴拿馬、將伊拉克逐出科威特，並開始倡議未來涵蓋全美洲的自由貿易協議，老布希認為他執政的時代「迫切需要一個響亮的名稱」。「有一個名字」，他承認是從尼加拉瓜的桑定民族解放陣線「盜用」這句話：「無邊疆的革命」（La revolución sin fronteras）。早些時候，雷根曾引用這句話，作為桑定解放陣線本質上是擴張主義者的證據（更恰當的翻譯應該是「無邊界的革命」），並據此合理化美國持續資助康特拉的行徑。得勝的霸權從剛被打敗的敵人那裡挪用語言、思想與風格並非什麼罕見之事。但老布希的挪用確實有點卑鄙，特別是考量到尼加拉瓜與美國之間的規模與權力差異，更不用提那些支持雷根反共討伐的中美洲國家現在仍一貧如洗。

比爾·柯林頓：柯林頓藉由推動《北美自由貿易協議》作為再次提升「民權」的驅力，而自由貿易「在道德意義上相當於邊疆」。正如本書所討論的那樣，對柯林頓而言，打造一個開放的世界，意味著在誘導種族仇恨的遊戲（race baiting）中做買賣，也提供了超越這個遊戲的方式。一如許多評論家所指出的那樣，柯林頓發展出一套標誌性的民粹主義風格，經常模仿非裔美國人的聲調來挑戰新政支持者，特別是工會與民權領袖，他用這種方式來推動經濟自由化、終止福利，以及通過懲罰性的法律與秩序立法。

關於這種風格的起源，有一則故事如下：在雷根前往密西西比州上游，為「各州權利」發表演說的十二年後，即喬治亞州一九九二年民主黨初選前夕，柯林頓造訪該州的石山（Stone Mountain）矯正署，這裡位於比拉什莫爾山還大的邦聯紀念碑下方，距離現代三K黨發源地不遠處。眾人皆知，這是公然討好白人至上主義。在那裡，柯林頓受到白人新邦聯主義政客的夾道歡迎，他站在主要是非裔美國人囚犯的四十人方陣前，發表「對犯罪硬起來」的演說。另一位總統候選人傑瑞・布朗（Jerry Brown）稱柯林頓的訊息很清楚：「別擔心，我們牢牢掌控他們。」之後發生的事則較不為人所知。柯林頓的競選顧問迪・迪・邁爾斯（Dee Dee Myers）說，離開監獄之後，柯林頓停下腳步與一位年長的非裔婦女交談。邁爾斯寫道，當時柯林頓正為選戰一籌莫展，難以找到自己的政治聲音。顯然，這名（邁爾斯形容的）「神奇的矮小老婦」所說的黑人方言提供了解答：「我不在乎他們怎麼說你。我正看著你，而我知道你支持我」，顯然她希望這位候選人對抗民主黨內受過教育的「菁英」，後來柯林頓發現自己可以依靠民粹主義勝選。邁爾斯寫道，「此後」的柯林頓「像是戰鬥機飛行員……鎖定了目標。」因此，正是在石山，在輪廓分明的羅伯特・李的注視之下，柯林頓明白了如何結合白人種族主義與非裔美國人民粹主義，利用它來推動像是《北美自由貿易協議》之類的條約、終止福利，並擴展監獄系統。邁爾斯的故事，請見《新聞週刊》（*Newsweek*，一九九二年七月十九日）的〈倖存者柯林頓〉（Clinton the Survivor）；柯林頓在石山的故事，請見納森・羅賓遜（Nathan Robinson）於《雅各賓》雜誌（Jacobin，二〇一六年九月十六日）的〈比爾・柯林頓的石山時刻〉（Bill Clinton's Stone Mountain Moment），關於傑瑞・布朗的引述，請見科菲・布宜諾・哈喬（Kofi Bueno Hadjor）的《另一個美國》（Another America，一九九五年）。

早在一九九二年，石山就是文化戰爭的戰場。正如《時代雜誌》（〈拒絕南方州〉〔Nixing Dixie〕，一九九三年八月二日）在柯林頓造訪幾個月之後的報導，移除公共空間的邦聯象徵物引發了反彈：「一些白人擔心所有邦聯紀念碑、墓地，甚至是以巨大花崗岩石碑紀念邦聯英雄的喬治亞石山，很快都會消失殆盡。」「我們的文化正在被根除。」時任「邦聯退伍軍人之子」組織（Songs of Confederate Veterans）發言人的查爾斯．倫斯福德（Charles Lunsford）說。

唐納．川普：川普的德國祖父弗雷德里克（Frederick）過著邊疆理論般的生活。一八八五年，他逃離在巴拉丁（Palatinate）不健康的青年生活來到紐約，跟隨採礦熱潮前往西部的西雅圖，再北上至阿拉斯加，接著回到東岸並在皇后區伍德黑文（Woodhaven）的牙買加大道（Jamaica Avenue）購買房地產，成為家族財富的起家厝。在競選期間，川普打破了共和黨正統，宣布他不「喜歡」「美國例外主義」這詞，這種觀點是他所謂「現實主義」的一部分，以此拒絕那些據說出賣了美國利益的多邊全球主義者。出生於紐約皇后區，於布魯克林區致富，並在曼哈頓發跡的川普，也許是邊疆傳統最不可能的掌旗者了（儘管有他祖父的淵源）。但作為總統，他更新了邊疆理論——這是一個與國際主義無關，由怨恨所驅動的霸權理論。在二〇一八年美國海軍學院的畢業典禮演說中，他說：「我們的祖先擊敗了一個帝國、馴服了一個大陸，並戰勝了歷史上最邪惡的對手。在每一個世代，都有憤世嫉俗者與評論家試圖撕裂美國。但是近年來，問題變得越來越嚴重。越來越多人利用自己的平台詆毀美國驚人的遺產，挑戰美國的主權……我們被世界佔便宜了。這種事再也不會發生了。」歷任總統引用開放邊疆來支持太空計畫（雷根：太空人正「帶領我們進入未來」，將我們「推向邊疆」；老布希：「我們在群星之外看到了邊疆，而那仍是屬於我們的邊疆」），川普在呼籲建立太空軍隊作為美國軍隊的其中一支時，將宇宙呈現為最後的邊境：「我們在地球之外的命運不只關乎國家認同，也關乎國家安全。當我們談論捍衛美國時，美國只在太空佔有一席之地是不夠的。美國必須支配太空。」

當其他邊疆理論家總統還在反覆吟唱廣大天空與開放範圍的抒情歌時，川普已經哼著截然不同的美國西部象徵。自一八七〇年代起，一種新發明——鐵絲網——在草原與平原上擴散，讓農場主可以雇用越來越少的工人，也有能力控制越來越多的牲口。「鐵絲網，」當川普提到他部署在邊境的士兵運用它來阻擋來自中美洲的尋求庇護者時，表示「這將成為美麗的景象」。

註釋

前言

1 我們很容易就可以在網路上找到特納的論文〈邊疆在美國歷史上的意義〉（"The Significance of the Frontier in American History"），該篇論文被大量轉載，包括由約翰・馬克・法拉格爾（John Mack Faragher）所編輯的《重讀弗雷德里克・傑克遜・特納》（*Rereading Frederick Jackson Turner*）一書。後續出現所有未標注引用之引文皆引自該書。

2 Frank Norris, "The Frontier gone at Last", The Responsibilities of the Novelist: and Other Essays (1903), p.83.

3 Woodrow Wilson, *The Course of American History* (1895), pp. 11, 15.

4 近幾年來，特納的論文和其他關於「邊疆」的概念化，被廣泛應用於許多已將邊疆經驗融入其「國家神話」之中的國家。然而美國的獨特之處在於，它擁有悠久的擴張歷史，並將邊疆神話作為資本主義的一種隱喻。特納式論點於俄羅斯的應用可參見：Mark Bassin, "Turner, Solov'ev, and the 'Frontier Hypothesis': The Nationalist Signification of Open Spaces," *Journal of Modern History* 65.3 (1993), pp. 473–511. 於其他移居社會（settler societies）的應用可參見：Lynette Russell, ed., *Colonial Frontiers: Indigenous–European Encounters in Settler Societies* (2001)；保羅・梅拉姆（Paul Maylam）於《南非的種族歷史》（*South Africa's Racial Past*）一書中指出，將特納的邊疆假說應用於南非更加彰顯了它的種族主義本質。於巴西的應用，請參見：Mary Lombardi, "The Frontier in Brazilian History," *Pacific Historical Review* (November 1975), vol. 44, no. 4, pp. 437–57；與南美洲的比較，請參見：Gilbert J. Butland, "Frontiers of Settlement in South America," *Revista Geográfica* (December 1966), vol. 66, pp. 93–108; and David Weber and Jane Rausch, eds., *Where Cultures Meet; Frontiers in Latin American History* (1994).

5 關於霍布斯與維吉尼亞公司之間的關聯，請參見：Patricia Springborg,"Hobbes, Donne and the Virginia Company: Terra Nullius and the

Bulimia of Dominium,' " *History of Political Thought* (2015), vol. 36, no. 1, pp. 113–64; and Andrew Fitzmaurice, "The Civic Solution to the Crisis of English Colonization, 1609–1625," *Historical Journal* (1999), vol. 42, pp. 25–51, as well as Fitzmaurice, *Sovereignty, Property and Empire, 1500–2000* (2014), p. 104.

6 〈英屬美洲權利概觀〉（"A Summary View of the Rights of British America,"1774），可參見以下網址：http://press-pubs.uchicago.edu/founders/print_documents/v1ch14s10.html.

7 Loren Baritz, "The Idea of the West", *American Historical Review* (April 1961), vol. 66, no. 3, pp. 618–40.

8 Paul Horgan, *Great River* (1954), vol. 2, p. 638。

9 Walter Prescott Webb, *The Great Frontier* (1951), p. 126.

10 "General Jackson's Letter," dated February 12, 1843, and published in *Niles' National Register* (March 30, 1844), p. 70.

11 關於火焰噴射器的說明，請見：Rick Perlstein, Nixonland (2010), p. 243; Bombs: "The Casualties of the War in Vietnam"(February 25, 1967), http://www.aavw.org/special_features/speeches_speech_king02.html。

12 Eliot Janeway, *The Economics of Crisis: War, Politics, and the Dollar* (1968), p.114; Walter LaFeber, *The New Empire* (1961).

13 Frances Fitzgerald, *Fire in the Lake* (1972), p. 371. 理查・斯洛特金的「美國邊疆神話三部曲」詳盡地闡述了這些論點。

14 William Appleman Williams, *The Great Evasion* (1966), p.13.

15 Rukmini Callimachi, Helene Cooper, Eric Schmitt, Alan Blinder, and Thomas gibbons-Neff, "An Endless War': Why 4 U.S. Soldiers Death in a Remote African Desert", *New York Times* (February 20, 2018).

16 Wesley Morgan and Bryan Bender, "America's Shadow War in Africa," *Politico* (October 12, 2017), https://www.politico.com/story/2017/10/12/niger-shadow-war-africa-243695.

17 根據一份報告，光是在伊拉克和阿富汗的軍事支出（不包括巴基斯坦、葉門、敘利亞、利比亞和南撒哈拉非洲）就超過六兆美元。報告中寫道：「這筆支出中的絕大部分仍尚未償付」，這裡指的是資助這些軍事行動所導致的虧損，以及退伍軍人與其家人的長期醫療照護投入和殘疾賠償金。見Linda Bilmes, "The Financial Legacy of Iraq and Afghanistan: How Wartime Spending Decisions Will Constrain Future National Security Budgets", HKS Faculty Research Working Paper Series RWP13-006 (March 2013). 尼塔・克勞福特（Neta Crawford）的〈二〇一六年美國戰爭預算費用〉（"U.S. Budgetary Costs of Wars Through 2016,"

Watson Institute, Brown University, September 2016）一文中納入了在敘利亞、巴勒斯坦的軍事支出；另外可見美國國土安全部網站：http://watson.brown.edu/costsofwar/files/cow/imce/papers/2016/%20oCostsf % 20War % 20through %202016%%20f 20FINALinal % 20v2.pdf。

18 J. W. Mason, "What Recovery?"Roosevelt Institute (July 25, 2017), http:// rooseveltinstitute.org/wp-content/uploads/2017/07/Monetary-Policy-Report-070617-2.pdf; Larry Summers, "The Age of Secular Stagnation," *Foreign Affairs* (March–April 2017); Nelson Schwartz, "The Recovery Threw the Middle-Class Dream Under a Benz," *New York Times* (September 12, 2018), https://www.nytimes.com/2018/09/12/business/middle-class-financial-crisis.html; David Lazarus, "The Economy May Be Booming, but Nearly Half of Americans Can't Make Ends Meet, *Los Angeles Times* (August 31, 2018), http://www.latimes.com/business/lazarus/la-fi-lazarus-economy-stagnant-wages-20180831-story.html。

19 "Remarks Announcing candidacy for the Republican Presidential Nomination" (November 13, 1979), http://www.presidency.ucsb.edu/ws/?pid=76116; "Second Inaugural Address" (January 21, 1985), http://avalon.law.yale.edu/20th_century/reagan2.asp.

20 Rudiger Dornbusch, Keys to Prosperity (2002), p. 66。

21 儘管在現實生活中他們做到了：Mark Lause, *The Great Cowboy Strike: Bullets, Ballots, and Class Conflicts in the American West* (2018).

22 Sam Tanenhaus, The Death of Conservatism (2010), p. 99.

23 安迪・克羅爾（Andy Kroll）在〈川普如何學會去愛科赫兄弟〉（"How Trump Learned to Love the Koch Brothers," *Mother Jones*, December 1, 2017）一文中描述，儘管川普在競選時與科赫兄弟針鋒相對，但他仍在很大程度上實現了科赫兄弟的去管制計畫。然而截至目前，川普針對進口商品徵收關稅的提議已讓他與主張自由貿易的共和黨人關係變得十分緊張。

第一章　極目之地

1 Jonathan Hart, *Representing the New World* (2001), p. 149。

2 Alexander Young, *Chronicles of the Pilgrim Fathers* (2005), p. 36; Thaddeus Piotrowski, *The Indian Heritage of New Hampshire and Northern New England* (2008), p. 14.

3 Bernard Bailyn, *The Barbarous Years* (2012), p. 438.

4 James Kirby Martin, *Interpreting Colonial America* (1978), p. 29.

5 弗雷德里克・傑克遜・特納經常引用這份文件，不過他所使用的英語翻譯與原文略有出入，像是他將印第安國家（*naciones indias*）譯為印第安部落（Indian tribes），並將廣闊大陸（*el vasto continente*）譯為地區（region）。寫於一七九四年十二月一日之卡隆德萊特男爵信件的西班牙語原稿，可在威斯康辛歷史學會萊曼・德萊普藏書區（Draper Collection, mss 39 J 16–69）找到。感謝協會的檔案保管員李・格雷迪（Lee Grady）提供。

6 Octavio Paz, *El Arco y la Lira* (1956), p.279.

7 David Weber, *The Mexican Frontier* (1982), p. 175.

8 John Fanning Watson, *Historic Tales of Olden Time* (1833), p. 229.

9 Watson, *Historic Tales of Olden Time*, p. 229.

10 參見：https://founders.archives.gov/documents/Franklin/01-04-02-0080.

11 Fred Anderson, *The War Made America: A Short History of the French and Indian War* (2006), and Colin Calloway, *The Scratch of a Pen: 1763 and the Transformation of North America* (2007).

12 Robert Kirkwood, *Through So Many Dangers: The Memoirs and Adventures of Robert Kirk, Late of the Royal Highland Regiment* (2004), p. 66.

13 Norman O. Brown, *Love's Body* (1968), p. 30.

14 Jared Sparks, *The Works of Benjamin Franklin* (1840), vol. 7, p. 355.

15 大多數歷史學家認為俄亥俄公司成立於一七四九年，但匹茲堡大學的檔案和特別藏書顯示，其相關文件可追溯至一七四八年。

16 在加拿大，政府和原住民都會紀念這個「皇家公告日」（Royal Proclamation Day），原住民會以此公告為本向政府主張自身權益。最近，加拿大一個反對水力壓裂和礦業擴張的原住民權利草根組織「Idle No More」呼籲設立一個國際行動日，以紀念皇家公告發布兩百五十周年。而在美國這樣一個藉由否定皇家公告而出現的國家，則不存在類似的影響或紀念。

17 凱文・肯尼（Kevin Kenny）的《和平王國的失落：帕克斯頓之子和威廉・佩恩神聖實驗的毀滅》（*Peaceable Kingdom Lost: The Paxton Boys and the Destruction of William Penn's Holy Experiment*），將帕克斯頓暴力事件視為費格會在費城的權威終結的起點。

關於「烏爾斯特—蘇格蘭人」在美國墾殖者殖民主義中的重要地位，可參見：Roxanne Dunbar-Ortiz, *An Indigenous Peoples' History of the United States* (2015), p. 51.

18 漢斯・尼古拉斯・艾森豪（Hans Nicholas Eisenhauer）是德懷特・艾森豪（Dwight D. Eisenhower）的曾曾曾祖父，這一點已被祖譜紀錄所證實：漢斯與他的第一任妻子有一個兒子，彼得・艾森豪（Peter Eisenhauer）。彼得與安娜・迪辛格（Anna Dissinger）生了一個兒子，名叫弗雷德里克・艾森豪（Frederick Eisenhower，正是因為他，名字的拼法才發生了變化）。弗雷德里克與芭芭拉・米勒（Barbara Miller）生了一個兒子叫雅各布・F・艾森豪（Jacob F. Eisenhower），他是德懷特・艾森豪的祖父。感謝布蘭登・喬丹（Brendan Jordan）協助確認此事。

19 Ezra grumbine, "Frederick Stump: The Founder of Fredericksburg, Pa.," *Lebanon County Historical Society* (June 26, 1914), chapters 1–9.

20 Samuel Williams, "Tennessee 's First Military Expedition (1803)," *Tennessee Historical Magazine* (1924), vol. 8, no. 3, pp. 171-90. 關於田納西州的史坦普家族以及史坦普與新崛起的傑克森主義者之間的結盟，請參見 Harriette Simpson Arnow, *Flowering of the Cumberland* (2013).

21 華盛頓代表七年戰爭的退伍軍人遊說倫敦，因倫敦承諾要授與他們俄亥俄州阿勒格尼山脈以西的土地作為服役的報償，但他們並沒有拿到土地。為了回報華盛頓為其發聲，「他的老士兵們」從他們的土地中撥出了一部分給華盛頓。華盛頓自己則因參軍獲得了兩萬英畝於俄亥俄州的土地。可參見托瑪斯・帕金斯・阿伯內西（Thomas Perkins Abernethy）的《西部土地和美國獨立革命》（*Western Lands and the American Revolution*, 1937）和〈華盛頓作為土地投機商〉("Washington as Land Speculator," George Washington Papers, Library of Congress, https://www.loc.gov/collec tions/george-washington-papers/articles-and-essays/george-washington-survey-and-mapmaker/washington-as-land-speculator/）另外可參見阿奇博爾德・亨德森（Archibald Henderson）的《帝國之星：西進運動在舊西南地區的各個發展階段》第四十七頁（*The Star of Empire: Phases of the Westward Movement in the Old Southwest*, 1919, p.47）：「喬治・華盛頓秘密購買了西部大片土地，間接刺激了闊刃斧大軍的西進。」

22 關於新大陸的繁榮富足如何反證馬爾薩斯悲觀主義，請見：Caroline Winterer, *American Enlightenments: Pursuing Happiness in the Age of Reason* (2016)，另外可參見Antonello Gerbi, *The Dispute of the New World: The History of a Polemic, 1750–1900* (1973); and Lee Alan Dugatkin, *Mr. Jefferson and the Giant Moose: Natural History in Early America* (2009).

23 傑佛遜語錄請見：*Memoirs* (1929), vol. 1, p. 437.

24 *The Writings of James Madison* (1807), vol. 7, p. 16.

25 請見卡隆德萊特男爵信件的西班牙語原稿，可在威斯康辛歷史學會找到。

26 關於密西西比河流域的西班牙殖民官員抱怨盎格魯人完全不受「控制」，請參見 Sylvia L. Hilton, "Movilidad y expansión en la construcción política de los Estados Unidos: 'Estos errantes colonos' en las fronteras españolas del Misisipí (1776–1803)," *Revista Complutense de Historia de América* (2002), vol. 28, pp. 63–96.

27 http://reevesmaps.com/maps/map380.jpg.

28 Jennifer Nedelsky, *Private Property and the Limits of Constitutionalism* (1994), p. 80.

29 Montesquieu, *Political Writings* (1990), p.106. 諾亞・韋伯斯特（Noah Webster）認為，這個問題可以透過修正「偉大的孟德斯鳩」來解決。韋伯斯特建議在這位法國共和主義者使用「美德」（virtue）一詞的地方插入「財產」（property）一詞。韋伯斯特所說的「財產」，並不是指抽象的所有權。他指的是實際的土地。韋伯斯特在《聯邦憲法主要原則考察》第四十七頁（*An Examination into the Leading Principles of the Federal Constitution,* 1787, p. 47）寫道：「地產的普及和公平分配是國家自由的基礎」。

30 許多學者都強調麥迪遜的《聯邦黨人文集》第十篇在修正共和思想，以將擴張納入共和思想並正當化擴張方面所扮演的重要角色，包括查爾斯・比爾德（Charles Beard）的《美國憲法的經濟學解讀》（*An Economic Interpretation of the Constitution of the United States,* 1913）。威廉・艾普曼・威廉斯的〈考察查爾斯・奧斯汀・比爾德因果關係一般論之探求〉("A Note on Charles Austin Beard's Search for a general Theory of Causation," *American Historical Review,* October 1956, vol. 62, no. 1, pp. 55–80）評論了比爾德對麥迪遜的詮釋。此處所使用的麥迪遜和孟德斯鳩的引文都來自這些著作。另可參考安德魯・哈克（Andrew Hacker）的《政治學研究》（*The Study of Politics,* 1963, p.81）。

第二章　開端與終結

1 Arístides Silva Otero, *La diplomacia Hispanoamericanista de la Gran Colombia* (1967), p.15. Also: Germán A. de la Reza, "The Formative Platform of the Congress of Panama (1810–1826): The Pan-American Conjecture Revisited," *Revista brasileira de política internacional* (2013), vol. 56, n. 1, pp. 5–21, http://www.scielo.br/scielo.php?script=sciarttext&pid =S0034-73292013000100001&lng =en&nrm =iso.

2 想了解更多關於保持佔有原則（*uti possidetis*）與現代主權概念之間的連結、針對「發現論」的批判，請參見葛雷・格倫丁的〈美洲的自由主義傳統：權利、主權和自由多邊主義的起源〉（"The Liberal Traditions in the Americas: Rights, Sovereignty, and the Origins of Liberal Multilateralism," *American Historical Review* ,2012, vol. 117, pp. 68–91）；亞歷杭德羅・阿爾瓦雷斯（Alejandro Alvarez）的《門羅主義》（*The Monroe Doctrine,* 1924）以及〈從拉丁美洲的觀點看門羅主義〉（"The Monroe Doctrine from the Latin-American Point of View," *St. Louis Law Review,* 1917, vol. 2 no. 3），與胡安・巴勃羅・斯卡菲（Juan Pablo Scarfi）的《美洲國際法秘史》（*The Hidden History of International Law in the Americas,* 2017）；此處引文也多來自這些文章與著作。有關哥倫比亞共和主義請參見莉娜・德卡・卡斯蒂略（Lina del Castillo）的《為世界打造一個共和國》（*Crafting a Republic for the World,* 2018）。

3 Leslie Rout, *Politics of the Chaco Peace Conference,* 1935–1939 (1970).

4 Marcus Kornprobst, "The Management of Border Disputes in African Regional Subsystems", *Journal of Modern African Studies* (2002), vol. 40, no. 3, p. 375; Boutros Boutros-ghali, *Les conflits de frontières en Afrique* (1972).

5 graham H. Stuart, "Simón Bolívar 's Project for a League of Nations", *Southwestern Political and Social Science Quarterly* (1926), vol. 7, no. 3, pp. 238–52.

6 海地為美洲第一個廢除奴隸制之處，當地人民所感受到的深沉孤單是美國共和黨人所無法想像的。法國持續對海地施加經濟封鎖，地理上受西班牙帝國的圍攻長達好幾十年，海地的「姐妹共和國」美國也不承認其合法地位。一八〇四年的《海地獨立宣言》大聲宣告，「我們敢於自由，讓我們獨自為自己向此而生。」威廉・艾普曼・威廉斯認為，美國人所經驗到的例外主義的其中一個面向是一種「時間上的存在性孤立」，一種「深沉的孤獨，也就是孤立感」。想要與其他毀廢私有財產的革命——特別是由前奴隸們所領導的革命——保持距離的渴望，以及認為自己——在不斷擴張的領域實現自治——開創了歷史先河，「挑戰了諸神的智慧」（引自《美國與革命世界的正面交鋒》〔*America Confronts a Revolutionary World,* 1976, pp. 38–39〕），都導向了此種孤立感。凱特琳・菲茨（Caitlin Fitz）在《我們的姐妹共和國》（*Our Sister Republics,* 2016）一書中指出，傑佛遜在一八〇八年所提出的美國人的存在性例外主義意識，是在西班牙－美國獨立運動開始不久之後成形，當時人們清楚地意識到美國將與其他許多共和國共享新大陸。

7 《聯邦黨人文集》可於耶魯法學院阿瓦隆計畫網站查閱。本句引自《聯邦黨人文集》第七篇（漢彌爾頓）：Http://avalon.law.yale.edu/18th_century/fed07.asp.

8 George Bancroft, *History of the Formation of the Constitution of the United States* (1882), p. 503.

9 Peter Onuf, *Jefferson's Empire* (2000), p. 181.

10 地理邊疆仍然是開放的，但門羅已經開始思考全球貿易的無限性。門羅說，「我們的經驗應當告訴我們，即使是最正確和審慎的政策也無法免除危險。我們的體制系統塑造了文明世界的歷史上一個重要時代。凡事皆有賴於它們的存續，以一種最純正的形式。如同我們的利益深入已有人居之處各個角落和每一片海洋，勤勉與開創精神引領著我國公民到世界各處，應他者之邀來到這些地方，他們也有權前進這些地方；我們必須要麼保護他們享受其權利，要麼在必要時刻棄其於荒野。」見《總統演說與寄語》（*Addresses and Messages of the Presidents*, 1849, vol. 1, p. 478）文中引文請見《詹姆斯．門羅文集》（*The Writings of James Monroe* ,1903, vol. 7, p. 48）。

11 如同詹姆斯．麥迪遜，威爾遜認為經濟「利益」既是客觀的，也是主觀的。他說，「人們對於表面上的利益與真實的利益同樣忠誠，往往會花費相等的毅力與精力追求。」威爾遜寫道，美國由眾多個人利益所組成，這些利益的「總和將恰好是總體的利益」。如果更大的利益只是個人利益的總和，且這些個人利益永遠在變化，那麼要如何才能建立一個穩定的、非專制的政府來保護這些主觀利益？如果這種高於個人利益總和的超越性美德無法建立，我們「該怎麼做？」革命家威爾遜提出了一個革命性的問題。「簽署憲法，」他回答道，「以寬容來保護自由。」見詹姆斯．威爾遜（James Wilson）、伯德．威爾遜（Bird Wilson）編，《詹姆斯．威爾遜文集》（*The Works of the Honourable James Wilson*, 1804, pp. 274–77）。本章腳註中提到的賓州「鄉紳」和「僻野的墾殖者」攜手合作的革命聯盟，請見大衛．弗里曼．霍克（David Freeman Hawke）的《在革命之中》（*In the Midst of a Revolution*, 1961）狄奧多．羅斯福在《贏取西部》卷一〈在革命的洪流中：南方鄉野鄙夫戰勝契羅基人，一七七六年〉（In the Current of the Revolution: The Southern Backwoodsmen Overwhelm the Cherokees, 1776）一章中也提出了這一論點：「每個地方都有自己的使命；東部贏得了獨立，西部去征服大陸。」

12 José Gaos, ed. El pensamiento Hispanoamericano (1993), vol.5, p.168。關於玻利瓦將巴拿馬視為一個世界共和國的中心，請參見亞歷杭德羅．阿爾瓦雷斯的《門羅主義》（上文所引）。另外可參見傑伊．塞克斯頓（Jay Sexton）的《門羅主義》（*The Monroe Doctrine*, 2011, p.80）中關於傑克森主義者如何利用玻利瓦參與巴拿馬會議的邀約，去強化鞏固種族國族主義之相關討論。

13 Joseph Byrne Lockey, *Pan-Americanism: Its Beginnings* (1920), p. 388.

14 *The Writings of Thomas Jefferson* (1859), vol.4, p.419.

15 Onuf, Jefferson's Empire, p.1.

16 Everett Somerville Brown, ed., *The Constitutional History of the Louisiana Purchase* (2000), p.63.

17 Arthur Stanley Link, ed., *The Papers of Woodrow Wilson* (1970), vol. 8, p. 354.

18 Peter Onuf, *The Mind of Thomas Jefferson* (2007), p.106。

19 David Ramsay, *An Oration on the Cession of Louisiana, to the United States* (1804), p.21.

20 James McClellan, *Reflections on the Cession of Louisiana to the United States* (1803), p.14.

21 作為一名政治理論家，詹姆斯・麥迪遜將戰爭視為「公眾自由」最「令人畏懼」的敵人，因為它埋下了其他所有危害的種子：高稅收、債務、窮兵黷武、建立在牟取暴利和欺詐之上的「財富不均」，以及風俗、道德的腐敗。但身為總統（一八〇九年至一八一七年），面對自給自足的和平與擴大勢力的戰爭，他選擇了戰爭。歷史學家加里・威爾斯（Garry Wills）認為，麥迪遜是「欣迎」一八一二年戰爭：「他策動了這場戰爭。」根據威爾斯所寫的《詹姆斯・麥迪遜》（*James Madison*, 2015）一書，這場戰爭的終極目標原本是要拿下加拿大，從這個意義上說，這場戰爭「看似一無所獲」。但在某種程度上，這場戰爭是一切的原點，它讓北方的商人們習於軍國主義所帶來的刺激，並將安德魯・傑克森——邊疆的復仇者與克里克人的滅絕者——送進國家政治的殿堂。

22 Susan Dunn, *Jefferson's Second Revolution* (2004), p. 241。

23 Onuf, *The Mind of Thomas Jefferson*, p.107。

24 Edward Everett, *Orations and Speeches* (1836), vol. 1, p. 197。

25 引述自傑佛遜於一八〇三年二月二十七日寫給印第安納州州長威廉・亨利・哈里森的一封信。收錄於《湯瑪斯・傑佛遜文集》（*The Writings of Thomas Jefferson*, 1859, pp. 472–73）這封信可以在以下網址查看：http://www.digitalhistory.uh.edu/active_learning/explorations/indian_removal/jefferson_to_harrison.cfm。請注意，有些謄本中「貿易所」（trading houses）一詞被謄錄為「貿易用途」（trading uses）。哈里森在一八一一年的蒂珀卡努戰役（Battle of Tippecanoe）中擊敗了拒絕美國西擴的肖尼人，成了民族英雄，該事件也將引發一八一二年戰爭。憑藉著殺印第安人贏得的聲譽，哈里森於一八四〇年當選總統，並在就職不久後去世。

26 Jefferson to Alexander von Humboldt, December 6, 1813, https://founders.archives.gov/documents/Jefferson/03-07-02-0011。

27 Jefferson to Alexander von Humboldt, December 6, 1813（請見上述網址）傑佛遜在文中特別提及英國對特庫姆塞叛亂（Tecumseh's Rebellion）的支持，該叛亂是爭奪五大湖地區控制權的決定性戰役。叛亂最終由印第安納州州長威廉・亨利・哈里森平定，而傑佛遜正是向他下達執行掠奪性債務的命令。請見：David Curtis Skaggs and Larry L. Nelson, eds., *The Sixty Years' War for the Great Lakes, 1754–1814* (2001); Kerry Trask, *Black Hawk: The Battle for the Heart of America* (2006); Richard White, *The Middle Ground: Indians, Empires, and Republics in the Great Lakes Region, 1650–1815* (1991).

28 Lewis Cass, "Removal of the Indians", *North American Review* (1830), p.107。

29 Onuf, *The Mind of Thomas Jefferson*, p.107。

30 Louis Hartz, *The Liberal Tradition in America* (1955), p.7.

31 Loren Baritz, *City on a Hill* (1964), p. 99.

32 *The Writings of James Monroe* (1903), vol. 6, p. 274。

33 Ralph Louis Ketcham, *James Madison: A Biography* (1990), p. 145。

第三章　高加索民主

1 務必參閱約翰・尤里切克（John Juricek）的〈從殖民時期到弗雷德里克・傑克遜・特納：美國對「邊疆」一詞的使用〉（"American Usage of the Word 'Frontier' from Colonial Times to Frederick Jackson Turner," *Proceedings of the American Philosophical Society*, 1966, vol. 110, no. 1, pp. 10–34）一文。

2 The Royal Standard English Dictionary (1788).

3 J. M. Opal, *Avenging the People: Andrew Jackson, the Rule of Law, and the American Nation* (2017), p. 70.

4 倫納德・薩多斯基（Leonard Sadosky）在《革命談判：美國建國時期的印第安人、帝國和外交官》（*Revolutionary Negotiations: Indians, Empires, and Diplomats in the Founding of America*, 2010, p. 158）中寫道，諾克斯試圖通過「西伐利亞體系」（Westphalian states system）來定義原住民與聯邦之間的關係，即藉由承認原住民主權作為解決邊界衝突的一種方式。其他人，如傑佛遜，則認為國際法「必須服膺我國的不穩狀態」，意指當美國「主權」提升，原住民主權就會自然削弱：

「藉由購買他們的權利來擴張我們的，我們社會的界限就會隨之擴張；只要一塊新的土地被納入我們的界限之內，它就能成為我們社會的固定界限。」

5 Lawrence Kinnaird, *Spain in the Mississippi Valley, 1765–1794* (1945).

6 R. Douglas Hurt, *The Indian Frontier, 1763-1846* (2002), p.101, for North Carolina 's 1783 "land grab" law, referred in the footnote.

7 Allan Kulikoff, *The Agrarian Origins of American Capitalism* (1992), p.75。

8 William Reynolds, Jr., *The Cherokee Struggle to Maintenance Identity in the 17 and 18 Century* (2015), p. 271.

9 Frederick Stump to Andrew Jackson, March 3, 1807, Library of Congress, Andrew Jackson papers, 1775–1874, available at: https://www.loc.gov/resource/maj.0100703000301/?sp=1&q =%22frederick+stump%22. 史蒂夫・英斯基普（Steve Inskeep）的《傑克森之國》（*Jacksonland*, 2015）討論了傑克森作為一名普通公民（private citizen）和社會公民（public citizen），其奪取印第安人財產的政策是如何讓他和他的同夥致富的。

10 關於傑克森和奴隸貿易的關係，以及一八〇八年之後國內奴隸貿易歷史更完整的紀錄，請參見內德・薩布萊特（Ned Sublette）和康斯坦斯・薩布萊特（Constance Sublette）的《美國奴隸海岸：奴隸繁殖產業史》（*American Slave Coast: A History of the Slave-Breeding Industry*, 2016, p. 396）。關於傑克森與丁斯摩爾的衝突以及此處的引文，幾乎每一本傑克森傳記都有記載。參見：*Letter from the Secretary of War, Transmitting the Information, in Part, Required by a Resolution of the House of Representatives, of 21st Inst. in Relation to the Breaking an Individual, and Depriving Him of His Authority Among the Creeks...* (1828), pp. 10–19. 其他引文請參見 "James A. McLaughlin Jan. 30, 1843. Genl. Jacksons trip to Natchez, 1811"，可於以下網址查看：https://www.loc.gov/resource/maj.061650138_0141/?st=text.

11 Opal, *Avenging the People*, p. 138。

12 Sublette and Sublette, *American Slave Coast*, p. 396; Josh Foreman and Ryan Starrett, *Hidden History of Jackson* (2018), p. 28.

13 *Journal of the Senate at the Second Session of the Ninth Assembly of the State of Tennessee* (1812), p.72, https://hdl.handle.net/2027/uiug.30112108189405

14 Opal, *Avenging the People*, p. 138。

15 Robert Breckinridge McAfee, *History of the Late War in the Western Country* (2009), p. 492. 關於傑克森針對克里克人發動的攻擊，以及此處的引文，請參見肖恩・邁克爾・奧布萊恩（Sean Michael O'Brien）的《血淚交織：安德魯・傑克森如何毀滅克里克人和塞米諾爾人》（*In Bitterness and in Tears: Andrew Jackson's Destruction of the Creeks and Seminoles*, 2003）以及阿爾弗雷德・凱夫（Alfred

Cave）的《尖刀：安德魯・傑克森和美洲原住民》（*Sharp Knife: Andrew Jackson and the American Indians*, 2017, p. 45）。

16 *Speeches of the Hon. Henry Clay* (1842), p. 90.

17 Cave, *Sharp Knife*, p. 45.

18 引文來自薩多斯基的《革命談判》第一九四頁。一八〇二年，傑佛遜「承諾聯邦政府未來將會取消喬治亞州境內所有印第安人的土地產權，以換取喬治亞州部分土地的所有權（這些土地後來成了阿拉巴馬州和密西西比州）」。

19 薩多斯基的《革命談判》第一九三頁談到，印第安人遷移法案起源於傑克森的盟友威利・布朗特（Willie Blount）在擔任田納西州州長時推行的政策：「布朗特欲將美國東部的印第安人驅趕到密西西比河西岸的設想，只不過是傑佛遜任職總統期間，一直在進行的財產剝奪與土地收購政策的更極端的版本。」

20 關於儘管享有憲法上的平等，基於種族差異導致的邊緣化和剝削如何繼續在西班牙美洲延續下去，請參見 Marixa Lasso,"Race War and Nation in Caribbean Gran Colombia, Cartagena, 1810–1832," *American Historical Review* (April 1, 2006), vol. 111, issue 2, pp. 336–61.

21 Arthur Schlesinger, Jr., *The Age of Jackson* (1945); Sean Wilentz, *Andrew Jackson* (2005). 關於傑克森式的聖人形象如何與美國政治的不同階段相互對應，請參見邁克爾・羅金的《父與子》。

22 Wilbur Larremore, "The Consent of the Governed", *American Law Review* (March-April 1906), p. 166; Charles Maurice Wiltse, *John C. Calhoun, Nationalist, 1782-1828* (1968), p. 11.

23 Larremore, "The Consent of the governed", p.166。

24 Andrew Jackson to Tilghman Ashurst Howard, August 20, 1833, https://www.loc.gov/resource/maj.01084_0354_0357/ ?· st=text.

25 *The Addresses and Messages of the Presidents of the United States* (1839), p. 423.

26 關於州權和最小政府的理念如何被用來為奴隸制辯護，請參見馬尼沙・辛哈（Manisha Sinha）的《奴隸制的反革命：內戰前南卡羅萊納州的政治和意識型態》（*The Counterrevolution of Slavery: Politics and Ideology in Antebellum South Carolina*, 2000），大衛・瓦爾德施特萊徹（David Waldstreicher）的《奴隸制的憲法》（*Slavery's Constitution*, 2009），理查・埃利斯（Richard Ellis）的《瀕危聯邦：傑克森式民主、州權和無效論危機》（*The Union at Risk: Jacksonian Democracy, States' Rights and the Nullification Crisis*, 1989）。

27 一直到一八三八年五月，契羅基人才被溫菲爾德．史考特將軍（他後來成為了美墨戰爭的指揮官）從他們阿帕拉契南部地區的傳統家園驅趕到西部，約有一萬五千人到一萬六千人被迫踏上了眼淚之路。一路上有超過四千人死於疾病、饑餓和受凍。

28 Francis Newton Thorpe, ed., *The Statesmanship of Andrew Jackson* (1909), pp. 190–92.

29 Cited in *Army and Navy Chronicle* (February 1, 1838), p. 69.

30 Caleb Cushing, *An Oration, on the Material Growth and Progress of the United States* (1839), p. 29.

31 In *Army and Navy Chronicle* (January 25, 1838), p. 55.

32 In *A Diary in America: With Remarks on its Institutions* (1839), part 2, vol. 3, p. 205. 值得注意的是，約有五萬一千名居住在密西西比河以西的原住民，原本被列在這份戰士名單上（等於是被劃分在邊界之內），就在一年之前，被參議院印第安人事務委員認定為「在我們之外，在一個永遠屬於外部的地方」。這份一八三七年的報告中所列出的要塞——從北部蘇必略湖南端的布雷迪堡（Fort Brady）到納齊茲下方、位於巴頓魯治的亞當斯堡（Fort Adams），呈鋸齒狀分布——粗略地勾勒出當年美國陸軍想像中的邊疆或是「外部防線」的大致位置。這條之字形線延伸到了當時美國東側政治邊界（也一直延伸到「印第安國家」——因印第安遷徙行動而產生的地方，位於奧克拉荷馬州——的東緣）。根據報告中所列出的部族名單，在邊界線內的西部印第安人分布範圍一直延伸到洛磯山脈面向大平原的第一道山脊，包括德州的阿帕契人（當時德州已經脫離墨西哥，但尚未併入美國）。戰士名單中不包括那些居住在洛磯山脈或洛磯山脈以西的部落，包括猶他人、派尤特人（Paiutes）、休休尼人（Shoshone）和薩利希人（Salish）。

33 Rogin, *Fathers and Children*, p. 4.

34 Niles 'Weekly Register, April 2, 1831, p.83。

35 Juricek, "American Usage."

36 Thomas Frazier, *The Underside of American History* (1982), p. 71.

37 Frederick Hoxie, ed., *The Oxford Handbook of American Indian History* (2016), p. 605.

38 Rogin, *Fathers and Children*, p. 117.

39 *Winston Leader* (August 24, 1880).

40 "The Indian Question", *North American Review* (April 1873), p. 336.

41 "Report of the Commissioner of Indian Affairs," Department of the Interior (October 30, 1876), http://public.csusm.edu/nadp/r876001.htm.

42 In *A Diary in America*, p. 217.

43 *Army and Navy Chronicle* (February 1, 1838), p. 65.

44 Larremore, "The Consent of the governed", p.165.

第四章　安全閥

1 "Steamboat Disasters," *North American Review* (January 1840), p. 40.

2 Emerson gould, *Fifty Years on the Mississippi* (1889), p.168.

3 *Hazard's Register of Pennsylvania* (June 27, 1835), p. 416.

4 Gordon Wood, *Radicalism of the American Revolution* (1991), p. 307.

5 隆納・雷根後來引用錢寧的這句話，讚許喬・庫爾斯（Joe Coors）和傳統基金會（Heritage Foundation）領導「新右翼革命」有功，他將安哥拉傭兵（Angolan mercenaries）譽為「自由鬥士」，並頌揚反革命軍、紅色高棉，以及美國的保守派勢力，稱他們是在推動「爭取自由的新戰略」。請參見《美國總統公開文件集：隆納・雷根》（*Public Papers of the Presidents of the United States: Ronald Reagan*, 1988, p. 499）。

6 T. Romeyn Beck, "Statistical Notices of Some of the Lunatic Asylums in the United States," *Transactions of the Albany Institute* (1830), vol. 1.

7 *Views and Reviews in American Literature* (1845), p. 39.

8 Charles Perkins, *An Oration, Ponounted at the Request of the Citizens of Norwich, Conn.* (1822), p.19.

9 *Hampshire Gazette* (November 9, 1831), p. 3.

10 *Portland Daily Advertiser* (November 28, 1835), p. 2.

11 *The Life and Times of Frederick Douglass* (1993), p. 129.

12 John Codman, *The Duty of American Christians to Send the Fospel to the Heathen* (1836), p. 16.

13 *Jamestown Journal*, New York (August 8, 1845).

14 "To the Citizens of Portland," *Portland Weekly Advertiser*, Maine (July 9, 1833).

15 Manisha Sinha, *The Slave's Cause: A History of Abolition* (2016).

16 "Mr. Torrey's Case," *Emancipator and Free American* (February 11, 1842); *North American and Daily Advertiser* (November 12, 1840); "What Have the Abolitionists Done?" *The Emancipator* (June 28, 1838).

17 關於奴隸制的辯論推動了比較社會學的發展，因為奴隸制的支持者和批評者都把目光投向了歐洲，以想像這一制度的未來。以下例子主張，若要延續動產奴隸制的香火就必須向西部擴張：「當這個國家的奴隸制達到與俄羅斯、土耳其和中國等半野蠻地區同樣的密度時，就將應聲而倒」，這就是為什麼需要一個「安全閥」——向「西南部各州」擴張——來避免這樣的結果。請見〈奴隸屬地的擴張〉（"Extension of Slave Territory," *National Era*, March 11, 1847）一文。

18 *Western Monthly Review* (January 1839), p. 359.

19 *Niles's National Register* (July 6, 1844), p. 303.

20 如〈倫敦會議記錄〉（"Proceedings of the London Convention," *The Emancipator*, September 10, 1840）所記載。

21 關於無主地運動，請見埃里克・方納（Eric Foner），《自由的土地，自由的勞動，自由的人：內戰前共和黨的意識型態》（*Free Soil, Free Labor, Free Men: The Ideology of the Republican Party Before the Civil War*, 1995）。

22 Frederick Evans, *Autobiography of a Shaker* (1869), p. 37.

23 里昂・薩姆森（Leon Samson），《走向統一戰線的替代社會主義》（"Substitutive Socialism", *Toward a United Front*, 1933, p. 7）；約翰・康芒斯（John Commons），〈勞工組織與勞工政治，1827—1837〉（"Labor Organization and Labor Politics, 1827 - 1837," *Quarterly Journal of Economics*, February 1907, vol. 21, no. 2, pp. 324-25）；安娜・羅切斯特（Anna Rochester）在《美國的統治者》（*Rulers of America*, 1936）中主張西部的廣袤空曠使勞工難以被組織起來。

24 一九二〇年代，農業經濟學家本傑明・霍勒斯・希巴德（Benjamin Horace Hibbard）寫道，很難說「離開城市到邊疆去的可能性」對於勞資糾紛或勞工政黨成立受阻有什麼影響。他謹慎地總結道：「毫無疑問，公有土地的作用就如政治和經濟間的平衡擺輪（balance wheel）；但正如一台調節良好的機器表面上看不出需要平衡擺輪一般，我們也很難看出公共領土具有此一功能。心懷不滿的人群不斷向西部遷徙……但不代表這些人如果繼續待在原本的定居區域就會製造麻煩。然而，他們肯定會建立一個不同的國家。」摘自希巴德的《公共土地政策史》（*A History of Public Land Policies*, 1924,

pp. 556–57）。

25 Cushing, *An Oration.*

26 羅伯特・J・沃克，《密西西比州沃克先生的來信，關於德州再次併入美國：回應肯塔基州卡洛爾郡人民的訴求，表達他對這個問題的看法》（*Letter of Mr. Walker, of Missisippi, Relative to the Reannexation of Texas: in Reply to the Call of the People of Carroll County, Kentucky, to Communicate His Views on that Subject*, 1844）。沃克在德州併入聯邦和美墨戰爭期間擔任財政部長，並在內戰前夕擔任「血腥堪薩斯」的州長，監督該州擁奴派憲法的起草工作。

27 沃克在這里引用了假造的一八四〇年人口普查數據，這些數據顯示非裔美國人口（尤其是在北方）有極高比例患有精神疾病。關於一八四〇年人口普查請見迪亞・波斯特（Dea Boster），《非裔美國人之奴役和殘疾》（*African American Slavery and Disability*, 2013, p. 23），林恩・甘威爾（Lynn Gamwell）和南希・托姆斯（Nancy Tomes），《美國的瘋狂》（*Madness in America*, 1995, p. 103）。

28 W.E.B.Du Bois, *Black Reconstruction* (1935), p.9.

29 〈美國的奴隸制〉（"Slavery in the United States"）一文最早發表在《阿爾法德爾菲・托辛報》（*Alphadelphia Tocsin*）（密西根州一個傅立葉主義烏托邦公社的期刊）上，隨後於一八四五年六月七日轉載於埃文斯發行的《美國青年報》上：「這就是我們反對立即解放的理由。立即解放將會使黑人的處境惡化十倍。立即解放將使我國監獄、教養所和濟貧院人滿為患，導致白人勞工的工資被削減，並增加勞動市場的競爭，將給北方的白人勞工帶來可怕的詛咒。但我們要就此讓奴隸制延續下去嗎？不！它不能永遠持續下去。奴隸增長的比例遠遠高於白人，若他們不能出於自願獲得解放，他們在未來將用刀劍解放自己。」但是若有了屬於自己的領地，被解放的奴隸「將有自己的安穩家園，憑藉著自己的勞動便能獲得快樂和獨立。他們將必須供養自己的後代，這將可以抑制他們的快速增長。在我們看來，這是恢復黑人權利和為他們伸張正義的唯一途徑。他們被迫遠離家園，我們至少可以或應該給他們另一個安居之所。一個不爭但悲哀的事實是，歷代所有政府都讓勞動者們陷入奴隸一般的處境，他們流離失所、窮困潦倒，比起現在黑人奴隸的處境還要惡劣和悲慘；這種情況已快速在北方蔓延開來，我們北方的白人勞工有越來越多人陷入此種境地。……難道我們要一舉讓這個階層的人口增加到三百萬人？不，上帝不會允許！這樣做太瘋狂了……我們為什麼要假裝祝福他享有永久的自由，同時又施加給他一個可怕的詛咒？」

30 「我們對密西西比河還不滿意嗎？」詹姆斯・門羅問過傑佛遜這個問題，他曾短暫地擔憂過快速擴張可能會給聯邦帶來不可預見的危險。
31 David Lowenthal, *George Perkins Marsh: Prophet of Conservation* (2003), p.102。

第五章　你準備好要迎接所有這些戰爭了嗎？

1 Randolph Campbell, *An Empire for Slavery: The Peculiar Institution in Texas, 1821-1865* (1991), p.10.
2 Sublette and Sublette, *American Slave Coast*, p. 29; Randolph Campbell, *The Laws of Slavery in Texas: Historical Documents and Essays* (2010). 關於墨西哥作為德克薩斯奴隸的避難所，請參閱卡爾・雅各比的《威廉・埃利斯的奇幻生涯》（*The Strange Career of William Ellis*, 2016）。
3 Josiah Quincy, *Memoir of the Life of John Quincy Adams* (1859), p. 242.
4 John Quincy Adams, *Speech . . . on the Joint Resolution for distributing rations to the distressed fugitives from Indian hostilities in the States of Alabama and Georgia* (1836)，此處及後續之引文也請參閱本項目。
5 Joseph Wheelan, Mr. Adams 's Last Crusade (2008), p.240. 亞當斯的日記可在以下網址查閱：http://www.masshist.org/jqadiaries/php/
6 Steven Hahn, *A Nation Without Borders: The United States and its World in a Age of Civil Wars, 1830-1910* (2016), p.132.
7 Hershel Parker, *Herman Melville* (2005), vol. 1, p. 421. 關於梅爾維爾提出之批判的相關討論，請參見邁克爾・羅金（Michael Rogin）的《顛覆的系譜學》（*Subversive Genealogy*, 1983）。
8 Martin Dugard, *The Training Ground: Grant, Lee, Sherman, and Davis in the Mexican War, 1846–1848* (2008).
9 Gene Brack, *The Diplomacy of Racism: Manifest Destiny and Mexico, 1821-1848* (1974). 關於墨西哥人對該軍事威脅的看法，請參見吉恩・布拉克（Gene Brack）的《墨西哥對昭昭天命的看法，一八二一—一八四六》（*Mexico Views Manifest Destiny, 1821-1846*, 1975）。
10 Peter guardino, *The Dead March: A History of the Mexican–American War* (2017), p. 107.
11 Paul Foos, *A Short, Offhand, Killing Affair: Soldiers and Social Conflict during the Mexican–American War* (2002), p. 120.
12 William Earl Weeks, *Building the Continental Empire: American Expansion from the Revolution to the Civil War* (1997), p. 115.

13 Thomas Hietala, *Manifest Design: Anxious Aggrandizement in Late Jacksonian America* (1985), p. 155.

14 Weeks, *Building the Continental Empire*, p. 127.

15 *Congressional Globe*, February 26, 1847, p. 516.

16 David Weber, *Myth and the History of the Hispanic Southwest* (1988), p.154.

17 Hietala, *Manifest Design*, p. xi.

18 *Message from the President of the United States* (1847), p. 17.

19 See the entry for "Standing Bear v. Crook," in Spencer Tucker, James Arnold, and Roberta Wiener, eds., *The Encyclopedia of North American Indian Wars, 1607–1890* (2011), p. 759.

20 Michael Rogin, "Herman Melville: State, Civil Society, and the American 1848," *Yale Review* (1979), vol. 69, no. 1, p. 72, for "the American 1848."

21 William Estabrook Chancellor, *Our Presidents and Their Office* (1912), p. 61.

22 Matthew Karp, *This Vast Southern Empire: Slaveholders at the Helm of American Foreign Policy* (2016).

23 Daniel Scallet, "This Inglorious War: The Second Seminole War, the Ad Hoc Origins of American Imperialism, and the Silence of Slavery", PhD dissertation, Washington University (2011), https://openscholarship.wustl.edu/cgi/viewcontent.cgi?article=1637&context =etd.

24 Erik France, "The Regiment of Voltigeurs, U.S.A.: A Case Study of the Mexican-American War," Harriett Denise Joseph, Anthony Knopp, and Douglas A. Murphy, eds., *Papers of the Second Palo Alto Conference* (1997), p. 76.

25 James Oberley, "gray-Hair Lobbyists: War of 1812 Veterans and the Politics of Bounty Land grants", *Journal of the Early Republic* (Spring 1985), vol. 5, no. 1 pp. 33-58.

26 "The President and the Army", *American Review* (September 1847), p. 22.

27 Foos, *A Short, Offhand, Killing Affair*, p. 57.

28 Foos, *A Short, Offhand, Killing Affair*, p. 175.

29 Alex Gourevitch, *From Slavery to the Cooperative Commonwealth: Labor and Republican Liberty in the Nineteenth Century* (2014).

30 關於奧勒岡州的排除法案（exclusion laws），請見肯尼斯・科爾曼（Kenneth Coleman）的《危險之民：詹姆斯・D・索爾斯和奧勒岡州黑人排除運動的興起》（*Dangerous Subjects: James D. Saules and the Rise of Black Exclusion in Oregon*, 2017）。儘管有這些法律存在，甚至在美國以征服者之姿將和平強加於墨西哥之後，仍有一些人將推動自由的期待寄予西進運動，並希望奧勒岡州能夠扮演制衡德州的角色。佛蒙特州參議員塞繆爾・菲爾普斯（Samuel Phelps）於一八四八年曾表示，奧勒岡州將成為東部「被壓抑」的非裔美國人的專屬「安全閥」，我們應該「擺脫」他們，但他們「應作為自由人被流放到世界其他地方，讓文明在我們廣袤的領土上繼續擴展」。摘自尊貴的塞繆爾・菲爾普斯先生於一八四八年六月二日在美國參議院發表之演講，《佛蒙特歷史公報》（*Vermont Historical Gazetteer*, 1867, p. 61）。

第六章　真正的解脫

1 Montesquieu, *The Spirit of the Laws* (1949), vol. 2, p. 25.

2 Adam gaffney, *To Heal Humankind: The Right to Health in History* (2017).

3 Christopher Abel, *Health, Hygiene and Sanitation in Latin America, c. 1870 to c. 1950* (1996), pp. 7–8.

4 Karl Polanyi, *The Great Transformation* (2001), p. 267.

5 In David S. Reynolds, "Fine Specimens", *New York Review of Books*, March 22, 2018.

6 Drew gilpin Faust, *This Republic of Suffering* (2008), p. xiv.

7 Theda Skocpol, *Protection Soldiers and Mothers: The Political Origins of Social Policy in the United States* (1992).

8 Du Bois, *Black Reconstruction*, p. 179.

9 W.E.B.Du Bois, *John Brown* (1909), p. 28.

10 Veto message (February 19, 1866), http://www.presidency.ucsb.edu/ws/?pid=71977.

11 杜波依斯在他探討南方重建史的論述中對詹森展露了過分的同情，他形容詹森從一個對抗經濟特權的「窮白人」在戰後蛻變為一個白人至上主義者：詹森體現了「美式成見的悲劇，這個出身貧寒、對抗經濟特權的人，卻帶著一個貧窮白人的傳統野心死去，成為了壟斷者、種植園主和奴隸主的夥伴和恩人。」

12 *Trial of Andrew Johnson* (1868), vol. 1, p. 342.

13 Jack Beatty, *Age of Betrayal* (2008), p. 131.

14 布萊爾「願意讓黑人享有我所擁有的每一項合法權利」，但拒絕「讓他們支配我的良知或美國社會」。

15 *Congressional Globe*, March 16, 1872, p. 144.

16 James McPherson, *Abraham Lincoln and the Second American Revolution* (1992).

17 John Cox and LaWanda Cox, "general O. O. Howard and the 'Misrepresented Bureau,'" *Journal of Southern History* (November 1953), vol. 19, no. 4, pp. 427–56; James Oakes, "A Failure of Vision: The Collapse of the Freedmen's Bureau Courts," *Civil War History* (March 1979), vol. 25, no.1, pp. 66–76.

18 霍華德被派往西部以及自由民局的關閉是個複雜的故事，這在埃里克・方納的《重建》（*Reconstruction*, 1988）和奧克斯（James Oakes）的〈願景破滅〉（"A Failure of Vision"）中皆有相關敘述。

19 Oliver Otis Howard, *Autobiography of Oliver Otis Howard, Major General* (1908).

20 Daniel Sharfstein, *Thunder in the Mountain: Chief Joseph, Oliver Otis Howard and the Nez Perce War* (2017).

21 *The Papers of Ulysses S. Grant* (2005), p. 69.

22 Boyd Cothran and Ari Kelman, "How the Civil War Became the Indian Wars," *New York Times* (May 25, 2015).

23 Noam Maggor, *Brahmin Capitalism: Frontiers of Wealth and Populism in America's First Gilded Age* (2017).

24 Vernon Parrington, *Main Currents in American Thought* (1927), p. 24; Maggor, *Brahmin Capitalism.*

25 John E. Stealey, *The Rending of Virginia* (1902), p. 616. Also Steven Stoll, *Ramp Hollow: The Ordeal of Appalachia* (2017).

26 *North American Review* (1881), p. 533.

27 Link, ed., *The Papers of Woodrow Wilson*, vol. 9, pp. 273–74.

28 Fulmer Mood and Frederick Jackson Turner, "Frederick Jackson Turner's Address on Education in a United States without Free Lands," *Agricultural History* (1949), vol. 23, no. 4, pp. 254–59.

第七章　外緣

1 Ray Allen Billington, *The Genesis of the Frontier Thesis* (1971), p.170.

2 Charles McLean Andrews, *The Old English Manor: A Study in English Economic History* (1892), p. 3.

3 W. H. Stowell and D. Wilson, *History of the Puritans in England and the Pilgrim Fathers* (1849), p. 2,341.

4 George Bancroft, *The History of the United States,* (1846), vol 1, p.40.

5 Woodrow Wilson, *The State* (1898), p. 509.

6 Andrews, *The Old English Manor,* p. 4.

7 Frederick Jackson Turner, "The West and American Ideals", in John Mack Faragher, *Rereading Frederick Jackson Turner* (1999), p. 142.

8 Arthur M. Schlesinger, Sr., *New Viewpoints in American History* (1922), p. 70.

9 Frederick Jackson Turner, "Middle Western Pioneer Democracy", *The Frontier in American History* (1921), p. 343.

10 *The Works of Hubert Howe Bancroft* (1890), pp. 184–85, 650.

11 Daniel Schirmer, *The Philippines Reader* (1987), p.26.

12 Theodore Roosevelt, *The Winning of the West,* vol. 1 (1889), p. 90.

13 Roosevelt, *The Winning of the West,* vol. 1, pp. 1, 30.

14 Roosevelt, *The Winning of the West,* vol. 2 (1889), p. 107.

15 Roosevelt, *The Winning of the West,* vol. 1, p. 133.

16 Richard Slotkin, *Gunfighter Nation* (1992), p. 55.

17 Ray Allen Billington, "Young Fred Turner", in Martin Ridge, ed., *Frederick Jackson Turner* (2016), p. 17.

18 Billington, *The Genesis of the Frontier Thesis,* p. 12.

19 特納以文字形式提出的第一個歷史學問題，出現在他於一八八九年出版的一本小書的開頭，該書以他在約翰霍普金斯大學的論文為基礎發展而成，主題是毛皮貿易：「人們常用『文明的演進』一詞輕易帶過對印第安人的剝削，但到底是怎麼演進的呢？」特納的邊疆假說淡化了暴力所扮演的角色，然而若捫心自問，暴力絕對是關鍵要素。不過，在經歷了威斯康辛州的印第安那人遭遇最後一次大驅離十六年後，特納終於承認，不管是法國人還是英國人，與印第安人間的殖民關係都是建立在強制剝奪的基礎上。但是，儘管他自己有在威斯康辛州的那段經歷，他還是把威斯康辛州當成這段歷史中的一個例外，他認為，當時墾殖者和原住民之間的關係主要是建立在和平貿易之上，而非征服。特納甚至提出了一個結論，他主張威斯康辛州作為一個例外，成為了其他地方印第安人逃避戰火的避難所，促使印第安人人口增加。越來越多印第安部族，包括馬斯庫丁人（Mascoutin）、波塔瓦塔米人（Pottawattamie）、索克人（Sauk）、溫尼巴哥人、福克斯人（Fox）和奇珀瓦人（Chippewa），都受到和平貿易和和諧共存的吸引，搬到了威斯康辛州。特納寫道：「他們重構了威斯康辛州的印第安人地圖。」該研究結束於十九世紀初，早於與特納父親同名之人（編按：即安德魯・傑克森）就任總統之前，也在特納——迴避自己目睹政府主導的驅離行動的一手記憶——想像中的威斯康辛州多元文化商業烏托邦被迫遷政策毀掉之前。見特納，〈威斯康辛州印第安貿易的特徵和影響：論貿易驛站作為一種體制〉（"The Character and Influence of the Indian Trade in Wisconsin: A Study of the Trading Post as an Institution," *Wisconsin Historical Society*, 1889, p. 53）。

20 本處引文是由兩段不同的引文拼湊而成。第一句「他們緩步、近乎冷靜地穿越」來自威爾遜的〈美國歷史的進程〉（"The Course of American History"），這是他於一八九五年發表的一次演說，收錄於《純文學和其他》（*Mere Literature, and Other Essays*, 1896, p. 226）。第二句「這片偉大、狂野而寂靜的大陸」出自一篇評論文章〈論戈德溫・史密斯先生的美國政治史觀〉（Mr. Goldwin Smith's 'Views' on Our Political History），發表於《論壇》（*The Forum*, December 1893, p. 495）。

21 "Born Modern: An Overview of the West," http://www.gilderlehrman.org/history-by-era/development-west/essays/born-modern-overview-west.

22 Quoted in Billington, *Frederick Jackson Turner* (1973), p. 123, and cited to Huntington Library, Manuscripts Division: HEH TU File Drawer E, Folder. 特納的另一個影響來自《國家》雜誌創刊編輯戈德金（E. L. Godkin）在一八六五年發表的一篇文章，文中描述西部拓荒如何生產了傲慢無知，對藝術和文學的漠不關心，對學習和抽象思維的不尊重，以及對物質成就的迷戀，導致「成功經營一家乾貨店，便被視為能夠勝任財政部長一職的有力證明」。特納的思想中仍保有這些批判的影子。但是，即便注意到邊疆生活的「反社會」特質及「對控制的排斥」，特納僅用寥寥數語，就將這種令人反感的個人主義轉化塑造為類似黑格爾的「絕對精神」的東西：「邊疆的生活條件生產了極其關鍵的智性特質。美國的知性必須歸功於邊疆所生產的各種優異屬性。」

23 特納在一九一八年的演講〈中西部先驅拓荒者的民主〉（"Middle Western Pioneer Democracy"）中完整地闡述他關於前國家（pre-state）公民社會——一個奠基在個人主義與互助合作的特定平衡之上的社會——的理念。這段話體現了支撐美國主義的若干前提，值得詳盡引述：「從一開始，很顯然地，這些〔拓荒者〕就有辦法透過非正式結盟來擴充他們的個人活動。令所有早期到訪美國的旅行者印象深刻的一件事，是墾殖者們自發性地進行法外（extralegal）結社的能力。……新來乍到的拓荒者在不受政府干預的情況下，有能力為共同的目標聯合起來共同努力，是他們的特徵之一。

滾原木、蓋房、剝蜜蜂殼、削蘋果，以及佔地者協會（墾殖者保護自己開墾的公有土地免遭土地投機商奪取），營地會議、採礦營、義警隊、養牛者協會、紳士協定等等，都是這種特質的實際展現。……憑藉著民間的非正式結社和協議，美國做到了許多在舊大陸只能通過政府的強制力和干預才能完成的事情。在美國，集會結社並非出於部落或村莊的古老習俗，而是自發形成的行動。這些結社行動所具有的權威與法律無異。……若我們納入精神層面的討論，我們就能更容易理解早期墾殖者民主的形貌。這些人很情緒化。當他們費力地與森林和野蠻人爭地，當他們持續開墾並看到公民社會從過去只有幾個小型社區的地方萌芽，當他們看到這些公民社會沿著大密西西比河互通有無、交流接觸，他們開始對於墾殖者民主的持續擴張充滿信心並感到極度樂觀。他們相信自己和自身命運。正是這種樂觀的信念讓他們認為自己有能力進行統治，並對擴張充滿熱情。他們放眼於未來。……也許因為他們平時生活的孤立狀態，當他們聚集在一起時，不論是參與營地會議或政治集會，他們都能感受到一種共同的情感和熱情。無論是蘇格蘭—愛爾蘭長老會教徒、浸禮會教徒還是衛理公會教徒，這些人在參與宗教或政治時都滿懷著情感。樹樁和講壇都是能量的來源，其火星能夠引發一場大火。他們將自己的宗教與民主銘刻心骨，並準備為之而戰。在這種民主型態中，眾多成員間具有一種真正的社會性同志情誼。」

24 約翰・歐蘇利文（John O'Sullivan）在他一八四五年發表的一篇文章中創造了「昭昭天命」（manifest destiny）一詞，他在文章中說道，美國成為這塊大陸的主人（包括奪取墨西哥的大部分國土）是「沒有政府干涉下的自然發展、自然原則的自發運作，以及人類傾向和欲望嘗試適應其所處根本環境的調節過程。」約翰・歐蘇利文，〈兼併〉（"Annexation," *United States Magazine and Democratic Review*, July–August 1845, vol. 17, no.1, pp. 5-10）。

25 Turner, "Middle Western Pioneer Democracy", p. 303.

26 Turner, "The West and American Ideals", p. 298.

27 Frederick Jackson Turner, "Social Forces in American History" (1921), p. 319.

28 Turner, "The West and American Ideals", p. 300.

29 Turner, "Social Forces in American History," p. 318.

30 Turner, "The West and American Ideals", p. 305.

31 Turner, "The West and American Ideals", p. 299.

32 Quoted in Limerick, "Turnerians All: The Dream of a Helpful History in an Intelligible World," p. 706.

33 Turner, "Social Forces in American History," p. 318.

34 "Contributions of the West", in Faragher, *Rereading Frederick Jackson Turner*, p. 92.

35 "Contributions to American Democracy", in Turner, "Middle Western Pioneer Democracy", p. 261.

36 "The Ideals of America", *Atlantic Monthly*, vol. 90 (December 1902): 721–34.

37 "The Ideals of America", p. 726.

38 佔領菲律賓、關島和波多黎各抵銷了特納等人試圖將盎格魯—撒克遜至上主義從美國主義中剔除的努力。最高法院在一九〇一年裁定，憲法中的權利不適用於新屬地，因為這些權利是基於「盎格魯—撒克遜人固有的自然正義原則」。法院對波多黎各的定位是「國內意義上的外國」，這也呼應了法院在一八三一年的裁決，即契羅基人是「國內附屬國」。與此同時，隨著數百萬中歐和南歐勞工來到美國興起的移民爭論中，也認為盎格魯撒克遜人擁有獨特的「精神和道德特質」——老參議員亨利・卡伯特・洛奇（Henry Cabot Lodge）在一八九六年這麼說道——這讓他們得以實行自治。

39 Turner, "Social Forces in American History," p. 318.

40 克里斯蒂娜達菲伯內特（Christina Duffy Burnett）和伯克馬歇爾（Burke Marshal）編，《國內意義上的外國：波多黎各、美國擴張和憲法》（*Foreign in a Domestic Sense: Puerto Rico, American Expansion, and the Constitution*, 2001），特別是馬克・韋納（Mark Weiner）的文章〈條頓立憲主義〉（"Teutonic Constitutionalism," pp. 48–81），他在腳註中討論了軍事征服所帶來的「憲法問題」。關於「國內意義上的外國」一語，請見《最高法院報告》第二十一卷（*Supreme Court Reporter*, vol. 21, October 1900 Term, 1901, p. 967）。

41 特納於戰後，在一九一九年寫了一封長信，總結他與伍德羅・威爾遜之間的關係，特納在信中說道，他比威爾遜更渴望參與歐洲的戰爭，但在國內公眾輿論跟上之前，他聽從了總統的意見。他甚至表示，他希望對墨西哥採取比兩次出兵墨西哥的威爾遜更具侵略性的干涉政策。特納寫道：「我對墨西哥沒有他那樣的耐心，我認為他的作法是德國人看輕我們的原因。」見溫德爾・斯蒂芬森（Wendell Stephenson），〈伍德羅・威爾遜對弗雷德里克・傑克遜・特納的影響〉（"The Influence of Woodrow Wilson on Frederick Jackson Turner," *Agricultural History*, October 1945, vol. 19, no. 4, pp. 249–53.）。

42 Turner, "Middle Western Pioneer Democracy," p. 357.

43 Ronald Fernandez, *The Disenchanted Island: Puerto Rico and the United States in the Twentieth Century* (1996), p. 56.

44 Link, ed., *The Papers of Woodrow Wilson*, vol. 32, p. 187.

45 United States, *Report of the Industrial Commission* (1901), p. 198.

46 Adam Hochschild, "When Dissent Became Treason," *New York Review of Books* (September 28, 2017).

47 Turner, "Middle Western Pioneer Democracy," p. 359.

48 平等司法倡議小組認為，自重建時期以來（一八七七年後），遭到私刑處死的人數超過四千四百人（https://eji.org/national-Lynch ing-memorial）。

49 特納給如斯科特・納林（Scott Nearing）之類的社會主義者帶來了很大的影響。因反對威爾遜參戰而被起訴的納林，在面對陪審團時，針對美國的財富集中現狀進行了冗長的歷史分析。納林寫道：「兩個世代以前，這個國家適應生活的方式之一，包括一個作為安全閥的邊疆。邊疆意味著廉價的牧場、不受限制的農業用地、和不受限制的木材和礦產。如今，美國每塊農業用地都有了價格。」參見《煤炭問題》（*The Coal Question*, 1918, p. 11）。另外可參見《斯科特・納林的審判》（*The Trial of Scott Nearing*, 1919, p. 188）。

50 Edmund Morris, *The Rise of Theodore Roosevelt* (2010), p. 824.

51 Marcus Klein, *Easterns, Westerns, and Private Eyes: American Matters, 1870-1900* (1994), p. 110; Owen Wister, "The National Guard of Pennsylvania", *Harper's Weekly* (September 1, 1894), pp. 824–26.

52 Michael Duchemin, *New Deal Cowboy* (2016); Holly George-Warren, *Public Cowboy No. 1: The Life and Times of Gene Autry* (2007).

第八章　一八九八年的協約

1 Ron Andrew, *Long Gray Lines: The Southern Military School Tradition, 1839-1915* (2001), p.2.

2 Cothran and Kelman, "How the Civil War became the Indian Wars."

3 Cothran and Kelman, "How the Civil War became the Indian Wars."

4 Richard White, *It's Your Misfortune and None of My Own: A New History of the American West* (2015), p. 100.

5 Matthew Westfall, *The Devil's Causeway: The True Story of America's First Prisoners in the Philippines* (2012), p. 138.

6 引用自克里夫蘭的評論初稿，引用於沃爾特・拉費伯（Walter LaFeber）的博士論文《克里夫蘭第二屆任期的拉美政策》（"The Latin American Policy of the Second Cleveland Administration," University of Wisconsin, Madison, 1959, p. 224）。

7 Richard Wood, "The South and Reunion, 1898", *The Historian* (May 1969), vol. 31, pp. 415–30.

8 Wood, "The South and Reunion, 1898", p. 421.

9 United Spanish War Veterans, *Proceedings of the Stated Convention of the . . . National Encampment* (1931), vol. 33, p. 73.

10 Kristin Hoganson, *Fighting for American Manhood: How Gender Politics Invoked the Spanish-American and Philippine-American Wars* (1998), p.74.

11 United Spanish War Veterans, *Proceedings of the Stated Convention of the . . . National Encampment*, p. 69.

12 引自霍干森（Kristin Hoganson）的《為美國的男子氣概而戰》（*Fighting for American Manhood*, p. 73）。另外可參閱約瑟夫・弗萊（Joseph Fry），《美國南方與越戰：南方州的好戰性、示威與痛苦》（*The American South and the Vietnam War: Belligerence, Protest, and Agony in Dixie*, 2015）。

13 Robert Bonner, *Colors and Blood: Flag Passions of the Confederate South* (2004), p. 165. 特別是邦納自己的章節〈被征服者之旗〉（"Conquered Banners"）。

14 Gaines M. Forster, *Ghosts of the Confederacy: Defeat, the Lost Cause, and the Emerging of the New South* (1987); Ralph Lowell Eckert, *John Brown Gordon: Soldier, Southerner, American* (1993), p. 329; and *Minutes of the . . . Annual Meeting and Reunion of the United Confederate Veterans* (1899), p. 27.

15 Edward Ayers, *The Promise of the New South* (2007), p. 332.

16 Ayers, *The Promise of the New South*, p. 329.

17 *Minutes of the . . . Annual Meeting and Reunion of the United Confederate Veterans* (1899), p. 27.

18 *Minutes of the . . . Annual Meeting and Reunion of the United Confederate Veterans* (1899), p. 27.

19 *United Spanish War Veterans, Proceedings of the Stated Convention of the . . . National Encampment*, p. 73.

20 關於菲律賓，請參見保羅・克萊默（Paul Kramer），《政府的血脈：種族、帝國、美國和菲律賓》（*The Blood of Government: Race, Empire, the United States, and the Philippines*, 2006, pp. 102–44）；關於海地，請參見瑪麗・倫達（Mary Renda），《奪取海地：軍事佔領和美國帝國主義，一九一五—一九四〇》（*Taking Haiti: Military Occupation and the Culture of U.S. Imperialism, 1915–1940*, 2004, pp. 155–56）；關於多明尼加共和國，請參見布魯斯・考爾德（Bruce Calder），〈論美國對多明尼加共和國之佔領，一九

一六一一九二四〉（“Some Aspects of the United States Occupation of the Dominican Republic, 1916–1924,” PhD thesis, University of Texas, Austin, 1974, pp. 153–55）。

21 “Statement of Mr. William Joseph Simmons,” *The Ku-Klux Klan: Hearings Before the Committee on Rules,* House of Representatives, Sixty-Seventh Congress, First Session (1921), pp. 66–73.

22 House of Representatives, *The Ku-Klux Klan: Hearings Before the Committee on Rules,* p. 68.

23 Jack Foner, *Blacks and the Military in American History: A New Perspective* (1974), p.76.

24 Willard gatewood, *Black Americans and the White Man's Burden, 1898– 1903* (1975), p. 54.

25 Barbara Foley, *Spectres of 1919* (2003), p. 133.

26 David Blight, *Race and Reunion* (2009), p. 352.

27 "Our Patriotic Rebels", *Brooklyn Daily Eagle,* August 26, 1917.

28 Link, ed., *The Papers of Woodrow Wilson,* vol. 37, p. 128.

29 James Scott Brown, *President Wilson's Foreign Policy* (1918), p. 301.

30 Laurent Dubois, *Haiti: The Aftershocks of History* (2012), p. 226; Hans Schmidt, *Maverick Marine* (2014), p. 84.

31 托馬斯寫給未婚妻比阿特麗斯的信件具有罕見的洞察力，這些信件可能也是此類文件中最完整的收藏。感謝歷史學家邁克爾．施羅德（Michael Schroeder），因為他的努力這些信件才得以問世，可以在以下網址查閱：http://www.sandinorebellion.com/USMC-Docs/Images-ThomasLetters /EmilThomasCollectionTranscripts-REV.pdf. 另外可以參見施羅德的《土匪和地毯竊犯、共產主義者和恐怖份子：一九二七至一九三六年和一九七九至一九九〇年尼加拉瓜桑地諾民族解放陣線命名的政治》（“Bandits and Blanket Thieves, Communists and Terrorists: The Politics of Naming Sandinistas in Nicaragua, 1927–36 and 1979–90,” *Third World Quarterly,* 2008, vol. 26, no. 1）。

32 腳註中關於沖繩的相關資訊，請參見 William Griggs, *The World War II Black Regiment That Built the Alaska Military Highway* (2002), p. 9, and Irving Werstein, *Okinawa* (1968), p. 162.

33 *The Crisis,* April 1952, p. 242.

34 John Coski, *The Confederate Battle Flag* (2009), p. 112.

35 作為全國有色人種協進會（NAACP）的期刊《危機》（*The Crisis*）的編輯，杜波依斯曾兩度支持伍德羅．威爾遜，第一次是在一九一二年的總統選舉，第二次是在威爾遜決定參戰時。杜波依斯對威爾遜並不抱有任何不切實際的幻想。但隨著二十世紀初私刑盛行和三K黨的重組，他對於這位受過教育的總統仍懷有些許期待，他認為威爾遜「不會參與推進南方的寡頭政治」。然而，威爾遜對種族主義者不僅不加以箝制，反倒進一步挑唆煽動。一九二〇年，杜波依斯發表了一篇名為〈白人的靈魂〉（"The Souls of White Folk"）的文章，文中嚴厲地譴責了戰爭。所有杜波依斯不得不忍受的盎格魯至上主義者們，包括威爾遜和羅斯福——這些「超人和主宰世界的半神半人」——都加入了歐洲的行列，帶來了前所未有的破壞。「白人世界暫時從毆打、誹謗和謀殺我們轉向了自相殘殺，」杜波依斯寫道，「我們深色人種則帶著些微的驚訝默然旁觀。」杜波依斯於一九六三年去世，留下一份長達八百頁的未發表的手稿，題為《黑人和負傷世界》（The Black Man and the Wounded World），布蘭戴斯大學歷史學家查德．威廉斯（Chad Williams）正為此寫一本書。杜波依斯投身該研究長達幾十年，期間訪談了非常多的非裔美國人退伍軍人。

第九章　邊疆上的堡壘

1 Rachel St. John, *Line in the Sand: A History of the Western U.S.–Mexico Border* (2011), p. 3.

2 Michael Pearlman, *Warmaking and American Democracy* (1999), p. 101.

3 Karp, *This Vast Southern Empire*, p. 120.

4 聖約翰（St. John）在《沙漠中的那條線》（Line in the Sand）第四十一頁寫道：「擴張主義者模仿美國昭昭天命的主張，自然化併吞訴求。他們主張亞利桑那州與索諾拉州同屬一個景觀，卻被人造邊界分割。」

5 Kris Fresonke, *West of Emerson: The Design of Manifest Destiny* (2003), p. 80.

6 "United States v. Erick Bollman and Samuel Swartwout," *Reports of Cases, Civil and Criminal in the United States Circuit Court of the District of Columbia* (1852), p. 385.

7 Joseph Rice, *The Hampton Roads Conference* (1903), pp. 10–11, 18–19, https://babel.hathitrust.org/cgi/pt?id=loc.ark:/13960/t3zs34s29;view=1up;seq =1. 腳註中的引述，請見：Ted Worley, ed., "A Letter Written by General Thomas C. Hindman in Mexico," *Arkansas Historical Quarterly* (1956), vol. 15, no. 4, pp. 365–68，該信詳細記錄了邦聯在墨西哥的短命殖民地。另見：Andrew Rolle,

The Lost Cause: The Confederate Exodus to Mexico (1965).

8 約翰・梅森・哈特的《帝國與革命：內戰後的在墨美國人》（*Empire and Revolution: The Americans in Mexico Since the Civil War*, 2006），特別是第一章〈軍火與資本〉（Arms and Capital）在描述這段索賠與投資的歷史方面有著無可估量的價值。

9 關於雇盛在索賠委員會中的角色，請見Allison Powers, "Settlement Colonialism: Law, Arbitration, and Compensation in United States Expansion, 1868–1941," doctoral dissertation, Columbia University (2017). 雇盛是第一批「社會性蒸氣」理論家，並將理論付諸實現，透過政策與外交協助執行自己的倡議。作為總統約翰・泰勒（John Tyler）的大使，他代表美國與中國談定兩國的第一個條約，打開了美國出口中國市場的大門。結束墨西哥戰爭的服役後，他被任命為美國司法部長，並利用職務之便推動通過惡名昭彰的《堪薩斯－內布拉斯加法案》（Kansas-Nebraska Act），升高奴隸主與廢奴主義者之間的鬥爭。該法案根據傑克森主義的「人民主權」原則，授權白人定居者自行決定其領域是自由州或是蓄奴州，換句話說就是清楚定義自由是「白人男性決定他們要奴役黑人男性、女性與孩童的自由」，因此激怒了廢奴主義者，並惡化了自由州與蓄奴州之間的關係。作為司法部長，他努力討好南方州，積極執行在逃奴隸法，這些法律要求逃亡奴隸必須歸還給其南方的主人，他甚至解讀該法延伸適用於印第安領地。雇盛在內戰後投資下加利福尼亞州的房地產，並協助美國索賠者向墨西哥要求付款。一八六八年，他為了自己最後一個外交倡議前往哥倫比亞，談判關於巴拿馬（當時仍是哥倫比亞的一省）運河計畫的「通行權」。

10 Hart, *Empire and Revolution*, p. 41.

11 *Monthly Bulletin of the International Bureau of the American Republics*, July–December 1899, p. 475.

12 *Monthly Bulletin of the International Bureau of the American Republics*, p. 473.

13 Richard Griswold del Castillo, *The Treaty of Guadalupe Hidalgo: A Legacy of Conflict* (1992), p. 83.

14 Stuart Banner, *How the Indians Lost Their Land: Law and Power on the Frontier* (2005), p. 185.

15 Philip Russell, *The History of Mexico* (2011), p. 277.

16 拿破崙三世佔領失敗後，（當時為法國作戰的）亞奎人在一八六〇年開始被遷移。然而，一九〇三年，一份墨西哥戰爭部的報告呼籲加速驅逐。報告提出瓦解亞奎人抵抗的三個選項：滅絕、驅逐，或是殖民其家園。實際上，三個選項政府都執行了。請見：Francisco Troncoso, *Las guerras con las tribus yaqui y mayo* (1905). Also: Evelyn Hu-DeHart, "Peasant Rebellion in the

Northwest: The Yaqui Indians of Sonora," *Riot, Rebellion, and Revolution*, Friedrich Katz, ed. (1988), pp. 168–69.

17 William Carrigan and Clive Webb, *Forgotten Dead: Mob Violence Against Mexicans in the United States* (2013).

18 Katherine Benton-Cohen, *Borderline Americans* (2009), pp. 83–84.

19 關於聖地牙哥計畫以及德州騎警如何進行財產剝奪，請見：Benjamin Johnson, *Revolution in Texas: How a Forgotten Rebellion and Its Bloody Suppression Turned Mexicans into Americans* (2003).

20 記憶計畫網頁請見此：https://www.refusing toforget.org/the-history.

21 Shawn Lay, *War, Revolution, and the Ku Klux Klan* (1985), p. 35.

22 腳註內的資訊，請見：大衛．多拉多．羅莫（David Dorado Romo）的《革命的有利位置：一八九三至一九二三年艾爾帕索與華雷斯城的地下文化史》（*Ringside Seat to a Revolution: An Underground Cultural History of El Paso and Juárez*, 1893–1923,2005, p. 223.）

23 St. John, *Line in the Sand*, p. 183.

24 Linda Gordon, *The Second Coming of the KKK* (2017); Shawn Lay, "Revolution, War, and the Ku Klux Klan in El Paso," University of Texas, El Paso, PhD thesis (1984), p. 101.

25 關於三K黨與歐洲法西斯主義的比較，請見南西．麥克連（Nancy Maclean）的《騎士精神面具之下：第二波三K黨的形成》（*Behind the Mask of Chivalry: The Making of the Second Ku Klux Klan*, 1994）

26 Hiram Wesley Evans, "The Klan's Fight for Americanism," *North American Review* (March–May 1926), pp. 33–63.

27 House of Representatives, *The Ku-Klux Klan: Hearings Before the Commit- tee on Rules*, p. 6.

28 Shawn Lay, "Imperial Outpost on the Border: El Paso's Frontier Klan No. 100," in *Invisible Empire in the West* (2004): see also Lay's "War, Revolution, and the Ku Klux Klan in El Paso"，本章關於艾爾帕索的討論大多援引於此。

29 Lay, "War, Revolution, and the Ku Klux Klan in El Paso," p. 69.

30 艾明如的《不可能的主體：非法外國人與現代美國的形成》（*Impossible Subjects: Illegal Aliens and the Making of Modern America*, 2003）探討了早期美國邊境巡邏隊中的三K黨。另見：Miguel Antonio Levario, Militarizing the Border (2012), p. 167; F. Arturo Rosales, Chicano! (1996), p. 26; David Bradley and Shelley Fisher Fishkin, Encyclopaedia of Civil Rights in America (1997), p. 125; and George Sánchez, Becoming Mexican American: Ethnicity, Culture, and Identity in Chicano Los Angeles (1993), p. 59.

31 "Protect Mexicans, Hughes Tells Neff," *New York Times* (November 17, 1922); Mark Reisler, "Passing Through Our Egypt: Mexican Labor in the United States, 1900–1940," PhD thesis, Cornell University (1973), p. 243; "Protecting Mexicans in the United States," *New York Times* (November 18, 1922); "Mexicans and Negroes Flee," *New York Times* (November 16, 1922); "Mexico Protests Texas Mob Threat," *New York Times* (November 16, 1922).

32 "Texans Will Fight Quota on Mexicans," *New York Times* (December 4, 1927).

33 Greg Bailey, "This Presidential Speech on Race Shocked the Nation," *History News Network* (October 26, 2016), https://historynewsnetwork.org/article/164410. 關於這時期的大致樣貌，請見：Kelly Lytle Hernández, *City of Inmates* (2017); Hans Vought, *The Bully Pulpit and the Melting Pot* (2004); Natalia Molina, *Fit to Be Citizens? Public Health and Race in Los Angeles,* 1879–1939 (2006); and S. Deborah Kang, *The INS on the Line: Making Immigration Law on the US-Mexico Border,* 1917–1954 (2017).

34 凱莉．萊特爾．埃爾南德斯的《移民警察！》（*Migra!*, 2010, pp. 56–57），詳述第一批美國邊境巡邏隊成員的社會狀態，並且主張邊境巡邏隊制度化了種族主義。她也提出令人信服的論點，認為巡邏隊允許隊員使用「選擇性的移民執法」來建立與大牧場主之間的槓桿。他們會聚焦取締酒類走私與其他「道德」議題，而且三不五時讓地主們知道能否獲得廉價勞動力，這取決於巡邏隊的善意。另見：埃爾南德斯的〈糾結的身體與邊境：一九二四至一九五五年的種族歸納與美國邊境巡邏隊〉（"Entangling Bodies and Borders: Racial Profiling and the United States Border Patrol, 1924–1955," PhD dissertation, UCLA, 2002）。

35 Lay, "War, Revolution, and the Ku Klux Klan in El Paso," p. 75.

36 Kelly Lytle Hernández, "How Crossing the U.S.-Mexico Border Became a Crime," *The Conversation* (May 1, 2017), based on her *City of Inmates,* https://theconversation.com/how-crossing-the-us-mexico-border-became-a-crime-74604.

37 "The Perils of the Mexican Invasion," *North American Review* (May 1929).

38 Abraham Hoffman, *Unwanted Mexican Americans in the Great Depression: Repatriation Pressures,* 1929–1939 (1974), p. 43; Robert McKay, "The Federal Deportation Campaign in Texas: Mexican Deportation from the Lower Rio Grande Valley During the great Depression," *Borderlands Journal* (Fall 1981), vol. 5.

39 Sánchez, *Becoming Mexican American,* p. 211.

40 如同大衛．巴特曼（David Bateman）、伊拉．卡茲尼爾森（Ira Katznelson）與約翰．拉賓斯基（John Lapinski）等學者指出，

一九一〇年代見證了所謂「南方國家」的回歸，其基礎是對於白人身分的更深刻認同。巴特曼、卡茲尼爾森與拉賓斯基等人編輯的《南方國家：重建後的國會與白人至上主義》（*Southern Nation: Congress and White Supremacy After Reconstruction*, 2018）

41 引述於約瑟夫．尼文斯（Joseph Nevins）的《守門人行動與其他》（*Operation Gatekeeper and Beyond*, 2010, p. 242）。羅克珊．鄧巴—奧爾蒂斯（Roxanne Dunbar-Ortiz）的《上膛：憲法第二修正案的解除武裝歷史》（*Loaded: A Disarming History of the Second Amendment*, 2018, p. 125）追述了哈龍．卡特的故事，另見：Mark Ames, "From 'Operation Wetback' to Newtown" (December 17, 2012): https://www.nsfwcorp.com/dispatch/newtown/.

第十章 心理轉折

1 沃爾特．韋爾的《新民主》（*The New Democracy*, 1912, p. 35.），後面一些引述出自於下面這個版本：https://archive.org/stream/newdemocracy00weyl/newdemocracy00weyl_djvu.txt.

2 參見劉易斯．芒福德的《黃金時代》（*The Golden Day*, 1926）。約翰．杜威（John Dewey）寫於經濟大蕭條前的論文〈美國知識邊疆〉（"The American Intellectual Frontier," *New Republic*, May 10, 1922）對於邊疆如何影響美國人的生活與知識想法也非常重要；該論文很好地展示現代主義者對於邊疆理論的反擊，同時也顯示該理論如何劃定辯論的範圍。另見"Exit Frontier Morality," *New Republic* (January 2, 1924).

3 斯圖爾特．蔡斯，《新政》（*A New Deal*, 1932），全文可見於Hathi Trust：https://hdl.handle.net/2027/mdp.39015063999323.

4 Rexford Tugwell, *The Democratic Roosevelt* (1957), p. 56.

5 早在一九三一年，威斯康辛州州長菲利普．拉．福勒特（Philip La Follette）的第一次就職演說也是以邊疆理論的冗長摘要作為開頭，他利用特納也是威斯康辛州人這點，重申該州停滯的進步運動之遺產：「今天我們已無法在某個新領域尋找新自由與新機會。我們必須根據已變化的需求與時代條件，以智慧與勇氣做出政治與經濟調整，如此才能找到自由並創造機會。」羅斯福的全文在此：http://teachingamericanhistory.org/library/document/common wealth-club-address/.

6 David Siemers, *Presidents and Political Thought* (2010), p. 145.

7 *Public Papers of the Presidents of the United States: F. D. Roosevelt, 1936* (1938), vol. 5, p. 195.

8 Cass Sunstein, *The Second Bill of Rights* (2009), p. 18.

9 *Public Papers of the Presidents of the United States: F. D. Roosevelt, 1935* (1938), vol. 4, p. 47.

10 "No More Frontiers," *Today* (June 26, 1935).

11 Turner, "The West and American Ideals," p. 293.

12 Steven Kesselman, "The Frontier Thesis and the great Depression," *Journal of the History of Ideas* (April–June 1968), vol. 29, no. 2, pp. 253–268.

13 Frances Perkins, *People at Work* (1934), pp. 11, 26–27.

14 出生成長於達科他平原的漢森經常被形容為「美國的凱因斯」，他也是富蘭克林・德拉諾・羅斯福最重要的顧問之一；他主張以定居為基礎的大規模擴張，和持續向外殖民「世界邊疆」，即便美國當時已經關閉西部邊疆。然而，世界邊疆的枯竭導致了「長期停滯」的時期。漢森主張由一個進步的政府來管制並指導資本擴張。他在一九四一年寫道：「我們的選項不是有無計畫」，「我們的選項只有民主式的計畫或是極權式的嚴格管控。」他身為羅斯福的顧問，協助設計社會保障和起草一九四六年的就業法案，該法案原本叫做「充分就業法案」（Full Employment Act），但是共和黨人與保守派民主黨人刪減了其目標。

15 "NRA Held New Frontier," *Los Angeles Times* (November 11, 1933).

16 《社會邊疆》原本是一本推廣進步教育的期刊名稱，自一九三〇年代開始發行；該詞原意是：「個人主義與自由放任經濟的時代已經結束，新的集體主義時代正在來臨。」

17 關於新政文化多元主義被運用至新墨西哥州的緣起，請見：Suzanne Forrest, *The Preservation of the Village: New Mexico's Hispanics and the New Deal* (1998), pp. 76, 222. 特格韋爾的畢業典禮演說，可見："Your Future and Your Nation," *New Mexico Quarterly* (1935), vol. 5, no. 3.

18 Mae Ngai, *Impossible Subjects: Illegal Aliens and the Making of Modern America* (2004), pp. 83–86. Also: Kang, *The INS on the Line*, p. 71. 如同本章稍後所討論的，農業工人幾乎不受新政對勞工權的保障。然而珀金斯仍盡可能支持農業工會，包括由墨西哥移民組成的工會。一九三六年，當加州種植者指控罷工中的墨西哥移民是被墨西哥外交官所操控時，珀金斯代表工人進行了調停。

19 後來新政在沙烏地阿拉伯的石油集團主義，即專注於大石油公司在中東的利益，這也讓羅斯福有了承認墨西哥國有化計畫的正當性的空間。關於沙烏地阿拉伯，請見羅伯特・維塔利斯（Robert Vitalis）的《美國王國：打造沙烏地石油邊疆的神話》（*America's Kingdom: Mythmaking on the Saudi Oil Frontier*, 2009）。

20 威爾遜執政期間，美國外交官開始積極代表美國石油產業奔走，抗議「土地徵收」原則的大幅度延伸。長久以來，美國也認同類似原則，用來充公土地（經常是從原住民手中），以建設對國家利益至關重要的項目，尤其是鐵路。但是墨西哥將該原則延伸至「地下」財產（石油與礦產），允許徵收包括由外國人擁有的私人財產。作為回應，華盛頓在一九二〇年代把墨西哥打成了一個「被排斥的國家」（pariah state）。克里絲蒂・索頓（Christy Thorton）即將出版的《發展中的革命：墨西哥與全球經濟治理》（*Revolution in Development: Mexico and the Governance of the Global Economy*）將會特別關注這些關於財產權的爭議說法。另見格倫丁的〈美洲的自由主義傳統〉。

21 然而，金・奧崔（Gene Autry）一九三九年的電影《邊界南方》（*South of the Border*）則將卡德納斯治下的墨西哥描繪成一幅不討喜的景象：國有化的石油井架被閒置，革命份子執迷於意識型態，削弱了建立泛美洲反法西斯聯盟的可能性，只帶給墨西哥人民「苦難與貧困」。

22 墨西哥對於新政的影響以及本段的資訊，請見：托瑞・歐爾森（Tore Olsson）的《農業交叉口：美國和墨西哥鄉村的改革者和改造》（*Agrarian Crossings: Reformers and the Remaking of the U.S. and Mexican Countryside*, 2017）。後續討論大部分也援引自這本傑出著作。

23 John Francis Bannon, *Bolton and the Spanish Borderlands* (1974), p. 328.

24 Olsson, *Agrarian Crossings*, pp. 77–78.

25 Joseph Harsch, "America's Foreign Policy Restated," *Christian Science Monitor* (January 18, 1939).

26 參見湯瑪斯・佛格森（Thomas Ferguson）與喬爾・羅傑斯（Joel Rogers）的《向右轉：民主黨的衰敗與美國政治的未來》（*Right Turn: The Decline of the Democrats and the Future of American Politics*, 1986）。另見：史蒂夫・福瑞澤（Steve Fraser）與蓋瑞・葛斯特（Gary Gerstle）等人編輯的《新政秩序的興衰》（*The Rise and Fall of the New Deal Order*, 1989），特別是湯瑪斯・佛格森的論文〈產業衝突與新政的來臨：美國跨國自由主義的勝利〉（"Industrial Conflict and the Coming of the New Deal: The Triumph of Multinational Liberalism in America"）。

27 歷史學家大衛・甘迺迪（David Kennedy）寫道：新政可以更有效地利用資源發展以城市為基礎的資本密集產業。相反地，邊疆理論提供的框架不但沒有生產如同特格韋爾那樣銳利的分析，反而製造出被集團主義利用的多愁善感。甘迺迪寫道：「懷舊、知識怠惰以及政治壓力誘使新政的推動者向後倒退，回到國家神話中的玉米田、乾草地與田園詩，進而投入飢餓瘦弱的農業說客張開的雙臂之中。」見大衛・甘迺迪的《免於恐懼：一九二九至一九四五年間經濟大蕭條與戰爭期間的美國人民》（*Freedom from Fear: The American People in Depression and War, 1929–1945*, 1990）。

28 "FSA, Farmers' Union Attacked by Cotton Head," *Atlantic Constitution* (November 24, 1942).

29 Jack Temple Kirby, *Rural Worlds Lost* (1987), pp. 57–58. Donald Holley, *Uncle Sam's Farmers: The New Deal Communities in the Lower Mississippi Valley* (1975), p. 196.

30 Olsson, *Agrarian Crossings*, p. 56.

31 Jefferson Cowie, *Capital Moves: RCA's Seventy-Five-Year Quest for Cheap Labor* (2001) p. 106.

32 如同歷史學家凱莉・萊特爾・埃爾南德斯所記錄的那樣：季節性移工計畫生效後不久，墨西哥政府擔心勞動力短缺，表示如果華盛頓不採取更多行動遏止無證工人，便將撤出計畫。羅斯福政府同意了。聯邦政府展開了邊境巡邏隊主管稱之為「強力驅逐墨西哥外國人」的行動，召回加拿大邊界的巡邏隊員們並集中在南部邊界。華盛頓大幅增加邊境巡邏隊的預算與人員，並與墨西哥政府制訂協議，打造統一的跨邊境驅逐系統。埃爾南德斯寫道：被稱為「特別墨西哥驅逐方」（Special Mexican Deportation Parties）的快速應變小組不僅在邊境，甚至在北部的明尼蘇達、芝加哥、與北達科他鎖定、逮捕、驅逐無證工人，然後將他們交給墨西哥當局，後者以「火車運送」他們至墨西哥內陸，以免他們溜回美國。見凱莉・萊特爾・埃爾南德斯的〈非法移民的罪行與後果：一九四三至一九五四年濕背行動的跨邊境檢查〉（"The Crimes and Consequences of Illegal Immigration: A Cross-Border Examination of Operation Wetback, 1943 to 1954", *Western Historical Quarterly*, 2006, vol. 37, no. 4, pp. 421–44）

33 參見楚門・摩爾（Truman Moore）的《我們租用的奴隸》（*The Slaves We Rent*, 1965）；戴爾・萊特（Dale Wright）的《他們收穫絕望》（*They Harvest Despair*, 1965）。引述源自一九六〇年CBS廣播公司在感恩節與聖誕節期間的特別報導節目，名為《恥辱的收穫》（*Harvest of Shame*）。該節目由愛德華・默羅（Edward R. Murrow）主持，同時也聚焦在具美國公民身分的農場工人。

34 "World Needs 'True Social Democracy,'" *Washington Post* (April 15, 1945).

35 William Shirer, *Boston Globe* (November 4, 1945).

36 Grandin, "The Liberal Traditions in the Americas: Rights, Sovereignty, and the Origins of Liberal Multilateralism."

37 一九五一年五月一日，《田納西人日報》（*The Tennessean*）報導指出：日本的「女性、工人與農民」擁有良好權利，並與美國進行比較。關於日本憲法的起草，以及它如何納入社會權利，請見：約翰・道爾（John Dower）的《擁抱戰敗：第二次世界大戰後的日本》（*Embracing Defeat: Japan in the Wake of World War II*, 1999）。

38 亨利・華萊士在他一九三四年的著作《新的邊疆》（*New Frontiers*）表示，他相信憲法的字面解讀可以作為社會權利的基礎，並建議美國只要「符合今日現實重新定義財產權」即可。

第十一章　金黃大豐收

1 "Roosevelt Urges Peace Science Plan," *New York Times* (November 21, 1944).

2 Frederick Jackson Turner, "The Problem of the West" (1921), p. 212.

3 John Knox Jessup, "Western Man and the American Idea," *Life* (November 5, 1951).

4 Turner, "The West and American Ideals", p. 293.

5 "Fortune Magazine Proises Four-Point Post-War Program," *Bankers 'Magazine* (May 1942); Raymond Leslie Buell, *The United States in a New World: A Series of Reports on Potential Courses for Democratic Action* (1942).

6 Megan Black, "Interior 's Exterior: The State, Mining Companies, and Resource Ideology in the Point Four Program," *Diplomatic History* (2016), vol. 40, no. 1.

7 選擇谷歌N元語法檢視器（Google Ngram，https://books.google.com/ngrams）尋找「自由多邊主義」（liberal multilateralism）、「自由普世主義」（liberal universalism）以及「自由國際主義」（liberal internationalism），會回傳每個關鍵詞在不同時期的受歡迎程度。

8 Caroline Fraser, *Prairie Fires: The American Dreams of Laura Ingalls Wilder* (2018), p. 450. 帕特森的部分援引自：*The God of the Machine* (1943), p. 65.

9 米爾頓・傅利曼（Milton Friedman）在讚許邊疆公民社會的互助主義時，表達了特納主義的觀點，這樣的互助主義在一八〇〇至一九二九年間，保護邊疆不受國家干擾。見《自由選擇》（*Free to Choose*, 1981, p. 28）。

10 "James M. Buchanan, Economic Scholar and Nobel Laureate, Dies at 93," *New York Times* (January 9, 2013); Nancy MacLean, *Democracy in Chains* (2017); James M. Buchanan, "The Soul of Classical Liberalism," *Independent Review* (2000), vol. 5, no. 1.

11 Frank Holman, *Story of the "Bricker" Amendment* (1954), p. 38.

12 Holman, *Story of the "Bricker" Amendment*, p. 151.

13 *Treaties and Executive Agreements: Hearings Before a Subcommittee of the Committee on the Judiciary, United States Senate, Eighty-Third Congress* (1953), p. 584. 一九一九年的候鳥案，請見：Edwin Borchard, "Treaties and Executive Agreements: A Reply," *Yale Law Journal* (1945), vol. 54, no. 3, pp. 616–64;；腳註中的引述，請見：House of Representatives, *Hearings Before the Committee on Immigration and Naturalization. . . Relating to the Temporary Admission of Illiterate Mexican Laborers* (1920), p. 174.

14 請見："Sneak Attack on the Constitution," *Chicago Daily Tribune* (December 9, 1951). 動員顯然始於美國律師協會提出的想法，至於聯合國《世界人權宣言》如何引發動員，請見："Curb on President's Treaty Role Voted, 8–4, by Senate Committee," *New York Times* (June 5, 1953)；美國律師協會主席的證詞，請見：*Treaties and Executive Agreements: Hearings Before a Subcommittee of the Committee on the Judiciary, United States Senate, Eighty-Third Congress* (1953), p. 584.

15 "Vote on Constitution of Puerto Rico Bogs," *New York Times* (May 14, 1952); "Puerto Rican Code Approved by House," *New York Times* (May 29, 1952); "Hit Red Tinge in Puerto Rico Constitution," *Chicago Daily Tribune* (May 15, 1952). 與波多黎各一九五二年憲法相關的政治不僅只有「社會權利」，還有主權問題等根本議題。在波多黎各，這些問題以複雜的方式發酵。荷西・特里亞斯・蒙日（José Trías Monge）是波多黎各最高法院首席大法官，提供了更廣泛的背景：*Historia constitucional de Puerto Rico*, vol. 4 (1983) and Puerto Rico: *The Trials of the Oldest Colony in the World* (1999).

16 Rick Halpern and Jonathan Morris, eds., *American Exceptionalism?* (1997), p. 92. 法學理論家凱斯・桑斯坦（Cass Sunstein）指出美國憲法可能是在一九三〇年代，或一九六〇年代林登・詹森提出「偉大社會」計畫時納入社會權利的。然而在這兩個時期，美國都沒有就「修正憲法提出任何嚴肅的辯論，也缺乏將社會與經濟權利納入美國憲法的重要討論。」第二次世界大戰後，華盛頓確實簽署了聯合國《世界人權宣言》，該宣言要求各國保障社會與個人權利。此後，美國閃避並拒絕簽署任何承諾醫療保健服務的條約。一九九三年，美國傳統基金會寫道：憲法納入社會權利是「愚蠢的」，因為「充足的醫療保健、住房與食物是私人個體所創造的財富之副產品」，而不是國家介入重新分配私人利潤的產物。

17 "A Luce Forecast for a Luce Century," in the Clare Boothe Luce Papers at the Library of Congress (January 1, 1942). 感謝尼基爾・辛格（Nikhil Singh）提供。

18 *Bankers 'Magazine,* "Fortune Magazine Propos Four-Point Post-War Pro-gram."

19 Department of State, "Report by the Policy Planning Staff" (February 24, 1948), https://history.state.gov/historicaldocuments/frus1948v01p2/d4.

20 Henry L. Stimson, *On Active Service in Peace and War* (1947), p. 654.

21 引文來自美國國會的《戰後經濟政策與計畫》（*Post-War Economic Policy and Planning,* 1944, p. 1082），不過，是威廉・艾普曼・威廉斯在其著作《美國外交的悲劇》（*The Tragedy of American Diplomacy,* 1962, p. 236）的〈經濟大蕭條的惡夢與萬能的願景〉("The Nightmare of Depression and the Vision of Omnipotence") 一章中首度引用這句話。

22 *Resources for Freedom: A Report to the President* (1952), p. 3.

23 *Preitial Hearing Before the Committee on Foreign Affairs, House of Representatives* (1951), p. 376.

24 Leon Hesser, *The Man Who Fed the World* (2006), p. 66. 洛克斐勒的墨西哥計畫是由植物病理學家諾曼・布勞格（Norman Borlaug）主持，後者在日後贏得諾貝爾獎，並且啟發了反馬爾薩斯主義的概念，即人類的創新總是可以領先環境的承載能力：參見保羅・沙賓（Paul Sabin）的《賭注：保羅・埃爾利希、朱利安・西蒙，以及我們如何賭上地球的未來》（*The Bet: Paul Ehrlich, Julian Simon, and Our Gamble over Earth's Future,* 2013）。

25 Preface to Webb, *The Great Frontier.*

26 Address in Cheyenne, Wyoming (May 9, 1950), http://www.presidency.ucsb.edu/ws/index.php?pid = 13477; Truman, *The American Frontier: Address by Harry S. Truman, President of the United States, July 28, 1951* (1951).

27 Betsy Taylor and David Tilford, "Why Consumption Matters", in Juliet Schor and Douglas Holt, eds., *The Consumer Society Reader* (2000), p. 472.

28 Address Before the National Conference on International Economic and Social Development (April 8, 1952), http://www.presidency.ucsb.edu/ws/index.php?pid = 14453。

29 參見埃爾南德斯的《移民警察！》（p. 130）。與現在一樣，重點是迫使無證工人選擇更致命的路線，就如一九五二年沿著柵欄行走的五位墨西哥人一樣，他們最後在加州迷信山脈（Superstition Mountain）附近的帝國山谷（Imperial Valley）

死於脫水。請見韋恩・科尼利厄斯（Wayne Cornelius）的〈在邊界喪生：美國移民控制政策的效用與後果〉（"Death at the Border: Efficacy and Unintended Consequences of U.S. Immigration Control Policy," *Population and Development Review* 27, December 2001, pp. 661–85）。

第十二章 魔鬼的吸管

1 引文及約翰・甘迺迪〈邊疆上方〉的引述來自理查・德林農（Richard Drinnon）的《面向西部：仇恨原住民與打造帝國的形而上學》（*Facing West: The Metaphysics of Indian-Hating and Empire-Building*, 1980）。

2 另見米爾頓・貝茲（Milton Bates）的《我們帶給越南的戰爭》（*The Wars We Took to Vietnam*, 1996）。

3 Martin Luther King, Jr., *Why We Can't Wait* (2011), p. 34.

4 Martin Luther King, Jr., "The Church on the Frontier of Racial Tension" (April 19, 1961), digital.library.sbts.edu/bitstream/handle/10392/2751/King-ChurchOnFrontier.pdf; King, "Fumbling on the New Frontier," *The Nation* (March 3, 1962).

5 *The Papers of Martin Luther King, Jr.* (1992), vol. 6, p. 291.

6 *The Papers of Martin Luther King, Jr.*, vol. 7, p. 273.

7 In *The Radical Reader* (2003), edited by Timothy McCarthy and John Camp- bell McMillian, p. 376.

8 Tommie Shelby and Brandon Terry, *To Shape a New World: Essays on the Political Philosophy of Martin Luther King, Jr.* (2018).

9 *The Papers of Martin Luther King, Jr.*, vol. 7, p. 273.

10 David Garrow, *MLK: An American Legacy* (2016).

11 Daniel Lucks, *Selma to Saigon: The Civil Rights Movement and the Vietnam War* (2014), p. 4.

12 這些引述來自威廉・佩伯（William Pepper）的插圖文章〈越南孩童〉（"The Children of Vietnam"），《壁壘》（*Ramparts*, January 1967）。顯然，文章中的照片與文字感動了金恩，讓他決定出面發表談話。

13 David garrow, "When Martin Luther King Came Out Against Vietnam," *New York Times* (April 4, 2017).

14 有個例子可以說明二〇〇〇年代初海外戰爭與（經由聯邦支出的）國內社會服務之間已完全淪為交易關係：九一一事件後，紐約州參議員希拉蕊・柯林頓（Hillary Clinton）投票支持授權小布希在二〇〇二年的戰爭，藉此換取國內資金：

「我就坐在橢圓形辦公室，布希問我：『妳需要什麼？』我說：『我需要二十億資金來重建紐約』他答道：『沒問題。』而他信守了諾言。」希拉蕊也是。她後來投票支持小布希的戰爭。

15 James E. Westheider, *Fighting on Two Fronts: African Americanans and the Vietnam War* (1999).

16 Thomas Borstelmann, *The Cold War and the Color Line* (2001), p. 215; *Jet* (April 4, 1968), p. 9.

17 *Jet* (May 16, 1968).

18 關於金恩被謀殺後，越南出現邦聯旗，請見：詹姆士・魏斯泰德（James Westheider）的《越戰》（*The Vietnam War*, 2007, p. 182）；傑森・索科爾（Jason Sokol）的《天堂也許會崩裂：馬丁・路德・金恩的逝世與遺產》（*The Heavens Might Crack: The Death and Legacy of Martin Luther King Jr.*, 2018）；約翰・喬丹（John Jordan）的《越南創傷症候群、美國海軍陸戰隊、美國黑人與我》（*Vietnam, PTSD, USMC, Black-Americans and Me*, 2016, p. 26）；科斯基（John Coski）的《邦聯戰旗》（*The Confederate Battle Flag*）。

19 *Democrat and Chronicle* (June 14, 1970), p. 39.

20 佛羅里達出身的卡利在南方非常受歡迎，請見約瑟夫・弗萊最近的著作《美國南方與越戰：南方州的好戰性、示威與痛苦》；瓊・霍夫（Joan Hoff）的《重新思考尼克森》（*Nixon Reconsidered*, 1995, p. 222）。

21 「卡利是一位可敬的戰士，最後卻淪為菁英的代罪羔羊」，這樣的論述行動在歷史上也有先例可循。卡利的行徑並沒有比德州人喬瑟夫・鄧肯（Joseph Duncan）來得糟糕，後者身為美國第六步兵團團長，在一九〇六年三月殺害了八百至一千名菲律賓人，大多數都是婦女和孩童。鄧肯當時收到總統羅斯福的私人電報：「我向你、軍官們與部下道賀，你們的英勇戰績捍衛了美國國旗的榮耀。」這名德州人最終被提拔至准將，並隆重地安葬在阿靈頓。卡利則是不走運地在一八九八年協約瓦解之際犯下了暴行。參見：“Roosevelt Congratulates Troops,” *Mindanao Herald* (March 17, 1906), p. 1; “Medals for Valor,” *Mindanao Herald* (June 2, 1906), p. 3; “Medal for Dajo Jero,” *Mindanao Herald* (July 14, 1906), p. 2.

22 Leo Janos, “The Last Days of the President”, *The Atlantic* (July 1973).

23 Greg Grandin, “Secrecy and Spectacle: Why Only Americans are Worth to be called ‘Torturable,’” *The Nation* (December 17, 2014).

24 Tim Golden, “In U.S. Report, Brutal Details of 2 Afghanistan Inmates ’Deaths,” *New York Times* (May 20, 2005).

25 Daniel Bell, *The Public Interest* (Fall 1975).

26 Paz, *Claude Lévi-Strauss: An Introduction* (1970), p.97.

27 Patrick Timmons, "Trump's Wall at Nixon' s Border: How Richard Nixon's Operation Intercept Laid the Foundation for Decades of U.S.-Mexico Border Policy, including Donald Trump' s Wall," *NACLA Report on the Americas* (2017), vol. 49.

第十三章 多，還要更多！

1 William Endicott, he Amerild Trump' s Wall,"or DeAfghanistan Inmates*Los Angeles Times* (May 6, 1980).

2 Ronnie Dugger, *On Reagan* (1983), p.86.

3 一九七四年，也就是美軍撤出越南一年後，國務卿亨利・季辛吉說：「美國經濟需要大量且源源不絕的海外礦產，特別是來自低度發展國家的礦產。這個事實使美國更加關注供應國的政治、經濟與社會穩定。如果藉由降低出生率來減少人口壓力，可以增加穩定的前景，那麼人口政策就與資源供應以及美國的經濟利益息息相關。」

4 這種強調有必要建立一個革新的、環境可持續的經濟模式的主張，請見保羅・埃爾利希（Paul Ehrlich）的《人口炸彈》（*The Population Bomb*, 1968）。許多建制派經濟學家對於一九七二年羅馬俱樂部（Club of Rome）在《增長的極限》（*The Limit to Growth*）中提出資本主義正駛向災難的那種主張，都投以不信任的態度。一如最近一份調查所指出的那樣：「《增長的極限》報告提議全球總體的限制，遭大部分企業及經濟學家所質疑與拒絕。」（見費雷東・西奧珊西〔Fereidoon P. Sioshansi〕等人編輯的《能源、可持續性與環境》（*Energy, Sustainability and the Environment*, 2011, p. 93）。反觀像是亨利・季辛吉等美國高層的政策制定者，利用即將到來的短缺以及人口過剩的概念，正當化對發展中國家的敵視，這樣的態度在雷根對第三世界展開反叛亂行動的時候達到高峰。季辛吉在一九八〇年共和黨全國大會的演說表示，推選雷根將「保障我們以合理價格獲得重要礦產與原物料」。這種新馬爾薩斯主義也反映在美墨邊境日漸增加的私刑正義。

5 Kevin Mattson, "A Politics of National Sacrifice," *American Prospect* (March 23, 2009).

6 David Nyhan, "The Can-Do President", *Boston Globe* (August 26, 1981).

7 雷根在尼肖巴郡的農貿博覽會（Neshoba County Fair）上表示：「他們創造了巨大的官僚，或者說官僚結構——像那些局處、部門與機構——嘗試解決所有問題，乃至盡可能消滅所有的人類苦難。他們忘記了當你創造了一個政府官僚的那一刻起，無論初衷多麼良善，其優先事項都變成如何保存這個官僚機構。官僚機構讓（那些福利受領者）經濟陷入困境，以至於他們根本無法脫身。他們之所以被困住，是因為這些官僚需要他們的委託，才能保住自己的工作。」逐字稿與他的發言錄音副本都可見於《尼肖巴郡民主黨人》網站（*Neshoba Democrat*, November 15, 2007, http://neshobademocrat.com/Content/NEWS/News/Article/Transcript-of-Ronald-Reagan-s-1980-Neshoba-County-Fair-speech/2/297/15599）。雷根的支持者極力否認雷根要求將學校回歸地方控制之下等發言，是在暗示白人至上主義。但是請見喬瑟夫．克雷斯皮諾（Joseph Crespino）的《尋找另一個國家：密西西比州與保守派的反革命》（*In Search of Another Country: Mississippi and the Conservative Counterrevolution*, 2007）。根據克雷斯皮諾，雷根競選團隊成員記不得雷根在尼肖巴郡之前使用了「州權」一詞。雷根在競選期間，甚至敢於試探性地對一九六四年的《民權法案》提出批評，稱它「可能開創了侵犯每個人的個體自由的先例」。請見："Reagan Goes After Carter, Woos Chicanos," *Boston Globe* (September 17, 1980).

8 Endicott, "Reagan Selling a Return to the 'Good Old Days.' "

9 引自雷根對挑戰者號（Challenger）爆炸事件發表的談話，見：*Public Papers of the Presidents of the United States: Ronald Reagan*, 1990, p. 1199.

10 Norris, "The Frontier gone at Last", p. 73.

11 *Public Papers*, vol. 1 (1984), p. 45.

12 威廉．克拉克被認為是這份備忘錄的官方作者，不過阿里耶．尼爾（Aryeh Neier）在《放縱》（*Taking Liberties*, 2005, p. 185），標記了同樣推動將人權定義為「個人權利」的艾略特．亞伯拉罕（Elliot Abrams）為其「真實作者」。

13 Jerry Wayne Sanders, *Empire at Bay: Containment Strategies and American Politics at the Crossroads* (1983), p. 22.

14 Euan Hague, Heidi Beirich, and Edward H. Sebesta, eds., *Neo-Confederacy: A Critical Introduction* (2008), p. 28.

15 Daniel Stedman Jones, Masters of the Universe: Hayek, Friedman, *and the Birth of Neoliberal Politics (2012); Quinn Slobodian, Globalists: The End of Empire and the Birth of Neoliberalism* (2018); Daniel Rodgers, *A Age of Fracture* (2003); David Harvey, *A Brief History of Neoliberalism* (2005); Nancy MacLean, *Democracy in Chains* (2017); Wendy Brown, *Undoing the Demos* (2015); M. Olssen and M. A. Peters, "Neoliberalism, Higher Educa-tion and the Knowledge Economy: From the Free Market to Knowledge Capitalism," *Journal of Education Policy* (2005), vol. 20, no. 3, pp. 313-45; Keith Sturges, *Neoliberalizing Educational Reform* (2015); LaDawn Haglund, *Limiting Resources: Market-Led Reform and the Transformation of Public Goods* (2011); Philip Mirowski, *Never Let a Serious Crisis Go to Waste: How Neoliberalism Survived the Financial Meltdown* (2013); Jamie Peck, *Constructions of Neoliberal Reason* (2010).

16 傳統基金會分析師斯圖爾特．巴特勒（Stuart Butler）領導許多雷根的去管制化議程，他以「邊疆理念」形容自由意志主義的議程。請見瓊斯（Daniel Stedman Jones）的《宇宙大師》（*Masters of the Universe*, p. 320）。關於科赫兄弟與鼠尾草叛亂，請見：“Libertarian Candidate Backs Drive to Regain Land,” *New York Times* (July 15, 1980); “Third Party Challengers,” *Newsweek* (October 15, 1980). 諸如「支持內華達繁榮的美國人」（Americans for Prosperity Nevada）等科赫兄弟所資助的團體，與邦迪家族民兵結盟，後者在內華達州與奧勒岡州發起武裝對峙，包圍奧勒岡州馬盧爾國家野生動物保護區（Malheur National Wildlife Refuge）長達四十一天。請見：Jack Healy and Kirk Johnson, “The Larger, but Quieter Than Bundy, Push to Take Over Federal Land,” *New York Times* (January 10, 2016); William deBuys, “Who Egged On the Bundy Brothers?” *The Nation* (May 18, 2016). 查爾斯・威爾金森（Charles Wilkinson）的《跨越下一條子午線：土地、水，以及美國西部的未來》（*Crossing the Next Meridian: Land, Water, and the Future of the American West*）發行於一九九二年，該書描述了環保人士為了奪回西部，而與他稱之為「昔日的主子」鬥爭的過程。威爾金森及許多行動家都希望比爾・柯林頓一九九二年的勝選將有助於創造「美國新的土地倫理」。威爾金森寫道：柯林頓在不到一年的時間內就放棄了戰鬥。〈昔日的主子回來了，他們想要美國的公共土地〉（“The Lords of Yesterday Are Back and They Want Americads Public Land”）近日成為《山地期刊》（*Mountain Journal*）的標題。

17 “Reagan Breaks GOP Tradition, Woos Chicanos,” *Chicago Tribune* (September 17, 1980).

18 甘迺迪政府為了回應一系列的踢爆報導，包括愛德華・默羅在CBS的節目《恥辱的收穫》，以及楚門・摩爾的著作《我們租用的奴隸》，開始放緩季節性移工計畫。這些報導揭發了（不被新政的《全國勞資關係法案》所保障的）農場工人惡劣的工作環境。報導聚焦於墨西哥移民與美國公民，其中也有許多非裔美國人。《恥辱的收穫》的開頭說道：「這樣的場景並非發生在剛果，也與約翰尼斯堡或開普敦無關，更不是尼亞薩蘭或奈及利亞。而是佛羅里達州。這些是一九六〇年的美國公民。」藉由終止僅涵蓋墨西哥移工的季節性移工計畫，白宮表面上似乎有採取措施來應對這個議題。

19 一九六五年的《哈特・賽勒法案》（Hart-Celler Act）於一九六八年生效，對整個「西半球」的移民設下每年十二萬人的總額限制。一九七六年，該數字進一步調降。班・馬西斯—莉莉（Ben Mathis-Lilley）的〈妖魔化墨西哥移民的法律〉（“The Law That Villainized Mexican Immigrants”），《石板》雜誌（*Slate*, August 10, 2015）提供了很好的概要。請見：http://www.slate.com/articles/news_and_politics/politics/2015/08/mexican_illegals_how_the_hart_celler_act_and_its_conservative_supporters.html。在越戰還未結束並清理其遺緒之前，共和黨與民主黨都存在同等比例的本土主義者。

20 十年前的一九五二年，在杜魯門的否決下，民主黨佔多數的國會仍通過了《麥卡倫－沃克法案》（McCarran-Walker Act），該法案除了確認一九二四年的種族主義配額外，也取消非法入境之移民的大陪審團監督與陪審團審判的權利，令審判他們變得更加容易。

21 Ana Raquel Minian, *Undocumented Lives: The Untold Story of Mexican Migration* (2018). 這些數字來自："Stanford Scholar Examines the Spike in Unauthorized Mexican Migration in the 1970s," press release, Stanford University (May 14, 2018), https://news.stanford.edu/press-releases/2018/05/14/analyzing-undocumented-mexican-migration-u-s-1970s/.

22 L. H. Whittemore, "Can We Stop the Invasion of Illegal Aliens?" *Boston Globe* (February 29, 1976).

23 John Crewdson, "Abuse Is Frequent for Female Illegal Aliens", *New York Times* (October 23, 1980).

24 賈斯汀・阿克斯・查孔（Justin Akers Chacón）與麥克・戴維斯（Mike Davis）的《沒有人是非法的》（*No One Is Illegal*, 2006）對於反移民法案及邊境上的白人私刑正義之間的交織提供了出色的概述。另見克魯森的兩篇報導："Farmhands Seeking a Union Walk 400 Miles to See Texas Governor," *New York Times* (April 5, 1977), and "The New Migrant Militancy," *New York Times* (April 16, 1978).

25 Jonathan Freedman, "In an Area Growing Too Fast, Anger Is Taken Out on the Weak," *Los Angeles Times* (February 19, 1990).

26 California Legislature, "International Migration and Border Region Vio-lence" (June 22, 1990), https://digitalcommons.law.ggu.edu/cgi/viewcontent.cgi?referer=https://www.google.com/&httpsredir=1&article=1086&context=caldocs_joint_committees.

27 關於一九七〇年代三K黨在加州邊境的蹤跡，卡特政府移民及歸化局局長萊昂內爾・卡斯提洛（Leonel Castillo）表示，那充其量只是嚇唬人的把戲，該組織從來沒有過十二名成員同時現身邊境。不過，他們的成員會召開記者會，激起墨西哥裔美國人運動的示威者來到現場，「在人數上輾壓他們」。而媒體也會派「人數更多」的記者報導對峙場面，三K黨的知名度因此提升。卡斯提洛在此描述的是如何控制大眾媒體。然而，就制度上而言，邊境巡邏隊中的三K黨支持者並不在少數，這些支持者歡迎三K黨來到邊境。一位巡邏隊員告訴記者，當三K黨身著「白人力量」T恤現身邊境時，他們得到隆重的接待，還有人鼓勵他們抓捕移民。就在三年後，一名三K黨邊境巡邏隊員湯姆・梅茨格（Tom Metzger）贏得民主黨南洛杉磯眾議員的黨內提名，後來敗給現任共和黨議員。請見：John Crewdson, *The Tarnished Door: The New Immigrants and the Transformation of America* (1983), p. 196; Institute of Oral History, University of Texas at El Paso, interview #532, Leonel

Castillo, https://digitalcommons .utep.edu/cgi/viewcontent.cgi?article=1565&context=interviews. See also Kathleen Belew, *Bring the War Home: The White Power Movement and Paramilitary America* (2018), p. 37.

28 "Klan There but Where?" *Austin American Statesman* (November 1, 1977).

29 Peter Brush, "The Story Behind the McNamara Line", *Vietnam* (February 1996), https://msuweb.montclair.edu/~furrg/pbmcnamara.html; Terry Lukanic, comp., *U.S. Navy Seabees-The Vietnam Years* (2017), p. 43.

30 "U.S. Will Construct Barrier Across DMZ," *New York Times* (September 7, 1967).

31 "The Illegales: Americanans Talk of Fences," *Los Angeles Times* (October 9, 1977); "In Defense of an El Paso 'Wall," Letter to the editor, *New York Times* (November 22, 1978).

32 "Wild Schemes for Slowing Illegal Aliens," *San Diego Tribune* (March 31, 1986).

33 Phil Gailey, "Courting Hispanic Voters Now a Reagan Priority," *New York Times* (May 19, 1983). 根據凱瑟琳・貝盧（Kathleen Belew）的《將戰爭帶回國》（*Bring the War Home*），一九八三年左右，白人至上主義團體經歷了轉型，主要由越戰的慘敗所驅動。在過去，像是納粹或是三K黨這樣的組織認為自己是壓力團體，努力令國家越白越好。然而，在一九八〇年代，他們採取更對立、更末日論的立場，其政治分析轉而更黑暗的、更奇怪的陰謀論。貝盧估計，極端種族主義者運動約有兩萬五千名成員，另有六十萬左右的人購買或閱讀該運動的出版品。這些數字引自貝盧在《紐約時報》上的文章〈白人力量的歷史〉（"The History of White Power," April 18, 2018）。

34 Frederick Kiel, "Mexicans Outraged on 'Operation Jobs,'" UPI (May 2, 1982).

35 "INS Official—Private War on Illegal Aliens", *Los Angeles Times* (April 28, 1986).

36 埃澤爾象徵了雷根在移民議題上的觀望態度。埃澤爾協助說服強硬派接受雷根一九八六年的移民「特赦」後，利用自己在移民及歸化局的職權威脅無證移民申請特赦。之後他領銜加州第一八七號提案。參見：Kate Callen, "Harold Ezell: INS Point Man for Amnesty Program," UPI (May 4, 1988).

37 "High-Tech War Against Aliens," *Newsday* (April 23, 1983).

38 "Transcript of the Debate," *Philadelphia Inquirer* (October 22, 1984).

39 Earl Shorris, "Raids, Racism, and the I.N.S.," *The Nation* (May 8, 1989).

40 Stacey L. Connaughton, *Inviting Latino Voters* (2005), p. 42.

41 我在《帝國工作坊》（*Empire's Workshop*）一書中詳細討論了伊朗門事件。另見：貝盧的《將戰爭帶回國》（pp. 77-99），有關波西與平民物資援助組織的細節，包括它與雷根一九八三年入侵格瑞那達的關係，一如貝盧所展示的那樣，凝聚了白人至上主義傭兵。

42 伊朗門事件的「伊朗」部分，包括雷根政府成員將高科技導彈販售給大阿亞圖拉（Ayatollah）的伊朗並將資金轉移給康特拉，直到一九八六年才因為媒體揭露而公諸於世。伊朗門事件的「康特拉」部分，則自一九八四年左右見諸新聞，平民物資援助組織則是它的一環。這部分的故事包括一個擴散式的草根募款網絡的建立，集結了所有右派的邊緣份子，像是激進化的退伍軍人、三K黨成員、《金錢戰士》傭兵、右翼基督徒、拉丁美洲的納粹、像是德州石油商羅斯·裴洛這樣的南方保守派商人，以及中東酋長與蘇丹……等等，支持在中美洲的反共事業。最終，波西與平民物資援助組織的其他領袖被控違反了美國《中立法案》，但是被一位聯邦法官駁回，理由是他們不可能違反該法，因為該法只適用與美國處於和平狀態的國家。法官諾曼·羅特傑（Norman Roettger）裁定：「無論如何，都不能說美國與尼加拉瓜處於『和平狀態』。」「事實顯示：雖然國會棄權支持康特拉……但是行政部門沒有放棄。」波西與同案被告的辯護人是前阿拉巴馬州民主黨參議員道格·瓊斯（Doug Jones）。

43 Kristina Karin Shull, "Nobody Wants These People': Reagan's Immigration Crisis and America's First Private Prisons," PhD dissertation, University of California, Irvine (2014).

44 "Verdict in Sanctuary Trial," Hartford Courant (May 13, 1986); "Alien Arrests Uproar," *Los Angeles Times* (July 11, 1986); "Anti-Communism Called the Thread Binding group That Captured Aliens," *New York Times* (July 11, 1986); "Private Wars," *Wall Street Journal* (June 14, 1985); "Plea on Firearms Charge," *New York Times* (July 29,1987).

45 關於波西與平民物資援助組織，請見：S. Brian Willson, *Blood on the Tracks* (2011), pp. 188–89, 394; Peter Kornbluh, *Nicaragua: The Price of Intervention* (1987); Freddy Cuevas, "Contras Seek Training from Vietnam Vets," *Sunday Rutland Herald and Sunday Times Argus* (July 6, 1986); Ken Lawrence, "From Phoenix Associates to Civilian-Military Assistance," *Covert Action Quarterly* (Fall 1984), no. 22, pp. 18–19; *Who Are the Contras?* Washington, D.C.: U.S. Congress, Arms Control and Foreign Policy Caucus (1985);"6 Cleared of Illegal Aid to Contras," *Chicago Tribune* (July 14, 1989). 另見：Belew, *Bring the War Home*, pp. 77–99.

46 關於「我們自己的南方邊疆」，請見：*Public Papers of the Presidents of the United States: Ronald Reagan* (1988), p. 352.

47 兩黨都支持的《辛普森－馬佐利法案》（Simpson-Mazzoli Act，編按：即《移民改革與控制法案》）主要是根據移民與難民政策專責委員會的建議，該委員會為國會在一九七八年成立，並在一九八一年發布了報告。卡特其實也提出了類似的改革：擴大邊境巡邏隊的規模；對僱用無證工人的雇主罰款；對無證居民提供一次性限期豁免，給予他們非公民身分的法律地位。請見："The Illegales: Americans Talk of Fences," *Los Angeles Times* (October 9, 1977).

48 「受惠於《移民改革與控制法案》，共有三百萬多人申請臨時居留，近兩百七十萬人獲得在美國的永久居留權。《移民改革與控制法案》仍是美國歷史上規模最大的移民合法化過程；請見："Lessons from the Immigration Reform and Control Act of 1986," Migration Policy Institute, Auguest 2005, http://www.migrationpolicy.org/pubs/PolicyBrief_No3_Aug05.pdf.

49 "Reagan's Farewell Address" (January 12, 1989), https://www.nytimes.com/1989/01/12/news/transcript-of-reagan-s-farewell-address-to-american-people.html.

50 *Public Papers of the Presidents of the United States: George Bush, 1991* (1992), p. 1378.

51 布希在懷俄明州的演講中發表了這些言論，並大量運用了特納的邊疆意象。演講的主題是環境，布希嘗試取得平衡，在強調無極限的同時，也承認有政府有必要採取一些政策來保護自然。鑑於科赫兄弟資助的化石燃料絕對主義，並考量到布希確實以政策成功回應了嚴重的環境問題，該演說看似已經過時：「然而無論是復育森林或是淨化空氣，自然都需要我們的幫助。我們對於上帝在地球與人類身上所創造的事物幾乎一無所知。」

52 *Public Papers of the Presidents of the United States: George Bush, 1991* (1992), p. 280. 關於「無邊疆的革命」，請見："Remarks at the Beacon Council Annual Meeting" (September 30, 1991), http://www.presidency.ucsb.edu/ws/?pid=20042.

53 例如，傳統基金會創辦人暨前任主席艾德溫·佛訥（Edwin Feulner）的〈跳過特赦的續集〉("Skip the Amnesty Sequel", July 17, 2013, https://www.heritage.org/immigration/commentary/skip-the-amnesty-sequel）；〈史蒂夫·金稱雷根一九八六年的「特赦法案」導致巴拉克·歐巴馬多拿到一千五百萬張選票〉("Steve King Says Ronald Reagan's 1986 'Amnesty Act' Led to 15 Million Votes for Barack Obama," *Politifact*, May 29, 2013, http://www.politifact.com/truth-o-meter/statements/2013/may/29/steve-king/steve-king-says-ronald-reagans-1986-amnesty-act-le/）。

第十四章　新土匪

1 Walter Mears, "Immigration a Hot Political Potato," *Philadelphia Tribune* (October 14, 1994).

2 "2 Dispute Chairman on 'sealing' Border, " *Washington Post* (December 22, 1978).

3 布希確實故意借用桑定民族解放陣線的口號「revolución sin fronteras」，但他翻譯成「無邊疆的革命」，更好的翻譯應為「無邊界的革命」。請見："Remarks at the Beacon Council Annual Meeting," http://www.presidency.ucsb.edu/ws/?pid=20042.

4 "Remarks at the Dedication of the John F. Kennedy Presidential Library Museum in Boston, Massachusetts" (October 29, 1993), http://www.presidency.ucsb.edu/ws/index.php?pid=46039; Gwen Ifill, "Clinton Pushes Trade as New Frontier," *New York Times* (October 30, 1993).

5 Thomas Friedman, "Scholars 'Advice and New Campaign Help the Presi-dent Hit His Old Stride", *New York Times* (November 17, 1993).

6 Anthony Arnove, ed., *Iraq Under Siege: The Deadly Impact of Sanctions and War* (2002), p. 17; Chip Gibbons, "When Iraq Was Clinton's War," *Jacobin* (May 6, 2016). 早在一九八〇年代，柯林頓已是少數願意派遣國民警衛隊前往海外的州長之一：雷根為了侵略格瑞那達派遣阿肯色州的隊員前往該島，在智利，國民警衛隊與奧古斯圖．皮諾契特（Augusto Pinochet）的軍隊一同訓練。

7 Ginger Thompson, "Ex-President in Mexico Casts New Light on Rigged 1988 Election," *New York Times* (March 9, 2004); Paul Krugman, "The Uncomfortable Truth About NAFTA: It's Foreign Policy, Stupid," *Foreign Affairs* (November/December 1993).

8 在曼非斯，柯林頓使用「大眾病理」（public pathology）一詞指涉黑人對黑人的犯罪。「貧民窟病理」（Ghetto pathology）一詞出自：Ta-Nehisi Coates, "The Black Family in the Age of Mass Incarceration," *The Atlantic* (October 2015), https://www.theatlantic.com/magazine/archive/2015/10/the-black-family-in-the-age-of-mass-incarceration/403246/.

9 Friedman, "Scholars' Advice and New Campaign Help the President Hit His Old Stride."

10 "For NAFTA," *New Republic* (October 11, 1993).

11 一九七〇年代，季辛吉作為國家安全顧問與國務卿，協助遏制拉丁美洲並支持一系列右翼政變與處決小隊，消滅了一整個世代的民族主義者。一九八〇年代，雷根在季辛吉的基礎上，進一步「撬開」拉丁美洲。一九九〇年代，就像季辛吉對墨西哥總統卡洛斯．薩利納斯說的：「自由貿易」提供了一個鞏固「革命」的機會。季辛吉作為喬治．布希的非正式顧問，致力推動墨西哥加入布希的貿易提案。該貿易提案是建立範圍擴及整個西半球的自由貿易區的第一步（一九九一年，季辛吉在一次午餐中敦促薩利納斯趕緊同意，因為民主黨為應對喬治．布希戰勝薩達姆．海珊而節節上升的民調，將開始推動保護主義路線）。布希競選連任失敗後，季辛吉與其顧問公司「季辛吉聯合諮詢公司」（Kissinger Associates）開始向柯林頓提供建議，敦促他在第一年的議程中，將《北美自由貿易協議》置於健保之上。季辛吉為《北美自由貿易協議》的公開遊說中，除了專門為墨西哥設計的說詞外，他推動自由貿易的主張，與推動第一次波斯灣戰爭時的主張一模一樣：為了保持與世界的接觸，兩者都有必要；而為維持行動的意願，必須付諸行動。關於季辛吉與第一次波斯灣戰爭，請見：格倫丁的《季辛吉的陰影》（*Kissinger's Shadow*, 2015）。關於自由貿易，請見〈透過《北美自由貿易協議》，美國終於打造新世界秩序〉（"With NAFTA, U.S. Finally Creates a New World Order," *Los Angeles Times*, July 18, 1993）；另見：Carlos Salinas de Gortari, *México, un paso difícil a la modernidad*, 2013. 關於季辛吉與柯林頓，請見傑夫・福克斯（Jeff Faux）的《全球階級戰爭》（*The Global Class War*, 2006）。

12 Michael Wilson, "The North American Free Trade Agreement: Ronald Reagan's Vision Realized," Heritage Foundation (November 23, 1993), https:// www.heritage.org/trade/report/the-north-american-free-trade-agreement-ronald-reagans-vision-realized.

13 U.S. International Trade Commission, *Imports Under Items 806.30 and 807.00 of the Tariff Schedules of the United States* (1980), pp. 6–8; Kathryn Kopinak, "The Maquiladorization of the Mexican Economy," *The Political Economy of North American Free Trade*, Ricardo Grinspun and Maxwell A. Cameron, eds. (1993), pp. 141–61; "Mexico Starting Industrial Plan," *New York Times* (May 30, 1965).

14 Cowie, *Capital Moves*.

15 "Things Look Up for Mexico as U.S. Firms Cross the Border", U.S. News & World Report (July 1, 1968).

16 United States International Trade Commission, *Production Sharing: U.S. Imports Under Harmonized Tariff Schedule Provisions*...(1994), Chapter 4, pp. 2–4.

17 U.S. Environmental Protection Agency and the Mexican Secretaría de Desar- rollo Urbano y Ecología, *Integrated Environmental Plan for the Mexican–-U. S. Border Area* (*First Stage*, 1992–1994) (1992), p. B-5 (appendix).

18 "Free Industrial Zone Booms on Mexican Border," *Los Angeles Times* (June 12, 1967); "Mexico Pushes Apparel in Border Cities," *Women's Wear Daily* (June 5, 1968); 另見：Michael Van Waas, "The Multinationals' Strategy for Labor: Foreign Assembly Plants in Mexico's Border Industrialization Program," PhD dissertation, Stanford University (1981). 墨西哥工業部長奧克塔維亞諾・坎波斯・薩拉斯（Octaviano Campos Salas）表示邊境「自由貿易」區的想法源於一九六四年的亞洲旅行，他在亞洲意識到對於自由企業而言，墨西哥可以成為「香港與波多黎各的替代之選」；請見他在《華爾街日報》的專欄（*Wall Street Journal*, May 25, 1967）。要了解《北

美自由貿易協議》漫長的歷史脈絡，請見保羅．克蕭（Paul Kershaw）的〈被挾持的發展：一九七一至一九七八年美國與墨西哥的戰後成長危機與新自由主義〉（"Arrested Development: Postwar Growth Crisis and Neoliberalism in the US and Mexico, 1971–1978," PhD dissertation, New York University, department of history, 2014）。

19 Cowie, *Capital Moves*, pp. 100–27.

20 關於詹森與墨西哥的邊境工業化計畫，請見：Michael Van Waas, "The Multinationals' Strategy for Labor," pp. 149–50.

21 Cowie, *Capital Moves*, p. 111.

22 Robert Reich, "Reagan 's Hidden'Industrial Policy," *New York Times* (August 4, 1985).

23 Joel Dyer, Harvest of Rage (1997); D. J. Mulloy, *American Extremism: History, Politics and the Militia Movement* (2004); Michael Kimmel and Abby L. Ferber, "White Men Are This Nation': Right-Wing Militias and the Restoration of American Masculinity," *Rural Sociology* (2000), vol. 65, no. 4, pp. 588–92; Sean P. O'Brien and Donald P. Haider-Markel, "Fueling the Fire: Social and Political Correlates of Citizen Militia Activity," *Social Science Quarterly* (June 1998), vol. 79, no. 2, pp. 456–65.

24 Nick Reding, *Methland: The Death and Life of a American Small Town* (2009), p. 187.

25 "Twinkies, Carrots, and Farm Policy Reality," *Civil Eats* (December 19, 2017), https://civileats.com/2017/12/19/twinkies-carrots-and-farm-policy-reality/.

26 Corie Brown, "Rural Kansas Is Dying," *New Food Economy* (April 26, 2018).

27 "The Reform of Article 27 and Urbanisation of the Ejido in Mexico," *Bulletin of Latin American Research* (1994), vol. 13, no. 3, pp. 327–335. Also: Gavin O'Toole, "A Constitution Corrupted," *NACLA* (March 8, 2017).

28 關於腳註，請見大衛．凱斯（David Case）與大衛．佛拉克（David Voluck）的《阿拉斯加原住民與美國法律》（*Alaska Natives and American Laws*, 2012, p. 116）。

29 Christopher Collins, "Top 1 Percent of Texas Commodity Farmers get Quarter of $1.6 Billion in Subsidies," *Texas Observer* (November 15, 2017).

30 Center for Economic and Policy Research, "Did NAFTA Help Mexico? An Update After 23 Years" (March 2017), http://cepr.net/images/stories/reports/nafta-mexico-update-2017-03.pdf?v=2.

31 "Wave of Illegal Immigrants gains Speed After NAFTA," NPR Morning Edition (December 26, 2013), https://www.npr.

org/2013/12/26/257255787/wave-of-illegal-immigrants-gains-speed-after-nafta; Kristina Johnson and Samuel Fromartz, "NAFTA's 'Broken Promises': These Farmers Say They got the Raw End of Trade Deal," *The Salt* (August 7, 2017), https://www.npr.org/sections/thesalt/2017/08/07/541671747/nafta-s-broken-promises-these-farmers-say-they-got-the-raw-end-of-trade-deal.

32 "The Trade Deal That Triggered a Health Crisis in Mexico," *The Guardian* (January 1, 2018).

33 "How Guatemala Finally 'Woke Up' to Its Malnutrition Crisis," *PBS NewsHour* (June 25, 2014); "The True Cost of a Plate of Food: $1 in New York, $320 in South Sudan," *The Guardian* (October 16, 2017).

34 大致情形請見：David Bacon, *The Right to Stay Home* (2014), and Bacon, "NAFTA, the Cross-Border Disaster," *American Prospect* (November 7, 2017).

35 柯林頓政府打造數英里的強化柵欄，但是其中一段不小心延伸至墨西哥領土，導致墨西哥政府要求拆除。正如《華盛頓郵報》的報導：「詹姆斯・約翰遜（James Johnson）的洋蔥農場位於爭議區域內，他表示誤解的源頭可能是十九世紀時，他的祖先在邊界以南放置帶刺鐵絲網所導致。沒有人發現這個錯誤，搭建隔離牆的人員可能將該圍籬視為某種指引。『這是一八〇〇年代的錯誤。』約翰遜表示。『很難在崎嶇多山的地區劃設一條長達兩英里的直線。』」請見艾莉西雅・寇德威爾（Alicia Caldwell），〈美國邊境柵欄突進至墨西哥〉（"U.S. Border Fence Protrudes into Mexico," *Washington Post*, June 29, 2007）。

36 正如班雅明・福蓋（Benjamin Forgey）諷刺地指出的那樣：華盛頓也許可以「用剩餘的戰爭物資將國家圍起來」。請見〈美國長城〉（"The Great Walls of America," *Washington Post*, June 1, 1996）。

37 一九九三年九月十八日晚間，當時距離柯林頓簽署協議入法還有三個月的時間，上百名華雷斯城與艾爾帕索的居民擠滿了艾爾帕索公民中心，商議開放二十五英里的邊界以便進行貿易與商業。然而，隔天早上他們醒來時發現，數百輛綠白色相間的邊境巡邏車以每輛車相隔五十碼至半英里的距離沿著邊界排列，同時直升機則在他們頭頂嗡嗡作響。這場大陣仗的人員與設備被稱為「封鎖行動」（Operation Blockade），目的是在入口處阻止非正式移民進入，而不是在他們進入美國時逮捕他們。這場行動是根據西爾維斯特雷・雷耶斯（Silvestre Reyes）的命令執行，他是一位當地的邊境巡邏隊長官，也是一位越戰退伍軍人；作為一名民主黨人，他利用這場行動贏得艾爾帕索的眾議院席次。「封鎖行動」很快就成為全國性政策。請見：提摩西・鄧恩（Timothy J. Dunn）的《封鎖邊境與人權：重塑移民執法的艾爾帕索行動》

（*Blockading the Border and Human Rights: The El Paso Operation That Remade Immigration Enforcement*, 2009）；約瑟夫・尼文斯的《守門人行動：「非法外國人」的興起以及美－墨界線的建立》（*Operation Gatekeeper: The Rise of the "Illegal Alien" and the Making of the U.S.–Mexico Boundary*）。埃爾南德斯在〈非法移民的罪行與後果〉中記載了一個邊境巡邏隊員發起的地方行動後來成為全國性政策的早期案例，當時一個名叫艾伯特・昆林（Albert Quillin）的南德州巡邏隊員的行動，日後將成為「濕背行動」的原型。

38 Dunn, *Blockading the Border*, p. 205.

39 Nigel Duara, "In Arizona, Border Patrol Doesn't Include Dozens of Deaths in Tally of Migrants Who Perish," *Los Angeles Times* (December 15, 2016); Todd Miller, "Over 7,000 Bodies Have Been Found at the U.S.-Mexican Bor- der Since the '90s," *The Nation* (April 24, 2018).

40 Dara Lind, "The Disastrous, Forgotten 1996 Law," *Vox* (April 28, 2016).

41 一九九六年十二月，白宮顧問拉姆・伊曼紐爾寫了一份備忘錄，敦促柯林頓加強其反移民論調。柯林頓的「法律與秩序」政策削弱了共和黨在該議題的優勢，不過伊曼紐爾希望柯林頓進一步「主張並驅逐破紀錄數量的犯罪外國人」。伊曼紐爾也建議柯林頓鎖定「工作場所」的移民。伊曼紐爾表示：「任期已經過了一半，你會希望宣稱許多產業不雇用非法移民。」伊曼紐爾是在柯林頓贏得一九九六年大選後寫下備忘錄，所以他的建議反映了他認為應該被當成民主黨長期立場的想法。柯林頓同意了。「太棒了！」他在備忘錄一角寫道。

42 "Unintended Consequences of US Immigration Policy: Explaining the Post- 1965 Surge from Latin America," *Population and Development Review* (2012), vol. 38, no. 1, pp. 1–29.

43 Robert Ford, "U.S.-Mexico Border Assembly Plant Number growing," *Austin Statesman* (February 19, 1970).

44 Alana Semuels, "Upheaval in the Factories of Juarez," *The Atlantic* (Janu- ary 21, 2016). 另見："Stingy by Any Measure," *The Economist* (August 16, 2014).

45 "Metalclad NAFTA Dispute Is Settled," *Los Angeles Times* (June 14, 2001). 國務院威脅懲罰薩爾瓦多創立種子交換計畫，該計畫旨在提供當地農民擺脫依賴的機會。請見：Edgardo Ayala, "Salvadoran Peasant Farmers Clash with U.S. over Seeds," *Inter Press Service* (July 5, 2014); Paul Krugman, "No Big Deal," *New York Times* (February 27, 2014).

46 Richard Roman and Edur Velasco Arregui, *Continental Crucible: Big Business, Workers and Unions in the Transformation of North America* (2015), p. 137.

47 Shasta Darlington and Patrick gillespie, "Mexican Farmer's Daughter: NAFTA Destroyed Us," *CNN Money* (February 9, 2017).

48 二〇〇〇年時，此時比爾・柯林頓在白宮的時間剩下最後一年，他制定「哥倫比亞計畫」（Plan Colombia），創立了一個軍事援助管道，提供數十億美元給西半球最高壓的政權之一。華盛頓已經向墨西哥、中美洲與哥倫比亞的安全部隊資助大量資金，但是柯林頓的計畫是一次大幅升級，旨在打擊安地斯山區的古柯鹼生產。哥倫比亞計畫確實破壞了控制交通的哥倫比亞販毒集團，卻無法阻止毒品流入北方。新生的販毒集團填補了中美洲與墨西哥的空缺，一九九〇年代集中在哥倫比亞的毒品暴力，向北流竄吞噬整個區域。

49 Bacon, *The Right to Stay Home.* 關於《北美自由貿易協議》的影響：Bacon, "NAFTA, the Cross-Border Disaster"; Katherine McIntire Peters, "Up Against the Wall" *Government Executive* (October 1, 1996), http://www.govexec.com/magazine/1996/10/up-against-the-wall/427/.

第十五章 跨越血色子午線

1 Gloria Romero and Antonio Rodríguez, "A Thousand Points of Xenophobia," *Los Angeles Times* (May 21, 1990); "Boy Won't Be Charged for Border Games," *Los Angeles Times*, (June 21, 1990); "TV Show on Border Brings Calls for Inquiry," *Los Angeles Times* (May 10, 1991); "Teen Sentenced to Six Years," *Los Angeles Times* (May 30, 1991), p. 29. 〈記者〉節目的片段可以在Youtube上查看：https://www.youtube.com/watch?v=FM609 mv6BOw。

2 問訊部分引用自〈記者〉節目，不過報章媒體大多都有報導此案件，例如："Youth Will Be Tried as Adult in 2 Slayings," *Los Angeles Times* (April 28, 1989).

3 約翰・克魯森，〈暴力經常不受遏止，普遍存在於美國邊境巡邏隊中〉("Violence, Often Unchecked, Pervades U.S. Border Patrol," *New York Times*, January 14, 1980)。從一九七〇年代晚期至一九八〇年代早期，克魯森為《紐約時報》在邊境進行採訪工作，這些令人痛心的報導，大部分都收錄於《黯淡之門：新移民與美國的轉型》(*The Tarnished Door: The New Immigrants and the Transformation of America*, 1983)。

4 Crewdson, *Tarnished Door*, p. 196.

5 John Crewdson, "A Night on Patrol", *New York Times* (April 22, 1977).

6 Crewdson , *Tarnished Door*, p.170.

7 John Crewdson, "Border Sweeps of Illegal Aliens Leave Scores of Children in Jails", *New York Times* (August 3, 1980).

8 Crewdson, *Tarnished Door*, p. 196.

9 Crewdson, "Violence, Often Unchecked, Pervades U.S. Border Patrol."

10 Crewdson, *Tarnished Door*, p. 196.

11 越來越多無證工人在農田工作。在農業蓬勃發展的同時，聖地牙哥的都市也蔓延至這些田地，並代之以牧場、游泳池和高爾夫球場。當移民在新郊區外圍、州立與聯邦公園內的河床設置臨時帳篷時（因為很少有農場為勞工提供足夠的住宿），他們也飽受愈趨嚴重的種族主義暴力。除了爭取打零工的男性移民偶爾遭到謾罵或譏笑外，有組織的仇恨事件也日益增加；請見：Crewdson, *Tarnished Door*, p. 196; Freedman, "In an Area Growing Too Fast, Anger Is Taken Out on the Weak"; Human Rights Watch, *Brutality Unchecked: Human Rights Abuses Along the U.S. Border with Mexico* (1992); for footnote, see：關於腳註，請見：Francisco Cantú, *A Line Becomes a River* (2018), p. 32.

12 Sebastian Rotella and Patrick McDonnell, "A Seimingly Futile Job Can Breed Abuses by Agents", *Los Angeles Times* (April 23, 1993), http://articles.latimes.com/1993-04-23/news/mn-26329_1_level-border-patrol-agent.

13 巡邏隊員將德州哈靈根市（Harlingen）的一個分站變成酷刑中心。根據人權觀察，在一九八四至一九九二年間，「身體虐待與正常程序的濫用相結合，旨在用暴力恐嚇受害者。」請見《無節制的暴力》（*Brutality Unchecked*, p. 30）。

14 Operation of the Border Patrol: Hearing before the Subcommittee on International Law, Immigration, and Refugees of the Committee on the Judiciary, House of Representatives, 100 Second Congress, second session, August 5, 1992 (1992), p. 209. Also: American Friends Service Committee, *Sealing Our Borders: The Human Toll* (1992).

15 Operation of the Border Patrol, p. 208.

16 關於「噹」，請見：Shorris, "Raids, Racism, and the I.N.S.," and John Carlos Frey, "Cruelty on the Border," *Salon* (July 20, 2012), https://www.salon.com/2012/07/20/cruelty_on_the_border/; Martin Hill, "Border Violence: Has the INSCrossed the Thin Line?" *San Diego Magazine* (June 1985).

17 Human Rights Watch, *Brutality Unchecked*.

18 Shorris, "Raids, Racism, and the I.N.S."

19 Judith Cummings, "Border Patrol Is Troubled by Attacks on Agents," *New York Times* (May 19, 1985); Patrick McDonnell, "A Year Later, Mexican Youth Still Haunted by Border Shooting," *Los Angeles Times* (April 21, 1986). 另一個例子：一九九二年六月某日中午，邊境巡邏隊員麥可・安德魯・埃爾默（Michael Andrew Elmer）在偏僻的亞利桑那州峽谷，從背後射殺手無寸鐵的達里奧・米

蘭達・瓦倫蘇埃拉（Dario Miranda Valenzuela），並任其在現場死去。曾吹噓自己「射斷另一名移民的腿」的埃爾默被判無罪。他自稱將米蘭達的水壺誤認成一把槍。米蘭達的家人則打贏了民事訴訟。請見：Rhonda Bodfield, "Elmer Case Settled for $600,000," *Tucson Citizen* (June 5, 1995); Tessie Borden, "Border Agent Was Boastful," *Arizona Daily Star* (July 22, 1992).

20 William Scobie, "Video Films Trap Brutal Border Cops of Texas", *The Observer* (May 3, 1981).

21 James Harrington, "I'm leave the Texas Civil Rights Project, but Not the Fight", *Texas Observer* (January 6, 2016); Scobie, "Video Films Trap Brutal Border Cops of Texas."

22 "Mexico Asks UN for Help to Stop Ranch 'Posses' Hunting Migrants," *The Independent* (May 20, 2000); "UN Envoy Is Sent to Investigate Rio Grande Shootings by Posses of Vigilante Ranchers," *The Independent* (May 24, 2000); "Border Clash," *Time* (June 26, 2000). 二〇〇〇年初，南德州的七十六歲牧場主山姆・布萊克伍德（Sam Blackwood）槍殺了移民尤西比奧・德・哈羅（Eusebio de Haro）；德・哈羅在華氏一百多度的高溫下跋涉了兩天進入美國後，闖進布萊克伍德的土地向他要一些飲用水。結果，布萊克伍德駕駛吉普車追逐德・哈羅，接著射殺了他，最後被判處A級輕罪。請見：John W. Gonzalez, "Rancher Convicted in Immigrant's Death," *Houston Chronicle* (August 25, 2001); Agustin Gurza, "America, Tear Down This Wall," *Los Angeles Times* (November 28, 2000).「全國移民與難民權益網絡」（National Network for Immigrant and Refugee Rights）發言人將日益猖獗的私刑正義歸咎於柯林頓對於邊境的軍事化政策：「武裝人員、紅外線感應器與配備夜視瞄準器及槍枝的直昇機，共同形塑了暴力的氛圍，正是美國政府製造了一種真實戰爭的感受」，導致人民「將移民當作敵人」。請見：William Booth, "Emotions on the Edge," *Washington Post* (June 21, 2000), and Pauline Arrillaga, " 'Climate of Violence' Leads to Death in Texas Desert," *Los Angeles Times* (August 20, 2000).

23 "Violence Up as Border Bristles with guns," *Christian Science Monitor* (June 19, 2000).

24 根據估計，雷根一九八一年的減稅是美國史上最大規模的減稅。

25 Evelyn Nieves, "Citizen Patrols as Feared as Smuggling Rings Along Bor- der," *Milwaukee Journal Sentinel* (January 4, 2004); government Accountability Office, "Countering Violent Extremism: Actions Needed to Define Strategy and Assess Progress of Federal Efforts" (April 2017), https://www.gao.gov/assets/690/683984.pdf.

26 Jennifer Delson, "One Man's Convictions Launched a Border Crusade," *Los Angeles Times* (April 11, 2005).。吉爾克里斯特與亞利桑那

州反移民運動家克里斯・辛考克斯（Chris Simcox）創立了義勇軍計畫，後者因為性侵三名不到十歲的女孩，被判服刑十九年。

27 Carrigan and Webb, *Forgotten Dead*, p. 46.

28 Julia Mead, "Anti-Immigrant group Active on East End," *New York Times* (April 23, 2006).

29 Miriam Jordan, "Anti-Immigration Activists Roil the Heartland," *Wall Street Journal* (July 16, 2007).

30 在長島，一群年輕人縱火燒毀墨西哥家庭的房屋，將他們趕出家門；在城鎮之間的樹林出現移民的屍體，此外跟蹤拉丁裔移民成為一種血腥遊戲。一群年輕人出門「獵捕墨西哥人」，並刺死了一名厄瓜多男子。請見：Southern Poverty Law Center, "Anti-Latino Hate Crimes Rise for Fourth Year in a Row" (October 29, 2008), https://www.splcenter.org/hatewatch/2008/10/29/anti-latino-hate-crimes-rise-fourth-year-row; Albor Ruiz, "Rising Hate Crime a National Shame," New York Daily News (November 3, 2008); Kirk Semple, "A Killing in a Town Where Latinos Sense Hate," New York Times (November 13, 2008). 二〇〇九年，「捍衛美國義勇軍」（Minutemen American Defense）領袖肖娜・福特（Shawna Forde）率領其他兩名成員突襲了勞爾・弗洛雷斯（Raul Flores）及其女兒布里塞尼亞（Brisenia Flores）位於亞利桑那州阿里瓦卡（Arivaca）的住家，阿里瓦卡是位於美墨邊界以北十英里的城鎮，最後兩人都被殺害。福特相信弗洛雷斯是販毒集團的成員。

31 Slotkin, *Regeneration Through Violence*, p. 564.

32 Barry Scott Zellen, *State of Recovery: The Quest to Secure American Secu- rity After 9/11* (2013).

33 Crewdson, *Tarnished Door*, p. 333.

34 John Crewdson, "Border Region Is Almost a Country Unto Itself, Neither Mexican Nor American," *New York Times* (February 14, 1979).

35 查普曼是一個矛盾的人物。他致力將「非法外國人」塑造成為家喻戶曉的關鍵字，並將軍國主義的敏感度帶入邊境安全領域，警告墨西哥的高出生率與「寧靜入侵」。他下令移民官員鎖定工作場所，但也禁止任意搜查人民。他似乎意識到軍國主義對美國憲法系統將會產生什麼影響。麥爾坎・葛拉威爾（Malcolm Gladwell）的播客節目《修正主義者的歷史》（*Revisionist History*）中的〈查普曼將軍的奮力一搏〉（"General Chapman's Last Stand"），(http://revisionisthistory.com/episodes/25-general-chapman's-last-stand)，以查普曼為主角，突顯了道格拉斯・梅西、豪爾赫・杜蘭德（Jorge Durand）、大衛・林德斯特羅（David Lindstrom）、西爾維婭・喬治・索塞多（Silvia Giorguli Saucedo）、卡琳・普倫（Karin Pren）、阿隆德拉·拉米雷斯·洛佩斯（Alondra Ramírez López）和維洛妮卡·羅薩諾（Verónica Lozano）主持的墨西哥移民研究計畫成果，即顯示透過管制邊界來限制移民，如何產生了矛盾的效果。如前所述，這些維安的努力限制了流動與流通性，終止了季節性或一次性的循環遷徙，但同時也增加了永久無證居民的人口。關於查普曼的引述，請見惠特莫爾（L. H. Whittemore）的〈我們能阻止非法外國人的入侵嗎？〉（"Can We Stop the Invasion of Illegal Aliens?"）。

36 Michael Barone, "In Terms of geography, Obama Appeals to Academics and Clinton Appeals to Jacksonians," *U.S. News & World Report* (April 2, 2008); Jonathan Chait, "The Party of Andrew Jackson vs. the Party of Obama," *New York* (July 5, 2015); Robert Merry, "Andrew Jackson: Tea Party Presi- dent," *American Spectator* (October 7, 2011).

37 Ezra Klein, "Obama Revealed: A Moderate Republican," *Washington Post* (April 25, 2011).

38 "Still Flying High," *New York Times* (December 25, 2006). 關於克魯曼進一步考慮後的想法，請見："Trouble with Trade," *New York Times* (December 27, 2007). Also: William Greider, "Paul Krugman Raises the White Flag on Trade," *The Nation* (March 14, 2016).

39 Lori Wallach, "NAFTA on Steroids," *The Nation* (June 27, 2012).

40 Gaiutra Bahadur, "Nativists Get a Tea-Party Makeover," *The Nation* (October 28, 2010).

41 "Tea Party Rolls into Arizona," *Human Events* (March 30, 2010), http:// humanevents.com/2010/03/30/tea-party-rolls-into-arizona/.

42 然而歐巴馬仍然接受全球反恐戰爭的合法前提，以至於他拒絕就酷刑與法外暗殺起訴任何一位布希政府官員。實際上，歐巴馬授權以無人機從事殺人任務，立下了一個危險的先例。而他介入利比亞的結果也是毀滅性的。就像之前的伊拉克，美國在利比亞的軍事行動（屬於北約攻擊行動的一部分，攻擊行動導致穆安瑪爾·格達費〔Muammar Gaddafi〕倒台）產生可怕的結果：將聖戰主義散播至撒哈拉沙漠以南非洲；攻擊利比亞與敘利亞內戰迫使數百萬名難民湧入歐洲，驅使歐盟成員國裡頭的右翼反動勢力崛起。關於歐巴馬與無人機的法外暗殺，請見：Mattathias Schwartz, "A Spymaster Steps Out of the Shadows," *New York Times* (June 27, 2018).

43 遍布在世界各地的美國軍隊，及其全天候、不負責任的轟炸與廣泛的秘密行動，實際上已經消滅了「和平時代」的思想。正如許多學者所指出的那樣，永恆戰爭導致各種形式的大男子氣概與不受控的仇恨。許多研究都證明了戰爭和國內激進化之間的關係，尤其是第一次波斯灣戰爭與民兵及愛國團體蔓生之間的關係。例如：Jan Kramer, *Lone Patriot* (2007), p. 67; Steven Cermak, *Searching for a Demon* (2012); Abby Ferber, *Home-Grown Hate* (2004); Nadya Labi, "Rogue Element: How an Anti-

"Government Militia Grew on an U.S. Army Base," *New Yorker* (May 26, 2014)；關於第一次波斯灣戰爭如何作為與國家過去戰爭經驗的斷裂，請見：Belew, *Bringing the War Home*, and Mary Dudziak, *Wartime: An Idea, Its History, Its Consequences* (2012), p. 86；從邊疆戰爭到第二次世界大戰，都可以不著痕跡地被整合進國家進步的敘事之中。另見：Kenneth Stern, *A Force Upon the Plain: The American Militia Movement and the Politics of Hate* (1996); Jerry Lembke, *The Spitting Image: Myth, Memory, and the Legacy of Vietnam* (2000); Daniel Levitas, *The Terrorist Next Door: The Militia Movement and the Radical Right* (2002); Hugh Campbell, Michael Mayerfeld Bell, and Margaret Finny, eds., *Country Boys: Masculinity and Rural Life* (2006); Michael Kimmel and Abby Ferber, "'White Men Are This Nation': Right-Wing Militias and the Restoration of Rural American Masculinity"; and Chip Berlet, "Mapping the Political Right: Gender and Race Oppression in Right-Wing Movements"; Evelyn Schlatter, *Aryan Cowboys: White Supremacists and the Search for a New Frontier, 1970–2000* (2009); Leonard Zeskind, *Blood and Politics: The History of the White Nationalist Movement* (2009); and Steven Cermak, *Searching for a Demon* (2012). 數十億美元的戰爭開支本來可用於資助社會服務，結果政府為了填補支出，對最貧窮的居民罰款或開單，導致一些街區覺得自己處於被佔領的狀態。當市民上街抗議警方殺害年輕的非裔美國人時，迎接他們的是身著美國戰爭遺留裝備的警察隊伍。許多人發現，很難區辨密蘇里州弗格森警察與法魯加軍隊之間的差異。關於市政軍事化的政治經濟，請見：Walter Johnson, "The Economics of Ferguson," *The Atlantic* (April 26, 2015), https://www.theatlantic.com/politics/archive/2015/04/fergusons-fortune-500-company/390492/;Mark Thompson, "Why Ferguson Looks So Much Like Iraq," *Time* (August 14, 2014). 歐巴馬時代有幾起右翼種族主義者犯下的知名屠殺案，例如二〇一五年六月，在南卡羅萊納州查爾斯頓市的伊曼紐爾非裔衛理聖公會教堂，發生九名非裔美國人遭屠殺的事件。但是有不少屠殺案基本上都被忽略了，像是由生存主義者、厭女者、種族主義者、白人至上主義者在奧勒岡州、科羅拉多州與路易斯安那州犯下的屠殺案件。請見：美國政府問責署（Government Accountability Office）的〈打擊暴力極端主義〉（"Countering Violent Extremism"）。

44 二〇一七年夏天，唐納·川普援引喬治·布希一九九〇年入侵巴拿馬作為正面先例，再三要求其國安官員對身陷危機的委內瑞拉發動軍事攻擊。川普是如此認真，在一場又一場的會議中不斷提出這個主意。然而，每一個他交談過的人，包括他的軍事、文職顧問以及外國領袖，都強烈駁斥他的提議。入侵委內瑞拉的風險可能比布希入侵巴拿馬更高，當時布希基於良好的政治效應這麼做，揭開了第一次波斯灣戰爭的序幕。不過，我認為拒絕這個失控想法的理由，與戰略考量較無關係，更多是因為美國已身陷永無止境的戰爭，它已經無法像入侵巴拿馬那樣，利用一場特定戰爭調整國內與國際政治秩序。以往，美國在經歷軍事過度擴張至世界其他地區的時期後，會重返拉丁美洲以便重新集結。例如雷根時期的格瑞那達、布希的巴拿馬。如今川普入侵委內瑞拉的提案則被否決。

45 Wallach, "NAFTA on Steroids." Ernesto Londoño and Nicholas Casey, "Trump Administration Discussed Coup Plans with Rebel Venezuelan Officers," *New York Times* (September 8, 2018), https://www.nytimes.com/2018/09/08/world/americas/donald-trump-venezuela-military-coup.html.

46 達拉・林德（Dara Lind）在《沃克斯》（Vox）網站上對邊境問題進行了出色的報導，其中也包括移民政策的軍事化。請見她的概述："The 2014 Central American Migrant Crisis" (May 13, 2015), https://www.vox.com/cards/child-migrant-crisis-unaccompanied-alien-children-rio-grande-valley-obama-immigration/are-children-who-come-into-the-us-illegally-eligible-for-legal-status.

47 《ABC新聞》，〈歐巴馬比任何一位總統驅逐更多的人民〉（"Obama Has Deported More People Than Any Other President", August 29, 2016）。根據下方的政府資料（https://www.dhs.gov/immigration-statistics/yearbook），該報導作者堅稱「歐巴馬政府驅逐的人民比任何一個歷屆政府還多」的主張似乎有些誇張，特別是驅逐機制的運作方式不同，尤其是胡佛、羅斯福、杜魯門與艾森豪政府時期。不過作者提出的觀點仍相當重要。

48 Sarah Macaraeg, "Fatal Encounters; 97 Deaths Point to Pattern of Border Agent Violence Across America," *The Guardian* (May 2, 2018), https://www.theguardian.com/us-news/2018/may/02/fatal-encounters-97-deaths-point-to-pattern-of-border-agent-violence-across-america.

49 ACLU Border Litigation Project and the University of Chicago Law School, International Human Rights Clinic, "Neglect and Abuse of Unaccompanied Immigrant Children by U.S. Customs and Border Protection" (May 2018), https://www.dropbox.com/s/lplnnufjbwci0xn/CBP%20Report%20ACLU_IHRC%205.23%20FINAL.pdf?dl=0.

50 美國公民自由聯盟的這個網頁（https://www.aclusandiego.org/cbp-child-abuse-foia/）上，有包括「不再有死者」組織（No More Deaths）、女性難民委員會（Women's Refugee Commission）、全國移民正義中心（National Immigrant Justice Center）等其他組織針對持續發生的邊境巡邏隊暴力與有罪不罰現象而製作的報告。

51 Ed Pilkington, "'It Was Cold, Very Cold': Migrant Children Endure Border Patrol 'Ice Boxes,'" *The Guardian* (January 26, 2015), https://www.theguardian.com/us-news/2015/jan/26/migrant-children-border-patrol-ice-boxes.

52 Cantú, *A Line Becomes a River*, p. 32.

53 Jim Gilchrist and Jerome Corsi, *Minutemen* (2006), p. 13; see also Derek Lundy, *Borderlands* (2010), p. 187.

54 David Neiwert, *And Hell Followed with Her: Crossing the Dark Side of the American Border* (2013), p. 126; Lundy, Borderlands, p. 187.

55 David Nye, *America as Second Creation: Technology and Narratives of New Beginnings* (2004), p. 210. Also: Wallace Stegner, *Beyond the Hundredth Meridian: John Wesley Powell and the Second Opening of the West* (1954).

56 在「伊朗門」贊助下，自行組建邊境巡守隊的哈根聲稱，自己在越南「殲滅敵人」，而為了對抗共產主義，他將「再一次這麼幹」。請見："Verdict in Sanctuary Trial Fails to Deter Supporters of Movement," *Hartford Courant* (May 13, 1986).

57 "Minuteman Alista Voluntarios," *La Opinión* (May 27, 2005). 另一個案例：一位民兵成員表示，「那些跨越邊界的人，或許仍坐在營火旁談論他們是怎樣在戰爭中輸給我們的」，另一名成員則承認白人「以征服的方式掠奪這片土地」；請見：Harel Shapira, *Waiting for José: The Minutemen's Pursuit of America* (2013), p. 3；關於邊境民兵如何幻想「收復失地」正在發生，請見：Gilchrist and Corsi, *Minutemen*, pp. 146–52。

58 Peter Holley, "These Armed Civilians Are Patrolling the Border to Keep ISIS Out of America," *Washington Post* (November 25, 2015).

59 Shapira, *Waiting for José*, p. 12.

60 Shane Bauer, "Undercover with a Border Militia," *Mother Jones* (November/December 2016). 右翼網站持續報導宣稱在邊界上發現烏爾都語－英語以及阿拉伯語－英語辭典。

61 Tim gaynor, "Desert Hawks," Al-Jazeera America (October 26, 2014), http:// projects.aljazeera.com/2014/arizona-border-militia/.

後記

1 Daniel Van Schooten, "Bad Actors Among Border Wall Contractors," *Project on Government Oversight* (April 17, 2018), http://www.pogo.org/blog/2018/04/bad-actors-among-border-wall-contractors.html.

2 托德・米勒（Todd Miller）的《邊境巡邏隊國家：來自美國國土安全前線的快報》（*Border Patrol Nation: Dispatches from the Front Lines of Homeland Security*, 2014）讓人們開始注意這種思考邊境的新方式。

3 "The Constitution in the 100-Mile Border Zone," ACLU fact sheet, https:// www.aclu.org/other/constitution-100-mile-border-zone.

4 Tanvi Misra, "Inside the Massive U.S. 'Border Zone,'" *City Lab* (May 14, 2018), https://www.citylab.com/equity/2018/05/who-lives-in-

border-patrols-100-mile-zone-probably-you-mapped/558275/.

5 由德州出資的該計畫已經終止。請見：Joana Moll and Cédric Parizot, "The Virtual Watchers," *Exposing the Invisible*, https:// exposingtheinvisible.org/resources/the-virtual-watchers.

6 "Our Walled World," *The Guardian* (November 19, 2013). Michael Flynn, "Where's the U.S. Border?" unpublished paper, cited in Todd Miller's "Wait— What Are U.S. Border Patrol Agents Doing in the Dominican Republic?" *The Nation* (November 19, 2013); Miller, *Border Patrol Nation*; "All of Michigan Is an ICE 'Border Zone,'" *Metro Times* (February 2, 2018), https:// www.metrotimes.com/news-hits/archives/2018/02/02/all-of-michigan-is-an-ice-border-zone-here-are-the-rights-all-immigrants-should-know.

7 Miller, *Border Patrol Nation*, p. 43.

8 請見伊萬娜・科塔索娃（Ivana Kottasová）的〈在二〇一七年，百分之一的人掠奪百分之八十二的人所創造的所有財富〉（"The 1% grabbed 82% of All Wealth Created in 2017"），美國有線電視新聞網商業台（*CNN Money*），http://money.cnn.com/2018/01/21/news/economy/davos-oxfam-inequality-wealth/index.html。該報導是由樂施會（OXFAM）所製作，使用瑞士信貸集團（Credit Suisse）全球財富資料庫的資料。

9 請見簡・邁耶（Jane Mayer）的〈在川普贏得總統大選背後的神秘避險基金大亨：羅伯特・默瑟如何利用美國民粹主義騷亂〉（"The Reclusive Hedge-Fund Tycoon Behind the Trump Presidency: How Robert Mercer Exploited America's Populist Insurgency"），《紐約客》（*New Yorker*, March 27, 2017），https://www.newyorker.com/magazine/2017/03/27/the-reclusive-hedge-fund-tycoon-behind-the-trump-presidency。允許默瑟扮演警長的計畫已經終止。另見：Isobel Thompson, "Bob Mercer, Glorified Mall Cop, Has a Badge—and Lots of Guns," *Vanity Fair* (March 28, 2018), https://www.vanityfair.com/news/2018/03/robert-mercer-volunteer-policeman-gun-control; Sean Illing, "Cambridge Analytica, the Shady Data Firm That Might Be a Key Trump-Russia Link, Explained," *Vox* (April 4, 2018), https://www.vox.com/policy-and-politics/2017/10/16/15657512/cambridge-analytica-facebook-alexander-nix-christopher-wylie; Vicky Ward, "The Blow-It-All-Up Billionaires," *Huffington Post* (March 17, 2017), https://highline.huffingtonpost.com/articles/en/mercers; Michael Wolff, *Fire and Fury* (2018).

10 Tami Luhby, "Millennials Born in 1980s May Never Recover from the great Recession," *CNN Money* (May 23, 2018), http://money.cnn.com/2018/05/22/news/economy/1980s-millennials-great-recession-study/index.html.

11 Peter Whoriskey, "'I Hope I Can Quit Working in a Few Years': A Preview of the U.S. Without Pensions," *Washington Post* (December 23,

2017).

12 詹姆斯・李文斯頓（James Livingston）的《別再工作：為什麼充分就業是一個壞主意》（*No More Work: Why Full Employment Is a Bad Idea*, 2016）提供了一個超越貧窮與不平等問題、關於政治經濟結構轉型的有力主張，並聚焦進步派在思考改革時的局限。李文斯頓（受到新政推動者斯圖爾特・蔡斯的影響，特別是他在一九三四年的著作《富足的經濟》〔The Economy of Abundance〕）主張勞動已經和資本主義利潤分離：「自從一九二〇年代，社會必要勞動——即我們所知再生產文明材料基礎所需的勞動——佔每日交易的比重越來越小。每年，我們在投入（無論是資本或勞動）沒有增加的情況下增加產出，不只在美國，在全世界範圍也是如此。」引述自〈為什麼工作〉（"Why Work?"）《隔板》雜誌（*The Baffler*, June 2017），https://thebaffler.com/salvos/why-work-livingston。關於李文斯特對於這種轉變如何助長社會暴力，請見："Guns and the Pain Economy," *Jacobin* (December 18, 2012), https://www.jacobinmag.com/2012/12/guns-and-the-pain-economy。另見：Victor Tan Chen, "All Hollowed Out: The Lonely Poverty of America's White Working Class," *The Atlantic* (January 16, 2016); Peter Temin, *The Vanishing Middle Class: Prejudice and Power in a Dual Economy* (2017); Thomas Ferguson, Paul Jorgensen, and Jie Chen, "Industrial Structure and Party Competition in an Age of Hunger Games: Donald Trump and the 2016 Presidential Elections," working paper #66, Institute for New Economic Thinking (January 2018), https://www.ineteconomics.org/uploads/papers/Ferg-Jorg-Chen-INET-Working-Paper-Industrial-Structure-and-Party-Competition-in-an-Age-of-Hunger-Games-8-Jan-2018.pdf; "Statement on Visit to the USA by Professor Philip Alston, United Nations Special Rapporteur on Extreme Poverty and Human Rights" (December 15, 2017), https://www.ohchr.org/EN/NewsEvents/Pages/DisplayNews.aspx?NewsID=22533; Samuel Stebbins, "Despite Overall Sustained GDP Growth in U.S., Some Cities Still Hit Hard by Extreme Poverty," *USA Today* (April 23, 2018), https://www.usatoday.com/story/money/economy/2018/04/23/cities-hit-hardest-extreme-poverty/528514002/; I. Papanicolas, L. R. Woskie, and A. K. Jha, "Health Care Spending in the United States and Other High-Income Countries," *Journal of the American Medical Association* (March 13, 2018), vol.319, no. 10, pp. 1024–1039. See also Adam Tooze, *Crashed: How a Decade of Financial Crises Changed the World* (2018).

13 Hiroko Tabuchi,"Rolling Coal"in Diesel Trucks, to Rebel and Provoke,"*New York Times* (September 4, 2016); Brian Beutler,"Republicans Are the'Rolling Coal' Party," *New Republic* (June 5, 2017), https://newrepublic.com/article/143083/republicans-rolling-coal-party.

14 Dara Lind, "Trump on Deported Immigrants: 'They're Not People. They're Animals,'" *Vox* (May 17, 2018), https://www.vox.com/2018/5/16/17362870/trump-immigrants-animals-ms-13-context-why.

15 拒發護照政策始於小布希、由歐巴馬政府延續，並在川普任內激增。請見：Kevin Sieff, "U.S. Is Denying Passports to Americans Along the Border, Throwing Their Citizenship into Question," *Washington Post* (September 13, 2018),https://www.washingtonpost.com/world/the_americas/us-is-denying-passports-to-americans-along-the-border-throwing-their-citizenship-into-question/2018/08/29/1d630e84-a0da-11e8-a3dd-2a1991f075d5_story.html.

16 請見川普的通話紀錄，當時他致電一位他以為是美國參議員的人士，該通話紀錄被《商業內幕》（*Business Insider*, June 30, 2016）網站公布，https://www.businessinsider.de/trump-prank-phone-call-transcript-john-melendez-bob-menendez-air-force-one-2018-6?r=US&IR=T。另見：John D. Feeley and James D. Nealon, "The Trump Administration Shoves Honduran Immigrants Back into Danger," *Washington Post* (May 9, 2018); Masha Gessen, "Taking Children from Their Parents Is a Form of State Terror," *New Yorker* (May 9, 2018). 然而，有必要強調川普只是將原本的結構性殘忍上升至異常殘忍，歐巴馬的薩爾瓦多大使也宣布過類似的政策。請見：Greg Grandin, "Here's Why the U.S. Is Stepping Up the Deportation of Central Americans," *The Nation* (January 21, 2016).

17 Caitlin Dickerson, "Detention of Migrant Children has Skyrocketed to Highest Levels Ever," *New York Times* (September 12, 2018), https://www.nytimes.com/2018/09/12/us/migrant-children-detention.html.

18 請見喬納森·柴特（Jonathan Chait）的〈如今川普已經違背他所有的經濟民粹主義承諾〉（"Trump Has Now Broken Every One of His Economic Populist Promises"），《紐約》雜誌（*New York*, May 11, 2018）。撰寫本書之際，白宮正在推動與墨西哥及加拿大重啟《北美自由貿易協議》的談判，如今則稱之為《美國－墨西哥－加拿大協議》（States–Mexico–Canada Agreement），與柯林頓時代的經濟全球化條款劃下區別。提出的新條約仍待三國批准（譯註：美墨加三國已於二〇一九年十二月十一日簽署修訂版協議，協議也在二〇二〇年七月一日生效），不過新條約將納入原本在《跨太平洋夥伴協議》中被拒絕的國際貿易法條款，包括「加強和延長專利及版權壟斷」的措施。當然，川普反對《跨太平洋夥伴協議》。見迪恩·貝克（Dean Baker），〈川普的貿易協議實境秀〉（"Trump's Reality-TV Trade Deal"），《國家》雜誌（*The Nation*, October 3, 2018），https://www.thenation.com/article/trumps-reality-tv-trade-deal/。

國家圖書館出版品預行編目(CIP)資料

美國神話的終結：從擴張的邊疆到美墨邊境牆,直視美國歷史的黑暗根源/葛雷.格倫丁(Greg Grandin)作；夏菉泓,陳韋綸翻譯. -- 初版. -- [新北市]：黑體文化出版：遠足文化事業股份有限公司發行, 2023.03
面；　公分. -- (黑盒子；11)
譯自：The end of the myth : from the frontier to the border wall in the mind of America.
ISBN 978-626-7263-10-5(平裝)

1.CST: 美國史 2.CST: 擴張主義 3.CST: 種族主義

752.1　　112001042

特別聲明：
有關本書中的言論內容，不代表本公司／出版集團的立場及意見，由作者自行承擔文責。

黑體文化　　讀者回函

黑盒子 11

美國神話的終結：從擴張的邊疆到美墨邊境牆，直視美國歷史的黑暗根源
The End of the Myth: From the Frontier to the Border Wall in the Mind of America

作者・葛雷・格倫丁（Greg Grandin）｜譯者・夏菉泓、陳韋綸｜責任編輯・張智琦｜封面設計・林宜賢｜出版・黑體文化／遠足文化事業股份有限公司｜總編輯・龍傑娣｜發行・遠足文化事業股份有限公司・讀書共和國出版集團｜電話：02-2218-1417｜傳真・02-2218-8057｜客服專線・0800-221-029｜讀書共和國客服信箱 service@bookrep.com.tw｜官方網站・http://www.bookrep.com.tw｜法律顧問・華洋法律事務所・蘇文生律師｜印刷・中原造像股份有限公司｜排版・菩薩蠻數位文化有限公司｜初版・2023 年 3 月｜初版二刷・2024 年 1 月｜定價・600 元｜ISBN・978-626-7263-10-5